Jeff Lindsay vit en Floride. Après avoir été musicien et comédien, il se consacre désormais à l'écriture. Le personnage de Dexter a fait l'objet d'une série télévisée mondialement saluée.

DU MÊME AUTEUR

Ce cher Dexter
Seuil, 2005
et « Points Thriller », n° P1479

Le Passager Noir
Panama, 2005
réédité sous le titre : Dexter revient !
« Points Thriller », n° P1704

Jeff Lindsay

LES DÉMONS
DE DEXTER

ROMAN

Traduit de l'anglais (États-Unis)
par Sylvie Lucas

Michel Lafon

TEXTE INTÉGRAL

TITRE ORIGINAL
Dexter in the Dark
© Jeff Lindsay, 2008

ISBN 978-2-7578-1175-7
(ISBN 978-2-7499-0815-1, 1re publication)

© Éditions Michel Lafon 2008, pour la traduction française

Le Code de la propriété intellectuelle interdit les copies ou reproductions destinées à une utilisation collective. Toute représentation ou reproduction intégrale ou partielle faite par quelque procédé que ce soit, sans le consentement de l'auteur ou de ses ayants cause, est illicite et constitue une contrefaçon sanctionnée par les articles L. 335-2 et suivants du Code de la propriété intellectuelle.

Au commencement

IL se rappelait avoir éprouvé un sentiment de surprise, puis être tombé, mais rien d'autre. Juste l'attente.

IL attendit très longtemps, mais peu lui importait car il n'y avait pas encore de mémoire et le premier cri n'avait pas retenti. Donc IL ne savait pas qu'IL attendait. De fait, IL ne savait même pas qu'IL existait à ce stade. IL se contentait d'être, sans pouvoir évaluer le temps, sans même en avoir la notion.

Alors IL attendait et regardait. Le spectacle était limité au début : du feu, des roches et de l'eau, puis au bout d'un moment de petites créatures rampantes, qui se mirent à changer et à grossir peu à peu. Elles ne faisaient pas grand-chose à part manger et se reproduire. Mais IL ne connaissait rien d'autre, alors IL s'en satisfaisait.

Le temps passa. IL regardait les petites et les grosses créatures s'entredévorer. IL n'y prenait aucun plaisir dans la mesure où c'était sa seule activité et où elles le surpassaient toutes en nombre. Mais IL semblait incapable d'autre chose. Alors IL commença à se demander pourquoi il regardait ça.

IL ne saisissait pas le sens de ce qu'il voyait, n'y prenait nullement part, et pourtant voilà, IL regardait. IL réfléchit longtemps à la question. Il n'y avait encore aucun moyen d'analyser la situation, l'idée même de

7

but n'existait pas tout à fait. Il y avait juste lui et les autres.

Et les autres étaient nombreux, ne cessaient de se multiplier, passant leur temps à tuer, manger et copuler. Alors que lui était seul et ne faisait rien de tout cela ; là encore, IL s'interrogea. Pourquoi était-IL différent ? Pourquoi ressemblait-IL si peu aux autres ? Et s'IL était quelque chose, était-IL censé joué un rôle, lui aussi ?

Le temps s'écoula encore. Les innombrables créatures rampantes devinrent de plus en plus grosses et douées pour s'entre-tuer. Au début ce fut intéressant à cause de nuances très subtiles. Elles rampaient, glissaient et sautaient pour s'attraper ; l'une d'elles volait même dans les airs. Très intéressant... et ensuite ?

IL commença à éprouver un certain malaise. Était-IL supposé participer au spectacle ? Et pourquoi ?

IL décida de découvrir la raison de sa présence. Désormais, quand IL observait les bestioles, IL étudiait ce qui les différenciait de lui. Toutes les autres créatures devaient manger et boire, sinon elles mouraient. Et quand bien même, elles finissaient de toute façon par mourir. Lui pas. IL restait toujours là. IL ne devait ni manger ni boire. Mais peu à peu, IL prit conscience qu'IL avait lui aussi besoin de quelque chose, mais quoi ? IL percevait au fond de lui un besoin croissant, juste la sensation d'un manque.

Aucune réponse ne lui vint, tandis que défilaient les nichées d'œufs et les êtres couverts d'écailles. Tuer et manger, tuer et manger. IL commença à se sentir un peu aigri par la situation.

Et puis un jour une toute nouvelle pensée émergea : d'où est-ce que je viens ?

IL avait compris depuis longtemps que les œufs pondus par les autres provenaient de la copulation. Mais lui n'était pas sorti d'un œuf. Il n'y avait rien eu qui puisse copuler lorsqu'IL s'était éveillé à la conscience. IL avait été là le premier et depuis toujours, hormis ce vague et troublant souvenir de chute. Tout le reste avait éclos ou était né, mais lui non. Et il lui sembla que le mur qui le séparait des autres créatures s'élevait encore davantage, le coupant d'elles de manière totale et définitive. IL était complètement seul à jamais, et cela l'affligeait. IL voulait faire partie de quelque chose. IL était l'unique représentant de son espèce ; n'y avait-il pas moyen pour lui de copuler et de se multiplier à son tour ?

Lui aussi voulait se reproduire.

Sa rancœur se changea en colère et finit par se transformer en rage contre ces créatures idiotes à l'existence inepte, futile et blessante. Un jour IL se leva et se jeta sur l'un des lézards, avec l'envie de l'écraser. Et là, il se passa quelque chose d'extraordinaire.

IL se retrouva à l'intérieur du lézard.

IL voyait ce que voyait l'animal, éprouvait les mêmes sensations.

Durant un long moment, IL en oublia complètement sa rage.

Le lézard ne semblait pas s'apercevoir qu'il avait un hôte. Il continuait tranquillement à tuer et copuler avec son passager à bord. Lorsque le lézard tua l'une des bestioles plus petites, par curiosité, IL s'introduisit dans l'une d'elles. C'était beaucoup plus amusant d'être dans la créature qui tuait, mais en revanche, c'était fort instructif d'être dans celle qui mourait.

IL apprécia ces nouvelles expériences pendant un temps. Les créatures ne remarquaient toujours pas sa présence ; en fait, elles semblaient incapables de la moindre réflexion. Elles étaient douées de vie et ignoraient quel usage en faire. C'était injuste. Et bientôt, IL s'ennuya de nouveau et retrouva toute sa colère.

Quand, un beau jour, les créatures simiennes firent leur apparition. Elles ne payaient pas de mine au début. Elles étaient petites, peureuses, bruyantes. Mais une infime différence finit par attirer son attention : elles avaient des mains qui leur permettaient de faire des choses incroyables. IL les observa en même temps qu'elles aussi prenaient conscience de leurs mains et apprenaient à s'en servir. Elles les utilisaient pour tout un tas d'activités très variées : se masturber, mutiler leurs semblables, prendre la nourriture aux plus vulnérables…

Il les étudia encore plus attentivement. Elles donnaient des coups puis couraient se cacher. Elles se volaient les unes les autres, mais seulement quand personne ne regardait. Elles s'infligeaient des horreurs comme si de rien n'était. Et face à ce spectacle, pour la première fois, il lui arriva quelque chose de merveilleux : IL rit.

Et tout en riant, IL eut une pensée qui l'emplit de jubilation.

IL se dit : J'ai un rôle à jouer là-dedans.

Chapitre premier

Mais quelle est donc cette lune ? Sûrement pas la lune radieuse qui préside à mes joyeuses saignées. Cette pâle imitation gémit et brille elle aussi, mais elle n'est pas assassine. Ce n'est pas celle qui pousse les carnivores à travers l'heureux ciel nocturne vers l'extase de la lame. Cette lune-ci éclaire d'une lueur timide, à travers une fenêtre ultra-nette, une femme perchée au bord d'un canapé et qui parle d'un ton enjoué de fleurs, de petits fours et de… Paris.

Paris ?

Oui, le plus sérieusement du monde, c'est de Paris qu'elle parle sur un ton sirupeux. Paris, encore.

Quelle est cette lune, avec son sourire béat et son halo de dentelle ? Elle frappe mollement à la fenêtre, mais elle a du mal à entrer à cause de ce babil mielleux. Et quel froid justicier pourrait rester assis là, comme ce pauvre Dexter désarmé, qui rêvasse sur sa chaise en feignant d'écouter ?

Mais voyons, ce doit être une lune de miel, qui déploie sa bannière matrimoniale dans le salon : battez, tambour ! sonnez, trompettes ! les amis, rendez-vous à l'église, car Dexter le dépravé se marie ! Accroché au wagon du bonheur tiré par l'adorable Rita qui, à ce qu'il semblerait, nourrit depuis toujours le désir fou de voir Paris.

Dexter marié, en lune de miel à Paris Ces mots ont-ils leur place dans une phrase comportant la moindre référence à notre faucheur fantôme ?

Peut-on réellement imaginer ce sobre et souriant saigneur devant l'autel, en queue-de-pie à la Fred Astaire, glissant l'alliance à un doigt ganté de blanc face à une assemblée en pâmoison ? Dexter le démon en short coloré, planté bouche bée au pied de la tour Eiffel, ou s'enfilant un café au lait près de l'Arc de triomphe ? Ou encore longeant la Seine d'un pas lourd, en bonne compagnie, pour aller visiter toute la bimbeloterie du Louvre ?

Bien sûr, je suppose que je pourrais me rendre en pèlerinage sur le site sacré de la rue Morgue.

Mais soyons sérieux un instant. D'abord, les Américains ont-ils encore le droit d'aller en France ? Et puis *Dexter à Paris* en voyage de noces ? Comment envisager un acte aussi ordinaire avec ses mœurs ? Comment consentir au mariage quand on trouve le sexe aussi passionnant que la comptabilité ? En bref, au nom de tout ce qui est malsain, sinistre et mortel, par quel mystère Dexter peut-il bien avoir l'intention de dire oui ?

Excellentes questions. Mais en vérité, il est difficile d'y répondre, même pour moi. Me voici donc en butte au supplice chinois des aspirations de Rita et me demandant comment Dexter peut en toute conscience aller jusqu'au bout de ce projet.

Eh bien, voilà. Dexter ira jusqu'au bout parce qu'il le doit, en partie pour conserver et même améliorer son déguisement, ô combien nécessaire, et qui empêche le monde entier de le voir tel qu'il est vraiment, c'est-à-dire un être avec qui l'on ne souhaiterait pas se trouver à table lorsque la lumière s'éteint par surprise, surtout s'il y a des couverts. Évidemment, Dexter doit être très soigneux pour que personne ne découvre qu'il est mené par son Passager noir, une voix au souffle de soie installée sur le siège arrière, qui grimpe parfois à l'avant et s'empare du volant pour nous conduire au Parc d'attractions de l'impensable. Si les brebis apprenaient que le loup Dexter s'est glissé parmi elles, ce serait la fin.

Alors nous travaillons, le Passager et moi, nous travaillons très dur à parfaire notre déguisement. Ces dernières années, nous avons revêtu celui de Dexter le dragueur, conçu pour présenter au monde une image joyeuse, et surtout normale. Cette admirable production avait pour vedette Rita dans le rôle de la Petite Amie, et c'était à de nombreux égards un arrangement idéal puisqu'elle était aussi peu intéressée par le sexe que moi mais recherchait la compagnie d'un gentleman compréhensif. Or Dexter l'est, compréhensif ; sauf que ce ne sont pas les êtres humains, l'amour et toutes ces fadaises qu'il comprend, mais le rictus final de l'agonie. Et il sait traquer parmi les innombrables candidats de Miami ceux qui méritent de figurer dans son modeste panthéon.

Cela ne garantit pas qu'il soit un compagnon charmant ; son charme provient des longues années de pratique et n'est que le produit d'un bon travail de laboratoire. Mais hélas, cette pauvre Rita – esquintée par un premier mariage épouvantable – ne sait pas différencier le vrai du toc.

Tant mieux. Depuis deux ans, donc, Dexter et Rita formaient un beau couple, qui ne passait pas inaperçu dans le Tout-Miami. Mais un jour, à la suite d'une série d'événements qui pourraient laisser un observateur quelque peu sceptique, ils se retrouvèrent fiancés par accident. Et plus je réfléchissais à la façon de me sortir de cette situation ridicule, plus je m'apercevais que c'était l'évolution logique de mon déguisement. Un Dexter marié – un Dexter avec deux enfants déjà tout faits ! – avait encore moins de chances de ressembler à ce qu'il était vraiment. C'était accéder à un niveau supérieur du camouflage humain…

Et puis, il y avait les deux enfants.

On pourrait s'étonner qu'un homme ayant pour seule passion la vivisection humaine apprécie les enfants de Rita, mais c'est le cas. Je les apprécie. Remarquez, je n'ai pas la larme à l'œil à la seule pensée d'une couche-culotte ou d'une dent de lait, puisque par bonheur je n'éprouve pas d'émotions. Mais dans l'ensemble, je trouve les enfants beaucoup plus intéressants que leurs aînés, et je deviens particulièrement irritable avec ceux qui leur font du mal. Il m'arrive même de me mettre à leur recherche. Et lorsque je finis par débusquer ces prédateurs, dès que je n'ai plus aucun doute sur leur culpabilité, je m'assure qu'ils ne pourront jamais recommencer, et cela avec le plus grand plaisir, sans le moindre état d'âme.

Ainsi, le fait que Rita ait deux enfants d'un premier mariage désastreux était loin d'être un inconvénient, surtout depuis qu'il se révélait qu'ils avaient besoin de l'attention parentale toute particulière de Dexter, afin d'arrimer sur leur siège arrière leurs propres petits Passagers noirs, jusqu'à ce qu'ils soient en âge de conduire seuls. Car en raison des dégâts psychologiques et même physiques que leur drogué de père biologique leur avait infligés, Cody et Astor s'étaient tournés comme moi vers le côté obscur. Et maintenant, ils allaient devenir mes enfants, légalement aussi bien que spirituellement. Cela suffisait presque à me donner l'impression que la vie avait un sens, en définitive.

Il y avait donc plusieurs bonnes raisons pour que Dexter aille jusqu'au bout de ce projet… mais Paris ! Je me demande d'où vient l'idée que Paris est romantique. Mis à part les Français, qui trouve l'accordéon sexy ? Et puis il faut se faire une raison, ils ne nous aiment pas, là-bas. Sans compter qu'ils tiennent à tout prix à parler français, allez savoir pourquoi.

Peut-être Rita s'était-elle laissé bourrer le crâne par un vieux film, l'histoire d'une petite blonde piquante et d'un brun romantique ; ils se courent après autour de la tour Eiffel sur une musique originale et rient de l'homme grincheux au béret, Gauloise au bec, un peu craspec. Ou peut-être avait-elle écouté un disque de Jacques Brel et décidé qu'il parlait à son âme. Qui sait ? En tout cas, Rita gardait l'idée fermement ancrée dans son cerveau sans faille que Paris était la capitale de l'amour sophistiqué, et il faudrait une lobotomie pour la lui retirer.

Si bien qu'en plus des interminables débats visant à choisir entre le poulet et le poisson, entre acheter du vin ou le boire dans un bar, une série de monologues obsessionnels sur Paris commença à émerger. Nous pouvions bien nous offrir une semaine entière ; cela nous donnerait le temps de voir le jardin des Tuileries et le Louvre, peut-être même une pièce de Molière à la Comédie-Française ? Il me fallait applaudir à la qualité de ses recherches. Mais en ce qui me concernait, mon intérêt pour Paris était complètement retombé depuis le jour lointain où j'avais appris que c'était une ville française...

Heureusement pour nous tous, au moment où j'allais enfin trouver une manière diplomatique de lui signifier le fond de ma pensée, cette épreuve me fut épargnée grâce à l'entrée discrète de Cody et d'Astor. Ils ne déboulent jamais tous flingues dehors comme la plupart des enfants de sept et neuf ans. Je le répète, ils ont été quelque peu bousillés par leur cher papa, et l'une des conséquences est qu'on ne les voit jamais aller et venir. Ils pénètrent dans les pièces par osmose : à un moment donné, vous ne sauriez dire où ils sont, et celui d'après, les voilà debout à côté de vous, à attendre tranquillement que vous les remarquiez.

– On veut jouer à cache-cache, déclara Astor.

C'était elle la porte-parole de l'équipe. Cody ne prononçait jamais plus de quatre mots en une journée. Il n'était pas bête, loin de là. Il préférait simplement se taire la plupart du temps. À présent, il se contentait de me regarder.

– Ah… fit Rita, abandonnant ses réflexions sur la patrie de Rousseau, de Candide et des plus grands fans de Jerry Lewis. Eh bien, pourquoi vous n'allez pas…

– On veut jouer *avec Dexter*, ajouta Astor, et Cody hocha la tête de façon très éloquente.

Rita fronça les sourcils.

– On aurait peut-être dû aborder le sujet avant, mais tu ne penses pas que Cody et Astor… enfin, est-ce qu'ils ne devraient pas commencer à te donner un nom plus, je ne sais pas, mais Dexter ? Ça paraît un peu…

– Que dirais-tu de *mon papere* ? suggérai-je. Ou de *Monsieur le Comte* ?

– Certainement pas, grommela Astor.

– C'est que…

– Dexter va très bien, répondis-je. Ils y sont habitués.

– Mais ça me paraît manquer un peu de respect.

Je me tournai vers Astor.

– Montre à ta mère que tu peux dire « Dexter » avec respect, la priai-je.

Elle leva les yeux au ciel.

– S'te plééé, fit-elle.

– Tu vois ? rétorquai-je en adressant un sourire à Rita. Elle a neuf ans. Elle ne peut rien dire avec respect.

– Oui, bon, mais…

– C'est très bien. Je n'y vois aucun problème. Mais Paris…

– Allez, on sort, lança Cody, et je le regardai, stupéfait.

Quatre syllabes en tout ; pour lui, c'était quasiment un discours.

– D'accord, répondit Rita. Si tu penses vraiment que…

– Je ne pense jamais, répliquai-je. Cela enraye le cerveau.

– C'est n'importe quoi, affirma Astor.

– On pourrait croire, mais c'est vrai, répondis-je.

Cody secoua la tête.

– Cache-cache, dit-il, et plutôt que d'interrompre sa logorrhée, je choisis de le suivre dans le jardin.

Chapitre 2

Malgré les projets merveilleux de Rita, la vie n'était pas qu'une partie de plaisir. Le vrai travail n'attendait pas. Et Dexter étant très consciencieux, je n'avais pas chômé. Je venais de passer deux semaines à mettre la dernière touche à mon œuvre du moment. Le jeune homme à l'origine de mon inspiration avait hérité d'une fortune, et il s'en servait, semblait-il, pour tout un tas d'escapades sordides qui me faisaient regretter de ne pas être riche. Son nom était Alexander Macauley, bien qu'il se fît appeler « Zander », ce qui pour moi avait un côté très bon genre, mais peut-être était-ce voulu. C'était un hippie pur jus après tout, un fils à papa qui, n'ayant jamais eu à travailler, se consacrait entièrement au genre de distractions qui auraient fait palpiter mon cœur gelé si Zander avait montré un peu plus de discernement dans le choix de ses victimes.

L'argent de la famille Macauley provenait de vastes troupeaux de bétail, d'immenses plantations d'agrumes et du rejet de phosphates dans le lac Okeechobee. Zander se rendait fréquemment dans les quartiers défavorisés de la ville, afin de prodiguer ses largesses à la communauté des sans-abri. Il ramenait au ranch familial les heureux élus qu'il souhaitait secourir et leur offrait un emploi, comme je l'appris par un article de journal aussi larmoyant que dithyrambique.

Certes, Dexter loue toujours les initiatives charitables. Mais si je les approuve autant, c'est parce que, en général, derrière le masque de mère Teresa, il se passe des trucs pas très catholiques. Je ne doute pas que quelque part dans les profondeurs de l'être humain il existe un esprit de charité bienveillant et un amour sincère de son prochain. Mais je ne les ai jamais rencontrés… Et comme je suis dépourvu à la fois d'humanité et de vrais sentiments, il me faut m'en remettre à mon expérience, qui m'a appris que charité bien ordonnée commence par soi-même, et finit presque toujours là.

Donc, quand je vois un jeune homme riche, beau et d'apparence normale répandre ses bienfaits sur les parias de la terre, j'ai quelque difficulté à prendre cet altruisme au sérieux, en dépit des dehors irréprochables. Je suis moi-même plutôt doué pour présenter une image charmante et innocente au monde, et on sait ce qu'il en est vraiment, n'est-ce pas ?

Ma compréhension de la psychologie humaine n'était pas erronée, Macauley était bien comme moi, mais en beaucoup plus riche. Et son argent l'avait mené à une certaine négligence. Car dans les dossiers fiscaux que j'avais découverts, il apparaissait que le ranch familial était inoccupé, ce qui signifiait que ce n'était pas à une vie paisible à la campagne que Zander conduisait ses chers pouilleux.

Un autre détail arrangeait mes affaires : quel que soit l'endroit où les amenait leur nouvel ami, ils s'y rendaient pieds nus. En effet, dans une pièce spéciale de sa jolie demeure de Coral Gables, protégée par des serrures fort astucieuses et très chères que je mis cinq bonnes minutes à crocheter, Zander avait conservé quelques souvenirs. C'est un risque insensé à prendre pour un monstre ; je le sais très bien, parce que je le fais moi-même. Mais si un jour un enquêteur scrupuleux découvre ma petite boîte de souvenirs, il ne trouvera qu'une collection de lamelles de verre, avec une seule goutte de sang sur chacune, sans aucun moyen de prouver leur sinistre provenance.

Zander n'était pas aussi malin. Il avait gardé une chaussure de chacune de ses victimes et comptait sur sa fortune et de bonnes serrures pour préserver ses secrets.

Pas étonnant que les monstres aient une si mauvaise réputation... C'était d'une telle naïveté. Et des chaussures, en plus ! Enfin, sérieusement... J'essaie de me montrer tolérant et compréhensif envers les petites manies des autres, mais là, ça dépassait les bornes. Quel pouvait bien être l'attrait d'une vieille basket crottée ? Et les laisser ainsi à la vue de tous ? C'était presque insultant.

Bien sûr, Zander devait penser que s'il se faisait prendre, il pourrait se payer la meilleure défense du monde, ce qui lui permettrait sans doute de s'en tirer avec de simples travaux d'intérêt général. Plutôt drôle, en somme, puisque tout avait plus ou moins commencé par là. Mais il n'avait pas prévu le cas où ce serait Dexter qui l'attraperait, et non la police. Et ce procès-là se tiendrait dans le tribunal du Passager noir, où n'entre aucun avocat, bien que j'espère en coincer un aussi un jour ; et le verdict est toujours irrévocablement fatal.

Mais une chaussure constituait-elle une preuve suffisante ? J'étais convaincu de la culpabilité de Zander ; même si le Passager noir n'avait pas entonné des chants de louange pendant que j'observais ses trophées, je savais pertinemment ce que signifiait cette collection. Laissé à lui-même, Zander y ajouterait de nouveaux spécimens. J'étais certain que c'était un homme foncièrement mauvais, et je mourais d'envie d'avoir une petite discussion nocturne avec lui afin de lui adresser quelques critiques bien acérées, mais il fallait que j'en sois sûr à cent pour cent : c'était le code Harry.

J'avais toujours suivi les règles de prudence établies par Harry, mon père adoptif, policier de son état, qui m'avait appris à être ce que je suis avec modestie et précision. En vrai flic, il m'avait montré comment laisser un lieu de crime impeccable, et il m'avait obligé à recourir à la même minutie dans le choix de mon partenaire de danse. Si le moindre doute subsistait, je ne pouvais inviter Zander sur la piste.

Et maintenant ? Aucun tribunal au monde ne reconnaîtrait Zander coupable d'autre chose que de fétichisme malsain au regard de sa panoplie de grolles ; mais aucun tribunal ne bénéficiait du témoignage expert du Passager noir, cette douce voix pressante qui me pousse à l'action sans jamais se tromper. Et avec ce sifflement dans mon oreille, il m'était difficile de rester calme et impartial. Entraîner Zander dans ce dernier tango me semblait tout aussi vital que de respirer.

Oui, j'étais impatient et sûr de moi, mais je savais ce que dirait Harry. Ce n'était pas suffisant. Il m'avait appris l'importance de trouver des cadavres comme preuves irréfutables, et Zander s'était débrouillé pour que ceux-là restent introuvables. Et sans cadavre, quelle que soit mon envie de foncer, le code ne serait pas respecté.

Je repris mes recherches, espérant découvrir où il planquait ses conserves de viande froide. Sa maison : exclu. Je m'y étais rendu et n'avais rien flairé de plus suspect que le musée des chaussures, or le Passager noir est en général très fort pour dénicher les collections de cadavres. Du reste, il n'y aurait eu aucun endroit où les mettre. Les habitations en Floride ne comportent pas de sous-sol, et dans ce quartier-là on n'aurait pu creuser la terre du jardin ou transporter des corps sans être observé. De plus, une rapide consultation de mon Passager me persuada que tout individu capable d'exhiber ainsi ses souvenirs devait prendre le plus grand soin d'effacer les autres traces.

Le ranch était une excellente possibilité, mais une petite virée sur place ne révéla aucun indice. Il avait été manifestement abandonné depuis longtemps ; même l'allée était envahie par la végétation.

J'insistai. Zander possédait un appartement sur l'île de Maui, mais c'était bien trop loin. Il détenait aussi quelques hectares en Caroline du Nord ; un site un peu plus plausible, mais le fait de devoir conduire douze heures avec un macchabée dans le coffre le rendait improbable. Il était également actionnaire d'une société qui essayait de développer Toro Key, une petite île au sud de Cape Florida. Le site d'une compagnie, cependant, n'était pas envisageable : trop de personnes pouvaient s'y rendre et fureter partout. De toute façon, je me rappelais avoir essayé d'accoster sur l'île lorsque j'étais plus jeune ; des hommes armés y montaient la garde afin de repousser les visiteurs...

Seule piste vraisemblable, le bateau de Zander, un Cigarette de quarante-cinq pieds. Je savais depuis mon expérience avec un autre monstre que les bateaux offraient de merveilleuses possibilités pour se débarrasser de restes encombrants. Il suffisait de lester le corps, de le balancer par-dessus la rambarde puis de faire au revoir de la main. Propre, net, soigné ; pas de vagues, pas de preuve.

Mais aucun indice pour moi, du coup. Zander garait son bateau dans la marina privée la plus select de Coconut Grove, le Royal Bay Yacht Club. Le système de sécurité était excellent, trop sophistiqué pour que Dexter puisse passer en douce et forcer les serrures. Cette marina offrait tous les services imaginables (le genre d'endroit où l'on nettoyait et astiquait l'avant de votre bateau quand vous le rapportiez). Vous n'aviez même pas besoin de le ravitailler en combustible ; un seul coup de téléphone et il était prêt, avec une bouteille de champagne au frais dans le cockpit. Et des vigiles armés, tout sourire, infestaient les lieux jour et nuit, faisant des courbettes aux nantis et tirant sur les individus qui tentaient d'escalader la clôture.

Le bateau était inaccessible. Or, j'étais absolument certain, comme le Passager noir dont l'opinion compte plus encore, que Zander s'en servait pour éliminer les corps. Mais pas moyen de vérifier.

C'était énervant et frustrant de se représenter Zander avec son dernier trophée – soigneusement disposé, sans doute, dans une glacière plaqué or –, passant un coup de fil afin de se faire ravitailler en carburant, puis longeant le dock d'un pas tranquille, tandis que deux gardiens essoufflés installaient la glacière à bord avant de lui adresser un salut respectueux. Et je ne pouvais monter sur le bateau pour m'en assurer. Sans cette preuve définitive, le code Harry ne me permettait pas de poursuivre.

Que me restait-il donc comme option ? Je pouvais toujours essayer de prendre Zander en flagrant délit, mais je n'avais aucun moyen de connaître le moment où le prochain forfait se produirait, et il m'était impossible de le surveiller en permanence. Il fallait tout de même que je me rende de temps en temps au bureau et que je fasse quelques apparitions symboliques à la maison tout en continuant à emprunter les gestes ordinaires d'une vie normale. Et un jour ou l'autre dans les semaines à venir, si le schéma restait le même, Zander appellerait le responsable de la marina et lui demanderait de préparer son bateau, et… celui-ci, employé consciencieux dans un club de riches, consignerait exactement ses gestes et la date, combien de carburant, la marque du champagne qu'il avait apporté et la quantité de nettoyant utilisée pour les vitres. Et il inscrirait tout dans le dossier Macauley et l'enregistrerait dans son ordinateur.

Soudain nous étions de retour dans l'univers de Dexter : le Passager, sûr de lui, me pressait de retourner à mon clavier.

Dexter est modeste, même effacé parfois, et il a certainement conscience des limites de son immense talent. Mais s'il existait une limite à ce que je pouvais trouver sur un ordinateur, je ne l'avais pas encore atteinte. Je m'assis et me mis au travail.

Il me fallut moins d'une demi-heure pour m'introduire dans le système du club et ouvrir les fichiers. Il y avait bel et bien un rapport détaillé des services fournis. Je le comparai aux comptes rendus des réunions tenues par le conseil d'administration de l'organisation caritative préférée de Zander, la Mission de la lumière divine, qui se trouvait tout près de Liberty City. Le 14 février, l'organisation avait été ravie d'annoncer que Wynton Allen quittait le lieu de perdition que constituait Miami pour aller se réinsérer par un travail honnête dans le ranch de Zander. Et le 15 février, Zander avait effectué un voyage en bateau qui avait consommé trente-cinq gallons de carburant.

Le 11 mars, Tyrone Meeks s'était vu offrir le même bonheur. Le 12 mars, Zander avait fait un tour en bateau.

Et ainsi de suite ; chaque fois qu'un sans-abri était désigné pour aller vivre une joyeuse vie champêtre, Zander passait une commande à la marina dans les vingt-quatre heures qui suivaient.

Certes, je n'avais toujours pas vu les corps, mais le code Harry avait été établi afin, justement, de s'inscrire dans les failles du système, dans les zones d'ombre de la justice parfaite et non de la loi parfaite. J'étais sûr de moi, le Passager plus que certain, et nous avions là une preuve tout à fait satisfaisante.

Zander partirait bientôt pour une croisière au clair de lune, et tout son argent ne parviendrait pas à le maintenir à flot.

Chapitre 3

Ainsi, par une nuit comme tant d'autres, alors que la lune déversait les accords d'une musique euphorique sur ses joyeux serviteurs assoiffés de sang, je me préparai en fredonnant à aller batifoler. Tout le travail était fait ; c'était l'heure de la récré maintenant pour Dexter. À peine quelques minutes auraient dû me suffire pour rassembler mes jouets et gagner la porte en vue de mon rendez-vous avec le semeur de troubles. Mais bien entendu, l'imminence de mon mariage me compliquait l'existence. Je commençais même à me demander, d'ailleurs, si la vie redeviendrait simple un jour.

Certes, je me construisais une excellente façade presque impénétrable, toute de verre et d'acier étincelants, que j'allais cimenter sur ma forteresse de l'horreur. J'étais parfaitement disposé à reléguer le Vieux Dexter dans un coin et j'avais donc entrepris de « consolider nos vies », selon l'expression de ma fiancée. Cela impliquait de quitter mon petit nid douillet tout près de Coconut Grove pour aller m'installer dans la maison de Rita plus au sud : c'était la décision la plus sensée. Mais elle présentait des inconvénients monstres. Sous le nouveau régime, je n'aurais plus aucun moyen d'avoir la moindre intimité. Et je le souhaitais, pourtant. Tous les ogres qui se respectent ont leurs petits secrets, et pour rien au monde je n'aurais voulu voir certaines de mes affaires entre d'autres mains que les miennes.

Il y avait, par exemple, toutes les recherches effectuées sur de potentiels camarades de jeux, ainsi que la petite boîte en bois, mon bien le plus précieux, qui contenait quarante et une lamelles de verre, avec en leur centre une seule goutte de sang séché, chacune d'elles représentant une de ces vies sous-humaines qui s'étaient achevées entre mes mains, l'album de ma vie intérieure. Car je ne laisse pas derrière moi de grands tas de chair putride. Je ne suis pas un de ces saigneurs compulsifs et négligents. Je suis un saigneur compulsif extrêmement soigneux. Je veille toujours à me débarrasser de mes restes, et même un ennemi implacable qui chercherait à démasquer l'ogre que je suis aurait beaucoup du mal à déterminer ce que sont ces lamelles.

Néanmoins, expliquer leur provenance ne manquerait pas d'engendrer des questions embarrassantes, même face à une épouse très éprise. Et que serait-ce, avec un redoutable rival entièrement voué à ma destruction ? J'en avais connu un récemment, un flic de Miami dénommé Doakes. Mais quoique techniquement il fût encore en vie, j'avais commencé à penser à lui au passé depuis que ses dernières mésaventures lui avaient coûté les pieds, les mains et la langue. Il n'était certainement pas d'attaque pour m'imposer une justice bien méritée. Cependant, je savais parfaitement qu'il s'en présenterait un jour un nouveau.

L'intimité était donc un point essentiel. Je n'avais jamais fait le fanfaron concernant mes effets personnels, tant s'en faut. Autant que je sache, personne n'avait vu ma petite boîte de souvenirs. Mais je n'avais encore jamais eu une fiancée qui faisait le ménage pour moi, ni deux enfants curieux souhaitant fouiner dans mes affaires pour apprendre comment marcher sur les traces de leur petit père Dexter.

Rita semblait comprendre mon besoin d'avoir mon espace à moi, tout en ignorant les raisons qui me motivaient ; elle avait donc sacrifié sa pièce de couture pour la transformer en un lieu rebaptisé « le bureau de Dexter ». À terme, il abriterait mon ordinateur, mes quelques livres et CD ainsi que, je suppose, ma petite boîte en bois de rose. Mais comment allais-je bien pouvoir la laisser là ? Je m'imaginais sans problème l'expliquer à Cody et Astor, mais que dire à Rita ? Devais-je essayer de la cacher ? Creuser un passage secret derrière une fausse étagère qui mènerait par un escalier en colimaçon à mon lugubre repaire ? Devais-je introduire la boîte dans un faux flacon de mousse à raser ? Il y avait là un léger problème.

Jusqu'à présent, j'avais évité la nécessité de trouver une solution en conservant mon appartement. Mais j'avais rangé quelques objets simples dans mon bureau, tels que mes couteaux à viande et le ruban adhésif dont la présence pouvait facilement s'expliquer par mon goût pour la pêche. La solution viendrait plus tard. À présent, je sentais des doigts glacés tapoter et chatouiller ma colonne vertébrale, et je voulais à tout prix être à l'heure pour mon rendez-vous avec un jeune homme très gâté.

Alors, je me rendis dans mon bureau à la recherche d'un sac de sport bleu marine que j'avais conservé pour les grandes occasions, afin d'y dissimuler le couteau et le ruban adhésif. Je le sortis du placard, avec sur les lèvres le goût de l'attente fébrile, puis y glissai mes jouets : un nouveau rouleau de gros Scotch, un couteau à viande, des gants, mon masque de soie et une corde en Nylon pour les urgences. Fin prêt. Je sentais mes veines vibrer sous l'excitation la plus vive, j'entendais la folle musique monter *crescendo* au fond de mes oreilles, le pouls assourdissant du Passager qui me poussait dehors, m'incitant à l'action. Je me retournai pour sortir…

… Et me retrouvai nez à nez avec deux enfants aussi graves l'un que l'autre, qui me dévisageaient d'un air rempli d'attente.

– Il veut venir, dit Astor, et Cody hocha la tête, me fixant sans ciller de ses grands yeux.

J'ai la réputation d'avoir la parole facile et beaucoup d'esprit, mais tandis que je me répétais mentalement les mots d'Astor et essayais de leur donner une tout autre signification, je ne réussis à émettre qu'un son à peine humain, quelque chose du style « i heu vé ki ».

– Avec toi, reprit Astor patiemment, comme si elle s'adressait à un demeuré. Cody veut venir avec toi ce soir.

A posteriori, il paraît évident que le problème allait se présenter tôt ou tard. Et, il faut me rendre cette justice, je m'y attendais – mais pas tout de suite. Pas maintenant. Pas juste avant ma nuit du besoin. Pas lorsque chacun de mes poils se dressait sur ma nuque et que je frémissais de l'irrésistible et pure envie de me glisser dehors avec ma fureur inoxydable…

La situation exigeait une sérieuse réflexion, pourtant tous mes nerfs m'ordonnaient de sauter par la fenêtre et de filer dans la nuit. Mais ils étaient là devant moi, alors je pris une grande inspiration et réfléchis à leur cas.

L'âme brillante et pénétrante de Dexter le justicier a été modelée par un traumatisme d'enfance si violent que je l'ai complètement refoulé. Il m'a fait tel que je suis, et si j'étais capable de sentiments je pleurnicherais et me lamenterais sans doute. Cody et Astor avaient été marqués de la même façon, si bien que le monde de la lumière et de l'innocence leur était à tout jamais fermé. Comme l'avait pressenti mon très sage père adoptif en m'élevant, il n'y avait pas moyen de revenir en arrière, impossible de ramener le serpent dans l'œuf.

Mais Harry m'avait formé, m'avait dressé en une créature qui ne chassait que les autres prédateurs, les autres monstres et vampires qui, déguisés en êtres humains, traquaient leur gibier à travers la ville. J'éprouvais l'irrépressible envie de tuer, et je l'éprouverais toujours, mais Harry m'avait appris à ne m'occuper que de ceux qui, d'après ses stricts critères de flic, en avaient réellement besoin.

Lorsque j'avais découvert que Cody était comme moi, je m'étais promis de poursuivre la voie de Harry : transmettre ce que je savais à ce garçon et le conduire sur le droit chemin de l'ombre. Mais c'était toute une galaxie de complications, d'explications et d'enseignements. Harry avait passé près de dix ans à me fourrer tout ça dans le crâne avant de m'autoriser à jouer avec des partenaires plus compliqués que des animaux errants. Je n'avais pas encore commencé avec Cody, et même si je ne cherchais pas à être un maître Jedi, il n'était pas question que je débute maintenant. Cody devait un jour réussir à accepter sa différence, et je souhaitais l'aider, mais pas ce soir. Pas la nuit où la lune m'appelait d'un ton si engageant derrière la fenêtre, m'attirant à elle comme un aimant.

– Je ne vais… commençai-je, préférant nier.

Mais ils me fixaient avec une expression de certitude si touchante que je m'arrêtai net.

– Non, finis-je par dire. Il est beaucoup trop jeune.

Ils échangèrent un regard, très furtif, mais qui semblait contenir toute une conversation.

– Je l'avais prévenu que tu répondrais ça, dit Astor.

– Tu avais raison, répliquai-je.

– Mais Dexter, poursuivit-elle, tu nous as dit que tu nous montrerais des trucs.

– Je le ferai, dis-je, sentant les doigts glacés remonter lentement ma colonne vertébrale et chercher à prendre le contrôle, à me pousser vers la porte, mais pas maintenant.

– Quand ? demanda-t-elle.

Je les considérai tous deux et éprouvai un mélange de sentiments étranges : une envie folle de sortir avec mon couteau à la main et le désir d'envelopper ces enfants dans une couverture et de tuer tout ce qui s'approchait d'eux. Et dans un recoin de mon être aussi, pour parachever le tout, l'envie de cogner leurs petites têtes bornées l'une contre l'autre.

Était-ce donc ça, la paternité ?

Je sentais tout mon épiderme picoter sous le feu glacé né de ce besoin urgent d'aller perpétrer l'innommable ; au lieu de quoi je pris une profonde inspiration et adoptai un air détaché.

– Vous avez école demain, dis-je, et c'est presque l'heure d'aller au lit.

Ils me regardèrent comme si je les avais trahis, ce qui était vrai d'une certaine manière puisque je changeais les règles, devenant Dexter le justicier alors qu'ils pensaient s'adresser à Dexter le démon. Mais j'avais raison. On ne peut pas emmener de jeunes enfants à une éviscération nocturne et attendre qu'ils se souviennent de leur alphabet le lendemain matin. C'était déjà suffisamment dur pour moi d'aller au travail après l'une de mes petites aventures, et encore j'avais l'avantage de pouvoir boire tout le café que je voulais… De toute façon, ils étaient vraiment beaucoup trop jeunes.

– Tu te mets à parler comme une grande personne, lança Astor de sa voix hautaine de petite fille de neuf ans.

– Mais je suis un adulte, rétorquai-je. Et j'essaie d'en être un comme il faut pour vous.

Et j'avais beau, tout en le disant, avoir mal aux dents à force de lutter contre le besoin croissant, je le pensais réellement, ce qui ne radoucit en rien le regard de pur mépris qu'ils m'adressèrent tous les deux.

– On croyait que tu étais différent, déclara-t-elle.

– Je ne vois pas comment je pourrais l'être davantage et ressembler encore à un être humain.

– Pas juste, fit Cody.

Je plantai mon regard dans le sien et vis une minuscule bête féroce lever la tête vers moi et rugir.

– Non, ce n'est pas juste. Rien dans la vie ne l'est. « Juste » est un mot grossier, et je vous remercierais de ne pas utiliser un tel langage en ma présence.

Cody me dévisagea avec une expression de déception et de provocation que je ne lui avais encore jamais vue ; j'avais envie de lui flanquer une gifle et de lui donner un bonbon tout à la fois.

– Pas juste, répéta t-il.

– Écoute, dis-je. Il y a une chose que je sais. Et c'est la première leçon. Les enfants normaux se couchent tôt les jours d'école.

– Pas normaux, répliqua-t-il en avançant tellement sa lèvre inférieure qu'il aurait pu y poser ses manuels scolaires.

– Exactement. C'est pour ça que vous devez vous comporter toujours de manière normale, faire croire à tout le monde que vous êtes normaux. Et faites exactement ce que je vous dis, sinon je refuse de continuer. Cody, repris-je, tu dois me faire confiance.

– Dois, répéta-t-il.

– Oui, tu dois.

Il me scruta pendant un long moment, puis se tourna vers sa sœur, qui plongea son regard dans le sien. C'était une merveille de communication silencieuse ; je savais qu'ils étaient en train d'avoir une conversation très poussée, mais ils n'émettaient pas un son. Astor finit par hausser les épaules et se retourner vers moi.

– Il faut que tu promettes, dit-elle.

– D'accord. Mais promettre quoi ?

– Que tu vas commencer à nous apprendre, expliqua-t-elle, et Cody hocha la tête. Bientôt.

Je poussai un soupir. Je n'avais jamais eu la moindre chance d'aller au paradis, très hypothétique selon moi, même avant ce jour-là. Mais avec ce pacte, par lequel j'acceptais de transformer ces petits monstres mal dégrossis en monstres soignés et bien éduqués, j'espérais ne pas me tromper quant à l'aspect hypothétique de l'existence d'un au-delà.

– Je promets, dis-je.

Ils se consultèrent des yeux, m'adressèrent un dernier regard puis partirent.

Je me retrouvai avec un sac rempli de jouets, un rendez-vous imminent et un sentiment d'urgence un peu atténué.

La vie de famille est-elle comme ça pour tout le monde ? Comment font les gens pour survivre ? Et pourquoi cherchent-ils à avoir plus d'un enfant, ou même un seul ? J'avais une tâche importante et enthousiasmante à accomplir, et voilà que j'étais troublé par un problème qu'aucune mère au foyer n'a jamais eu à gérer. Il m'était presque impossible de me rappeler à quoi je pensais quelques instants plus tôt. Malgré un grognement impatient émis par le Passager noir – étrangement assourdi, comme si ce dernier était un tantinet désorienté –, il me fallut un bon moment pour me ressaisir et repasser du rôle de Dexter le Daron démuni à celui du Froid Justicier. J'eus quelque difficulté à éprouver de nouveau l'état glacé de l'anticipation et du danger ; j'eus même du mal à me remémorer où j'avais laissé mes clés de voiture.

Je finis tout de même par les trouver et quittai mon bureau en trébuchant. Après avoir marmonné quelques mots tendres à Rita, je gagnai la porte et sortis enfin dans la nuit.

Chapitre 4

J'avais suivi Zander assez longtemps pour connaître son emploi du temps, et puisque nous étions jeudi, je savais exactement où le trouver. Il passait tous les jeudis soir à la Mission de la Lumière divine, sans doute pour y inspecter le cheptel. Après avoir souri aux employés pendant près d'une heure et demie et écouté un bref service, il remettait un chèque au pasteur, un énorme Noir qui avait été footballeur professionnel. Celui-ci le remerciait en souriant, puis Zander s'éclipsait par la porte de derrière, montait dans son modeste 4×4 et regagnait humblement son logis, le visage rayonnant de ce sentiment de vertu qui naît des vraies œuvres charitables.

Mais ce soir, il ne rentrerait pas seul.

Ce soir, Dexter et son Passager noir lui tiendraient compagnie et le mèneraient vers un tout autre voyage.

Mais tout d'abord, l'approche froide et furtive, la récompense après des semaines de traque prudente.

Je garai ma voiture à quelques kilomètres à peine de la maison de Rita, dans un vaste centre commercial dénommé Dadeland, puis me rendis à pied à la station de métro la plus proche. Le wagon était rarement bondé, même aux heures de pointe, mais il y avait assez de monde pour que personne ne prête attention à moi. Je n'étais qu'un homme élégant vêtu de sombre, un sac de sport à l'épaule.

Je descendis juste après l'arrêt du centre et parcourus six pâtés de maisons jusqu'à la Mission. Tous mes sens s'aiguisaient et me ramenaient à l'état de préparation nécessaire. Nous penserions à Cody et Astor plus tard. Maintenant, dans cette rue, je n'étais plus qu'une lame invisible. L'éclat aveuglant rose orangé des lampadaires, spécialement conçus pour lutter contre la criminalité, ne pouvait vaincre l'ombre dans laquelle je me drapais.

La Mission occupait une ancienne boutique reconvertie, à l'angle d'une rue moyennement passante. Il y avait affluence ce qui n'était guère surprenant, puisqu'on y distribuait de la nourriture et des vêtements. Pour y avoir droit, il suffisait de perdre quelques instants de son précieux temps de poivrot à écouter le bon révérend expliquer pourquoi on irait en enfer. Une sacrée affaire, en somme, même pour moi, mais je n'avais pas faim. Je m'éloignai et gagnai le parking arrière.

La lumière y était un peu plus faible, mais encore trop vive à mon goût, presque trop pour qu'on puisse voir la lune. Je la sentais là-haut dans le ciel, néanmoins, observant de son air narquois notre misérable vie si fragile, agrémentée de quelques monstres qui n'existaient que pour nous engloutir dans leur gueule féroce. Des monstres comme moi, et comme Zander. Mais ce soir il y en aurait un de moins.

Je fis le tour du parking. Il semblait tranquille. Personne en vue, personne en train d'attendre ou de somnoler dans une voiture. Une seule fenêtre minuscule donnait là, située tout en haut du bâtiment de la Mission et équipée de verre opaque : les toilettes. Je m'approchai de la voiture de Zander, une Dodge Durango bleue garée tout près de la porte de derrière, et essayai d'ouvrir la portière. Fermée. Juste à côté se trouvait une vieille Chrysler, le respectable véhicule du pasteur. Je me glissai derrière et m'installai pour attendre.

Je sortis de mon sac un masque de soie blanc et l'appliquai sur mon visage, en ajustant bien les trous pour les yeux. Puis je pris un segment de ligne de pêche ultra-résistante. J'étais prêt. La danse des monstres débuterait très vite maintenant. Zander pénétrerait sans le savoir dans la nuit d'un autre prédateur, une nuit pleine de surprises cruelles, qui s'achèverait par une obscurité sauvage et la satisfaction la plus vive. Oui, très vite il sortirait de sa vie et entrerait dans la mienne. Et là…

Est-ce que Cody avait pensé à se laver les dents ? Il avait tendance à oublier, en ce moment, et Rita rechignait à le faire se relever une fois qu'il était au lit. Mais il fallait lui inculquer de bonnes habitudes dès maintenant, et c'était important de se brosser les dents.

Je fis retomber le nœud coulant, le laissant reposer sur mon genou. Demain, c'était le jour de la photo, à l'école d'Astor. Elle était censée mettre la robe qu'elle avait portée à Pâques l'an dernier. L'avait-elle sortie afin de ne pas l'oublier le matin ? Elle ne sourirait pas pour la photo, naturellement, mais il fallait au moins qu'elle mette sa belle robe.

Comment diable pouvais-je être tapi là dans le noir, prêt à bondir et penser à de telles choses ? Comment était-il possible que mon attente soit emplie par ces pensées et non par l'impatience de lâcher le Passager noir, les crocs luisants, sur une proie aussi méritante ? Était-ce un avant-goût de la future vie conjugale de Dexter ?

J'inspirai lentement. Je ne pouvais pas travailler avec des enfants. Je fermai les yeux, laissai mes poumons s'emplir de l'air nocturne, puis expirai, sentant la froide concentration revenir. Doucement Dexter s'effaça et le Passager noir reprit les commandes.

Juste à temps.

La porte de derrière s'ouvrit bruyamment, et de l'intérieur nous parvint l'affreux bêlement, une interprétation atroce de *Plus près de toi, mon Dieu...* suffisante pour faire replonger n'importe qui dans l'alcool. Suffisante en tout cas pour propulser Zander dehors. Il s'arrêta sur le seuil, se retourna pour adresser un grand signe joyeux et un petit sourire affecté à l'assemblée, puis la porte se referma en claquant et il s'approcha de sa voiture ; il était à nous maintenant.

Zander fouilla dans sa poche à la recherche de ses clés, puis les serrures s'ouvrirent avec un clic, et nous nous glissâmes derrière lui. Avant qu'il comprenne ce qui lui arrivait, le nœud coulant siffla à travers l'air pour aller se placer autour de son cou, et nous donnâmes un coup si fort que ses pieds se soulevèrent du sol, si fort qu'il en tomba à genoux, le souffle coupé et le visage violet ; ce fut absolument exquis.

– Pas un bruit. Fais exactement ce qu'on te dit, pas un mot, pas un bruit, et tu vivras plus longtemps, dis-je avant de resserrer encore un tout petit peu le nœud afin de lui signifier qu'il nous appartenait à présent et qu'il devait nous obéir.

Zander se laissa tomber au sol face la première ; disparu le petit sourire affecté... Un filet de bave s'écoulait du coin de sa bouche et il agrippait le nœud de ses mains, mais nous le serrions beaucoup trop pour qu'il réussisse à passer un doigt sous la ligne. Lorsqu'il fut près de perdre connaissance, nous relâchâmes très légèrement la pression, juste assez pour qu'il puisse aspirer une seule et pénible bouffée d'air.

– Lève-toi, dis-je avec douceur, en tirant sur le nœud pour qu'il obtempère.

Et lentement, en s'accrochant à la paroi de son 4×4, Zander obéit.

– Très bien. Monte.

Nous fîmes passer la ligne dans la main gauche pour ouvrir la portière, puis contournâmes le montant et la reprîmes dans la droite avant de nous installer sur la banquette arrière.

– Roule, dis-je de ma voix autoritaire, glacée.

– Vers où ? demanda Zander dans un chuchotement rauque à cause de notre petit jeu avec le nœud.

Nous tirâmes fort de nouveau pour lui enjoindre de ne pas parler sans y avoir été convié. Quand il nous sembla qu'il avait compris le message, nous desserrâmes un peu.

– Vers l'ouest. Ne parle pas. Roule.

Il démarra et, par une série de légers coups sur le lien, je le guidai vers l'ouest, sur la Dolphin expressway, qu'il emprunta. Pendant un moment, Zander fit ce qui lui était indiqué. Il nous jetait de temps à autre un coup d'œil dans le rétroviseur, mais une infime saccade sur le nœud le rendait très coopératif ; il changea lorsque nous empruntâmes Palmetto expressway en direction du nord.

– Écoutez, dit-il tout à coup, comme nous longions l'aéroport. Je suis, euh, vraiment riche. Je peux vous donner tout ce que vous voulez.

– Oui, tu peux, et tu vas nous le donner.

Il ne comprit pas ce que nous voulions, car il se détendit un peu.

– D'accord, poursuivit-il d'une voix encore éraillée. Combien voulez-vous ?

Nous le fixâmes des yeux dans le miroir et, lentement, très lentement afin qu'il commence à comprendre, nous serrâmes la ligne. Lorsqu'il put à peine respirer, nous la maintînmes ainsi un moment.

– Tout. Nous prendrons tout. Roule.

Zander roula. Il se tut durant le reste du chemin, mais il ne semblait pas aussi effrayé qu'il aurait dû l'être. Il ne devait pas vraiment croire à ce qui était en train de se passer, cela ne pouvait pas lui arriver, pas à lui, protégé depuis toujours par son impénétrable cocon d'argent. Tout avait un prix, rien n'était au-dessus de ses moyens. Bientôt il négocierait. Puis il rachèterait sa peau.

En effet, il finirait par se racheter. Mais pas avec de l'argent. Et sans quitter mon emprise.

Ce ne fut pas un très long trajet, et nous demeurâmes tous silencieux jusqu'à la sortie de Hialeah que nous avions choisie. Mais tandis que Zander ralentissait pour prendre la bretelle, il me lança dans le rétroviseur un regard empli de peur, la terreur croissante d'un monstre pris au piège, prêt à dévorer sa propre chair pour se tirer de là, et le goût tangible de sa panique suscita une onde de chaleur chez le Passager noir, nous rendant extrêmement forts et contents.

– Vous ne… Il n'y… Il n'y a… Où est-ce qu'on va ? balbutia-t-il, faible et pitoyable, de plus en plus humain, ce qui nous mit en colère.

Nous donnâmes un coup trop sec, si bien qu'il fit une embardée sur le bas-côté, et nous dûmes laisser un peu de mou à la ligne. Zander regagna le milieu de la chaussée puis descendit la bretelle.

– Tourne à droite, ordonnai-je.

Et il obéit, l'air sifflant de façon déplaisante entre ses lèvres couvertes de salive. Mais il suivit nos instructions, roulant jusqu'au bout de la rue, puis prenant à gauche dans une allée sombre qui bordait de vieux entrepôts.

Il arrêta la voiture là où nous lui indiquâmes, près de la porte rouillée d'un bâtiment désaffecté et plongé dans l'obscurité. Une pancarte pourrie dont l'extrémité manquait affichait encore JONE PLASTI.

– Gare-toi, dis-je, et tandis qu'il plaçait maladroitement le levier de vitesse en position d'arrêt, nous sortîmes de la voiture et tirâmes fort sur le lien derrière nous, ce qui le fit tomber à terre.

Nous serrâmes un peu plus en le regardant un instant se débattre violemment avant de le remettre sur pied d'une saccade. La salive avait formé une croûte blanche autour de sa bouche, et ses yeux trahissaient le début d'une prise de conscience ; il se tenait là, si laid et si dégoûtant dans ce joli clair de lune, tremblant de l'outrage que j'infligeais à son argent, anéanti par la découverte qu'il venait de faire : peut-être n'était-il pas différent de tous ceux à qui il avait fait subir le même sort. Nous le laissâmes se redresser et respirer quelques secondes avant de le pousser vers la porte. Il tendit une main en avant, s'appuyant au mur en béton.

– Écoutez, dit-il, avec un chevrotement tout à fait humain cette fois, je peux vous avoir des tonnes d'argent. Autant que vous voulez.

Silence de notre part. Zander s'humecta les lèvres.

– O.K., reprit-il d'une voix sèche, déchirée, désespérée. Alors qu'est-ce que vous voulez de moi ?

– La chose que tu as prise aux autres, dis-je en donnant un gros coup sec sur le nœud. Sauf la chaussure.

Il me dévisagea, laissant tomber sa mâchoire, et il urina dans son pantalon.

– Je n'ai pas… Ce n'est pas…

– Oh si, tu as… Oui, c'est ça.

Tirant fort sur la laisse, nous le fîmes avancer et passer la porte, pour pénétrer dans la pièce soigneusement préparée. Il y avait plusieurs tas de tuyaux en PVC qui traînaient sur les côtés et, plus important pour Zander, deux tonneaux de cinquante gallons d'acide chlorhydrique, abandonnés là par Jone Plasti lorsqu'ils avaient fermé boutique.

Nous n'eûmes aucun mal à hisser Zander sur la table de travail que nous avions dégagée pour lui ; en quelques secondes il se retrouva scotché et ligoté, et nous fûmes

41

impatients de commencer. Nous sectionnâmes le nœud coulant et comme le couteau entaillait sa gorge il étouffa un cri.

– Nom de Dieu ! Écoutez, vous faites une grosse erreur.

Silence. Nous avions du travail, et nous nous préparions, découpant lentement ses habits et les jetant au fur et à mesure dans les tonneaux d'acide.

– Oh, putain, non. Je vous assure, ce n'est pas ce que vous croyez… Vous ne savez pas ce que vous faites.

Nous étions prêts, le couteau levé pour qu'il voie que justement, si, nous savions très bien ce que nous faisions, et que nous allions commencer.

– Eh, mec, s'il te plaît, implora-t-il.

Puis soudain il devint singulièrement calme. Il me regarda droit dans les yeux avec une intensité déplacée, et d'une voix tout à fait nouvelle, il dit :

– Il va vous trouver.

Nous nous interrompîmes un instant pour réfléchir à ces mots. Mais nous étions à peu près certains que c'était son dernier coup de bluff ; cela émoussait le goût exquis de sa terreur, ce qui nous mit très en colère. Nous recouvrîmes sa bouche de ruban adhésif et nous mîmes au travail.

Et lorsque nous eûmes fini, il ne resta plus rien du tout à part une de ses chaussures. Nous envisageâmes un instant de la monter sur un socle, mais bien sûr cela aurait fait désordre, alors elle rejoignit le reste de Zander dans le tonneau d'acide.

Ce n'était pas bon, ça, pensa le Guetteur. Ils étaient dans l'entrepôt abandonné depuis beaucoup trop longtemps, et quelle que soit leur occupation ce n'était certainement pas une entrevue amicale.

Pas plus que ne l'était le rendez-vous qu'il devait avoir avec Zander. Ils se voyaient toujours pour parler affaires, bien que Zander semblât envisager les choses en des termes différents. L'expression de crainte révérencielle qu'affichait le jeune idiot lors de leurs rares rencontres en disait long sur ses attentes. Il était fier de sa modeste contribution, désireux de s'approcher de la puissance froide et formidable.

Le Guetteur se moquait de ce qui pouvait arriver à Zander. Il était facile à remplacer. Mais pourquoi cela arrivait-il ce soir, et qu'est-ce que cela signifiait, voilà ce qui l'inquiétait.

Il se réjouissait à présent de ne pas être intervenu, de s'être contenté de rester en retrait et de les suivre. Il aurait pu aisément s'avancer pour s'attaquer à l'impudent jeune homme qui avait pris Zander, l'écraser complètement. Même à présent, il sentait l'énorme puissance murmurer en lui, une puissance capable de rugir et d'emporter tout ce qui se dressait devant elle... mais non.

Le Guetteur savait être patient, et c'était une force aussi. Si cet homme constituait une menace, mieux valait attendre, et guetter, et lorsqu'il mesurerait suffisamment le danger, il frapperait, prompt et implacable.

Alors il guetta. Ce ne fut qu'au bout de plusieurs heures que l'autre sortit enfin et monta dans la voiture de Zander. Le Guetteur garda ses distances, tous phares éteints au début, filant la Durango bleue sans difficulté dans la circulation fluide de la nuit. Et quand l'autre abandonna le 4×4 sur le parking d'une station de métro puis grimpa dans le wagon, il fit de même, réussissant à se faufiler juste avant que les portes se referment, puis alla s'asseoir à l'autre bout, étudiant le reflet du visage pour la première fois.

Étonnamment jeune, et beau même. Un certain charme innocent. Pas le genre de visage qu'on s'attendait à voir, mais c'était toujours le cas.

Le Guetteur descendit avec lui à Dadeland et le suivit comme il se dirigeait vers l'un des nombreux véhicules. Il était tard et le parking était désert. Il pouvait agir dès maintenant, sans problème ; il lui suffisait de se glisser derrière l'autre et de laisser la puissance se propager en lui, passer dans ses mains afin de rendre l'homme à l'obscurité. Il sentait la lente et majestueuse montée de la force en lui tandis qu'il s'approchait, savourant déjà le merveilleux rugissement de la mise à mort...

Mais soudain il s'arrêta net puis s'éloigna lentement le long d'une allée.

Car sur le tableau de bord de la voiture de l'homme il avait aperçu une pancarte posée bien en évidence.

Un permis de stationnement de la police.

Il se félicitait d'avoir été patient. Si l'autre était avec la police... le problème était plus épineux que prévu. Pas bon du tout. Il allait falloir un plan très élaboré. Et de longues heures d'observation.

Alors le Guetteur se glissa de nouveau dans la nuit pour se préparer, et guetter.

Chapitre 5

Je ne sais d'où vient l'expression « pas de repos pour les braves », mais il semblerait qu'elle ait été inventée à mon intention, car durant les jours qui suivirent la juste récompense que j'avais accordée à ce cher Zander, je n'eus pas une seconde de répit. L'organisation frénétique de Rita passa à la vitesse supérieure, et il en alla de même de mon travail. C'était une de ces périodes que connaît parfois Miami, au cours desquelles le meurtre fait fureur, et pendant trois jours je fus plongé jusqu'au cou dans les éclaboussures de sang.

Mais le quatrième jour, la situation empira. J'avais apporté des doughnuts au boulot, comme j'en ai parfois l'habitude, en particulier les jours qui suivent mes petites escapades. Pour une raison que je ne m'explique pas, non seulement je me sens plus détendu durant plusieurs jours après les virées nocturnes que le Passager noir et moi-même nous offrons, mais j'ai aussi un très gros appétit. Je suis sûr que ces détails sont chargés d'une grande signification psychologique, mais je préfère consacrer mes efforts à me procurer un ou deux doughnuts avant que les prédateurs du labo médico-légal ne les dévorent tous. L'analyse psychologique passe après…

Mais ce matin-là, je réussis à peine à attraper un beignet fourré à la framboise, et encore je faillis perdre un doigt. Tout l'étage bourdonnait des préparatifs liés

45

au déplacement sur un lieu de crime, et l'intensité du brouhaha m'indiquait que nous avions affaire à un meurtre particulièrement odieux, ce qui ne m'enchanta guère. Cela sous-entendait des heures supplémentaires, coincé quelque part loin de la civilisation et des sandwichs cubains. Dieu seul savait à quoi j'aurais droit pour déjeuner. Étant donné que j'avais été lésé côté doughnuts, le déjeuner s'annonçait comme un repas crucial, et de toute évidence j'allais être obligé de m'en passer.

Je m'emparai de mon matériel puis me dirigeai vers la porte en compagnie de Vince Masuoka, qui malgré sa petite taille avait réussi, je ne sais comment, à s'approprier deux des précieux beignets fourrés ainsi que celui à la crème et recouvert de chocolat.

– Tu t'es vraiment surpassé, ô grand chasseur, dis-je en indiquant du menton son butin.

– Les dieux de la forêt ont été généreux, me répondit-il en mordant à pleine bouche dans l'un des doughnuts. Mon peuple ne souffrira pas de la faim cette saison.

– Non, mais moi, si.

Il m'adressa un sourire bidon.

– Les lois de la jungle sont impitoyables, cher disciple, répliqua-t-il.

– Oui, je sais. Il faut savoir anticiper le mouvement des beignets.

– Ah ! Ha ! Ha ha ha !

Son rire était encore plus faux, à croire qu'il en déchiffrait une transcription phonétique. Le pauvre gars semblait simuler tous les comportements humains, exactement comme moi, mais il n'était pas aussi doué. Pas étonnant que je me sente à l'aise avec lui. Sans compter que lui aussi prenait parfois l'initiative d'apporter des doughnuts.

– Il te faut une meilleure tenue de camouflage, reprit-il avec un signe de tête vers ma chemise hawaïenne aux tons rose et vert imprimée de vahinés. Ou au moins avoir meilleur goût.

– Elle était en solde.

– Ha ! fit-il de nouveau. Eh bien, dans peu de temps, ce sera Rita qui choisira tes tenues.

Et, abandonnant brusquement sa gaieté artificielle, il ajouta :

– Écoute, je crois que j'ai trouvé le traiteur idéal.

– Il sert des beignets à la framboise ? demandai-je, espérant esquiver le sujet de ma félicité imminente.

– C'est une célébrité, poursuivit-il. Il a fait les MTV Awards, et tout un tas de cérémonies du show-biz.

– Il doit être délicieusement cher.

– Oh, je lui ai rendu service. Je pense qu'on peut faire baisser le prix. Dans les cent cinquante dollars l'assiette, peut être.

– Vois-tu, Vince, j'espérais qu'on pourrait payer plus qu'une seule assiette.

– Il a été dans ce fameux magazine de South Beach, reprit-il, un peu froissé. Tu devrais au moins lui parler.

– Pour être très honnête, dis-je, ce qui signifiait bien sûr que je mentais, je pense que Rita veut quelque chose de simple. Un buffet, par exemple.

– Tu devrais au moins le rencontrer, insista-t-il.

Souhaitant clore le débat, je lui promis d'en parler à Rita, et Vince n'aborda plus le sujet durant le trajet.

Mon travail se révéla bien plus facile que je ne l'avais craint. Tout d'abord, c'était sur le campus de l'université de Miami, mon *alma mater*, et conformément à ma constante volonté de paraître humain, j'essayais toujours de simuler une certaine tendresse pour ces lieux lorsque j'y retournais. Ensuite, il y avait très peu de sang à analyser, ce qui supposait que je pourrais en avoir fini assez rapidement. Cela signifiait aussi être libéré de ce sale liquide rouge. Je n'aime pas le sang ; un peu étonnant, je vous l'accorde, mais c'est vrai. J'éprouve

47

en revanche une grande satisfaction à l'organiser sur un lieu de crime, l'obligeant à se conformer à un schéma et à bien se comporter. Dans le cas présent, d'après ce que j'appris en chemin, le défi serait limité.

Ce fut donc avec ma bonne humeur habituelle que je me dirigeai d'un pas nonchalant vers le ruban jaune de la police, certain de vivre un agréable interlude dans ma journée de travail trépidante...

Mais je me figeai, un pied à l'intérieur du périmètre de sécurité.

Durant quelques secondes, le monde prit une couleur jaune vif et j'eus la sensation nauséeuse d'être en apesanteur dans l'espace. Je ne voyais plus rien, hormis cette lumière éblouissante. Il y eut un bruit sourd en provenance du siège arrière sombre, et mon malaise subliminal fut doublé d'un sentiment de panique semblable à celui provoqué par le crissement d'un couteau de boucher contre un tableau noir. Je fus parcouru d'un frémissement nerveux et de la certitude que quelque chose allait très mal.

Recouvrant la vue, je jetai un regard autour de moi. Je ne vis rien qui n'aurait dû se trouver sur le lieu d'un crime : il y avait un petit attroupement près du ruban de sécurité, quelques policiers en uniforme postés devant, une poignée d'enquêteurs aux costards bon marché, ainsi que mes collègues, les cinglés du labo, occupés à farfouiller à quatre pattes dans les buissons. Rien que de très normal a priori. Alors je me tournai vers mon infaillible œil intérieur pour une explication.

Que se passe-t-il ? demandai-je en secret, fermant les yeux de nouveau et attendant une réponse du Passager. J'étais habitué à des commentaires de la part de mon associé, et assez souvent ma première vision d'un lieu de crime était ponctuée par des murmures espiègles d'admiration ou d'amusement, mais là... c'était de toute évidence l'expression d'une angoisse, et je ne savais qu'en penser.

Quoi ? demandai-je à nouveau. Pas de réponse, excepté le bruissement d'ailes invisibles, alors je laissai tomber et me rendis sur le site.

Les deux corps avaient été brûlés, mais forcément ailleurs, car il n'y avait pas trace d'un barbecue suffisamment grand pour cuire à point deux femmes de taille moyenne. Elles avaient été abandonnées au bord du lac qui traverse le campus, près d'un sentier, et découvertes là par deux joggeurs matinaux. J'étais d'avis, d'après la faible quantité de sang présente, qu'elles avaient été décapitées après avoir été brûlées vives.

Un détail m'interpella. Les corps étaient soigneusement disposés, avec respect presque, les mains carbonisées repliées sur la poitrine. Mais à la place des vraies têtes, une tête de taureau en céramique avait été placée au-dessus de chaque torse.

C'est exactement le genre d'attention qui provoque en général un commentaire du Passager noir, un murmure amusé ou bien un petit gloussement, voire une pointe de jalousie. Mais cette fois, alors que Dexter s'exclamait intérieurement : *Ah ! ah ! Une tête de taureau ! Qu'en pensons-nous ?*, le Passager se manifesta aussitôt et très distinctement par… rien.

Pas un murmure, pas un soupir.

Je réitérai ma demande d'un ton irrité et n'obtins qu'un bruit de fuite apeuré, comme si le Passager était allé se cacher sous le premier abri venu, espérant laisser passer l'orage sans se faire remarquer.

J'ouvris les yeux, interloqué. Jamais auparavant le Passager n'était resté muet dans une telle situation, et voilà que non seulement il avait perdu sa langue mais qu'en plus il se planquait.

Je considérai de nouveau les deux corps calcinés, avec un certain respect cette fois…

Angel Batista était agenouillé par terre de l'autre côté du sentier, en train d'examiner très scrupuleusement des trucs que je ne distinguais même pas et dont je me fichais, d'ailleurs.

– Ça y est, tu as trouvé ? lui demandai-je.

– Trouvé quoi ? répondit-il sans lever les yeux.

– Aucune idée, mais ce doit être là quelque part.

Il avança le bras et arracha de sa pince à épiler un brin d'herbe, l'étudiant un long moment avant de le fourrer dans un petit sac en plastique.

– Pourquoi diable mettre une tête de taureau en céramique ?

– Parce que si elle était en chocolat elle fondrait.

Il secoua la tête sans me regarder.

– Ta sœur pense que c'est de la Santeria.

– Ah oui ?

Cette possibilité ne m'avait pas traversé l'esprit, et j'étais un peu vexé de ne pas avoir fait le rapprochement. C'est vrai, nous étions à Miami : chaque fois que l'on tombait sur ce qui ressemblait à un rituel et impliquait des têtes d'animaux, la Santeria aurait dû être la première hypothèse, cette religion afro-cubaine combinant l'animisme yoruba et le catholicisme étant très répandue à Miami. Le sacrifice et le symbolisme des animaux étaient courants pour ses adeptes, ce qui aurait pu expliquer les têtes de taureau. Et même si un nombre plutôt restreint de fidèles pratiquait réellement la Santeria, la plupart des maisons de la ville affichaient toujours une ou deux bougies dédiées à un saint ou des colliers de cauris achetés dans une *botanica*. Même si l'on n'y croyait pas, cela ne faisait pas de mal de payer un léger tribut.

Je le répète, j'aurais dû faire le lien aussitôt. Mais ma sœur adoptive – brigadier-chef à la Criminelle maintenant, attention – y avait pensé la première, alors que j'étais censé être le plus malin de nous deux.

J'avais été soulagé d'apprendre que Deborah était chargée de l'affaire : une certaine dose de bêtise nous serait ainsi épargnée. Cela lui permettrait aussi d'occuper son temps un peu mieux qu'elle ne l'avait fait dernièrement. Elle avait passé toutes les heures du jour et de la nuit à couver son chéri, Kyle Chutsky, qui avait plus ou moins perdu deux membres lors de son récent rendez-vous avec un chirurgien free-lance quelque peu dérangé, spécialisé dans la transformation des êtres humains en pommes de terre hurlantes, le même vaurien qui avait très habilement débarrassé le sergent Doakes de tant de parties inutiles de son corps. Il n'avait pas eu le temps de terminer avec Kyle, mais Deb avait pris l'affaire très à cœur et, après avoir dégommé le bon docteur, elle s'était entièrement consacrée à Chutsky, cherchant à lui rendre toute sa virilité.

Je suis sûr qu'elle avait remporté un nombre incalculable de points sur le terrain de l'éthique, mais ce long congé ne lui avait pas rendu service au sein du département de la police ; et surtout, le pauvre Dexter délaissé avait durement ressenti le manque d'attention de la part de son unique parente.

C'était donc, à tous les égards, une très bonne nouvelle que l'affaire ait été attribuée à Deborah. Elle se trouvait d'ailleurs à quelques pas de moi en pleine conversation avec son chef, le commissaire Matthews, lui fournissant sans doute des munitions pour sa bataille permanente avec la presse, qui refusait de le prendre en photo sous son meilleur profil.

Les camionnettes des médias étaient justement en train de débarquer leurs équipes afin de filmer des plans du secteur. Quelques-uns des reporters les plus zélés de la région étaient déjà plantés là, agrippant leur micro d'un air solennel et entonnant d'un ton lugubre des propos sur la perte tragique de deux vies achevées si brutalement… Comme toujours, je me sentis heureux de vivre dans une société libre où l'on avait le droit inaliénable de montrer des plans de cadavres au journal de 20 heures.

Le commissaire Matthews remit en place du plat de la main ses cheveux déjà parfaits, donna à Deborah une tape sur l'épaule puis s'éloigna d'un pas énergique pour aller parler aux journalistes. Et moi, je rejoignis ma sœur.

Elle se tenait là où l'avait laissée Matthews, l'observant de loin tandis qu'il commençait à s'entretenir avec Rick Sangre, l'un des tenants du credo « Plus il y a de sang, plus ça se vend ».

– Salut, sœurette ! lui lançai-je. Content de te voir revenue à la vraie vie.

– Hip hip hip…

– Comment va Kyle ? demandai-je, ma longue pratique des relations humaines m'indiquant que c'était la phrase la plus adéquate.

– Physiquement ? Il va bien. Mais il se sent vraiment inutile. Et ces enfoirés à Washington ne le laissent pas reprendre le boulot.

Il m'était difficile d'évaluer la capacité de Chutsky à reprendre le travail, étant donné que personne ne m'avait jamais renseigné sur sa fonction réelle. Je savais qu'il dépendait vaguement d'un organisme gouvernemental et qu'il exerçait une activité clandestine, mais rien de plus.

– Oh, fis-je, cherchant le cliché approprié, je suis sûr que ce n'est qu'une question de temps.

– Ouais, moi aussi, répliqua-t-elle. En tout cas, ça, c'est le meilleur moyen de penser à autre chose.

– J'ai entendu dire que, selon toi, ça relèverait de la Santeria, lui dis-je.

– Tu ne crois pas ?

– Oh, si ! C'est fort probable.

– Mais ?

52

– Il n'y a pas de mais.

– Merde, Dexter ! s'écria-t-elle. Qu'est-ce que tu sais, cette fois ?

Et sa question était probablement légitime. Il m'était arrivé d'émettre d'assez bonnes hypothèses concernant certains des meurtres les plus sordides sur lesquels nous enquêtions. J'avais acquis une certaine réputation pour ma faculté à saisir la manière de fonctionner des psychopathes criminels – plutôt normal, en somme, puisque j'en étais un, comme seule le savait Deborah.

N'ayant appris que très récemment ma véritable nature, elle ne s'était pas gênée pour tenter d'en tirer parti dans son travail. Je n'y voyais pas d'inconvénient ; j'étais content de l'aider. La famille sert à ça, n'est-ce pas ? Et je me moquais que mes semblables acquittent leur dette sur la chaise électrique.

Mais dans ce cas précis je n'avais rien à apprendre à Deborah. J'espérais en réalité qu'elle aurait quelques bribes d'information à m'apporter, des éléments permettant d'expliquer la dérobade du Passager noir. Je ne me voyais pas, néanmoins, aborder ce sujet avec ma sœur. Elle ne me croirait pas. Elle serait convaincue que j'avais des idées et un point de vue que je préférais garder pour moi. La seule personne au monde plus méfiante qu'une sœur, c'est une sœur flic…

Eh oui, elle était convaincue que je lui cachais des choses.

– Allez, Dexter, crache le morceau. Dis-moi ce que tu sais sur ce crime.

– Ma chère frangine, je suis perplexe.

– Conneries ! Tu me caches des trucs.

– Jamais de la vie. Est-ce que je mentirais à mon unique sœur ?

Elle me lança un regard furieux.

– Alors, ce n'est pas de la Santeria ?

– Je n'en ai pas la moindre idée, répondis-je d'un ton aussi apaisant que possible. Ça me semble une très bonne hypothèse de départ, mais…

– Je le savais ! me coupa-t-elle. Mais quoi ?

– Eh bien, tu as déjà vu un *santero* avoir recours à de la céramique ? Et les taureaux… ce n'est pas les têtes de chèvres, plutôt, leur truc ?

Elle me dévisagea pendant près d'une minute, puis secoua la tête.

– C'est tout ce que tu as ?

– Je t'avais prévenue, Deb. Je n'ai rien du tout. C'est une simple réflexion, un truc qui m'est venu à l'instant.

– Alors si tu me dis la vérité…

– Mais oui… protestai-je.

– Eh bien, tu as que dalle, lâcha-t-elle en tournant les yeux vers le commissaire Matthews, qui répondait à des questions d'un air solennel, sa mâchoire virile très saillante. Et c'est encore moins que mes fadaises.

Fadaises ou pas, la vraie question du jour restait sans réponse : pourquoi le Passager noir s'était-il défilé comme ça ?

À bien y réfléchir, j'ignorais totalement ce qu'était le Passager noir et d'où il venait ; jusqu'à présent, cela ne m'avait jamais paru d'une importance primordiale. Maintenant, si.

Un petit attroupement s'était formé près du cordon de sécurité. Assez important pour que le Guetteur puisse se tenir au milieu du groupe sans se faire remarquer.

Il observait la scène avec une avidité froide que ne trahissait pas son visage. Rien ne se lisait sur son visage ; c'était un masque qu'il revêtait pour le moment, un moyen de dissimuler la puissance enfouie au fond de lui. Et pourtant, bizarrement, les gens autour de lui semblaient la sentir : ils jetaient des coups d'œil nerveux dans sa direction, comme s'ils avaient entendu un tigre gronder tout près.

Le Guetteur savourait leur malaise, se délectait de la façon dont ils considéraient son œuvre avec une peur stupide. C'était une des joies que lui offrait la puissance, et une des raisons pour lesquelles il aimait regarder.

Mais il avait un but précis cette fois, tandis que, prudemment, il les voyait gratter le sol comme des fourmis et qu'il sentait la puissance enfler en lui. *De la viande ambulante*, pensa-t-il. *Moins que des moutons, et nous sommes les bergers.*

Tandis qu'il jubilait à la vue de leur réaction pathétique devant sa création, il sentit une autre présence titiller ses sens de prédateur. Il tourna la tête lentement le long de la ligne du ruban jaune…

Là. C'était lui, l'homme avec la chemise hawaïenne colorée. Il était bel et bien de la police.

Le Guetteur envoya une onde prudente dans sa direction, et comme elle l'atteignait il regarda l'homme se figer et fermer les yeux, semblant poser une question silencieuse. Oui. C'était logique. L'autre avait perçu la connexion des sens ; il était puissant, pas de doute.

Mais quel était son but ?

Il le vit se redresser, jeter un regard autour de lui, puis renoncer à comprendre et quitter la zone circonscrite.

Nous sommes plus forts, pensa-t-il. Plus forts qu'eux tous réunis. Et ils s'en apercevront, pour leur plus grand malheur.

Il sentait la faim croître en lui, mais il devait en savoir davantage ; il lui fallait attendre que ce soit le bon moment. Attendre et guetter.

Pour l'instant.

Chapitre 6

Un lieu de crime sans aucune éclaboussure de sang aurait dû constituer un moment de détente pour moi, mais je ne sais pourquoi je ne parvenais pas à l'apprécier. Je rôdai là un moment, sortant du périmètre de sécurité, mais mes occupations étaient limitées. Et Deborah m'avait dit tout ce qu'elle avait à m'apprendre sur le sujet, ce qui me laissait quelque peu seul et désœuvré.

La meilleure solution était peut-être de faire comme si de rien n'était et de me concentrer sur toutes les choses importantes qui requéraient mon attention : les enfants, le traiteur, Paris, le déjeuner imminent… Vu la nature de mes préoccupations actuelles, ce n'était pas étonnant que le Passager se montre un tout petit peu timide.

Je considérai de nouveau les deux corps carbonisés. Ils n'avaient rien d'effrayant ; ils étaient toujours morts. Mais le Passager continuait à se taire.

Je retournai lentement vers l'endroit où se tenait Deborah, qui parlait à présent avec Angel. Ils levèrent tous les deux les yeux vers moi avec curiosité, mais je n'avais aucun trait d'esprit à leur offrir, ce qui ne me ressemblait pas. Heureusement pour ma réputation universelle de joyeux luron, avant que je ne commence à devenir vraiment lugubre, Deborah jeta un coup d'œil par-dessus mon épaule avant de s'exclamer :

– Putain, c'est pas trop tôt.

Je suivis son regard jusqu'à une voiture de patrouille qui venait juste de s'arrêter et vis un homme tout de blanc vêtu en descendre.

Le *babalao* officiel de la ville de Miami était arrivé.

Notre belle ville vit dans un brouillard permanent fait de népotisme et de corruption ; chaque année, des millions de dollars sont affectés à des postes de consultants imaginaires, à des dépassements de frais concernant des projets attribués à la belle-mère d'Untel et à de multiples dépenses de la plus grande importance citoyenne, telles que de nouvelles voitures de luxe pour les adhérents d'un parti politique. Cela ne devrait donc surprendre personne que la ville accorde un salaire et des privilèges à un prêtre *santero*.

Ce qui est étonnant, c'est qu'il travaille réellement.

Tous les matins à l'aube, le *babalao* se rend au palais de justice, où il trouve en général un ou deux petits sacrifices d'animaux effectués par des fidèles dans l'attente d'un jugement important. Aucun citoyen de Miami ayant toute sa raison n'oserait y toucher, mais bien entendu cela ferait un peu désordre de laisser traîner des bestioles mortes dans le grand tribunal de Miami. Alors le *babalao* vient enlever les sacrifices, les cauris, les plumes, les perles, les amulettes et les images, veillant à ne pas offenser les Orishas, les divinités de la Santeria.

On fait également appel à lui de temps à autre pour d'importants événements municipaux : il peut lui arriver, par exemple, de bénir un nouveau pont autoroutier construit par un entrepreneur un peu douteux, ou encore de jeter un sort à l'équipe des New York Jets. Cette fois, il avait apparemment été appelé par ma sœur Deborah.

Le *babalao* officiel de la ville était un Noir d'une cinquantaine d'années, de plus d'un mètre quatre-vingts, aux ongles très longs et à la bedaine imposante. Il portait un pantalon blanc, une *guayabera* blanche et des sandales. Il s'approcha d'un pas lourd avec l'expression revêche du petit bureaucrate que l'on a interrompu dans un important travail de classement. Tout en marchant, il frottait une paire de lunettes à monture noire contre le pan de sa chemise. Il les chaussa lorsqu'il fut à proximité des corps et ce qu'il vit le cloua sur place.

Pendant un très long moment, il se contenta de scruter la scène. Puis, les yeux toujours rivés sur les cadavres, il recula. À une distance de dix mètres environ, il se retourna puis regagna la voiture de patrouille où il remonta.

– Qu'est-ce qu'il fout, bordel ? lâcha Deborah, et elle avait effectivement bien résumé la situation.

Le *babalao*, après avoir claqué la portière, se tenait parfaitement immobile sur son siège, regardant droit devant lui à travers le pare-brise.

– Merde, grommela Deborah au bout d'un moment, puis elle s'éloigna en direction du véhicule.

Étant d'une nature curieuse, je la suivis.

Lorsque j'arrivai à la voiture, Deborah était en train de donner des petits coups sur la vitre du passager et le *babalao* continuait à fixer le pare-brise, la mâchoire serrée, feignant de ne pas la voir. Deb frappa plus fort ; il secoua la tête.

– Ouvrez la portière, lança-t-elle de sa plus belle voix de flic.

Il secoua la tête plus vigoureusement. Elle frappa encore plus fort.

Il finit par baisser la vitre.

– Je n'ai rien à voir là-dedans, dit-il.

– Alors, qu'est-ce que c'est ? interrogea Deborah.

– Je dois retourner au travail, répondit-il.

– C'est du Palo mayombe ? lui demandai-je.

Deb me fusilla du regard, n'appréciant pas mon intervention. Le Palo mayombe est une variante occulte de la Santeria, et bien que mes connaissances fussent très limitées, j'avais entendu parler de rituels particulièrement cruels qui avaient piqué ma curiosité.

Mais le *babalao* secoua la tête.

– Écoutez, dit-il. Il y a des trucs qui existent, vous pouvez même pas imaginer, et vous voulez pas savoir.

– Et ça, ça en fait partie ? demandai-je.

– J'sais pas. Possible.

– Qu'est-ce que vous pouvez nous en dire ? s'enquit Deborah.

– J'peux rien vous en dire parce que j'en sais rien du tout. Mais j'aime pas ça et j'veux rien avoir à voir là-dedans. J'ai des trucs importants à faire aujourd'hui. Dites au flic que je dois y aller.

Et il remonta la vitre.

– Merde ! lâcha Deborah en m'adressant un regard accusateur.

– Quoi ? C'est pas ma faute.

– Merde, répéta-t-elle, qu'est-ce que ça veut dire, bordel ?

– Je nage complètement.

Deborah continuait à me fixer avec une expression désagréable.

– Vous avez trouvé les têtes ? demandai-je, plutôt obligeamment, me sembla-t-il. On pourra peut-être identifier le rituel si on voit ce qu'il a fait aux têtes.

– Non, on ne les a pas trouvées. Je n'ai rien trouvé à part un frère qui me cache des trucs.

– Deborah, cet air de suspicion permanent n'est pas bon pour les muscles de ton visage. Tu vas choper des rides sur le front.

– Je choperai peut-être un assassin par la même occasion, rétorqua-t-elle en s'éloignant en direction des corps.

Puisque ma présence n'était plus requise, en tout cas en ce qui concernait ma sœur, je n'avais plus grand-chose à faire sur le site. Je terminai ma tâche, prenant quelques prélèvements du sang noir qui formait une croûte autour des deux cous, puis retournai au labo, à temps pour un déjeuner juste un peu tardif.

Mais, hélas, ce pauvre Dexter avait de toute évidence une cible peinte dans le dos : mes ennuis ne faisaient que commencer. Alors que je rangeais mes affaires et me préparais à prendre part à la circulation mortelle de la fin de la journée, Vince entra en sautillant dans mon bureau.

– Je viens de parler à Manny, m'annonça-t-il. Il peut nous voir demain à 10 heures.

– Excellente nouvelle, répondis-je. Mais ce serait encore mieux si je savais qui est Manny et pourquoi il veut nous voir.

Vince parut un peu blessé, une des rares expressions authentiques que son visage eût jamais prises.

– Manny Borque, le traiteur.

– Celui de MTV ?

– Ouais, c'est ça. Celui qui a remporté tout un tas de prix et qui est classé par le magazine *Gourmet*.

– Ah oui, répondis-je, cherchant à gagner du temps dans l'espoir qu'un éclair de génie viendrait me soustraire à ce terrible sort. Le célèbre traiteur.

– Dexter, ce type est une sommité. Il pourrait organiser ton mariage.

– Vince, je trouve l'idée fantastique, mais…

– Écoute, coupa-t-il en prenant un air autoritaire que je ne lui avais encore jamais vu, tu as dit que tu en parlerais à Rita et que tu la laisserais décider.

– J'ai dit ça ?

– Oui. Et je ne vais pas te permettre de gâcher une aussi belle occasion, car je sais que Rita serait aux anges.

Comment pouvait-il être aussi sûr de lui ? Que je sache, c'est moi qui étais fiancé à cette femme, et j'ignorais totalement quel style de traiteur était susceptible de lui plaire. Mais le moment me semblait mal venu pour lui demander comment il savait ce qui emballerait ou non Rita. Après tout, un homme qui se déguisait en Carmen Miranda à Halloween était peut-être capable de deviner les désirs culinaires les plus secrets de ma bien-aimée.

– Eh bien, finis-je par dire, dans ce cas je vais rentrer et en parler à Rita.

– Très bien, répondit-il avant de quitter la pièce.

Il n'y avait pas de porte, mais s'il y en avait eu une il l'aurait très certainement claquée.

Je terminai de ranger, puis gagnai un peu à contrecœur ma voiture et la circulation de l'heure de pointe. En chemin, un homme conduisant un 454 Toyota se glissa derrière moi et, pour je ne sais quelle raison, se mit à klaxonner. Après plusieurs centaines de mètres, il vint se placer à mon niveau et, tout en m'adressant un geste obscène, fit semblant de donner un petit coup de volant afin que je me déporte sur le trottoir avec frayeur. J'admirai son courage et j'aurais aimé lui faire plaisir, mais je restai malgré tout sur la route. Il est inutile de chercher à comprendre le comportement des conducteurs de Miami. Il faut juste se détendre et savourer la violence, ce qui, naturellement, ne me pose aucun problème. Je souris et lui adressai un signe de la main ; l'homme appuya sur l'accélérateur et disparut à plus de quatre-vingt-dix kilomètres-heure au-dessus de la vitesse autorisée.

En temps normal, je trouve que le trajet en voiture à travers ce chaos innommable est la manière parfaite de terminer la journée. La vue de toute cette rage et de cet appétit sanguinaire me délasse : je me sens en harmonie avec ma ville natale et ses fringants habitants. Ce soir, toutefois, j'éprouvais quelque difficulté à être de bonne humeur. Je n'avais jamais pensé que cela m'arriverait, mais voilà, j'étais inquiet.

Pire, je ne savais même pas pourquoi je l'étais, si ce n'est que le Passager noir avait fait le mort sur les lieux d'un homicide particulièrement créatif. Cela ne s'était encore jamais produit, et j'étais bien obligé de penser que quelque chose d'inhabituel, menaçant peut-être Dexter, était à l'œuvre. Mais quoi ? Et comment en être sûr alors que je ne savais rien sur le Passager lui-même, hormis qu'il avait toujours été là ? Il nous était déjà arrivé de voir des corps brûlés, ainsi que tout un tas de poteries, sans que mon compagnon ne tique. Était-ce l'association des deux ? Ou un aspect spécifique à ces deux cadavres ? Ou bien était-ce une simple coïncidence, qui n'avait aucun rapport avec ce que nous avions vu ?

Plus je réfléchissais et plus j'étais perplexe, mais la circula-tion meurtrière m'emportait dans son tourbillon rassurant, si bien que, le temps que je parvienne chez Rita, j'avais presque réussi à me convaincre que je n'avais aucune raison de m'inquiéter.

Rita, Cody et Astor étaient déjà rentrés lorsque j'arrivai à la maison. Rita travaillait assez près de chez elle, et les enfants, après l'école, allaient à une garderie toute proche, donc cela faisait une bonne demi-heure qu'ils attendaient tous mon retour pour me tourmenter et démentir ce semblant de tranquillité retrouvée.

– C'était aux informations, chuchota Astor alors que j'ouvrais la porte.

Cody hocha la tête en disant : « Dégoûtant », de sa petite voix rauque.

– Qu'est-ce qui était aux infos ? demandai-je, m'efforçant d'entrer dans la maison sans leur marcher sur les pieds.

– Tu les as *brûlées* ! siffla Astor.

Cody, lui, me dévisagea avec un manque total d'expression qui traduisait néanmoins la désapprobation.

– J'ai quoi ? Qui est-ce que j'ai… ?

– Les deux personnes trouvées à la faculté, poursuivit-elle. On veut pas que tu nous apprennes ça, ajouta-t-elle, catégorique, et Cody secoua la tête.

– À la… Tu veux dire à l'université ? Je n'ai…

– Oui, la faculté et l'université, c'est pareil, déclara Astor d'un ton péremptoire. On trouve que c'est vraiment dégoûtant de les brûler.

Je commençai à saisir ce qu'ils avaient vu aux informations : un reportage de l'endroit où j'avais passé la matinée à recueillir des échantillons de sang tout sec sur deux corps carbonisés. Et sous prétexte qu'ils savaient que j'étais sorti m'amuser l'autre nuit, ils m'avaient attribué les faits. Même sans les commentaires experts du Passager noir, j'étais moi aussi d'avis que c'était dégoûtant, et j'étais extrêmement vexé qu'ils me croient capable de ça.

– Écoutez, dis-je d'une voix sévère. Ce n'était pas…

– Dexter ? C'est toi ? cria Rita depuis la cuisine sur le mode de la tyrolienne.

– Je ne suis pas sûr, m'écriai-je à mon tour. Laisse-moi vérifier ma carte d'identité.

Rita s'élança vers moi avec un grand sourire et avant que je réussisse à me protéger elle s'enroula autour de moi.

– Salut, le plus beau ! Tu as passé une bonne journée ?

– Dégoûtant, marmonna Astor.

– Merveilleuse, répondis-je, respirant à grand-peine. On a eu tout plein de cadavres aujourd'hui. J'ai même eu l'occasion de me servir de mes Cotons-Tiges.

Rita fit la grimace.

– Eurk. C'est… Tu ne devrais peut-être pas parler comme ça devant les enfants. Ils pourraient faire des cauchemars.

Je me retins de lui répondre qu'il y avait beaucoup plus de chances que ses rejetons causent des cauchemars aux gens mais, n'étant pas un défenseur absolu de la vérité, je me contentai de lui tapoter le bras et de dire :

– Ils voient quotidiennement pire que ça dans les dessins animés. Pas vrai ?

Non, répondit Cody doucement.

Je le regardai, étonné. Il parlait rarement ; c'était assez troublant de l'entendre non seulement parler mais en plus me contredire. Décidément, rien ne tournait rond aujourd'hui : ça avait commencé par la fuite du Passager noir le matin ; puis il y avait eu la diatribe de Vince à propos du traiteur, et maintenant les enfants s'y mettaient. Diable, que se passait-il ? Mon aura était-elle devenue transparente ? Les lunes de Jupiter s'étaient-elles alignées en Sagittaire contre moi ?

– Cody, dis-je, tu ne vas pas faire des cauchemars à cause de moi, n'est-ce pas ?

– Il ne fait pas de cauchemars, affirma Astor d'un ton qui semblait signifier que toute personne mentalement saine aurait dû le savoir. Il ne rêve jamais.

– Content de l'apprendre, répliquai-je, car moi-même je ne rêve presque jamais, et bizarrement il me semblait important d'avoir un maximum de choses en commun avec Cody.

Mais Rita n'était pas du même avis.

– Enfin, Astor, ne dis pas de bêtises. Bien sûr que Cody rêve. Tout le monde rêve.

– Moi non, insista Cody, et non seulement il nous tenait tête à tous les deux, mais il battait presque son record de bavardage.

J'ai beau ne pas avoir de cœur, si ce n'est pour des besoins circulatoires, j'éprouvai une bouffée de tendresse à son égard et souhaitai le soutenir.

– Tant mieux pour toi, déclarai-je. Continue comme ça. On fait vraiment trop de cas des rêves. Ils empêchent d'avoir une bonne nuit de sommeil.

– Dexter, franchement, intervint Rita, je ne crois pas qu'on doive encourager cette attitude.

– Bien sûr que si, répondis-je en adressant un clin d'œil à Cody. Il se montre plein de fougue, de cran et d'imagination.

– Pas du tout, protesta-t-il, et je m'émerveillai de cette effusion verbale.

– Bien sûr que non, lui soufflai-je à voix basse. Mais on doit dire des trucs comme ça pour que ta mère ne s'inquiète pas.

– Bon sang ! s'écria Rita. Vous me fatiguez, tous les deux. Allez jouer dehors, les enfants.

– On veut jouer avec Dexter, dit Astor en faisant la moue.

– Je vous rejoins dans quelques minutes.

– Tu as intérêt, rétorqua-t-elle, l'air sombre.

Ils disparurent au bout du couloir et, les voyant s'éloigner, je pris une profonde inspiration, soulagé que les attaques vicieuses et injustifiées à mon encontre soient terminées pour le moment. J'avais tout faux.

– Viens par ici, me lança Rita en me conduisant par la main vers le canapé. Vince a appelé tout à l'heure, poursuivit-elle alors que nous nous asseyions sur les coussins.

– Ah oui ? fis-je, et le sentiment d'un danger imminent m'étreignit à l'idée de ce que Vince pouvait avoir confié à Rita. Qu'est-ce qu'il a dit ?

– Il a été très mystérieux. Il m'a dit de le tenir au courant dès qu'on en aurait discuté. Il n'a pas voulu m'en dire plus, juste que tu m'en parlerais.

Je réussis à peine à me retenir de répéter « ah oui ? », ce qui aurait été fort déplacé. Mais je dois admettre à ma décharge que j'avais la tête qui tournait, persuadé que je ferais mieux d'aller me réfugier dans un lieu sûr, mais qu'auparavant il me fallait trouver le temps de rendre une petite visite à Vince avec mon sac de jouets.

Avant même que je puisse mentalement choisir la lame adéquate, Rita enchaîna :

– Franchement, Dexter, tu as beaucoup de chance d'avoir Vince pour ami. Il prend vraiment au sérieux sa fonction de témoin, et il a très bon goût.

– Oui, et le goût du luxe aussi, répliquai-je, et si j'avais évité de justesse la gaffe d'un deuxième « ah oui ? », je sus à l'instant où j'avais prononcé ces derniers mots que ce n'était pas la chose à dire.

Pour sûr, le visage de Rita s'éclaira comme un sapin de Noël.

– Ah bon ? Après tout, c'est plutôt logique. C'est vrai, en général les deux vont de pair, non ? On n'a que ce qu'on paie.

– Oui, mais encore faut-il savoir combien on est prêt à payer.

– Combien pour quoi ? demanda Rita, et là, j'étais coincé.

– Eh bien, Vince a eu l'idée extravagante de faire appel à un traiteur de South Beach, un type très cher qui participe à tout un tas d'événements pour les célébrités.

Rita battit des mains sous son menton et eut un air radieux.

– Pas Manny Borque au moins ! s'exclama-t-elle. Vince connaît Manny Borque ?

Évidemment, c'était déjà fichu, mais Dexter le dur ne peut s'incliner sans opposer une certaine résistance.

– Est-ce que j'ai précisé que ses tarifs sont exorbitants ? dis-je avec espoir.

– Oh, Dexter, tu ne peux pas te soucier d'argent dans un tel moment.

– Si, parfaitement.

– Pas si on a la chance de pouvoir engager Manny Borque.

– C'est absurde de dépenser des tonnes d'argent juste pour un traiteur.

– La raison n'a rien à voir là-dedans, répondit-elle, et j'avoue que sur ce point j'étais d'accord avec elle. Si on peut avoir Manny Borque comme traiteur à notre mariage, ce serait fou de refuser.

– Mais… repris-je, avant de m'interrompre.

En dehors du fait qu'il semblait absurde de payer une fortune pour des crackers avec des morceaux d'endive dessus, badigeonnés d'un jus à la rhubarbe et taillés de façon à ressembler à Jennifer Lopez, aucune objection ne me venait…

– Dexter, combien de fois allons-nous nous marier ?

Je dois faire remarquer, à mon crédit, que j'étais encore assez alerte pour réfréner mon envie de répondre : « Au moins deux fois pour toi ».

Je changeai de cap, choisissant la tactique apprise durant toutes ces années.

– Rita, dis-je, le moment le plus important pour moi, c'est de te passer l'alliance au doigt. Je me moque de ce qu'on mange après.

– Oh, c'est adorable… Alors ça t'est égal si on fait appel à Manny Borque ?

Une fois de plus, je perdais la partie avant même de savoir dans quel camp j'étais. Je m'aperçus que j'avais la bouche sèche, sans doute parce qu'elle était grande ouverte, mon cerveau moulinant pour trouver une réponse intelligente qui sauverait la situation.

Trop tard.

– Je vais rappeler Vince, lança Rita en se penchant pour m'embrasser sur la joue. Oh, je suis tout excitée. Merci, Dexter.

Après tout, le mariage n'est-il pas affaire de compromis ?

Chapitre 7

Bien entendu, Manny Borque vivait à South Beach. Il habitait le dernier étage de l'un de ces nouveaux buildings qui poussent comme des champignons à Miami. Celui-ci se dressait à l'emplacement de ce qui avait été autrefois une plage déserte où Harry nous emmenait tôt le samedi matin, Deb et moi, ramasser les épaves. Nous trouvions de vieux gilets de sauvetage, de mystérieux bouts de bois ayant appartenu à des bateaux malchanceux, des bouées de casiers à homards, des morceaux de filets de pêche, et il nous arriva même un jour, le plus palpitant de tous, de découvrir un corps humain tout ce qu'il y avait de mort en train de rouler dans les vagues. C'était un souvenir qui m'était cher, et j'étais très contrarié de voir que l'on avait construit là cette tour étincelante.

Le lendemain matin à 10 heures, je quittai donc le bureau en compagnie de Vince pour me rendre dans cet horrible immeuble qui avait remplacé la scène de ma joie d'enfant. Je gardai le silence dans l'ascenseur, tout en regardant Vince gigoter et cligner des yeux. J'ignorais pourquoi il avait le trac à l'idée de rendre visite à quelqu'un qui gagnait sa vie en sculptant des foies hachés, mais c'était le cas. Une goutte de sueur dégoulina le long de sa joue et il avala sa salive de façon convulsive, deux fois de suite.

– C'est un traiteur, Vince, lui dis-je. Il n'est pas dangereux. Il ne peut même pas résilier ta carte de bibliothèque.

– Il a un sacré caractère, répondit-il. Il peut être très difficile.

– Bon, eh bien, allons chercher quelqu'un de plus raisonnable, proposai-je d'un ton enjoué.

Il avança la mâchoire, prêt à affronter le peloton d'exécution.

– Non, dit-il courageusement. On va aller jusqu'au bout.

Et l'ascenseur s'ouvrit, pile à cet instant. Il redressa les épaules, hocha la tête et me lança :

– Allons-y.

Nous longeâmes le couloir et Vince s'arrêta devant la dernière porte. Il prit une grande inspiration, leva le poing et après une légère hésitation frappa à la porte. Après de longues secondes durant lesquelles rien ne se passa, il me regarda en clignant des yeux, la main toujours levée.

– Peut-être… dit-il.

La porte s'ouvrit.

– Bonjour, Vic ! roucoula la créature devant nous.

Vince se mit à rougir et à balbutier :

– Je… voilà, salut.

Puis il déplaça son poids d'une jambe sur l'autre, bafouilla quelque chose.

C'était une prestation fort remarquable, et je n'étais pas le seul à l'apprécier, de toute évidence. Le nabot qui nous avait ouvert la contemplait avec un sourire qui sous-entendait qu'il prisait le spectacle de la souffrance humaine, et il laissa Vince se tortiller un certain temps avant de se décider à nous dire :

– Mais entrez !

Manny Borque, si c'était bien lui et non un étrange hologramme issu d'un épisode de *Star Wars*, devait mesurer un bon mètre soixante-cinq, depuis la semelle de ses bottes à talon haut jusqu'à la pointe de ses cheveux orange. Ceux-ci étaient coupés court, à l'exception d'une frange noire qui formait comme la queue d'une hirondelle sur son front et enveloppait une paire d'immenses lunettes ornées de faux diamants. Il portait une longue tunique rouge vif, sans rien dessous apparemment, et celle-ci tournoya autour de lui tandis qu'il s'écartait de la porte pour nous faire signe d'entrer, avant de s'éloigner à petits pas rapides vers une fenêtre panoramique donnant sur la mer.

– Venez par ici, que nous parlions un peu, lança-t-il en contournant un socle qui soutenait un énorme objet, une boule de vomi d'animal géante, semblait-il, qui aurait été plongée dans du plastique puis recouverte de graffitis fluorescents.

Il nous conduisit à une table de verre près de la fenêtre, autour de laquelle étaient disposés quatre sièges que l'on aurait pu prendre pour des selles de chameaux en bronze montées sur des échasses.

– Asseyez-vous, dit-il, avec un geste large de la main.

Je pris le siège le plus proche de la fenêtre ; Vince hésita un instant puis s'assit à côté de moi, et Manny se jucha sur celui situé juste en face de lui.

– Alors, reprit-il. Quoi de neuf, Vic ? Vous voulez du café ?… Eduardo !

Près de moi, Vince prit une longue inspiration saccadée, mais avant qu'elle puisse lui être d'une quelconque utilité, Manny s'était déjà retourné pour s'adresser à moi.

– Et vous, vous devez être le marié rougissant ! s'exclama-t-il.

– Dexter Morgan, répondis-je. Mais je ne rougis pas souvent.

71

– Oh, je crois que Vic s'en charge à votre place, répliqua-t-il.

Et, illico, Vince eut l'obligeance de devenir aussi cramoisi que son teint le lui permettait. Étant encore en rogne contre lui, je décidai de ne pas venir à sa rescousse en adressant une remarque cinglante à Manny, ou même en le corrigeant sur l'identité réelle de mon collègue, qui ne s'appelait pas « Vic ». J'étais persuadé qu'il connaissait très bien son prénom et qu'il s'amusait simplement à ses dépens. Je n'y voyais aucun inconvénient. Tant mieux si Vince était mal à l'aise ; cela lui apprendrait à parler à Rita dans mon dos et à m'infliger une telle épreuve.

Eduardo s'approcha d'un air affairé, apportant un service à café Fiestaware d'époque aux couleurs vives, disposé sur un plateau en plastique transparent. C'était un jeune homme trapu qui mesurait deux fois la taille de Manny et qui semblait lui aussi très soucieux de contenter le petit troll. Il plaça une tasse jaune devant lui, puis s'apprêta à attribuer la bleue à Vince lorsqu'il fut interrompu par Manny, qui posa un doigt sur son bras.

– Eduardo, murmura-t-il d'une voix mielleuse, et le garçon se figea. Jaune ? On a oublié ? Manny a toujours la bleue.

Eduardo fit aussitôt marche arrière, manquant lâcher le plateau dans sa hâte d'enlever la tasse jaune pour la remplacer par la bleue.

– Merci, Eduardo.

Le garçon marqua un temps d'arrêt, sans doute pour voir si Manny était sincère ou s'il lui reprochait autre chose. Mais celui-ci lui tapota simplement le bras en disant :

– Sers nos amis maintenant, s'il te plaît.

Eduardo hocha la tête et fit le tour de la table.

En fin de compte, c'est moi qui héritai de la tasse jaune, ce qui ne me dérangeait pas, mais je me demandai si cela signifiait qu'on ne m'aimait pas. Une fois qu'il eut servi le café, Eduardo s'empressa de retourner à la cuisine pour revenir avec une petite assiette contenant une demi-douzaine de *pastelitos*. On aurait cru des porcs-épics fourrés à la crème : c'étaient des boules marron foncé hérissées de piquants qui, à défaut d'être en chocolat, devaient provenir d'anémones de mer. Le centre était ouvert, révélant une sorte de crème anglaise orangée surmontée d'une touche de vert, de bleu ou de brun.

Eduardo posa l'assiette au milieu de la table, et nous la regardâmes tous avec attention pendant un moment. Manny avait l'air de les admirer ; Vince, lui, paraissait sous l'emprise d'un sentiment religieux, tandis qu'il déglutissait bruyamment. Quant à moi, je me demandais si nous étions censés les manger ou les utiliser pour un rituel aztèque, aussi je me contentai de fixer l'assiette, en espérant qu'on me fournirait un indice.

Ce fut Vince finalement qui s'en chargea.

– Mon Dieu ! s'exclama-t-il.

Manny hocha la tête.

– Ils sont magnifiques, n'est-ce pas ? Mais ils sont un peu out maintenant.

Il en prit un, celui décoré de bleu, et le considéra avec une tendresse un peu détachée.

– Les palais se sont lassés des couleurs, et ce vieil hôtel infâme près d'Indian Creek s'est mis à les copier. Mais bon… conclut-il avec un haussement d'épaules avant d'en fourrer un dans sa bouche. On s'attache à ces charmantes créatures, ajouta-t-il en se tournant pour adresser un clin d'œil à Eduardo. Peut-être un peu trop, même, parfois.

Eduardo pâlit et s'enfuit dans la cuisine. Manny se retourna vers nous avec un énorme sourire.

– Goûtez-en un, je vous en prie.

– J'ai peur de mordre dedans, répondit Vince. Ils sont tellement parfaits.

– Moi, j'ai peur qu'ils me mordent, renchéris-je. Vous serviriez ça à mon mariage ? demandai-je, souhaitant trouver un sens à toute cette comédie.

Vince me donna un violent coup de coude, trop tard…

– Je ne sers pas, rétorqua-t-il. Je *présente*. Et je *présente* ce que bon me semble.

– Ne pourriez-vous pas me donner une idée du menu ? Supposez par exemple que la mariée soit allergique à l'aspic d'églefin arrosé de wasabi ?

Manny serra les poings si fort que j'entendis les articulations craquer. L'espace de quelques secondes, j'eus un frisson d'espoir à la pensée que mon bel esprit avait peut-être réussi à me priver d'un traiteur. Hélas, Manny finit par se détendre.

– J'aime bien ton ami, Vic, déclara-t-il en riant. Il est très courageux.

Vince reprit sa respiration. Manny, lui, se mit à griffonner sur un bloc-notes. Et c'est ainsi que j'eus l'honneur de voir le grand Manny Borque accepter de s'occuper de mon mariage pour le prix d'ami d'à peine deux cent cinquante dollars l'assiette.

Cela semblait un peu excessif. Mais, après tout, on m'avait expressément demandé de ne pas penser à l'argent. J'étais sûr que Rita trouverait une solution, peut-être en n'invitant que deux ou trois personnes… Quoi qu'il en soit, j'eus peu de temps pour me préoccuper de l'aspect financier, car presque aussitôt mon téléphone mobile entonna sa joyeuse petite mélodie, et quand je répondis, j'entendis Deborah aboyer, sans se soucier de me retourner mon « allô » enjoué :

– J'ai besoin de toi tout de suite.

– Je suis extrêmement occupé avec des petits-fours très importants, lui répondis-je. Je peux t'emprunter vingt mille dollars ?

Elle fit un drôle de bruit de gorge, avant de lâcher :

– J'ai pas le temps pour ces conneries, Dexter. La réunion des vingt-quatre heures commence dans vingt minutes, et je veux que tu y sois.

C'était la coutume à la Criminelle de convoquer toutes les personnes impliquées dans une affaire vingt-quatre heures après le début de l'enquête, afin de s'assurer de la bonne répartition des tâches et que tout le monde était sur la même longueur d'onde. Deb, manifestement, continuait à penser que j'avais un point de vue pénétrant à lui offrir – c'était gentil de sa part, mais absolument faux. Le Passager noir étant aux abonnés absents, je doutais que les lumières de la clairvoyance reviennent m'inonder dans un futur proche.

– Deb, je n'ai aucun avis sur ce cas, protestai-je.

– Ramène-toi, c'est tout, ordonna-t-elle avant de raccrocher.

Chapitre 8

La circulation le long de la 836 fut ralentie sur près d'un kilomètre après la jonction avec la 395 en provenance de Miami Beach. Nous roulâmes au pas jusqu'à l'origine du problème ; une cargaison de pastèques s'était déversée sur la route. Celle-ci était enduite d'une couche visqueuse rouge et verte de quinze centimètres d'épaisseur, agrémentée de plusieurs voitures amochées à des degrés divers. Une ambulance passa sur le bas-côté, suivie par un cortège de véhicules dont les conducteurs étaient bien trop importants pour patienter dans un embouteillage. Les Klaxon retentissaient d'un bout à l'autre de la file, les gens criaient et agitaient les poings, et quelque part devant nous il y eut même un coup de fusil. Cela faisait du bien de retrouver le train-train.

Le temps de nous frayer un chemin à travers la circulation et de quitter les voies surélevées, nous avions perdu quinze minutes ; il nous en fallut quinze de plus pour retourner au travail. Nous gardâmes le silence dans l'ascenseur, mais au deuxième étage, alors que les portes s'ouvraient et que nous sortions de la cabine, Vince m'arrêta.

– Tu fais le bon choix, me dit-il.

– Oui, je sais, répondis-je, mais si je ne le mets pas rapidement à exécution, Deborah va me tuer.

Il m'agrippa par le bras.

– Je parle de Manny. Tu vas adorer. Ça fera vraiment une différence.

J'avais déjà conscience que la différence allait se faire sentir sur mon compte en banque, mais en dehors de ça… Est-ce que les invités s'amuseraient plus si on leur servait une série d'amuse-gueule extraterrestres d'origine et d'utilisation inconnues à la place de simples tranches de rôti froid ? Il y a une multitude de choses que je ne saisis pas à propos des êtres humains, mais là c'était le pompon…

S'il y avait bien une chose que je comprenais, toutefois, c'était le rapport de Deborah à la ponctualité, manie héritée de son père, Harry : pour elle, tout retard était un manque de respect. Alors, je détachai de force les doigts de Vince accrochés à mon bras et lui serrai la main.

– Je suis sûr qu'on sera tous très contents du menu, lui dis-je.

Il me retint par la main.

– C'est plus que ça, répondit-il.

– Vince…

– C'est comme de faire une déclaration sur ta vie future, poursuivit-il. Une superbe déclaration, à propos de ta vie, et de celle de Rita, ensemble…

– Ma vie est en danger si je ne me dépêche pas, Vince.

– Je suis vraiment très heureux, conclut-il, et j'étais tellement déconcerté de le voir exprimer une émotion authentique que ce fut avec une légère panique que je m'échappai pour rejoindre la salle de conférence au bout du couloir.

La pièce était pleine : l'affaire avait pris des proportions importantes après les reportages de la veille concernant deux jeunes femmes décapitées et carbonisées. Deborah me lança un regard noir tandis que je me faufilais à l'intérieur pour rester debout près de la porte, et je lui adressai ce que j'espérais être un sourire désarmant. Elle coupa la parole à l'intervenant, un des agents de police qui s'étaient rendus les premiers sur les lieux.

– Bon, dit-elle. On sait qu'on ne va pas trouver les têtes sur place.

Je m'étais imaginé remporter le prix de l'entrée la plus remarquée à la suite de mon arrivée tardive et du regard méchant de Deborah, mais je me trompais. Quelques instants plus tard, alors que Deb tentait de redynamiser la réunion, on me souffla la vedette.

– Allez, tout le monde ! lança ma sœur. Vous devez bien avoir des idées.

– On pourrait draguer le lac, proposa Camilla Figg, une collègue du labo âgée de trente-cinq ans.

Un flic très maigre du nom de Corrigan lui sauta aussitôt dessus.

– N'importe quoi ! lâcha-t-il. Ça flotte, les têtes.

– Pas du tout, insista Camilla. Il n'y a que des os.

– Pour certaines, oui, rétorqua Corrigan, obtenant quelques rires dans l'assemblée.

Deborah fronça les sourcils, s'apprêtant à intervenir avec autorité, lorsqu'un bruit dans le couloir l'arrêta.

Clamp !

Ce n'était pas très fort, mais bizarrement cela attira l'attention de toutes les personnes présentes.

Clamp !

Un peu plus près et plus fort. Cela venait vers nous. On se serait vraiment cru dans un film d'horreur à petit budget...

Clamp !

Pour une raison inconnue, tout le monde dirigea son regard vers la porte. Dans un souci de mimétisme, peut-être, je commençai à me retourner moi-même pour jeter un petit coup d'œil dans le couloir lorsque je sentis un infime chatouillement intérieur, une sorte de tic, alors je fermai les yeux et écoutai. *Allô ?* dis-je mentalement, et après quelques secondes il y eut un son très faible, un peu hésitant, semblable à un raclement de gorge, puis…

Quelqu'un dans la pièce marmonna « Putain de merde ! », avec le genre d'effroi respectueux qui éveille à coup sûr ma curiosité, et le son à peine perceptible en moi s'apparenta à un léger ronron avant de s'arrêter. J'ouvris les yeux.

Je dois dire que j'avais été si heureux de sentir le Passager remuer sur le siège arrière que l'espace d'un instant j'avais complètement oublié le reste du monde. C'est toujours une grave erreur, surtout pour les humains artificiels comme moi, et j'en eus la confirmation stupéfiante dès que je rouvris les yeux.

C'était bien une scène d'horreur à petit budget, *La Nuit des morts-vivants*, mais en chair et en os : planté dans l'encadrement de la porte, juste à côté de moi, me fixant droit dans les yeux, se trouvait un homme qui était censé être mort.

Le brigadier Doakes.

Doakes ne m'avait jamais aimé. Il semblait être le seul flic de tout le département à m'avoir percé à jour. Et ce, parce qu'il était plus ou moins comme moi, un tueur froid. Il avait essayé sans y parvenir de prouver que j'étais coupable de quelque chose, n'importe quoi, et cet échec l'avait monté encore davantage contre moi.

La dernière fois que j'avais vu Doakes, les urgentistes l'installaient à bord d'une ambulance. Il était inconscient, en partie à cause de la douleur et du choc de s'être fait enlever la langue, les pieds et les mains par un chirurgien amateur. Il est vrai que j'avais contribué à persuader l'apprenti docteur que Doakes lui avait causé du tort, mais j'avais au moins eu la décence d'en informer le brigadier qui avait ensuite cherché à piéger le monstre. Je n'avais pas réussi à arriver à sa rescousse

80

aussi promptement qu'il l'espérait, sans doute, mais j'avais essayé, et ce n'était pas ma faute s'il était plus mort que vivant quand on l'avait emporté.

Était-ce trop demander que d'attendre une petite marque de reconnaissance de sa part pour le grand danger auquel je m'étais exposé dans son intérêt ? Je ne voulais pas de fleurs, ni de médaille, ni même une boîte de chocolats, mais pourquoi pas une chaleureuse tape dans le dos et un « Merci, mon vieux ! » glissé à l'oreille ? Bien sûr, il aurait du mal à s'exprimer de façon cohérente sans sa langue… et la tape dans le dos, avec l'une de ces nouvelles mains métalliques, risquait fort d'être douloureuse, mais il aurait pu au moins essayer. Était-ce si déraisonnable ?

Doakes me dévisageait comme un chien affamé aurait reluqué un steak. Je savais à présent pourquoi le Passager noir s'était raclé la gorge ; il avait flairé l'odeur d'un prédateur. Je sentis le lent déploiement des ailes intérieures, qui revenaient pleinement à la vie, répondaient à la provocation du regard de Doakes. Et derrière ces yeux sombres, son propre monstre intérieur gronda et cracha en direction du mien.

Quelqu'un était en train de parler, mais le monde ne se limitait plus qu'à moi et à Doakes, ainsi qu'aux deux ombres noires qui appelaient au combat. Ni l'un ni l'autre nous ne distinguions un seul mot ; c'était juste un lointain bourdonnement agaçant. La voix de Deborah finit cependant par émerger.

– Brigadier Doakes, disait-elle, avec une certaine force.

Celui-ci tourna enfin la tête vers elle, et le charme fut rompu. Quant à moi, me sentant de nouveau fier de la présence du Passager – joie suprême ! –, et savourant la petite victoire d'avoir vu Doakes détourner le regard le premier, je me fondis de nouveau dans le papier peint, reculant d'un pas afin d'inspecter les vestiges de mon ennemi.

Le brigadier Doakes détenait naguère le record du département en haltérophilie, mais je doutais qu'il puisse défendre son titre à l'avenir. Il était décharné et, hormis le feu qui brûlait dans ses pupilles, il paraissait faible. Il se tenait avec raideur sur ses deux prothèses, les bras ballants, chaque poignet relié à un appareil luisant qui ressemblait à une sorte d'étau compliqué.

J'entendais les autres respirer dans la pièce, mais à part ça il n'y avait pas un bruit. Tout le monde se contentait de scruter le fantôme de Doakes ; lui fixait Deborah qui, passant la langue sur ses lèvres, cherchait des paroles cohérentes à prononcer, puis finit par dire :

– Asseyez-vous, Doakes. Je vais vous résumer la situation.

Doakes la dévisagea un long moment. Puis il se tourna maladroitement, me fusilla une dernière fois du regard avant de sortir lourdement de la pièce, le bruit de ses pas étranges et prudents résonnant dans le couloir.

De manière générale, les flics n'aiment pas donner l'impression qu'ils sont troublés ou intimidés, si bien que plusieurs secondes s'écoulèrent avant que quiconque se risque à dévoiler la moindre émotion en respirant de nouveau. Fort logiquement, ce fut Deborah qui finit par rompre ce silence.

– Bon, dit-elle, et aussitôt tout le monde se racla la gorge et bougea sur sa chaise. Bon, répéta-t-elle. Alors on ne trouvera pas les têtes sur place.

– Les têtes ne flottent pas, reprit Camilla Figg avec mépris.

– Excusez-moi de vous interrompre, lança le commissaire Matthews. J'ai… euh… une excellente nouvelle, je crois. C'est, euh, hum. Le brigadier Doakes est de retour, et il est euh… Il est important que vous sachiez que, euh, il a été sérieusement esquinté. Il ne lui reste que deux ans environ avant d'avoir droit à sa retraite complète, alors le service juridique, euh, nous avons pensé que, étant donné les circonstances, hum… Vous êtes déjà au courant, dites ?

— Le brigadier Doakes vient juste de passer, répondit Deborah.

— Ah, fit Matthews. Eh bien… Très bien. Dans ce cas… je vous laisse poursuivre la réunion. Rien de nouveau ?

— Non, aucun progrès, commissaire.

— Bon, je suis sûr que vous allez résoudre tout ça avant la presse… Je veux dire… en temps opportun.

— Oui, monsieur.

— Très bien, répéta-t-il.

Il jeta de nouveau un regard circulaire à l'assemblée, redressa les épaules, puis quitta la pièce.

— Les têtes ne flottent pas, lança quelqu'un, ce qui provoqua quelques rires.

— Merde ! s'exclama Deborah. On peut essayer de se concentrer un peu, s'il vous plaît ? On a deux cadavres sur les bras.

Et d'autres à venir, pensai-je. Le Passager noir frémit, comme s'il essayait vaillamment de ne pas s'enfuir, mais ce fut tout, et je n'y prêtai plus attention.

Chapitre 9

Je ne rêve pas. Enfin, je suis sûr qu'à un moment ou un autre de mon sommeil, il doit y avoir des images et autres inepties qui défilent dans mon inconscient. J'ai cru comprendre que cela arrivait à tout le monde. Mais je ne me souviens jamais de mes rêves et ça, apparemment, ça n'arrive à personne. Alors je pars du principe que je ne rêve pas.

Ce fut donc un choc pour moi de me réveiller au beau milieu de la nuit entre les bras de Rita, en train de crier quelque chose que je distinguais à peine ; je percevais juste l'écho de ma propre voix étranglée à travers l'obscurité ainsi que la main fraîche de Rita sur mon front, tandis qu'elle murmurait :

– T'inquiète pas, mon ange, je ne te quitterai pas.

– Merci beaucoup, répondis-je d'une voix rauque.

Je me raclai la gorge puis me redressai sur le lit.

– Tu as fait un cauchemar, me dit-elle.

– C'est vrai ? C'était quoi ?

Je n'en avais aucun souvenir mis à part mon cri et un vague sentiment de danger.

– Je ne sais pas. Tu criais : « Reviens ! Ne me laisse pas seul. » Dexter… Je sais que la perspective de notre mariage te stresse…

– Pas du tout, répliquai-je.

– Mais je veux que tu saches que je ne te quitterai jamais. C'est pour toujours, nous deux, mon chéri. Je compte bien te garder. Ne t'inquiète pas. Je ne te quitterai jamais, Dexter.

Bien que je manque d'expérience en matière de rêves, j'étais à peu près certain que mon inconscient n'était pas tourmenté par l'éventuel départ de Rita. Cette possibilité ne m'avait jamais effleuré l'esprit, ce qui n'était pas pour autant une marque de confiance de ma part ; c'est juste que je n'y avais pas pensé. Sincèrement, j'ignorais déjà pourquoi elle s'accrochait autant à moi, alors une hypothétique rupture me semblait tout aussi mystérieuse.

Non, si mon subconscient hurlait de terreur en craignant d'être abandonné, je savais exactement qui il redoutait de perdre : le Passager noir, mon ami intime, mon fidèle compagnon de route. Telle était la peur que révélait mon rêve, perdre l'être qui faisait partie de moi, qui me définissait même depuis toujours.

Lorsqu'il était parti se planquer ce jour-là à l'université, j'avais été très secoué, plus que je ne l'avais imaginé. La soudaine et terrifiante réapparition de soixante-cinq pour cent du brigadier Doakes avait induit un sentiment d'inquiétude, et le reste était facile à deviner. Mon inconscient s'était mis en marche et avait produit un rêve sur le sujet. Parfaitement clair ; un cas d'école, aucune raison de s'alarmer.

Alors, pourquoi étais-je toujours préoccupé ?

Parce que le Passager n'avait encore jamais déserté, et je ne savais toujours pas pourquoi il avait choisi ce moment précis. Rita avait-elle raison à propos du mariage ? Ou y avait-il quelque chose concernant les deux corps sans tête de l'université ?

Je n'en savais rien, et étant donné que Rita s'était mis en tête de me réconforter par tous les moyens, je doutais d'avoir l'occasion de le découvrir dans un avenir proche.

– Viens par ici, mon cœur, murmura-t-elle.

Et il n'y a nulle part où s'enfuir dans un lit à deux places.

Le lendemain matin, j'appris que Deborah était obsédée par l'idée de retrouver les têtes des deux cadavres. Je ne sais trop comment, l'information avait filtré vers la presse que la police tentait de mettre la main sur deux crânes égarés. On vivait à Miami, j'aurais pensé que ce genre de détail intéressait moins les journalistes qu'un embouteillage sur l'I-95, mais le fait qu'il y ait deux têtes et qu'elles appartiennent à de jeunes femmes provoqua un certain émoi. Le commissaire Matthews, qui appréciait en général d'être cité dans la presse, eut lui-même du mal à se réjouir du climat entourant cette affaire. Si bien qu'une forte pression fut exercée sur chacun de nous par la voie hiérarchique du commissaire à Deborah, qui s'empressa de la répercuter à tous les autres. Vince Masuoka était persuadé qu'il pouvait offrir à Deborah la clé de l'énigme en découvrant quelle secte religieuse bizarre était impliquée. Cela l'amena ce matin-là à passer son nez dans mon bureau pour m'annoncer, sans le moindre avertissement et avec son plus beau sourire bidon, d'une voix très ferme :

– Candomblé.

– Honte à toi ! répondis-je. De si bon matin, tu oses employer ce langage grossier ?

– Ha ! fit-il, de son terrible rire artificiel. C'est ça, j'en suis sûr. Le Candomblé est la version brésilienne de la Santeria.

– Vince, je te crois sur parole, mais tu peux me dire de quoi tu causes ?

Il avança de deux pas dans la pièce tel un cheval caracolant, comme si son corps cherchait à décoller et qu'il s'efforçait de le retenir au sol.

– Ils ont un truc avec les têtes d'animaux dans certains de leurs rituels, répondit-il. C'est sur Internet.

– Ah bon ? Et est-ce qu'ils disent sur Internet que cette pratique brésilienne calcine les humains, leur tranche la tête puis la remplace par une tête de taureau en céramique ?

Vince sembla fléchir un peu.

– Non, admit-il avant de hausser les sourcils avec optimisme. Mais ils se servent des animaux.

– De quelle façon ?

– Eh bien, dit-il en jetant un coup d'œil à mon bureau exigu, parfois, tu sais, euh, ils offrent une partie du corps aux dieux avant de manger le reste.

– Vince, tu es en train de suggérer que quelqu'un a mangé les têtes ?

– Non, répondit-il en prenant un air grincheux, un peu à la manière de Cody et Astor. Mais on aurait pu l'envisager.

– Ce serait croquant, tu ne crois pas ?

– Bon, d'accord. J'essaie juste de me rendre utile.

Puis il partit la tête haute, sans même simuler un petit sourire.

Mais le chaos ne faisait que commencer. Ainsi que l'indiquait mon incursion involontaire dans le royaume des rêves, j'étais déjà assez sous pression sans avoir à subir en plus une sœur déchaînée. Or, à peine quelques minutes plus tard, mon petit havre de paix fut pris d'assaut par Deborah, qui arriva en hurlant dans mon bureau comme si elle était poursuivie par un essaim d'abeilles.

– Ramène-toi ! me lança-t-elle avec hargne.

– Ramène-toi où ?

– Lève-toi et suis-moi, c'est tout !

Alors je la suivis jusqu'au parking, où je pris place dans sa voiture côté passager.

– Je te jure ! reprit-elle avec rage tandis qu'elle fonçait à travers la circulation. Je n'ai jamais vu Matthews aussi furax. Et maintenant, c'est de ma faute !

Elle appuya violemment sur le Klaxon pour accentuer ses paroles et fit une embardée devant une camionnette portant l'inscription MAISON DE RETRAITE PALMVIEW.

– … Tout ça parce qu'un enfoiré a divulgué l'histoire des têtes à la presse.

– Deb, dis-je du ton le plus rassurant que je pus employer, je suis sûr qu'on va les retrouver.

– Ouais, et rapidement, tu vas voir, rétorqua-t-elle, manquant de justesse un gros bonhomme sur un vélo dont les énormes sacoches étaient remplies de ferraille. Parce que je vais découvrir à quelle secte le fils de pute appartient, et je vais choper ce salaud.

Je fus coupé dans mon élan de grand frère rassurant ; ma cinglée de frangine, tout comme Vince, s'était mis en tête que l'identification du groupe religieux adéquat la mènerait au tueur.

– Bon, d'accord, dis-je. Et où on va ?

Sans me répondre, elle emprunta Biscayne Boulevard puis se rabattit contre le trottoir pour se garer, avant de sortir de la voiture. Je n'eus pas d'autre choix que de la suivre patiemment au Centre pour le Perfectionnement intérieur, une sorte de show-room pour toutes les choses merveilleusement utiles qui comportent le mot « holistique », « plantes » ou « aura ».

Le Centre était un petit édifice miteux situé dans une zone de Biscayne Boulevard, fief des prostituées et des dealers de crack. Les fenêtres de sa devanture étaient équipées d'énormes barreaux, de même que la porte, qui était verrouillée. Deborah la martela à coups de poing, et au bout d'un moment un bourdonnement retentit. Deborah poussa, et la porte finit par s'ouvrir avec un déclic.

Nous entrâmes et nous fûmes aussitôt plongés dans un nuage d'encens suffocant à l'odeur douceâtre. Mon

Perfectionnement intérieur débutait donc par un décrassage complet de mes poumons. À travers la fumée j'apercevais une grande bannière en soie jaune suspendue à l'un des murs, sur laquelle on lisait : Nous ne formons qu'un. Un quoi ? Ce n'était pas précisé. Une sono diffusait l'enregistrement de quelqu'un qui semblait lutter contre une overdose de tranquillisants en faisant sonner de temps à autre une série de clochettes. En fond sonore, le clapotis d'une cascade, et je suis sûr que si j'en avais eu une, mon âme se serait élancée vers le ciel. N'en ayant pas, je trouvais toute cette mise en scène légèrement agaçante.

Mais bien sûr, nous n'étions pas là pour le plaisir, ni pour le Perfectionnement intérieur. Et ma brigadière de sœur pensait toujours boulot. Elle se dirigea d'un pas résolu vers le comptoir, où se tenait une femme d'âge moyen vêtue d'une longue robe style baba cool qu'on aurait crue en vieux papier crépon. Ses cheveux grisonnants formaient une large auréole au-dessus de sa tête dans un joyeux fouillis. Elle fronçait les sourcils, mais ce devait être l'expression d'une extase spirituelle.

– Puis-je vous aider ? s'enquit-elle d'une voix râpeuse.

Deborah tendit son badge. Avant qu'elle puisse ouvrir la bouche, la femme s'était penchée et le lui avait pris des mains.

– Très bien, brigadier Morgan, reprit-elle en jetant l'insigne sur le comptoir. Il a l'air authentique.

– Vous ne pouviez pas vous contenter d'observer son aura ? demandai-je.

Aucune des deux ne daigna accorder à ma remarque l'intérêt qu'elle méritait, alors je haussai les épaules et écoutai ma sœur commencer.

– J'aimerais vous poser quelques questions, s'il vous plaît, dit Deb en se penchant pour récupérer son badge.

– À quel sujet ? demanda la femme.

– Nous enquêtons sur des meurtres, déclara Deborah, et la femme eut une expression d'indifférence.

– Qu'est-ce que j'ai à voir là-dedans ?

J'admirais son raisonnement, mais tout de même il fallait que je prenne parti pour mon propre camp.

– Vous savez, « nous ne formons qu'un », répondis-je. C'est la base du travail de police.

Elle pivota vers moi, sourcils froncés, et cligna les yeux de façon très agressive.

– Et vous êtes qui, vous ? Montrez-moi votre badge.

– Je suis son renfort, répliquai-je. Au cas où elle se ferait attaquer par un mauvais karma.

Elle émit un grognement, mais au moins elle ne me tira pas dessus.

– À Miami, les flics *nagent* dans le mauvais karma.

– Vous avez peut-être raison, intervint Deborah, mais la partie adverse est encore pire, alors est-ce que vous pourriez juste répondre à quelques questions ?

La femme se retourna vers Deborah avec le même air renfrogné et haussa les épaules.

– O.K., dit-elle. Mais je ne vois pas en quoi je peux aider. Et j'appelle mon avocat si vous dépassez les bornes.

– D'accord, répondit Déborah. Nous cherchons une piste concernant une personne qui pourrait être liée à une secte religieuse ayant un faible pour les taureaux.

L'espace d'une seconde, je crus que la femme allait sourire, mais elle se retint à temps.

– Les taureaux ? Bon Dieu, qui n'a pas un faible pour les taureaux ? Ça remonte aux civilisations sumérienne et minoenne de l'Antiquité. De nombreux peuples les ont vénérés. C'est que, sans parler de leurs énormes bites, ils sont si puissants !

Si cette femme pensait mettre Deborah mal à l'aise, elle ne connaissait pas les flics de Miami aussi bien qu'elle le pensait. Ma sœur ne cilla pas.

– Y aurait-il d'après vous un groupe local particulièrement concerné ?

– Je ne sais pas. Quel genre de groupe ?

– Le Candomblé ? hasardai-je, vaguement reconnaissant envers Vince pour m'avoir fourni un mot de plus. Le Palo mayombe ? La Wicca ?

– Pour toutes les sectes hispaniques, il faut que vous alliez à Eleggua dans la Calle Ocho. Je peux pas vous renseigner. On vend ici des articles aux adeptes de la Wicca, mais je ne vous dirai rien sans mandat de perquisition. De toute façon, leur truc, c'est pas les taureaux. Ils se contentent de se planter tout nus dans les Everglades en attendant que la déesse descende sur eux.

– Une autre piste, peut-être ? insista Deb.

– Je ne sais pas, répondit la femme. Je connais la plupart des groupes de cette ville, et je n'en vois aucun qui pourrait correspondre. Peut-être les Druides ? Ils vont bientôt avoir une célébration pour le printemps. Ils pratiquaient les sacrifices humains, auparavant.

Deborah la dévisagea et fronça encore plus les sourcils.

– Quand cela ? demanda-t-elle.

Cette fois, la femme eut un sourire en coin.

– Il y a deux mille ans. Sur ce coup-là, vous arrivez trop tard, Sherlock.

– Voyez-vous autre chose qui pourrait nous aider ? demanda Deborah.

– Aider à quoi ? Il doit y avoir dans la région un psychopathe adepte de l'occultisme qui possède une ferme laitière. Qu'est-ce que j'en sais ?

Deborah la considéra un moment, essayant peut-être de déterminer si ses paroles étaient assez injurieuses pour mériter une arrestation, puis décida que non.

– Merci de nous avoir consacré du temps, dit-elle en envoyant d'une pichenette sa carte de visite sur le comptoir. Si vous pensez à quoi que ce soit qui pourrait nous être utile, n'hésitez pas à m'appeler.

– Ouais, bien sûr, répondit la femme sans jeter un coup d'œil à la carte.

Deborah lui lança un dernier regard noir, puis se dirigea vers la sortie d'un pas raide. La femme me fixa alors, et je lui souris.

– J'adore les légumes, déclarai-je.

Puis j'imitai le signe de la paix avec mes deux doigts levés avant de suivre ma sœur dehors.

C'était une idée débile, lâcha-t-elle alors que nous marchions rapidement vers sa voiture.

Oh, je ne dirais pas ça, répondis-je.

Et c'est vrai, je ne l'aurais pas dit. Évidemment que c'était une idée débile, mais l'admettre aurait forcément provoqué l'un de ses vicieux coups de poing.

Cela nous a au moins permis d'éliminer quelques possibilités.

– Ah oui ? répliqua-t-elle avec aigreur. On sait maintenant que le coupable n'était probablement pas un illuminé à poil, à moins qu'il ait agi il y a deux mille ans.

Elle n'avait pas tort, mais je me sens toujours investi de la mission d'aider les gens à conserver une attitude positive.

– C'est déjà quelque chose. Tu veux qu'on aille voir cet endroit de la Calle Ocho ? Je te servirai d'interprète.

Bien que native de Miami, Deb avait curieusement tenu à apprendre le français à l'école, et elle pouvait à peine se commander à manger en espagnol.

– C'est une perte de temps. Je dirai à Angel d'aller y faire un tour, mais ça ne donnera rien.

Elle avait raison, Angel revint en fin d'après-midi avec une très jolie bougie sur laquelle était inscrite une prière à saint Jude, mais à part ça, comme l'avait prédit Deb, sa visite avait été une perte de temps.

Chapitre 10

La journée du lendemain passa sans le moindre progrès. La vie étant injuste et absurde, c'est à moi que Deborah imputait cette guigne. Elle était toujours persuadée que j'avais eu recours à mes pouvoirs spéciaux pour sonder le cœur sombre de l'assassin et que je lui cachais des informations cruciales pour de mesquines raisons personnelles.

Quelque chose dans cette affaire ayant effrayé le Passager noir, je ne voulais pas voir cet incident se reproduire, aussi décidai-je de ne pas me mêler à l'enquête ; étant donné que le travail sur le sang était très limité, cela n'aurait dû poser aucun problème dans un univers logique et bien ordonné.

Mais, hélas, notre monde est insensé et bordélique, régi par le hasard le plus capricieux, et peuplé de gens qui se moquent de la logique. Le meilleur exemple en était ma sœur. Le lendemain à la fin de la matinée, elle vint me coincer dans le box qui me sert de bureau pour m'emmener de force déjeuner avec elle et son petit ami, Kyle Chutsky. Je n'ai rien contre Chutsky, si ce n'est qu'il veut toujours montrer qu'il détient la vérité. Hormis ce détail, il est aussi sympathique que peut l'être un tueur froid. Puisqu'il avait l'air de rendre ma sœur heureuse, je n'y voyais rien à redire.

Je partis donc déjeuner avec elle, sans compter que la puissante machine qu'est mon corps nécessite d'être constamment rechargée en carburant.

Et le carburant qu'il requiert le plus souvent est un sandwich *medianoche*, accompagné en général de *platanos* frits et d'un milk-shake *mamé*. J'ignore pourquoi ce repas simple et copieux a un effet aussi transcendant sur moi, mais je ne connais rien de tel. Préparé correctement, il est capable de me procurer une extase à nulle autre pareille. Et aucun établissement ne les prépare aussi bien que le café Relampago, un petit restaurant situé à proximité du Q.G. de la police. C'était si bon que même la mauvaise humeur perpétuelle de Deborah ne pouvait gâcher mon plaisir.

– Nom de Dieu ! lâcha-t-elle, la bouche pleine.

C'était loin d'être une expression nouvelle pour elle, mais cette fois elle la prononça avec une telle hargne que je fus bombardé de miettes de pain. J'avalai une gorgée de mon excellent *batido de mamé*, puis attendis qu'elle développe son propos, mais elle se contenta de répéter : « Nom de Dieu ! ».

– Ne refoule pas tes émotions, Deb, déclarai-je. Je devine que quelque chose te tracasse.

Chutsky réprima un rire tout en découpant son steak cubain.

– Sans déc' ! dit-il.

Il s'apprêtait à poursuivre, mais la fourchette coincée dans sa prothèse glissa sur le côté.

– Nom de Dieu ! s'exclama-t-il à son tour, et je pris conscience qu'ils avaient beaucoup plus de points communs que je ne l'imaginais.

Deborah se pencha et l'aida à récupérer sa fourchette.

– Merci, dit-il, avant d'enfourner un gros morceau de viande toute plate.

– Ah, tu vois ? lançai-je gaiement. Tout ce qu'il te fallait, c'était détacher tes pensées de tes propres problèmes.

Nous étions assis à une table où nous avions probablement mangé une centaine de fois. Mais Deborah se
laissait rarement gagner par la nostalgie. Elle se redressa,
puis frappa la table en Formica bosselée, si fort que le
pot de sucre sauta en l'air.

– Je veux savoir qui a parlé à cet enfoiré de Rick
Sangre ! s'écria-t-elle.

Sangre était ce reporter de la télévision locale pour
qui plus une affaire était sanglante et plus le public
avait besoin de bénéficier d'une presse libre capable de
l'informer de tous les détails sordides. D'après le ton
de sa voix, Deborah était convaincue que Rick était
mon nouvel ami.

– Eh bien, pas moi, répondis-je. Et ça m'étonnerait
que ce soit Doakes.

– Ouille ! fit Chutsky.

– Et surtout, poursuivit-elle, je veux trouver ces
putains de têtes !

– Je ne les ai pas, répliquai-je. Tu as vérifié auprès
des objets trouvés ?

– Tu sais quelque chose, Dexter. Allez, pourquoi tu
me caches des trucs ?

Chutsky leva les yeux en avalant sa bouchée.

– Pourquoi il saurait quelque chose ? Il y avait beaucoup d'éclaboussures de sang ?

– Rien du tout, répondis-je. Les corps étaient tout
secs, bien cuits.

Chutsky hocha la tête, réussissant à glisser du riz et
des haricots sur sa fourchette.

– T'es pas un peu pervers, toi ?

– Il est pire que pervers, renchérit Deborah. Il cache
des trucs.

– Ah, fit Chutsky la bouche pleine. C'est son côté
profileur amateur à nouveau ?

C'était notre petit mensonge : nous lui avions dit que
mon hobby relevait de la théorie et non de la pratique.

– C'est ça, répondit Deborah. Et il refuse de me faire part de ses conclusions.

– C'est peut-être difficile à croire, frangine, mais je ne sais rien cette fois. Juste que…

Je haussai les épaules, mais elle me sauta aussitôt dessus.

– Quoi ? Allez, s'il te plaît !

J'hésitai de nouveau. Je ne voyais pas comment lui dire que le Passager noir avait réagi à ces meurtres d'une façon totalement nouvelle et très troublante.

– C'est juste une impression, repris-je. Il y a quelque chose d'anormal cette fois.

Elle eut un petit rire méprisant.

– On a deux corps carbonisés et décapités, et il y aurait quelque chose d'anormal…

Je pris une bouchée de mon sandwich, tandis que Deborah perdait son temps à froncer les sourcils au lieu de manger.

– Est-ce que vous avez identifié les victimes ? demandai-je.

– Allons, Dexter. Pas de tête, pas de relevé dentaire. Les corps ont été brûlés, donc pas d'empreintes digitales non plus. Merde, on ne sait même pas de quelle couleur sont leurs cheveux. Qu'est-ce que tu veux que je fasse ?

– Je pourrais certainement t'aider, tu sais, intervint Chutsky.

Il piqua un morceau de *maduros* frit avec sa fourchette et le fourra dans sa bouche.

– Je n'ai pas besoin de ton aide, répliqua Deborah.

– Tu veux bien de l'aide de Dexter.

– C'est différent.

– En quoi est-ce différent ? demanda-t-il, et sa question me semblait légitime.

– Parce qu'il m'apporte juste de l'aide. Toi, tu veux résoudre l'affaire pour moi.

Ils se fixèrent du regard et demeurèrent ainsi un long moment sans parler. Je les avais déjà vus faire ça auparavant, et la mystérieuse ressemblance avec les conversations muettes de Cody et Astor me frappait. J'étais content de les savoir aussi soudés en tant que couple, même si cela me rappelait que j'avais les tracas de mon propre mariage à considérer, auxquels s'était ajouté un traiteur de luxe. Heureusement, juste avant que je me mette à grincer des dents, Deb rompit le silence.

– Je ne suis pas de ces femmes qui ont besoin d'être secourues, déclara-t-elle.

– Mais je peux t'avoir des informations que tu ne trouveras pas toi-même, répondit-il en posant sa main valide sur son bras.

– Comme quoi ? demandai-je.

J'avoue que cela faisait un moment que j'étais curieux de savoir quelle avait été l'activité de Chutsky avant ses amputations accidentelles. Je savais qu'il travaillait pour un organisme fédéral qu'il désignait sous le sigle OGA, mais j'ignorais ce que ces initiales représentaient.

Il se tourna vers moi avec obligeance.

– J'ai des amis et des contacts dans beaucoup d'endroits, répondit-il. Un truc comme ça pourrait avoir laissé des traces ailleurs, et il me suffirait de passer quelques coups de fil pour vérifier.

– Tu veux dire : appeler tes potes de l'OGA ?

Il sourit.

– Oui, c'est à peu près ça.

– Bordel, Dexter ! lâcha Deborah. OGA veut simplement dire Organisme Gouvernemental Anonyme. Cet organisme n'existe pas. C'est une blague entre initiés.

– Ravi de faire enfin partie des initiés, rétorquai-je. Et tu peux encore avoir accès à leurs dossiers ?

Il haussa les épaules.

– Techniquement, je suis en congé de maladie.

– En congé de quel boulot ?

– Il vaut mieux pour toi que tu ne le saches pas, répondit-il. Le truc, c'est qu'ils n'ont toujours pas décidé si je suis encore bon à quelque chose.

Il baissa les yeux vers la fourchette coincée dans sa main en acier et bougea le bras afin de la faire remuer.

Sentant un moment gênant approcher, je m'efforçai de ramener la conversation sur un plan plus neutre.

– Tu n'as rien trouvé près du four ? demandai-je. Un bijou ou un truc de ce genre ?

– De quoi tu parles, bordel ?

– Du four. Où les corps ont été brûlés.

– Tu n'as rien suivi ? On ne sait pas où ils ont été brûlés.

– Ah… Je partais du principe que ça avait eu lieu sur le campus, dans l'atelier de céramique.

D'après l'expression figée qui apparut sur son visage, je compris qu'à défaut d'être sous le coup d'une indigestion fulgurante elle devait ignorer l'existence de cet atelier.

– C'est à moins d'un kilomètre du lac où on a retrouvé les corps, ajoutai-je. Tu sais, le four. Où on fait de la poterie.

Deborah me dévisagea quelques secondes de plus, puis quitta la table d'un bond. Je trouvais que c'était une façon merveilleusement originale et théâtrale de clore une conversation, et il me fallut un moment avant de me ressaisir.

– Je suppose qu'elle ignorait ce détail, déclara Chutsky.

– C'est ce que je me disais. Est-ce qu'il faut la suivre ?

Il haussa les épaules et planta sa fourchette dans son dernier morceau de steak.

– Moi, je vais commander un flan et un *cafecito*. Puis je prendrai un taxi, puisque je n'ai pas le droit d'aider,

100

répliqua-t-il. Mais vas-y, toi, à moins que tu préfères rentrer à pied.

Je n'en avais aucune envie, en effet, et c'était Deborah qui conduisait. D'un autre côté, il me restait encore presque la moitié de mon milk-shake à boire et je ne voulais pas le laisser. Je me levai et la suivis en titubant, mais avant cela, pour adoucir le choc, j'attrapai la moitié du sandwich qu'elle avait abandonnée.

En un rien de temps, nous nous retrouvâmes devant les grilles du campus universitaire. Deborah avait passé une bonne partie du trajet sur sa radio, à rameuter des gens pour inspecter le four, et le reste du temps elle grommelait entre ses dents.

Nous tournâmes à gauche après la grille pour emprunter la route sinueuse qui mène au secteur de la céramique et de la poterie. J'y avais suivi des cours en troisième année afin d'élargir mon horizon, finissant par constater que si je me débrouillais assez bien dans la fabrication de vases parfaitement ordinaires, je n'étais pas très doué pour créer des œuvres d'art originales dans cette discipline. (Dans mon propre domaine, je me flatte d'être particulièrement créatif, comme je l'ai récemment démontré avec Zander.)

Angel était déjà sur place, occupé à examiner scrupuleusement le premier four, à la recherche du moindre indice. Deborah le rejoignit et s'accroupit à côté de lui, me laissant seul avec les trois dernières bouchées de son sandwich. Je mordis dedans. Un groupe de curieux commençait à se former près du ruban jaune. Peut-être espéraient-ils apercevoir quelque chose d'abominable ; je ne savais jamais pourquoi ils s'attroupaient ainsi, mais c'était toujours le cas.

Deborah était à présent assise par terre au côté d'Angel, qui plongeait la tête dans l'un des fours. Nous allions sans doute en avoir pour un moment.

Je venais de fourrer dans ma bouche le dernier morceau du sandwich lorsque je pris conscience que l'on m'observait. Je savais déjà que l'on me regardait : c'était le lot de toute personne se trouvant de ce côté-ci du cordon de sécurité. Mais là je me sentais carrément épié ; le Passager noir me criait que mon extraordinaire personne était en train de susciter un intérêt malsain, et je n'aimais pas cette sensation. Tandis que j'avalais ma dernière bouchée et me tournais pour regarder, le murmure en moi se mit à siffler des paroles confuses... avant de se murer dans le silence.

Au même instant, je fus de nouveau pris d'un accès de nausée, accompagné d'une lumière jaune aveuglante, et je trébuchai, paniqué. Tous mes sens m'avertissaient de la présence d'un danger, mais j'étais incapable de réagir. Mon malaise ne dura qu'une seconde ; je m'efforçai de refaire surface, afin d'étudier les alentours. Rien n'avait changé. Des badauds continuaient à observer la scène, le soleil brillait, et une légère brise agitait les arbres. Un après-midi typique à Miami, en somme, sauf que quelque part au paradis le serpent venait de dresser la tête. Je fermai les yeux et écoutai, espérant trouver un indice concernant la nature de la menace, mais je ne perçus que l'écho de pattes griffues qui s'éloignaient furtivement.

J'ouvris les yeux et regardai autour de moi. Une quinzaine de personnes se tenaient là, feignant de ne pas être fascinées par la perspective de voir du sang, mais aucune d'entre elles ne se détachait du groupe. Aucune ne semblait rôder, n'avait une expression malveillante ou n'essayait de cacher un bazooka sous sa chemise. En temps normal, je me serais attendu que le Passager noir distingue une ombre noire autour d'un éventuel prédateur, mais je ne pouvais plus compter sur lui. Autant qu'il m'était possible d'en juger, rien de sinistre ne planait au-dessus de la foule. Alors pourquoi le Passager avait-il tiré la sonnette d'alarme ? Je savais si peu de choses à son sujet ; il se contentait d'être là, présence malicieuse aux suggestions inspirées.

Il n'avait jamais manifesté la moindre confusion avant d'apercevoir les deux cadavres près du lac. Et à présent, il trahissait la même gêne, à moins d'un kilomètre du premier site.

Y avait-il un problème avec l'eau ? Ou existait-il un lien entre les deux corps brûlés et ces fours ?

Je m'approchai de Deborah et d'Angel. Ils n'avaient pas l'air de trouver grand-chose d'alarmant, et les fours n'envoyaient aucune onde de panique vers la tanière du Passager noir.

Si cette seconde dérobade n'était pas provoquée par quelque chose qui se trouvait devant moi, à quoi était-elle due ? Peut-être s'agissait-il d'une sorte d'étrange érosion des sens. Peut-être mon nouveau statut imminent de mari et de beau-père accablait-il mon Passager. Étais-je en train de devenir trop « aimable » pour constituer un hôte adéquat ? Cette éventualité me déchirait plus que le décès d'un proche.

Je m'aperçus que je me tenais à l'extrémité du périmètre de sécurité et qu'une forme énorme se dressait devant moi.

– Euh, bonjour, dit-il.

C'était un jeune type grand, très musclé, aux cheveux plutôt longs et filasse, avec l'expression des gens qui ne respirent que par la bouche.

– Que puis-je pour vous, citoyen ? lui demandai-je.

– Vous êtes, euh, c'est-à-dire, un genre de flic ?

– En quelque sorte, oui.

Il hocha la tête et considéra ma réponse un instant. Sur son cou ressortait l'un des ces fâcheux tatouages si répandus, une espèce d'idéogramme oriental, qui signifiait sans doute « Cerveau lent ». Il le frotta comme s'il m'avait entendu penser à voix haute, puis se tourna vers moi et lâcha sans préambule :

– Je me pose des questions à propos de Jessica.

– Bien sûr, répondis-je. Je vous comprends.

– Est-ce qu'ils savent si c'est elle ? Je suis comme qui dirait son copain.

Le jeune homme à présent avait réussi à attirer mon attention professionnelle.

– Jessica a disparu ? lui demandai-je.

– En fait, elle était censée s'entraîner avec moi. Comme tous les matins, en fait. Un peu de jogging et des abdos. Mais hier elle est pas venue. Et pareil ce matin. Alors, j'ai réfléchi…

Il fronça les sourcils, sous l'effort de la réflexion, et s'interrompit.

– Quel est votre nom ?

– Kurt. Kurt Wagner. Et vous ?

– Dexter, répondis-je. Attendez ici un instant, Kurt.

Je me dirigeai à grands pas vers Deborah, avant qu'une nouvelle cogitation intense se révèle fatale pour ce garçon.

– Deborah, avec un peu de bol, on va avoir quelque chose.

– En tout cas, c'est pas tes putains de fours à céramique, lança-t-elle d'un ton rageur.

– Non. Mais le jeune homme dit que sa copine a disparu.

Elle redressa la tête brusquement, se leva et sembla tomber en arrêt tel un chien de chasse. Elle scruta de loin le « copain comme qui dirait » de Jessica, qui lui retourna son regard en déplaçant son poids d'une jambe sur l'autre.

– Putain, c'est pas trop tôt ! lâcha-t-elle avant de s'élancer vers lui.

Je jetai un regard à Angel. Il haussa les épaules, puis se releva. L'espace d'un instant, je crus qu'il allait parler. Mais il finit par secouer la tête et s'essuyer les mains, avant de suivre Deborah pour entendre ce que Kurt avait à dire, me laissant seul avec mes sombres pensées.

Regarder, simplement. Parfois c'était suffisant. Bien sûr, il y avait l'assurance qu'après viendraient la chaleur soudaine et l'écoulement du sang, les émotions battant à tout rompre au cœur des victimes, la musique de la folie orchestrée qui enfle tandis que le sacrifice se mue en une mort merveilleuse... Tout cela viendrait. Pour l'instant, le Guetteur se contentait d'observer et de s'imprégner du sentiment délicieux que lui procurait la puissance anonyme et suprême. Il sentait le malaise de l'autre. Ce malaise grandirait, parcourant toute la gamme musicale de la peur à la panique, finissant par la pure terreur. Tout arriverait à temps.

Le Guetteur vit l'autre fouiller du regard la foule, cherchant la source de la sensation de danger qui le titillait. Il ne trouverait rien, bien entendu. Pas encore. Pas avant que *lui* ne l'ait décidé. Pas avant qu'il l'ait poussé à la faute. Alors seulement il s'arrêterait de regarder pour prendre les mesures finales.

En attendant, il était temps de commencer à faire entendre à l'autre la musique de la peur.

Chapitre 11

Elle se nommait Jessica Ortega. Elle était en troisième année et vivait dans une des résidences universitaires du campus. Nous obtînmes de Kurt le numéro de sa chambre, et Deborah pria Angel d'attendre près des fours jusqu'à ce qu'une voiture de patrouille vienne prendre le relais.

Je m'étais toujours demandé pourquoi on les appelait « résidences » et non « dortoirs ». Peut-être était-ce parce qu'elles ressemblaient à des hôtels de nos jours. Pas de murs couverts de lierre ici, ornant des bâtiments consacrés ; le hall d'entrée comportait beaucoup de verre et de plantes vertes, et les couloirs moquettés, nets, semblaient neufs.

Nous nous arrêtâmes devant la porte de Jessica. Une carte soignée, scotchée au milieu, indiquait : ARIEL GOLDMAN & JESSICA ORTEGA. Et plus bas, d'une écriture plus petite : *Boissons alcoolisées exigées à l'entrée.* Quelqu'un avait souligné « entrée » et gribouillé en dessous : « Vous croyez ? ».

Deborah me regarda en haussant les sourcils.

– Des fêtardes, affirma-t-elle.

– Il en faut, répondis-je.

Elle fit une moue désobligeante, puis frappa à la porte. Il n'y eut aucune réponse ; Deb attendit trois longues secondes avant de frapper de nouveau, beaucoup plus fort cette fois.

J'entendis une porte s'ouvrir derrière nous et me retournai pour me retrouver face à une fille filiforme aux cheveux blonds et courts, portant des lunettes.

– Elles ne sont pas là, dit-elle d'un ton désapprobateur. Ça fait deux jours à peu près. C'est la première fois que j'ai du calme depuis le début du semestre.

– Vous savez où elles sont parties ? lui demanda Deborah.

La fille leva les yeux au plafond.

– Oh, il doit y avoir une grosse teuf quelque part.

– Quand est-ce que vous les avez vues pour la dernière fois ?

– Ces deux-là, je ne les vois pas, je les entends, répondit-elle. La musique à fond et des rires toute la nuit. C'est super chiant pour les gens qui étudient et qui vont en cours.

– Alors, quand est-ce que vous les avez entendues pour la dernière fois ? lui dis-je.

Elle me regarda.

– Vous êtes flics, ou quoi ? Qu'est-ce qu'elles ont encore fait ?

– Qu'est-ce qu'elles ont fait par le passé ? demanda Deb.

Elle soupira.

– Des conneries. Je veux dire des tonnes. Conduite en état d'ivresse, une fois. Eh, je veux pas donner l'impression que je moucharde !

– Diriez-vous qu'il est inhabituel qu'elles s'absentent ainsi ? demandai-je.

– Ce qui est inhabituel, c'est qu'elles se pointent en cours. Je ne sais pas comment elles peuvent réussir leurs exams. Enfin… reprit-elle avec un petit sourire narquois, j'ai ma petite idée là-dessus, mais…

– Quels cours ont-elles en commun ? interrogea Deborah.

– Ça, il vaudrait mieux le demander à l'administration.

Il nous fallut peu de temps pour aller jusqu'à l'administration, surtout à l'allure qu'adopta Deborah. Je réussis cependant à suivre son rythme tout en gardant assez de souffle pour lui poser une question ou deux.

– Quel est l'intérêt de savoir quels cours elles ont ensemble ?

Deborah eut un geste impatient de la main.

– Si cette fille a raison, Jessica et sa colocataire…

– Ariel Goldman.

– Exact. Eh bien, si elles couchent pour avoir de bonnes notes, il faut que je parle à leurs profs.

Au premier abord, ça paraissait logique : le sexe est souvent l'un des mobiles les plus courants, ce qui d'ailleurs ne cadre pas exactement avec le fait qu'il soit, à ce qu'on dit, associé à l'amour. Mais il y avait un détail qui clochait.

– Pourquoi un professeur les ferait rôtir avant de les décapiter comme ça ? Pourquoi ne pas les étrangler simplement, puis balancer les corps dans une poubelle ?

– Peu importe comment il s'y est pris. Ce qui est important, c'est de savoir si c'est lui.

– D'accord. Mais est-ce qu'on est sûr que ce sont elles les victimes ?

– On a une présomption. C'est un début.

Nous atteignîmes les bureaux de l'administration, et dès que Deb eut montré son badge on nous indiqua le chemin. Mais il me fallut ensuite une bonne demi-heure pour consulter les dossiers informatiques avec une secrétaire, pendant que Deborah faisait les cent pas sans cesser de bougonner. Jessica et Ariel, semblait-il, avaient de fait plusieurs cours en commun. J'imprimai les noms, les numéros des bureaux et les adresses personnelles des enseignants concernés. Deborah jeta un coup d'œil à la liste.

– Ces deux-là, Bukovich et Halpern, sont de permanence maintenant, dit-elle. On peut commencer par eux.

Deborah et moi repartîmes dans la chaleur moite du dehors pour une nouvelle petite promenade à travers le campus.

– C'est sympa de revoir la fac, non ? dis-je, toujours soucieux d'entretenir la conversation le plus agréablement possible.

Deborah eut un petit rire dédaigneux.

– Ce qui serait sympa, ce serait de connaître une fois pour toutes le nom des victimes et de réussir à choper le coupable.

Je doutais que le fait d'identifier les victimes nous permette réellement de trouver le tueur, mais il m'arrive de me tromper, et dans tous les cas le travail de police est essentiellement une question de routine. L'un des usages les plus répandus et revendiqués de notre profession est la recherche de l'identité d'une personne morte. Alors, j'accompagnai de bon gré Deborah jusqu'au bâtiment des bureaux des enseignants.

Celui du professeur Halpern se situait au rez-de-chaussée, à côté de l'entrée principale, et à peine l'eûmes-nous franchie que Deb frappait déjà à sa porte. Il n'y eut pas de réponse. Deborah essaya la poignée : c'était fermé, alors elle martela de nouveau la porte sans plus de résultat.

Un homme qui s'approchait dans le couloir d'un pas nonchalant vint s'arrêter devant le bureau d'à côté, nous jetant un regard interrogateur.

– Vous cherchez Jerry Halpern ? Je ne crois pas qu'il soit là aujourd'hui.

– Vous savez où il est ? interrogea Deborah.

– J'imagine qu'il est chez lui, puisqu'il n'est pas là. Pourquoi cette question ?

Deb sortit son badge et le lui montra. Il n'eut pas l'air impressionné.

– Je vois, dit-il. Est-ce que ceci aurait le moindre rapport avec les deux cadavres trouvés sur le campus ?

– Avez-vous des raisons de penser qu'il y en a un ?

– Nnnon… Pas vraiment.

Deborah le dévisagea et attendit, mais il n'ajouta rien.

– Puis-je vous demander votre nom, monsieur ? finit-elle par lui demander.

– Je suis le professeur Wilkins, répondit-il en indiquant de la tête la porte devant laquelle il se tenait. C'est mon bureau.

– M. Wilkins, poursuivit Deborah, pourriez-vous me dire, je vous prie, ce que signifie votre remarque à propos du professeur Halpern ?

– Eh bien, Jerry est un type plutôt sympathique, mais s'il s'agit d'une enquête sur un meurtre…

Il laissa sa phrase en suspens. Deborah garda le silence.

– Eh bien, reprit-il au bout d'un moment, je crois que c'était mercredi dernier, j'ai entendu du raffut dans son bureau. Les murs ne sont pas très épais.

– Quel genre de raffut ?

– Des cris. Un bruit de bagarre aussi, peut-être. Quoi qu'il en soit, j'ai jeté un coup d'œil par ma porte et j'ai vu une jeune femme, une étudiante, sortir du bureau de Halpern en chancelant puis partir en courant. Elle était, euh… son chemisier était déchiré.

– À tout hasard, auriez-vous reconnu cette personne ?

– Oui. Je l'avais en cours le semestre dernier. Elle s'appelle Ariel Goldman. Une fille charmante, mais pas très studieuse.

Deborah me lança un regard, et je lui adressai un signe de tête en guise d'encouragement.

– Pensez-vous que Halpern essayait d'abuser d'Ariel Goldman ? demanda-t-elle.

Wilkins pencha la tête de côté et leva une main

– Je ne peux rien affirmer. Mais c'est l'impression que j'en ai eue.

Deborah regarda Wilkins, mais il n'avait rien à ajouter et elle finit par dire :

– Merci, monsieur Wilkins. Votre aide nous a été très utile.

– Je l'espère, répondit-il, avant de se retourner pour entrer dans son bureau.

Deb était déjà en train d'examiner la liste imprimée.

– Halpern habite tout près d'ici, annonça-t-elle avant de s'élancer vers la sortie.

De nouveau, je me retrouvai à galoper pour la rattraper.

– Quelle hypothèse nous abandonnons ? lui demandai-je. Celle qui part du principe que c'est Ariel qui a tenté de séduire Halpern ? Ou celle selon laquelle il aurait voulu la violer ?

– Aucune pour l'instant, répliqua-t-elle. Pas avant d'avoir parlé à Halpern.

Chapitre 12

Le professeur Jerry Halpern occupait un appartement situé à deux ou trois kilomètres du campus, dans un petit immeuble qui avait dû être charmant quarante ans auparavant. Il nous ouvrit aussitôt lorsque Deborah frappa à la porte, clignant des yeux face à la lumière du soleil. C'était un homme de trente-cinq ans environ, assez maigre, avec une barbe de plusieurs jours.

– Oui ? dit-il d'un ton bougon.

Deborah exhiba son badge :

– Pouvons-nous entrer, s'il vous plaît ?

Halpern regarda l'insigne en roulant des yeux ronds et sembla légèrement se tasser.

– Je n'ai... Qu'est-ce que... ? Pourquoi entrer ? bafouilla-t-il.

– Nous aimerions vous poser quelques questions, expliqua Deborah. À propos d'Ariel Goldman.

Halpern s'évanouit.

Il ne m'arrive pas souvent de voir ma sœur surprise – elle est bien trop maîtresse d'elle-même. Aussi, ce fut pour moi une extrême satisfaction de la voir la bouche grande ouverte tandis que Halpern s'avachissait sur le sol. Je me baissai pour prendre le pouls du professeur.

– Son cœur bat toujours, déclarai-je.

– Rentrons-le chez lui, proposa Deborah, et je le traînai à l'intérieur.

L'appartement n'était sans doute pas aussi exigü qu'il le paraissait, mais des bibliothèques pleines à craquer couvraient tous les murs, et une table de travail croulait sous des piles de papiers et de livres. Dans le pauvre espace restant, j'aperçus un canapé à deux places défoncé ainsi qu'un fauteuil capitonné, et derrière une lampe. Je parvins à hisser Halpern sur le canapé, qui grinça et s'affaissa de manière alarmante sous son poids.

Je me redressai et manquai buter contre Deborah, qui s'approchait déjà en lançant des regards furieux.

– Tu ferais mieux d'attendre qu'il se réveille avant de chercher à l'intimider, lui conseillai-je.

– Ce fils de pute sait quelque chose. Pourquoi il s'effondrerait comme ça, sinon ?

– Une mauvaise alimentation, peut-être ?

– Réveille-le.

Je me tournai vers elle pour voir si elle plaisantait, mais bien sûr elle était parfaitement sérieuse.

– Qu'est-ce que tu suggères ? J'ai oublié d'apporter des sels.

– On va pas rester là à poireauter… dit-elle.

Elle se pencha comme si elle s'apprêtait à le secouer ou à lui flanquer un coup de poing.

Heureusement pour Halpern, il revint à lui juste à cet instant. Il battit des paupières plusieurs fois avant d'ouvrir complètement les yeux, et lorsqu'il les eut levés vers nous, tout son corps se crispa.

– Qu'est-ce que vous voulez ? demanda-t-il.

– Vous promettez de ne pas défaillir de nouveau ? répondis-je.

Deborah me poussa du coude.

– Ariel Goldman, dit-elle.

– Oh, mon Dieu, gémit-il. Je savais que ça allait arriver.

– Vous aviez raison, fis-je remarquer.

114

– Vous devez me croire, reprit-il, en s'efforçant de se redresser. Ce n'est pas moi qui l'ai fait.

– D'accord, dit-elle. Alors qui est-ce ?

– Elle l'a fait elle-même.

Deborah me scruta des yeux, espérant peut-être que je lui expliquerais pourquoi Halpern délirait. Comme j'étais tout aussi perplexe, elle se tourna vers lui.

– *Elle l'a fait elle-même ?* répéta-t-elle, sa voix exprimant toute la défiance du flic.

– Oui, insista-t-il. Elle voulait donner l'impression que c'était moi, pour que je sois obligé de lui filer une bonne note.

– Elle s'est fait rôtir elle-même, dit Deborah très distinctement, l'air de parler à un enfant de trois ans. Puis elle a coupé sa propre tête. Pour que vous lui filiez une bonne note.

– J'espère que vous lui avez au moins mis 14 pour tout ce travail, déclarai-je.

Halpern nous regarda avec de gros yeux ronds, la mâchoire à demi ouverte et parcourue de contractions.

– Quoi ? finit-il par articuler. De quoi vous parlez ?

– Ariel Goldman, répondit Deborah. Et sa colocataire Jessica Ortega. Brûlées vives. Décapitées. Que pouvez-vous nous dire à ce sujet, Jerry ?

Halpern fut agité de tics convulsifs et se tut pendant un long moment.

– Je, je… Elles sont mortes ? finit-il par murmurer.

– Jerry, répliqua Deborah, elles ont été décapitées. Qu'est-ce que vous croyez ?

Je regardai avec grand intérêt la figure de Halpern adopter une série de mimiques exprimant tout l'ahurissement à des degrés divers et, lorsqu'il finit par piger, ce fut celle de la mâchoire décrochée qui l'emporta.

– Vous… Vous pensez que… Vous ne pouvez pas…

– J'ai bien peur que si, Jerry, affirma Deborah. À moins que vous ne me prouviez le contraire.

– Mais c'est… Je ne pourrais jamais…

– Quelqu'un l'a bien fait, dis-je.

– Oui, mais, mon Dieu…

– Jerry, reprit Deborah. À propos de quoi pensiez-vous que nous venions vous interroger ?

– Le… le viol, répondit-il. La fois où je ne l'ai pas violée.

Il doit bien exister quelque part un monde où tout a un sens, mais manifestement ce n'est pas celui dans lequel nous vivons.

– La fois où vous ne l'avez pas violée ? répéta Deborah.

– Oui, c'est ce que… Elle voulait, euh…

– Elle voulait se faire violer ? intervins-je.

– Elle, elle… bégaya-t-il en rougissant, elle m'a proposé, euh, de coucher avec moi. En échange d'une bonne note, ajouta-t-il en baissant les yeux. Et j'ai refusé.

– Et c'est là qu'elle vous a demandé de la violer ? demandai-je.

Deborah me donna un coup de coude.

– Alors vous lui avez dit non, Jerry ? continua Deborah. Une jolie fille comme ça ?

– C'est là qu'elle… euh… Elle a dit qu'elle aurait une bonne note, d'une façon ou d'une autre. Et elle a déchiré son chemisier et s'est mise à hurler.

Il avala sa salive mais garda les yeux baissés.

– Continuez.

– Et elle m'a fait un signe de la main, poursuivit-il, en levant le bras et en faisant au revoir de la main. Puis elle est sortie dans le couloir en courant. Je postule à une chaire cette année, ajouta-t-il. Si un tel incident s'ébruitait, ma carrière serait fichue.

– Je comprends, dit Deborah. Alors vous l'avez tuée pour sauver votre carrière.

– Quoi ? Non ! bafouilla-t-il. Je ne l'ai pas tuée !

– Alors, qui ?

– Je ne sais pas ! répondit-il d'une voix irritée.

116

Deborah le dévisagea et il soutint son regard, me jetant aussi de temps à autre un coup d'œil.

– Mais ce n'est pas moi ! insista-t-il.

– J'aimerais vous croire, Jerry, lui dit Deborah. Mais cela ne dépend vraiment pas de moi.

– Qu'est ce que vous voulez dire ?

– Je vais devoir vous demander de me suivre.

– Vous m'arrêtez ?

– Je vous emmène pour que vous répondiez à quelques questions, c'est tout, assura-t-elle.

– Oh, mon Dieu. Vous m'arrêtez. C'est... Non, non.

– Je vous propose qu'on adopte la méthode la plus simple, professeur, suggéra Deborah. Nous pouvons nous passer des menottes, n'est-ce pas ?

Il la regarda durant un très long moment, puis il se leva d'un bond et s'élança vers la porte. Malheureusement pour lui et son formidable plan d'évasion, il devait passer devant moi, et Dexter a de merveilleux réflexes. Je glissai un pied en travers de son chemin et il s'écroula par terre, allant buter tête la première contre la porte.

J'adressai un sourire à Deborah.

– En fin de compte, tu as peut-être besoin des menottes, dis-je.

Chapitre 13

Je ne suis pas parano. Je ne m'imagine pas cerné par de mystérieux ennemis désireux de me piéger, me torturer ou me tuer. Je sais parfaitement, bien sûr, que si mon masque venait à tomber en révélant ma véritable nature, toute la société se liguerait contre moi et chercherait à m'infliger une mort lente et douloureuse. Il ne s'agit pas de paranoïa mais d'une vision calme et lucide de la réalité, qui ne m'affole pas outre mesure, du reste. J'essaie simplement d'être prudent afin que cela n'arrive pas.

Mais ma prudence avait toujours consisté en grande partie à écouter la voix subtile du Passager noir, et celle-ci rechignait encore à se faire entendre. J'étais donc confronté à un silence intérieur fort inquiétant, ce qui me rendait nerveux et propageait en moi une onde de malaise. Cela avait commencé par cette sensation d'être épié, voire traqué, près des fours. Puis, alors que nous retournions au Q.G., je ne parvins pas à m'ôter de la tête l'idée qu'une voiture nous suivait. Nous filait-elle vraiment ? Avait-elle des intentions malveillantes ? Et si c'était le cas, était-ce contre moi, contre Deborah, ou avait-on seulement affaire à l'un des conducteurs givrés de Miami ?

J'observai la voiture dans le rétroviseur : c'était une Toyota Avalon blanche. Elle resta derrière nous durant tout le trajet, jusqu'à ce que Deborah pénètre sur le

parking ; elle passa alors sans ralentir ni paraître s'intéresser à nous, mais j'avais toujours la conviction qu'elle
nous avait suivis. Impossible, toutefois, d'en être sûr
tant que le Passager ne me l'avait pas confirmé, ce dont
il se garda bien. Il se contenta d'émettre une sorte de
raclement de gorge sifflant, je trouvai donc stupide
d'en parler à Deborah.

Un peu plus tard, alors que je sortais du bâtiment
pour rejoindre ma propre voiture et rentrer chez moi,
j'eus le même sentiment : quelqu'un ou quelque chose
me surveillait. Pas un avertissement, ni un murmure
intérieur provenant de l'ombre ni le battement d'ailes
noires invisibles prêtes à s'envoler – juste une sensation. J'étais de plus en plus tendu. Lorsque le Passager
parle, je l'écoute. J'agis. Mais il ne parlait pas ; il ne
faisait que se tortiller. Et je ne savais comment interpréter ce message. Alors, en l'absence d'une idée plus
précise, je roulai sans quitter des yeux mon rétroviseur
tout en me dirigeant vers le sud.

Était-ce donc ça, la vie des humains ? Traverser l'existence avec l'impression perpétuelle d'être un morceau
de viande ambulant, se retrouver lâché comme du gibier,
talonné par des tigres affamés ? Ce serait une bonne
explication pour la plupart des comportements humains.
En tant que prédateur moi-même, je connaissais ce sentiment de puissance que procure le fait d'avancer mas-
qué au milieu de proies potentielles, en sachant que l'on
peut à tout instant arracher l'une d'elles au groupe. Or,
sans réaction de la part du Passager, non seulement je
me fondais parfaitement dans la masse, mais je devenais
membre à part entière du troupeau, vulnérable. J'étais
désormais moi-même une proie, et je n'aimais pas ça. Je
devais être beaucoup plus vigilant.

Lorsque je quittai la voie express, ma vigilance me
révéla la présence d'une Toyota Avalon blanche derrière moi.

Évidemment, il existe des tas d'Avalon blanches à travers le monde. Après tout, les Japonais ont perdu la guerre et gagné le droit de dominer notre marché de l'automobile. Et il n'y avait rien d'invraisemblable à ce que certaines de ces Avalon suivent le même parcours que moi à cette heure chargée de la journée. La logique voulait qu'il n'y ait qu'un nombre défini de directions à emprunter, et c'était normal qu'une Avalon blanche choisisse l'une d'entre elles. Il n'était pas logique, en revanche, de partir du principe que l'on veuille me suivre : qu'avais-je fait – enfin, que l'on puisse prouver ?

Il était donc illogique de penser que j'étais suivi, ce qui n'explique pas pourquoi je quittai brusquement l'US-1, tournant à droite pour prendre une rue transversale.

Cela n'explique pas non plus pourquoi l'Avalon blanche me suivit.

Elle restait bien en arrière, comme n'importe quel prédateur afin d'éviter d'effrayer sa proie – ou comme n'importe quelle personne qui parcourrait le même trajet par pure coïncidence. Alors, avec la même absence de logique, je virai de nouveau, cette fois à gauche, le long d'une petite rue résidentielle.

Un moment plus tard, la voiture apparut.

On le sait, Dexter le déluré ne connaît pas la peur. Donc, les battements assourdissants de mon cœur, la sécheresse dans ma bouche et la moiteur de mes mains étaient juste les symptômes d'un gros malaise.

Cet état ne me plaisait pas du tout. Je n'étais plus le Seigneur des saignées. Mon épée et mon armure étaient reléguées dans les souterrains du château, et je me retrouvais désarmé sur le champ de bataille, victime soudain tendre et goûteuse. Je n'aurais su dire pourquoi, mais j'étais sûr qu'une bête vorace était sur ma piste.

Je tournai à droite de nouveau, remarquant trop tard le panneau qui indiquait impasse.

J'avais abouti dans un cul-de-sac. J'étais pris au piège.

Bizarrement, je ralentis et attendis que l'autre voiture apparaisse. Je voulais sans doute vérifier qu'elle était toujours là. Elle l'était. Je continuai jusqu'au bout de la rue, qui s'élargissait en un arc de cercle permettant aux voitures de faire demi-tour. Il n'y avait aucun véhicule garé dans l'allée de la maison située à l'extrémité de la rue. Je m'y engageai, puis arrêtai le moteur et attendis, sidéré par les cognements affolés dans ma poitrine et par mon incapacité à faire autre chose que rester immobile en attendant les crocs de la créature à mes trousses.

La voiture blanche continuait à avancer. Elle ralentit en atteignant le bout de l'impasse, ralentit en s'approchant de moi…

Puis elle me dépassa, fit le tour de l'arc de cercle avant de remonter la rue, en direction du coucher de soleil.

Je la regardai s'éloigner, et tandis que ses feux arrière disparaissaient au coin de la rue, je respirai. Quand j'eus reconstitué mes réserves d'oxygène, redevenu moi-même, je commençai à me sentir très bête. Que s'était-il passé, en somme ? Une voiture avait semblé me suivre. Puis elle était repartie. Il y avait des milliers de raisons pour lesquelles elle pouvait avoir emprunté le même trajet que moi, la plupart se résumant à un seul mot : coïncidence. Alors que le Dexter désemparé restait transi sur son siège, qu'avait fait la grosse voiture méchante ? Elle s'était éloignée. Elle ne s'était pas arrêtée pour me dévisager méchamment, montrer les dents ou lancer une grenade. Elle s'était contentée de passer en me laissant avec ma peur absurde.

Quelqu'un frappa à ma vitre et ma tête alla heurter le toit de la voiture.

Je me retournai. Un homme d'âge moyen, avec une moustache et de vilaines cicatrices d'acné sur le visage, était penché vers moi. Je ne l'avais pas remarqué jusqu'à présent, preuve supplémentaire que j'étais seul et sans protection.

Je baissai la vitre.

– Je peux vous aider, monsieur ? demanda l'homme.

– Non, merci, répondis-je, quelque peu intrigué par la nature de l'aide qu'il voulait m'offrir.

Mais il m'éclaira bien vite.

– Vous êtes garé dans mon allée, dit-il.

– Ah, fis-je, et je supposai que dans ce cas je lui devais sans doute une explication. Je cherche Vinny, ajoutai-je.

Pas terrible comme excuse, mais assez commode étant donné les circonstances.

– Vous vous êtes trompé d'adresse, répliqua l'homme avec une note de triomphe mesquin dans la voix, qui me remonta presque le moral.

– Désolé, dis-je.

Je remontai ma vitre puis sortis de l'allée en marche arrière ; l'homme me regarda partir, préférant sans doute s'assurer que je ne bondissais pas hors de ma voiture pour l'attaquer avec une machette. En quelques minutes, je me retrouvai dans le chaos sanglant de l'US-1. Et tandis que la violence habituelle de la circulation se refermait sur moi tel un doux cocon, je repris lentement possession de moi-même. De retour au bercail, derrière les murs en ruine de la forteresse Dexter aux souterrains vides.

Je ne m'étais jamais senti aussi stupide de ma vie, ce qui veut dire que j'en étais presque devenu un véritable être humain. Qu'est-ce qui avait bien pu me traverser l'esprit ? Enfin, mon esprit n'avait rien à voir là-dedans, j'avais simplement succombé à un étrange accès de panique. C'était si ridicule, si grotesquement humain…

Je parcourus les derniers kilomètres en me traitant de tous les noms pour cette réaction disproportionnée, et le temps que je m'engage sur l'allée de Rita, je baignais dans mes propres injures, ce qui m'aida à me sentir beaucoup mieux. Je sortis de la voiture en esquissant ce qui s'apparentait à un vrai sourire, provoqué par la joie d'avoir fait la connaissance de Dexter le décérébré. Mais alors que je m'apprêtais à me diriger vers la porte d'entrée, une voiture passa lentement devant la maison.

Une Avalon blanche, évidemment.

Si la justice existe, elle avait ménagé ce moment-là spécialement pour moi. Combien de fois me suis-je amusé à la vue d'une personne plantée bouche bée, complètement paralysée par la surprise et la peur ? Voilà que Dexter prenait la même pose stupide. Cloué sur place, incapable de bouger, ne serait-ce que pour essuyer ma propre bave, je regardai la voiture avancer au ralenti, et la seule pensée que je réussis à former fut que je devais avoir l'air sacrément imbécile.

Naturellement, j'aurais paru encore plus bête si cette voiture blanche avait fait autre chose que passer, mais heureusement pour moi elle ne s'arrêta pas. L'espace d'un instant, je crus voir un visage me toiser derrière le volant. Puis le conducteur accéléra, se déportant légèrement au milieu de la route, si bien que la lumière se réfléchit quelques secondes sur l'emblème argenté à tête de taureau de Toyota avant que la voiture disparaisse.

Je ne sus que faire à part fermer la bouche, me gratter la tête puis pénétrer dans la maison en titubant.

Un profond et puissant battement de tambour résonnait, et un sentiment de joie jaillit, né du soulagement et de l'anticipation du plaisir à venir. Puis le son des cors s'éleva, et c'était imminent, plus qu'une question de minutes avant que tout commence et se reproduise, et tandis que la joie enflait en une mélodie qui semblait venir de toute part, je sentis mes pieds me porter vers le lieu où les voix promettaient la félicité, claironnant la nouvelle de ce bonheur tout proche, cet assouvissement inouï qui nous conduirait à l'extase…

Et je me réveillai, le cœur battant la chamade, avec un soulagement qui n'était pas justifié. Car ce n'était pas seulement la satisfaction d'avoir bu quand on a soif ou de se reposer quand on est fatigué, bien que ce fût aussi cela.

C'était également – découverte ô combien surprenante et troublante – le soulagement que je ressens après l'une de mes frasques, celui qui vient lorsqu'on a assouvi les plus profonds désirs de son être et que, enfin comblé, on peut se détendre un moment.

Et c'était impossible. Il était invraisemblable que j'éprouve ce sentiment particulier alors que je dormais tranquillement dans mon lit.

Je jetai un coup d'œil au réveil : minuit cinq, pas une heure pour être debout par une nuit où j'avais prévu simplement de dormir.

À mon côté, Rita ronflait doucement, agitée de légers tressautements, comme un chien qui courait après un lapin dans son rêve.

Et près d'elle, un Dexter terriblement désorienté. Quelque chose s'était immiscé dans ma nuit sans rêves et avait créé des vagues sur la mer étale de mon sommeil sans âme. J'ignorais ce que c'était, mais j'en avais ressenti une grande joie inexpliquée, et je n'aimais pas ça. Mon violon d'Ingres nocturne me contentait à ma façon personnelle, dépourvue d'émotions, et c'était tout. Rien d'autre n'avait jamais pénétré dans ce coin des souterrains de Dexter. Je préférais qu'il en soit ainsi. J'avais mon petit espace à moi, délimité et protégé, où je savourais cette joie si singulière, mais lors de ces fameuses nuits seulement.

Alors qu'est-ce qui pouvait s'introduire en moi avec une facilité si confondante ?

Je m'allongeai de nouveau, déterminé à me rendormir et à me prouver que j'étais toujours le maître à bord, que rien ne s'était passé et que rien ne se produirait. Il s'agissait du royaume de Dexter, et j'étais le roi. Rien n'était admis à l'intérieur. Je fermai les yeux et me tournai pour confirmation vers la voix de l'autorité, le seigneur incontesté des sombres recoins de mon être, le Passager noir, et attendis qu'il approuve, qu'il prononce des mots rassurants afin d'étouffer la musique discordante et son geyser d'émotions. J'attendis qu'il dise quelque chose, n'importe quoi, mais il resta silencieux.

Je tentai de l'atteindre par des pensées sévères et irritées : *Réveille-toi ! Montre un peu les dents !*

Il ne réagit pas.

Je me précipitai dans tous les replis de mon être, braillant, appelant le Passager avec une inquiétude croissante, mais les lieux étaient déserts, il avait mis la clé sous la porte : parti sans laisser d'adresse. À croire même qu'il n'avait jamais été là.

À l'endroit où il avait l'habitude de se trouver, j'entendais encore un écho de la musique se répercuter sur les murs d'un logement débarrassé de ses meubles, amplifié par ce vide brutal.

Le Passager noir était parti.

Chapitre 14

Je passai la journée du lendemain dans un état d'agitation et d'incertitude extrêmes, espérant que le Passager reviendrait tout en sachant qu'il ne le ferait pas. Et au fur et à mesure que les heures s'écoulaient, cette perspective se confirma.

Je ne me prétendrais pas pour autant en proie à l'angoisse, qui m'a toujours paru une forme d'apitoiement sur soi-même, mais j'éprouvais un malaise aigu et vécus cette journée dans un immense effroi.

Où était parti mon Passager, et pourquoi ? Allait-il revenir ? Ces questions m'entraînaient dans des spéculations plus alarmantes encore : qui était le Passager, et pourquoi était-il venu me trouver ?

Dire que je m'étais défini en fonction de quelque chose qui ne faisait pas réellement partie de moi – à moins que… ? Le Passager noir n'était peut-être que la construction mentale d'un esprit malade, une toile tissée afin de filtrer d'infimes lueurs de la réalité et de me protéger contre l'horreur de ma véritable nature. C'était possible ; j'ai quelques rudiments de psychologie, et je sais bien que mon cas est hors norme. Je n'y vois pas d'inconvénient. Je me passe sans problème de la moindre once d'humanité.

Enfin, c'était vrai jusqu'à présent. Mais soudain je me retrouvais tout seul. Et pour la première fois, j'avais vraiment besoin de savoir.

Évidemment, rares sont les métiers où les employés sont payés pour se livrer à l'introspection, même sur un sujet aussi grave que la disparition de Passagers noirs. Non, Dexter ne chômait pas. Surtout avec Deborah dans les parages, prête à manier le fouet.

Par chance, il s'agissait pour l'essentiel d'activités de routine ; je consacrai la matinée à passer au peigne fin l'appartement de Halpern avec mes collègues, à la recherche de preuves. Par chance, encore une fois, elles étaient si nombreuses qu'aucun travail véritable ne fut nécessaire.

Au fond de son armoire, nous trouvâmes une chaussette comportant plusieurs taches de sang. Sous le canapé, il y avait une sandale en toile blanche pareillement maculée sur le dessus et, dans la salle de bains, à l'intérieur d'un sac plastique, un pantalon dont un revers était légèrement roussi et les pans également tachés, des éclaboussures qui avaient durci avec la chaleur.

C'était probablement une bonne chose que toutes ces traces soient aussi flagrantes, car Dexter, d'habitude si vif et si enthousiaste, était loin d'être dans son assiette. Je me surprenais à dériver dans le flot d'une humeur grise et angoissée, me demandant si le Passager reviendrait, pour être subitement ramené au présent, planté devant l'armoire, une chaussette sale et sanglante à la main. Si des recherches minutieuses avaient été requises, je n'aurais pas été capable d'opérer à mon niveau d'excellence habituel.

Fort heureusement, ce n'était pas le cas. Je n'avais encore jamais vu une telle profusion de preuves chez quelqu'un qui avait eu, en définitive, plusieurs jours pour tout nettoyer. Lorsque je m'adonne à mon loisir favori, propre, net et innocent d'un point de vue médico-légal, quelques minutes à peine me suffisent ; Halpern avait laissé passer plusieurs jours sans prendre les précautions les plus élémentaires. C'était presque trop facile, et dès que nous eûmes vérifié sa voiture j'abandonnai même le « presque » : sur l'accoudoir central à l'avant, l'empreinte d'un pouce formée de sang séché ressortait nettement.

Bien sûr, il était possible que nos analyses de labo établissent qu'il s'agissait de sang de poulet. J'en doutais un peu, toutefois.

Néanmoins, une petite pensée tenace continuait à me souffler que c'était beaucoup trop facile. Il y avait un truc qui clochait. Mais étant donné que je n'avais plus le Passager pour m'indiquer la bonne direction, je n'en fis part à personne. Il aurait été sadique, en tout cas, de gâcher le bonheur de Deborah. Elle était quasi rayonnante de satisfaction lorsque les résultats arrivèrent et que Halpern apparut de plus en plus comme notre coupable.

Elle fredonnait même lorsqu'elle m'entraîna à sa suite afin d'interroger Halpern, ce qui accentua mon malaise.

– Eh bien, Jerry, lança-t-elle, aimeriez-vous nous parler de ces deux filles ?

– Je n'ai rien à dire, répondit-il.

Il était très pâle, mais il paraissait bien plus décidé que lorsque nous l'avions amené au poste.

– Vous commettez une erreur, ajouta-t-il. Je n'ai rien fait.

– Il n'a rien fait, répéta-t-elle d'un ton enjoué.

– C'est possible, dis-je. Quelqu'un d'autre a pu introduire chez lui les habits tachés de sang pendant qu'il regardait la télé…

– C'est ça, Jerry ? demanda Deborah. Quelqu'un a mis ces affaires chez vous ?

Il blêmit encore, à supposer que cela soit possible.

– Quelles affaires ? Du sang… De quoi parlez-vous ?

Elle lui souriait.

– Jerry, nous avons trouvé un de vos pantalons avec du sang dessus. C'est celui des victimes. Nous avons également trouvé une chaussure et une chaussette tachées. Ainsi qu'une empreinte de sang dans votre voiture. Votre empreinte, leur sang. La mémoire vous revient, Jerry ?

Halpern s'était mis à secouer la tête tandis que Deborah parlait, et il continuait, comme s'il s'agissait d'un étrange réflexe dont il n'avait pas conscience.

– Non, dit-il. Non. Ce n'est même pas... Non.

– Non, Jerry ? Qu'est-ce que ça veut dire, non ?

Il remuait toujours la tête. Une goutte de sueur vola et atterrit sur la table. Je l'entendais faire de gros efforts pour respirer.

– S'il vous plaît, gémit-il, c'est absurde. Je n'ai rien fait. Pourquoi vous... C'est kafkaïen ! Je n'ai rien fait.

Deborah se tourna vers moi d'un air interrogateur.

– Kafkaïen ?

– Il se prend pour un cafard, lui expliquai-je.

– Je ne suis qu'un flic inculte, Jerry, reprit-elle. Mais je sais reconnaître des preuves solides quand j'en vois. Et laissez-moi vous le dire, Jerry : votre appartement en est truffé.

– Mais je n'ai rien fait.

– D'accord, répliqua Deborah. Alors aidez-moi un peu. Comment tous ces trucs sont-ils apparus chez vous ?

– C'est Wilkins, affirma-t-il en ayant l'air surpris, comme si quelqu'un d'autre avait parlé à sa place.

– Wilkins ? répéta Deborah en me regardant.

– Le professeur dont le bureau est à côté du vôtre ? demandai-je.

– Oui, c'est ça, répondit Halpern, retrouvant des forces. C'était Wilkins, ça ne peut être que lui.

– C'est Wilkins, dit Deborah. Il a mis vos vêtements, tué les filles, puis rapporté les affaires chez vous.

– Oui, c'est ça.

– Pourquoi ferait-il une chose pareille ?

– On postule tous les deux à la même chaire.

À la façon dont Deborah le dévisagea, on aurait cru qu'il avait proposé de danser tout nu.

– La chaire, finit-elle par articuler d'une voix étonnée.

– C'est ça, poursuivit-il. C'est capital dans une carrière universitaire.

– Au point de commettre un meurtre ? demandai-je.

Il fixa un point sur la table sans répondre.

– C'était Wilkins, répéta-t-il au bout d'un moment.

Deborah le considéra pendant une minute entière, avec l'expression d'une tante affectueuse face à son neveu préféré. Il lui retourna son regard durant quelques secondes, puis cligna des yeux, les baissa vers la table, les releva vers moi puis les baissa de nouveau. Comme le silence se prolongeait, il finit par regarder Deborah.

– Bon, Jerry, reprit-elle. Si vous n'avez pas de meilleure explication à nous fournir, je vous suggère d'appeler votre avocat.

Il sembla incapable de proférer la moindre réponse. Deborah se mit debout et se dirigea vers la porte. Je la suivis.

– On le tient ! me lança-t-elle dans le couloir. Ce fils de pute est cuit. À son tour, ha !

Et elle avait l'air si heureuse que je ne pus m'empêcher de lui dire :

– Si c'est lui.

Elle leva vers moi un visage radieux.

– Bien sûr que c'est lui, Dex. Merde, ne te donne pas tout ce mal. Tu as fait un excellent boulot, et pour une fois on a le bon type dès le premier coup.

– Oui, sans doute.

Elle pencha la tête de côté et me dévisagea, affichant toujours le même petit sourire suffisant.

– Qu'est-ce qui se passe, Dex ? C'est ton mariage qui te met la rate au court-bouillon ?

– Il ne se passe rien, répondis-je. La vie sur Terre n'a jamais été plus harmonieuse et satisfaisante. C'est juste que…

Et là j'hésitai parce que je ne savais que dire en réalité. J'avais juste l'inébranlable et déraisonnable certitude qu'un truc clochait.

– Je sais, Dex, dit-elle d'une voix pleine de gentillesse qui aggravait les choses. Ça paraît beaucoup trop facile, n'est-ce pas ? Mais pense à toutes les emmerdes qu'on a chaque jour dans toutes les autres affaires. Il est juste que de temps à autre ce soit facile, non ?

– Je ne sais pas, répondis-je. C'est bizarre.

Elle eut un petit rire étouffé.

– Avec les preuves solides qu'on a contre ce type, personne n'en aura rien à cirer que ce soit bizarre, Dex. Pourquoi tu ne te détends pas un peu ?

Je suis sûr que c'était un excellent conseil, mais je ne réussis pas à le suivre. Même si aucun murmure familier ne me dictait plus mes répliques, il fallait que je dise quelque chose.

– Il n'a pas l'air de mentir, affirmai-je sans grande conviction.

Deborah haussa les épaules.

– Il est taré. C'est pas mon problème. C'est lui !

– Mais s'il est psychotique, pourquoi est-ce qu'il aurait attendu tout ce temps pour disjoncter ? Enfin, je veux dire, il a trente et quelques années, et ce serait la première fois qu'il fait un truc pareil ? Ça ne colle pas.

Elle me tapota l'épaule et sourit de nouveau.

– Bien vu, Dex. Tu n'as qu'à te mettre à ton ordinateur et vérifier ses antécédents. Je te parie qu'on va trouver quelque chose. Tu pourras commencer juste après la conférence de presse, d'accord ? Allez, faut pas être en retard !

Et je lui emboîtai le pas avec docilité, me demandant comment je me débrouillais toujours pour récolter du travail supplémentaire.

Deborah s'était vu concéder l'inestimable privilège d'une conférence de presse, faveur que le commissaire Matthews n'accordait pas à la légère. C'était sa première en tant que responsable d'une grosse affaire médiatisée, et elle maîtrisait la manière de parler aux informations du soir. Elle abandonna son sourire, ainsi que tout autre signe d'émotion et débita son laïus d'un ton plat, dans le pur style policier. Seule une personne la connaissant aussi bien que moi pouvait discerner l'allégresse qui se dissimulait sous ses traits inexpressifs.

C'était presque sûr qu'elle avait raison : Halpern était coupable, et moi, bête et aigri à cause de la disparition de mon Passager. Ce devait être son absence qui me mettait mal à l'aise, et non un doute quelconque concernant le suspect, dans une affaire qui m'indifférait totalement, du reste. Oui, presque sûr…

Mais il y avait ce « presque ». Moi qui vivais ma vie avec des certitudes, je n'avais aucune expérience du « presque ». Je me rendais compte peu à peu à quel point j'étais impuissant sans mon Passager noir. Même dans mon travail quotidien, rien n'était plus aussi simple.

De retour dans mon box, je m'installai sur mon siège et me laissai aller en arrière, les yeux fermés. *Y a quelqu'un ?* demandai-je avec espoir. Il n'y avait personne. Juste un coin vide qui commençait à faire mal au fur et à mesure que l'effet de surprise s'émoussait. Maintenant que le travail avait cessé de m'absorber, il n'y avait rien pour m'empêcher de m'apitoyer sur moi-même. Je me retrouvais seul dans un monde sombre et cruel, peuplé de créatures affreuses comme moi. Ou du moins comme mon ancien moi.

Où était allé le Passager, et pourquoi était-il parti ? Si quelque chose l'avait effrayé, de quoi pouvait-il s'agir ? Qu'est-ce qui pouvait apeurer un être qui ne vivait que dans les ténèbres, qui n'existait réellement que lorsqu'on aiguisait les couteaux ?

Ces interrogations formèrent en moi une nouvelle pensée fort déplaisante : si une hypothétique créature avait fait fuir le Passager, l'avait-elle suivi dans son exil ? Ou continuait-elle à flairer ma trace ? Étais-je en danger, dénué de protection ? Une menace mortelle me guettait-elle ?

On dit que les nouvelles expériences sont enrichissantes, mais celle-ci était une torture.

S'il y a bien un remède au désarroi, toutefois, c'est de se plonger dans une tâche très prenante et parfaitement futile. Je pivotai alors dans mon fauteuil face à l'ordinateur et me mis à l'ouvrage.

En quelques minutes seulement, j'avais réuni le dossier complet de la vie du professeur Gerald Halpern. Bien sûr, ce fut un peu plus délicat que de chercher simplement son nom sur Google. Je fus confronté notamment au problème des comptes rendus d'audience protégés, que je mis cinq bonnes minutes à ouvrir. Mais lorsque j'y parvins, l'effort en valait certainement la peine, et je m'exclamai en mon for intérieur : *Tiens, tiens...* Et puisque j'étais tragiquement seul là-dedans, personne ne pouvant plus entendre mes remarques pensives, je répétai à voix haute : « Tiens, tiens ».

Le dossier des placements familiaux était déjà intéressant en soi. Halpern avait vadrouillé de famille d'accueil en famille d'accueil pour finir par atterrir à l'université de Syracuse.

Il y avait plus captivant, toutefois : le fichier que l'on n'était pas censé ouvrir sans mandat. Après l'avoir lu

une seconde fois, ma réaction fut encore plus vive.
« Tiens, tiens, tiens », dis-je tout haut, légèrement dés-
tabilisé par la façon dont les mots se répercutaient sur
les murs de mon petit bureau vide. Et comme les grandes
révélations ont toujours plus d'effet devant un public,
j'appelai ma sœur.

Quelques minutes plus tard, elle pénétra dans mon
box et s'assit sur la chaise pliante.

– Qu'est-ce que tu as trouvé ? demanda-t-elle.

– Le professeur Gerald Halpern a un passé, annonçai-
je, modérant mon enthousiasme afin que Deborah ne
me saute pas dessus pour me serrer dans ses bras.

– Je le savais ! s'exclama-t-elle. Qu'est-ce qu'il a
fait ?

– Ce n'est pas tant ce qu'il a fait, répondis-je. A priori,
ce serait plutôt ce qu'on lui a fait.

Arrête de déconner. Qu'est-ce que c'est ?

– Pour commencer, apparemment il est orphelin.

– Allez, Dex, arrête de tourner autour du pot.

Je levai une main afin de la calmer, mais ce ne fut pas
très efficace car elle commença à tapoter mon bureau.

– J'essaie de brosser un portrait précis, sœurette.

– Accélère.

– Bon, d'accord. Halpern a été recueilli par les services sociaux de l'État de New York alors qu'il vivait
dans un carton sous l'autoroute. Ses parents venaient
de succomber à une mort très violente et bien méritée,
semblerait-il.

– Qu'est-ce que ça veut dire, bordel ?

– Ses parents vendaient son corps à des pédophiles.

– Nom de Dieu ! s'exclama Deborah, visiblement assez
choquée.

– Et Halpern ne se souvient de rien à ce sujet. Il a des
trous de mémoire sous l'effet du stress, d'après le dossier. On peut le comprendre. C'était sans doute une

réaction conditionnée au traumatisme répété, expliquai-je. Cela peut arriver.

– Oh, putain ! lâcha Deborah. Il oublie des trucs. Tu dois admettre que ça concorde. La fille essaie de lui coller un viol sur le dos et lui s'inquiète de sa chaire, alors il stresse et la tue sans s'en apercevoir.

– Il y a encore deux ou trois choses, repris-je, et j'avoue que j'appréciais plus qu'il n'était nécessaire le côté théâtral de mon récit. Tout d'abord, la mort de ses parents.

– Eh bien, quoi ?

– Ils ont été décapités. Puis leur maison a été incendiée.

Deborah se redressa.

– Merde… dit-elle.

– J'ai pensé la même chose.

– Bon sang, mais c'est super, Dex ! s'écria-t-elle. On le tient.

– Ma foi, répondis-je, c'est certainement le même modus.

– Ben, carrément ! Alors est-ce qu'il a tué ses parents ?

– On n'a pas réussi à le prouver. Sinon, il aurait été incarcéré. Personne n'imaginait un enfant en être capable. Mais il est à peu près établi qu'il était présent et a vu les faits.

Elle me regarda fixement.

– Qu'est-ce qui te pose problème ? Tu penses toujours que ce n'est pas lui ? Tu as une de tes fameuses intuitions ?

Cela me blessa plus que je ne l'aurais cru, et je fermai les yeux un instant. Il n'y avait rien d'autre que le noir et le vide au-dedans. Mes fameuses intuitions, bien sûr, se fondaient sur ce que me murmurait le Passager noir, et en son absence je n'avais rien à dire.

– Je n'en ai pas en ce moment, finis-je par admettre. Mais il y a un truc qui me dérange dans cette histoire. C'est...

J'ouvris les yeux ; Deborah me dévisageait. Pour la première fois de la journée, son visage exprimait autre chose que la jubilation, et l'espace d'un instant je crus qu'elle allait me demander ce que cela signifiait et si j'allais bien. Je ne savais pas ce que je lui répondrais, car je n'avais encore jamais parlé du Passager noir, et l'idée d'aborder un sujet aussi intime me perturbait.

– Je ne sais pas, repris-je faiblement. C'est très bizarre.

Deborah sourit. J'aurais été plus rassuré qu'elle m'envoie balader avec sa hargne habituelle ; mais non, elle sourit et tendit le bras au-dessus du bureau pour me tapoter la main.

– Dex, dit-elle doucement, les preuves qu'on a sont plus que suffisantes ; il y a des antécédents, un mobile. Tu reconnais que tu n'as pas une de tes... intuitions. Tout est bon, frangin. Quels que soient tes doutes, ils ne sont pas liés à cette affaire. C'est lui le coupable, on l'a attrapé, point barre.

Elle lâcha ma main avant que l'un de nous fonde en larmes.

– Mais je m'inquiète un peu pour toi, ajouta-t-elle.

– Ça va très bien, répondis-je, et même à mes oreilles ces mots sonnèrent faux.

Deborah me considéra un long moment avant de se lever.

– D'accord, dit-elle. Mais sache que je suis là en cas de besoin.

Puis elle quitta la pièce.

Je réussis je ne sais comment à endurer le reste de la journée et à me traîner jusqu'à la maison, le soir venu, où ma morosité se changea en vacuité sensorielle. J'ignore ce que nous eûmes à dîner ou ce qui se dit à table ce soir-là. La seule chose que je me sentais capable d'écouter, c'était le son du Passager noir regagnant ses pénates, et ce son ne venait pas. Alors je vécus cette soirée en pilotage automatique et finis par aller me coucher, toujours aussi vide et déprimé.

J'appris cette nuit-là que le sommeil n'est pas purement machinal chez les humains, y compris pour le semi-humain que j'étais en train de devenir. Mon ancien moi, le Dexter des ténèbres, dormait très bien sans aucune difficulté : il lui suffisait de se coucher, de fermer les yeux et de compter « un, deux, trois ». Et le tour était joué.

Mais Dexter le nouveau modèle n'avait pas cette chance.

Je me tournai et me retournai ; j'ordonnai à mon misérable cerveau de s'endormir illico sans faire d'histoires, mais en vain. Je restais allongé les yeux grands ouverts en me demandant ce qui m'arrivait.

Et tandis que la nuit n'en finissait pas de durer, je me livrai à une terrible introspection. M'étais-je fourvoyé toute ma vie ? Et si je n'étais pas Dexter le Saigneur déluré flanqué de son prudent acolyte le Passager ? Peut-être n'étais-je en réalité qu'un chauffeur de l'ombre autorisé à occuper une chambre de l'immense demeure, en échange de ses services au maître de maison, qu'il conduisait lors de ses virées. Si ma présence n'était plus requise, que pouvais-je donc faire, maintenant que le patron avait déménagé ? Qui étais-je, si je n'étais plus moi-même ?

Ce n'était pas une pensée joyeuse et cela ne m'aida pas à m'endormir. M'étant déjà retourné sur le dos, puis sur un côté sans réussir à m'épuiser, je tentai à présent une autre position sans plus de succès. Vers 3 h 30 du matin, je dus trouver la bonne combinaison, car je glissai enfin dans un sommeil léger et agité.

Le bruit et l'odeur du bacon frit m'en extirpa. Je jetai un coup d'œil au réveil : il était 8 h 12 ; je ne me réveillais jamais aussi tard. Mais bien sûr, on était samedi matin ! Rita m'avait laissé prolonger ce lamentable état d'inconscience. Et elle allait à présent récompenser mon retour parmi les vivants par un généreux petit déjeuner. Youpi !

Celui ci réussit à dissiper une partie de mon humeur revêche. Il est très difficile de conserver un profond sentiment de dépression et de mépris de soi lorsqu'on savoure un aussi bon repas, et parvenu à la moitié de mon excellente omelette, je me rendis.

Cody et Astor étaient debout depuis des heures, naturellement . le samedi matin, ils avaient droit à la télévision sans restriction, et ils en profitaient en général pour regarder une série de dessins animés qui devaient certainement leur existence à la découverte du LSD. Ils ne me remarquèrent même pas lorsque je titubai devant eux pour me rendre à la cuisine, et ils restèrent rivés à l'image d'un ustensile de cuisine doué de parole tandis que je finissais de manger, buvais une dernière tasse de café et décidais de donner à la vie une chance supplémentaire.

– Ça va mieux ? me demanda Rita comme je reposais ma tasse.

– L'omelette était délicieuse, répondis-je. Merci.

Elle sourit, puis se pencha brusquement en avant pour me donner une bise sur la joue, avant de placer toute la vaisselle dans l'évier et de commencer à la laver.

– N'oublie pas que tu as proposé de sortir Cody et Astor ce matin, déclara-t-elle par-dessus le bruit de l'eau qui coulait.

– J'ai dit ça ?

– Dexter, tu sais que j'ai une séance d'essayage aujourd'hui. Pour ma robe. Je t'en ai parlé il y a des semaines et tu m'as dit, pas de problème, que tu t'occuperais des enfants pendant que j'irais chez Susan, et après je dois passer chez le fleuriste. Vince a même proposé de m'aider, apparemment il aurait un ami…

– Ça m'étonnerait, répliquai-je, pensant à Manny Borque. Pas Vince.

– Mais je lui ai répondu : non, merci. J'espère que ce n'est pas grave.

– Tu as bien fait. On n'a qu'une seule maison à vendre pour tout payer.

– Je ne veux pas vexer Vince, et je suis sûre que son ami est formidable, mais j'achète mes fleurs chez Hans depuis toujours ; il aurait le cœur brisé si j'allais ailleurs pour mon mariage.

– D'accord. Je vais m'occuper des enfants.

J'avais espéré avoir du temps à consacrer à mon malheur personnel, afin de trouver un moyen de m'attaquer au problème du Passager absent. Si je n'y étais pas arrivé, j'aurais au moins pu me détendre, et peut-être même récupérer un peu du précieux sommeil dont je n'avais pas bénéficié la veille. On était samedi, après tout. De nombreux syndicats et plusieurs religions respectées recommandent que cette journée soit dédiée à la détente et au développement personnel, au repos bien mérité loin du quotidien trépidant. Mais Dexter était plus ou moins père de famille désormais, ce qui, je l'apprenais, change beaucoup de choses. Et avec Rita en pleins préparatifs de mariage, en train de tourbillonner dans la maison telle une tornade blonde, il devenait urgent que j'emmène Cody et Astor pour que nous nous adonnions ensemble à une activité approuvée par la société et jugée appropriée pour la consolidation des liens affectifs entre les adultes et les enfants.

Après un examen minutieux des différentes options, je choisis le musée des Sciences et de l'Espace à Miami. Rempli d'autres familles, il renforcerait mon déguisement tout en ébauchant celui de Cody et d'Astor par la même occasion. Dans la mesure où ils envisageaient d'emprunter eux aussi la voie des ténèbres, ils devaient commencer à comprendre que plus on est anormal, plus il importe de paraître normal. Et une visite au musée avec le pater Dexter était une sortie on ne peut plus normale, idéale pour les trois. Cela avait l'avantage supplémentaire d'être officiellement « bon pour eux », très gros atout, même si cette idée les répugnait.

Alors je les embarquai tous les deux dans ma voiture et empruntai l'US-1 en direction du nord, après avoir promis à Rita que nous serions rentrés pour le dîner. Je traversai Coconut Grove, et juste avant Rickenbacker Causeway je m'engageai sur le parking du musée. Nous n'entrâmes pas aussitôt dans l'honorable bâtiment, cependant. Une fois sorti de la voiture, Cody resta planté au beau milieu du parking. Astor le regarda un moment, avant de se tourner vers moi.

– Pourquoi est-ce qu'on doit aller là-dedans ? me demanda-t-elle.

– Parce que c'est une activité éducative, expliquai-je.

– Beurk, fit-elle, et Cody hocha la tête.

– C'est important qu'on passe du temps ensemble, ajoutai-je.

– Dans un musée ! s'écria Astor. C'est pitoyable.

– Quel joli mot, dis-je. Où l'as-tu appris ?

– On refuse d'aller là-dedans, déclara-t-elle. On veut *faire* quelque chose.

– Vous êtes déjà allés dans ce musée ?

– Nooon, répondit-elle, étirant le mot en trois syllabes dédaigneuses, comme seules les fillettes de neuf ans peuvent le faire.

– Eh bien, vous risquez d'être étonnés. Il se pourrait même que vous appreniez quelque chose.

– C'est pas ce qu'on veut apprendre. Pas dans un *musée*.

– Et qu'est-ce que vous pensez vouloir apprendre exactement ? demandai-je.

J'étais moi-même impressionné par le rôle de l'adulte patient que je parvenais à jouer.

Astor fit une grimace.

– Tu le sais, répondit-elle. Tu as dit que tu nous montrerais des trucs.

– Et comment savez-vous que je ne vais pas le faire ?

Elle me regarda un instant, incertaine, puis se tourna vers Cody. Leur conversation fut sans paroles. Lorsqu'elle me fit face, quelques secondes plus tard, elle prit un air très important, plein d'assurance.

– Pas question, déclara-t-elle.

– Qu'est-ce que vous savez de ce que je vais vous enseigner ?

– Dex-ter, à ton avis, pourquoi on t'a demandé de nous apprendre des trucs ?

– Parce que vous ne savez rien, contrairement à moi.

– Mmmm…

– Votre éducation commence dans ce bâtiment, annonçai-je en adoptant l'expression la plus sérieuse possible. Suivez-moi et vous apprendrez.

Je les considérai un moment, regardai s'accroître leur incertitude, puis me tournai et me dirigeai vers le musée. C'était peut-être le manque de sommeil qui me rendait irritable, et je n'étais même pas convaincu qu'ils me suivraient, mais il fallait que je fixe les règles du jeu dès le départ. Ils devaient agir à ma façon, tout comme j'en étais venu à accepter, des années auparavant, le fait que je devais écouter Harry et agir à sa façon.

Chapitre 15

Quatorze ans, c'est toujours un âge difficile, y compris pour les humains artificiels. C'est le moment où la biologie prend le dessus, et même lorsque l'adolescent en question est plus intéressé par la biologie clinique que par celle qui passionne les autres élèves du collège Ponce de Leon, elle règne en maître.

L'un des impératifs catégoriques de la puberté qui s'applique même aux jeunes monstres, c'est que personne parmi les plus de vingt ans ne sait rien. Et étant donné que Harry, mon père adoptif, avait depuis longtemps dépassé ce stade, je connus une brève période de rébellion contre lui, qui cherchait à entraver sans raison mon désir naturel de hacher menu mes camarades de classe.

Harry avait conçu un plan d'une logique implacable, afin de me « recadrer » : c'était le terme qu'il employait concernant les choses ou les gens, qu'il voulait rendre nets et carrés. Mais il n'y a rien de logique chez un Passager noir naissant qui déplie ses ailes pour la première fois et se cogne contre les barreaux de la cage, aspirant à s'élancer librement à travers l'air et à fondre sur sa proie.

Harry savait beaucoup de choses qu'il me fallait apprendre pour devenir moi-même en toute tranquillité, pour transformer le jeune monstre fou en un froid justicier : se comporter en humain, être sûr de soi et prudent, et puis bien nettoyer après. Il savait toutes ces choses comme seul un vieux flic peut les savoir. Je le comprenais, même à l'époque, mais cela me semblait ennuyeux et superflu…

Et puis Harry ne pouvait pas tout connaître. Il ignorait, par exemple, l'existence de Steve Gonzalez, un spécimen parti-culièrement charmant de l'humanité pubescente qui avait attiré mon attention.

Steve Gonzalez était plus costaud que moi et d'un an ou deux plus âgé ; il avait déjà développé une pilosité au-dessus de la lèvre supérieure qu'il appelait « moustache ». Il était avec moi en cours d'éducation physique, et il prenait à cœur de me rendre la vie impossible dès qu'il en avait l'occasion. Il y mettait la plus grande ferveur. C'était bien avant que Dexter devienne le bloc de glace que l'on sait, et je sentais croître en moi une bonne dose de ressentiment et d'exaspération, ce qui semblait plaire à Steve Gonzalez et le pousser à des sommets de créativité dans la persécution du jeune Dexter en ébullition. Nous savions tous deux que cela ne pouvait se terminer que d'une manière ; malheureusement pour lui, ce ne fut pas celle qu'il avait en tête.

Et donc un beau jour, un surveillant un peu trop consciencieux fit irruption dans le laboratoire de biologie pour surprendre Dexter et Steve Gonzalez en train de régler leur conflit de personnalité. Ce n'était pas la confrontation classique d'adolescents, faite d'insultes et de coups de poing, bien que Steve se fût peut-être attendu à cela. Il n'avait pas compté se mesurer au jeune Passager noir. Le surveillant trouva Steve solidement attaché à une table avec une bande de ruban adhésif gris en travers de la bouche, Dexter debout devant lui un scalpel à la main, essayant de se rappeler ce qu'il avait appris en cours de biologie le jour où ils avaient disséqué une grenouille.

Harry vint me chercher dans sa voiture de police, en uniforme. Il écouta le principal adjoint lui décrire la scène, énoncer le règlement de l'établissement puis lui demander ce qu'il comptait faire. Harry le regarda simplement, jusqu'à ce qu'il finisse par se taire. Il le fixa alors quelques secondes de plus, juste pour l'effet, puis tourna vers moi ses yeux bleus très froids.

– Ce qu'il dit est vrai, Dexter ? me demanda t il.

Il n'y avait aucune possibilité de fuite ou de mensonge face à l'étau de ce regard.

– Oui, répondis-je, et Harry hocha la tête.

– Vous voyez ? reprit le principal adjoint.

Il pensait poursuivre, mais Harry dirigea un bref instant son regard vers lui, si bien qu'il garda le silence.

Harry me considéra de nouveau.

– Pourquoi ? m'interrogea-t-il.

– Il me harcelait, expliquai-je.

– Alors tu l'as attaché à une table, dit-il sans presque aucune inflexion dans la voix.

– Mmm.

– Et tu as attrapé un scalpel.

– Je voulais qu'il arrête.

– Pourquoi tu n'en as pas parlé à quelqu'un ?

Je haussai les épaules, geste qui résumait une grande partie de mon vocabulaire à l'époque.

– Pourquoi tu ne m'en as pas parlé ?

– Je peux me débrouiller seul.

– Ben, on dirait que tu t'es pas si bien débrouillé que ça.

Je ne voyais pas trop ce que je pouvais faire pour arranger les choses, alors je choisis très naturellement de regarder mes pieds. Comme ils n'avaient rien à ajouter à la conversation, je levai les yeux. Harry me scrutait toujours et, par je ne sais quel miracle, il n'avait plus besoin de cligner des paupières. Il ne paraissait pas en colère, et je n'avais pas peur de lui, ce qui bizarrement rendait la situation encore plus inconfortable.

– Je suis désolé, dis-je.

Je n'étais pas sûr de le penser réellement – je ne sais toujours pas, d'ailleurs, si je peux être sincèrement désolé pour mes actes. Mais cela me semblait une attitude diplomatique, et rien d'autre de toute façon ne jaillit dans mon cerveau d'adolescent bouillonnant d'hormones et d'incertitude. Et, bien qu'il ne me crût sans doute pas, Harry hocha la tête.

– Allons-y, dit-il.

– Attendez une minute, protesta le principal adjoint. Nous devons discuter de certaines choses.

– Ah oui ? Par exemple du fait que vous laissiez une petite brute pousser mon fils à ce genre de confrontation par votre mauvaise surveillance ? Combien de fois l'autre garçon a-t-il été puni ?

– Ce n'est pas la question…

– Ou voulez-vous qu'on parle du fait que vous laissiez des scalpels ainsi que d'autres instruments dangereux à la portée des élèves dans une salle de classe non fermée à clé et non surveillée ?

– Monsieur, vraiment…

– Je vais vous dire, poursuivit Harry. Je vous promets de fermer les yeux sur ces graves négligences si vous acceptez de faire un véritable effort à l'avenir.

– Mais ce garçon…

– Je vais m'occuper de ce garçon, rétorqua Harry. Vous, chargez-vous de prendre des mesures afin que je ne sois pas obligé de saisir le conseil d'administration de l'école.

Et bien sûr, on en resta là. Il était tout simplement impossible de contredire Harry, que l'on soit un suspect dans une affaire criminelle, le président du Rotary Club ou un jeune monstre dévoyé. Le principal adjoint ouvrit et referma la bouche plusieurs fois, sans qu'aucun mot compréhensible en sorte, juste un bredouillis associé à un raclement de gorge. Harry le dévisagea un moment, avant de se tourner vers moi.

– Allons-y, répéta-t-il.

Il se tut jusqu'à la voiture, et ce n'était pas un silence amical. Il ne parla pas davantage tandis que nous empruntions la direction du nord le long de Dixie Highway – au lieu de partir dans l'autre sens, par Granada Boulevard et Hardee Road, vers notre petite maison du Grove. Je le regardai alors, mais il ne dit rien, et son expression n'encourageait pas la conversation. Il fixait la route droit devant lui et roulait, vite, mais pas au point d'allumer la sirène.

Il tourna à gauche sur la 17e Avenue, et l'espace d'un instant, je crus bêtement qu'il m'emmenait à l'Orange Bowl. Mais nous dépassâmes l'embranchement pour le stade et continuâmes, après la rivière, le long de North River Drive ; à présent je savais où nous allions, mais j'ignorais pourquoi. Harry n'avait toujours pas prononcé un mot ni jeté un regard dans ma direction, et je sentais une certaine oppression me gagner, qui n'avait rien à voir avec les nuages orageux qui s'amassaient à l'horizon.

Harry se gara et finit par ouvrir la bouche.

– Suis-moi, dit-il. À l'intérieur.

Je le regardai, mais il était déjà en train de descendre de voiture ; alors je sortis et l'accompagnai docilement dans le centre de détention.

Harry était très connu, comme il l'était dans tous les lieux où pouvait se distinguer un bon flic. Il fut accueilli tout le long du chemin par des « Salut, Harry ! » ou « Hé, brigadier ! », depuis la zone de réception jusqu'au secteur des cellules. Je traînai les pieds derrière lui, envahi par un mauvais pressentiment. Pourquoi Harry m'avait-il amené dans cette prison ? Pourquoi ne me réprimandait-il pas, en me disant à quel point il était déçu et en inventant pour moi une punition sévère mais juste ?

Il ne m'offrait aucun indice. Alors je me contentai de le suivre. Nous fûmes enfin arrêtés par l'un des gardiens.

Harry le prit à part et lui parla à voix basse ; l'homme me regarda, hocha la tête, puis nous conduisit à l'autre bout du bâtiment.

– Le voilà, dit-il. Amusez-vous bien.

Il fit un signe en direction de la silhouette qu'on distinguait à l'intérieur de la cellule, me lança un bref coup d'œil puis s'éloigna, nous laissant seuls, Harry et moi, dans notre silence pesant.

Harry ne fit rien tout d'abord. Il regarda à l'intérieur de la cellule ; la forme pâle au fond bougea, se leva puis s'approcha des barreaux.

– Mais c'est le brigadier Harry ! s'exclama l'homme gaiement. Comment allez-vous, Harry ? C'est gentil de passer me voir.

– Bonjour, Carl, répondit Harry.

Puis il se tourna vers moi et m'adressa enfin la parole :

– Dexter, je te présente Carl.

– Quel beau jeune homme, Dexter, reprit Carl. Ravi de faire ta connaissance.

Les yeux que Carl dirigea vers moi étaient clairs mais éteints, et j'apercevais derrière une immense ombre noire ; je sentis un truc s'agiter en moi et tenter de s'esquiver, loin de la créature imposante et féroce qui vivait là. Il n'était pas particulièrement impressionnant en soi ; il était même plutôt plaisant sur un plan très superficiel, avec ses cheveux blonds soignés et ses traits réguliers. Mais quelque chose en lui me mettait très mal à l'aise.

– Ils ont amené Carl hier, poursuivit Harry. Il a tué onze personnes.

– Oui, enfin, plus ou moins, dit modestement Carl.

Dehors, le tonnerre gronda et la pluie se mit à tomber. Je considérai Carl avec un réel intérêt. Je savais à présent ce qui avait perturbé mon Passager noir. Nous étions des débutants, et voilà que nous étions en présence d'un individu expérimenté, qui à onze reprises, plus ou moins, avait pratiqué. Pour la première fois, je compris ce que mes camarades de collège pouvaient ressentir lorsqu'ils se retrouvaient face à un *quarterback* professionnel.

– Carl aime tuer les gens, déclara Harry d'une voix neutre. N'est-ce pas, Carl ?

– Ça m'occupe, répondit Carl gaiement.

– Oui, enfin, jusqu'à ce qu'on vous arrête, ajouta Harry d'un ton sec.

– Ah, oui, évidemment, il y a ça maintenant. Mais quand même… J'en ai profité tant que ça a duré.

– Vous avez été négligent.

– C'est vrai. Je ne savais pas que la police serait aussi méticuleuse.

– Comment vous faites ? demandai-je.

– Ce n'est pas si dur, répondit Carl.

– Non, je veux dire… Euh, comment vous vous y prenez ?

Carl me scruta attentivement, et j'entendis presque un ronron provenant de l'ombre. Un instant, nous nous fixâmes intensément des yeux, et le monde se remplit du bruit que feraient deux prédateurs s'affrontant au-dessus d'une proie sans défense.

– Tiens, tiens, finit par dire Carl. Est-ce possible ? Alors comme ça, je suis un sujet de leçon, n'est-ce pas, brigadier ? Vous voulez effrayer votre fiston et le remettre sur le chemin de la vertu ?

Harry soutint son regard sans répondre, sans rien dévoiler.

– Eh bien, je suis désolé de vous l'apprendre, mon pauvre Harry : il n'existe aucun moyen de quitter ce chemin qui est le nôtre. Lorsqu'on y est engagé, c'est pour la vie, parfois même au-delà, et personne ne peut rien y changer, ni vous, ni moi, ni ce cher garçon.

– Si, il y a une chose, intervint Harry.

– Ah oui ? s'étonna Carl, et à présent un nuage noir semblait s'élever lentement autour de lui, s'accrocher aux dents de son sourire, déployer ses ailes vers nous. Et de quoi s'agit-il, je vous prie ?

– Ne pas se faire prendre, déclara Harry.

Durant quelques secondes, le nuage se figea, puis il se retira et disparut.

– Oh, mon Dieu ! s'exclama Carl. Comme j'aimerais savoir rire… Vous parlez sérieusement, n'est-ce pas ? Oh, mon Dieu… Quel père fantastique vous êtes, brigadier…

Et il nous adressa un sourire si large qu'il en paraissait presque naturel.

Harry dirigea son regard de glace vers moi.

– Il s'est fait prendre, m'expliqua-t-il, parce qu'il ne savait pas ce qu'il faisait. Parce qu'il ignorait comment travaillait la police. Parce que, poursuivit-il sans hausser la voix et sans ciller, il n'a pas été formé. Et maintenant, il va aller sur la chaise électrique.

Je considérai Carl, qui, derrière les épais barreaux, nous observait de ses yeux morts très clairs. Oui, il avait été pris. Je me tournai de nouveau vers Harry.

– Je comprends, dis-je.

Et c'était vrai.

Ce fut la fin de ma crise d'adolescence.

Aujourd'hui, bien des années plus tard – des années merveilleuses, passées à jouer au boucher en toute impunité –, je percevais le pari remarquable qu'avait fait Harry en me présentant Carl. Je ne pouvais en aucun cas espérer me montrer à la hauteur ; en effet, Harry agissait en fonction de ses sentiments, et moi je n'en aurais jamais. Mais je pouvais tenter de l'imiter et faire en sorte que Cody et Astor se mettent au pas. J'allais parier, à mon tour, comme Harry.

Ils suivraient ou non.

Chapitre 16

Ils suivirent.

Le musée était rempli de citoyens curieux en quête de savoir – ou de toilettes, apparemment. La plupart avaient entre deux et dix ans, et il semblait n'y avoir en moyenne qu'un adulte pour sept enfants ; ils se déplaçaient pareils à des bandes de perroquets colorés, volant d'une vitrine à l'autre dans un grand croassement qui, bien qu'il fût émis en trois langues au moins, semblait le même pour tous. Le langage international des enfants.

Cody et Astor semblaient intimidés par la foule et ne me lâchaient pas. C'était un contraste agréable avec l'esprit aventureux qui les caractérisait le reste du temps, et je tentai d'en tirer parti en les conduisant tout de suite à l'aquarium des piranhas.

– Vous les trouvez comment ? leur demandai-je.

– Très méchants, répondit Cody doucement, en scrutant d'un air imperturbable les dents qu'exhibaient les poissons.

– Ce sont des piranhas, déclara Astor. Ils peuvent manger une vache entière.

– Si vous étiez en train de nager et que vous aperceviez des piranhas, que feriez-vous ?

– Je les tuerais, répliqua Cody.

– Il y en a trop, dit Astor. Il faudrait s'enfuir et ne pas s'approcher d'eux du tout.

– Alors chaque fois que vous verriez des poissons d'allure aussi mauvaise, vous essaieriez soit de les tuer, soit de les fuir ? demandai-je. Si les poissons étaient vraiment malins, comme les humains, que feraient-ils ?

– Ils se déguiseraient, lança Astor en pouffant de rire.

– Exactement, approuvai-je, et même Cody sourit. Quel genre de déguisement leur recommanderiez-vous ? Une perruque et une barbe ?

– Dexter ! s'indigna Astor. Ce sont des poissons. Ils n'ont pas de barbe.

– Ah, fis-je. Donc ils voudraient quand même ressembler à des poissons ?

– Bien sûr, répliqua-t-elle, comme si j'étais trop bête pour comprendre.

– Quel genre de poissons ? poursuivis-je. De gros balèzes, dans le genre des requins ?

– Non, normaux, répondit Cody.

Sa sœur le regarda un instant, avant de hocher la tête.

– L'espèce la plus courante dans le coin, ajouta-t-elle. Un truc qui n'effraierait pas ce qu'ils veulent manger.

– Mmm, fis-je.

Ils contemplèrent tous deux les poissons en silence. Ce fut Cody qui saisit le premier. Il fronça les sourcils et leva les yeux vers moi. Je lui souris pour l'encourager. Il chuchota quelque chose à l'oreille d'Astor, qui eut l'air surprise. Elle ouvrit la bouche, mais s'arrêta aussitôt.

– Oh ! fit-elle.

– Oui, dis-je. Oh.

Elle se tourna vers Cody, qui cessa de fixer les poissons. Comme souvent, ils ne se dirent rien à voix haute mais eurent toute une conversation. Je la laissai se dérouler jusqu'à ce qu'ils lèvent de nouveau les yeux vers moi.

– Qu'est-ce qu'on peut apprendre des piranhas ? demandai-je.

– Ne pas avoir l'air cruel, répondit Cody.

– Avoir l'air normal, renchérit Astor de mauvaise grâce. Mais, Dexter, les poissons c'est pas comme les gens.

– Tu as tout à fait raison, dis-je. Les gens survivent en sachant reconnaître ce qui est dangereux. Alors que les poissons se font attraper. On ne veut pas que ça nous arrive, nous.

Ils me regardèrent d'un air solennel, puis considérèrent à nouveau l'aquarium.

– Alors quelle autre leçon avons-nous apprise aujourd'hui ? demandai-je.

– Ne pas se faire attraper, répondit Astor.

Je poussai un soupir. C'était un début, mais il y avait encore beaucoup de travail.

– Allez, venez. On va visiter d'autres parties du musée.

Je ne connaissais pas très bien les lieux, sans doute parce que jusqu'à présent je n'avais eu aucun enfant à y traîner. J'improvisai donc, cherchant des choses susceptibles de les faire réfléchir et de les mettre sur la bonne voie. Les piranhas avaient été un coup de chance, j'avoue : ils étaient apparus soudain, et mon cerveau génial avait pensé à la leçon adéquate. Il ne fut pas facile de trouver une autre heureuse coïncidence, et nous passâmes une demi-heure à déambuler sans entrain au milieu de la foule meurtrière des enfants et de leurs parents avant de parvenir à la section des lions.

Là encore, leur apparence et leur réputation féroces furent irrésistibles pour Cody et Astor, qui s'arrêtèrent. C'étaient des lions empaillés, bien entendu, mais ils retinrent tout de même leur attention. Le mâle se dressait fièrement au-dessus du corps d'une gazelle, la gueule grande ouverte et les crocs luisants. Près de lui se tenaient deux femelles et un lionceau. Il y avait deux pages d'explications affichées à côté, et, parvenu à la moitié de la seconde page, j'eus une nouvelle idée.

– Eh bien, dis-je gaiement, on est drôlement contents de ne pas être des lions, hein ?

– Non, répondit Cody.

– Ils expliquent ici que lorsqu'un adulte mâle prend la charge d'une nouvelle famille lion…

– On dit « une troupe », Dexter, me corrigea Astor. C'est dans *Le Roi Lion*.

– D'accord. Lorsqu'un nouveau papa lion s'impose dans une troupe, il tue tous les petits.

– C'est horrible ! s'exclama Astor.

Je souris en exhibant mes canines.

– Non, c'est parfaitement naturel, poursuivis-je. C'est pour protéger les siens et s'assurer que c'est sa progéniture qui dominera. De nombreux prédateurs font ça.

– Qu'est-ce que ça a voir avec nous ? demanda Astor. Tu ne vas pas nous tuer en te mariant avec maman ?

– Bien sûr que non, répliquai-je. Vous êtes mes petits, désormais.

– Alors quoi ?

Je m'apprêtai à lui répondre mais me retrouvai soudain le souffle coupé. Ma bouche était ouverte, mais je n'arrivais pas à parler parce que tout tourbillonnait dans mon cerveau après l'irruption d'une pensée tellement tirée par les cheveux que je ne pris même pas la peine de la rejeter. *De nombreux prédateurs font ça*, m'entendis-je affirmer. *Pour protéger les leurs*.

Ce qui faisait de moi un prédateur logeait à l'intérieur du Passager noir. Et quelque chose l'avait obligé à fuir. Était-il possible que, que…

Que quoi ? Qu'un Papa Passager menace *mon* Passager noir ? J'avais rencontré au cours de ma vie de nombreux individus dotés d'une ombre similaire à la mienne planant au-dessus d'eux, et rien ne s'était jamais produit hormis une reconnaissance mutuelle et un bref grondement inaudible. C'était d'une telle bêtise ! Les Passagers n'avaient pas de papa.

Si ?

– Dexter, intervint Astor. Tu nous fais peur.

Je reconnais que je m'effrayais moi-même. La pensée que le Passager puisse avoir un parent qui le traquerait avec des intentions meurtrières était stupide, mais, après tout, d'où venait le Passager ? Il me semblait être autre chose que la simple création psychotique de mon cerveau dérangé. Je n'étais pas schizophrène, nous en étions tous les deux convaincus. Le fait qu'il ait disparu prouvait bien qu'il avait une existence autonome. Cela signifiait que le Passager était venu de quelque part. Il existait avant moi ; il avait une origine, un géniteur.

– Ici, la terre. Dexter, vous nous entendez ? s'amusa Astor, et je m'aperçus que j'étais toujours planté devant eux dans ma pose invraisemblable, la bouche ouverte, tel un zombi.

– Oui, répondis-je sottement. J'étais juste en train de réfléchir.

– Et ça fait mal ? demanda-t-elle.

Je refermai la bouche et la regardai. Elle me dévisageait avec son expression de petite fille dégoûtée par la bêtise des adultes, et cette fois je la comprenais. J'avais toujours considéré le Passager noir comme allant de soi, si bien que je ne m'étais jamais demandé d'où il venait, ni pourquoi il existait. Je m'étais montré arrogant. Pourquoi n'avais-je jamais pensé à tout cela auparavant ? Et pourquoi fallait-il que je choisisse cet instant précis pour prendre le temps de réfléchir au problème ? Ce n'était ni le lieu ni le moment appropriés.

– Désolé, dis-je. Allons voir le planétarium.

– Mais tu allais nous expliquer pourquoi les lions sont importants, protesta-t-elle.

En fait, je ne me rappelais plus pourquoi ils l'étaient. Et heureusement pour mon image de marque, mon téléphone mobile se mit à sonner avant que j'aie à le leur avouer.

– Une seconde, dis-je en extrayant l'appareil de son étui.

Je jetai un coup d'œil à l'écran et vis que c'était Deborah. Et comme la famille, c'est la famille, je répondis.

– On a trouvé les têtes, m'annonça-t-elle.

Il me fallut quelques secondes pour saisir de quoi elle parlait, mais elle ne cessait de siffler dans mon oreille ; alors je m'avisai qu'il était sage de lui répondre quelque chose.

– Les têtes ? Celles des deux corps de l'université ? demandai-je.

Deborah émit un autre sifflement exaspéré avant de s'écrier :

– Bon sang, Dex, il n'y a pas des tonnes de têtes qui manquent en ville !

– Oh, il y a toutes celles des employés de la mairie.

– Ramène ton cul, Dexter. J'ai besoin de toi.

– Mais, Deborah, on est samedi, et je suis en pleine…

– Tout de suite ! ordonna-t-elle avant de raccrocher.

Je considérai Cody et Astor, confronté à un dilemme. Si je les ramenais à la maison, il me faudrait au moins une heure pour rejoindre Deb, et de plus nous ne profiterions pas de cette journée destinée à nous ménager de précieux moments ensemble. D'un autre côté, je me rendais bien compte qu'amener des enfants sur un lieu de crime était un tantinet excentrique.

Mais c'était instructif aussi. Il fallait qu'ils prennent conscience de la minutie du travail de police lorsque des corps étaient retrouvés, et c'était plutôt une bonne occasion, en somme. Tout bien considéré, même en supposant que ma chère sœur disjoncte en nous voyant arriver, je décidai qu'il valait mieux les embarquer dans la voiture et les conduire à leur première enquête criminelle.

– Bon, on doit y aller maintenant, déclarai-je tout en glissant mon téléphone dans son étui.

– Où ça ? voulut savoir Cody.

– Aider ma sœur. Vous vous souviendrez de ce qu'on a appris aujourd'hui ?

– Oui, mais c'est juste un musée, répondit Astor. C'est pas ce qu'on veut apprendre.

– Si, répliquai-je. Vous devez avoir confiance en moi, sinon je ne vous apprendrai rien.

Je me penchai de façon à pouvoir les regarder tous les deux dans les yeux.

– Dex-terrr, fit Astor en fronçant les sourcils.

– Je suis sérieux. C'est moi qui décide.

Une fois encore, les deux enfants se fixèrent intensément du regard. Après un moment, Cody hocha la tête et Astor se tourna vers moi.

– D'accord, on promet, dit-elle.

– On attendra, renchérit Cody.

– On comprend, ajouta Astor. Quand est-ce qu'on peut commencer les trucs cool ?

– Lorsque je vous le dirai. De toute façon, maintenant on y va.

Elle reprit aussitôt son ton cassant de petite fille :

– Où ça ?

– Il faut que j'aille travailler, expliquai-je. Et je vous emmène avec moi.

– Voir un cadavre ? demanda-t-elle avec espoir.

– Juste la tête.

Elle jeta un regard à Cody et eut un geste de réprobation.

– Ça plaira pas à maman, dit-elle.

– Tu pourras attendre dans la voiture si tu veux, proposai-je.

– Allons-y ! lança Cody.

Chapitre 17

Deborah attendait devant une modeste demeure de deux millions de dollars dans une impasse privée de Coconut Grove. Celle-ci était barrée depuis la guérite du gardien jusqu'à la maison elle-même, située au milieu sur la gauche. Depuis leurs pelouses impeccables, des résidents indignés fulminaient contre les prolétaires de la police qui avaient envahi leur petit paradis. Deborah donnait des instructions à un vidéographe sur ce qu'il convenait de filmer et sous quel angle. Je m'empressai de la rejoindre, Cody et Astor sur les talons.

– Mais qu'est-ce que c'est que ça ? s'écria Deborah avec un regard furieux dans leur direction.

– Cela s'appelle des enfants, répondis-je. Ils sont souvent la conséquence du mariage, ce qui pourrait expliquer pourquoi tu ne les connais pas.

– Tu es complètement siphonné pour les amener ici, putain !

– Tu n'as pas le droit de dire ce mot, intervint Astor sèchement. Tu me dois cinquante cents.

Deborah ouvrit la bouche puis, devenant cramoisie, la referma aussitôt.

– Il faut qu'ils sortent d'ici, finit-elle par dire. Ils ne doivent pas voir ça.

– On veut voir, rétorqua Astor.

– Chut ! fis-je. Tous les deux.

– Bon sang, Dexter… reprit Deborah.

– Tu m'as dit de venir aussitôt. Je suis là.

– Il est hors de question que je joue les nounous.

– Ce ne sera pas nécessaire. Ils vont être sages.

Deborah dévisagea les deux enfants. Personne ne cilla, et l'espace d'un instant je crus que ma chère sœur allait se mordre la lèvre. Puis elle se ressaisit.

– Et puis merde ! Je n'ai pas le temps pour ces histoires. Vous n'avez qu'à attendre là-bas tous les deux.

Elle indiqua de la main sa voiture, garée en travers de la rue, avant de m'attraper par le bras. Elle m'entraîna vers la maison où toute l'activité était concentrée.

– Regarde, ajouta-t-elle avec un geste en direction de la façade.

Au téléphone, Deborah m'avait dit qu'ils avaient trouvé les têtes, mais, à vrai dire, il aurait fallu faire un effort surhumain pour ne pas les voir. La courte allée, qui débouchait sur une petite cour agrémentée d'une fontaine, était encadrée par deux piliers constitués de blocs de corail. Chacun d'eux était surmonté d'une lampe très ornée. En dessous, sur l'allée, une inscription avait été tracée à la craie : je crus distinguer les lettres « MLK » sauf qu'il s'agissait d'une écriture étrange. Et pour s'assurer que personne ne passerait trop de temps à décrypter le message, on avait placé en haut de chaque pilier…

Eh bien, je dois admettre que même si l'installation possédait une certaine vigueur primitive et créait un effet spectaculaire, c'était trop cru à mon goût. Les têtes, semblait-il, avaient été soigneusement nettoyées, mais les paupières manquaient, et les bouches se tordaient en un drôle de rictus du fait de la chaleur : pas plaisant du tout. Évidemment, personne ne me demandait mon opinion, mais j'ai toujours pensé qu'il ne devrait y avoir aucun reste. C'est une marque de négligence qui dénote un grand manque de professionnalisme. Et là, les restes étaient exhibés avec ostentation ;

c'était de l'étalage pur et simple, révélant une absence totale de raffinement. Ma foi, des goûts et des couleurs on ne discute pas… J'accepte volontiers qu'il existe d'autres techniques que la mienne. Cela me paraissait juste un peu inélégant, voire grossier. Et comme toujours sur de telles questions d'esthétique, j'attendis un murmure d'approbation en provenance du Passager noir, mais bien sûr rien ne vint.

Pas un murmure, pas un battement d'aile ni un coup d'œil furtif. Ma boussole avait disparu.

Enfin, je n'étais pas complètement seul. Deborah se trouvait à mon côté, en train de me parler.

– Ils sont allés à l'enterrement ce matin, dit-elle. Ils les ont découvertes à leur retour.

– De qui s'agit-il ? demandai-je en faisant un signe en direction de la maison.

Deborah me donna un coup de coude dans les côtes ; très douloureux.

– La famille, abruti. Les parents d'Ariel Goldman. Qu'est-ce que je viens de te dire ?

– Ça s'est passé en plein jour, alors ?

C'était encore plus troublant.

– La plupart des voisins étaient aussi à l'enterrement, répondit-elle. Mais on cherche quand même d'éventuels témoins. Avec un peu de chance, qui sait ?

Personnellement, je ne savais pas, mais je doutais que la chance puisse être associée à cette affaire.

– J'imagine que ça remet en cause la culpabilité de Halpern.

– Absolument pas. Cet imbécile est coupable.

– Ah. Alors… tu penses que quelqu'un d'autre a trouvé les têtes, et euh…

– J'en sais rien, bordel. Il doit avoir un complice.

Ça ne tenait pas debout, et elle le savait aussi bien que moi. Un individu capable de concevoir et d'accomplir le rituel élaboré du double assassinat était presque obligé d'agir seul. De tels actes étaient personnels, chaque étape venant répondre à un besoin intime très spécifique, et il était presque absurde d'envisager que deux personnes puissent partager la même vision. De façon très étrange, la présentation cérémonielle des têtes s'accordait à la disposition antérieure des corps, deux facettes d'un seul rituel.

– Ça ne colle pas.

– Bon, alors c'est quoi, ta version ?

Je considérai les têtes, soigneusement accrochées en haut des lampes. Elles avaient bien sûr brûlé en même temps que les corps, et aucune trace de sang n'était visible. Le cou semblait avoir été découpé très proprement. En dehors de ces indices, je n'avais aucune idée particulière, et pourtant Deborah restait là à me regarder avec impatience. Il est difficile d'avoir la réputation de quelqu'un qui sait sonder le cœur sombre du mystère lorsque cette notoriété repose sur les conseils d'une voix intérieure qui n'est plus là. J'avais l'impression d'être le pantin d'un ventriloque, appelé soudain pour exécuter le numéro en solo.

– Les deux têtes sont là, affirmai-je puisqu'il fallait bien que je dise quelque chose. Pourquoi n'y en a-t-il pas une chez l'autre fille, celle qui a un copain ?

– Sa famille habite dans le Massachusetts, répliqua Deborah. C'était plus facile ici.

– Et vous vous êtes intéressés à lui, j'imagine ?

– Qui ça ?

– Le copain de la fille, répondis-je d'une voix lente et prudente. Le type avec le tatouage sur le cou.

– Putain, Dexter, bien sûr qu'on s'intéresse à lui ! On s'intéresse à toute personne ayant approché ces filles à moins d'un kilomètre durant toute leur misérable existence, et toi… Écoute, je n'ai pas besoin d'aide pour tout le travail de police à la con, d'accord ? J'ai besoin de ton aide pour tous les trucs bizarroïdes et flippants que tu es censé sentir.

C'était gentil de me rappeler mon titre de roi des trucs bizarroïdes et flippants, mais je ne pouvais m'empêcher de me demander combien de temps mon règne durerait sans ma couronne noire. Ma réputation étant en jeu, néanmoins, il me fallait hasarder une opinion, si possible pénétrante, et je tentai ma chance.

– O.K., dis-je. Alors, d'un point de vue bizarroïde et flippant, il est inconcevable que deux tueurs différents aient le même rituel. Alors soit c'est Halpern qui les a tuées, puis quelqu'un a trouvé les têtes et s'est dit : tiens, je vais les installer là… soit c'est le mauvais type qui est en prison.

– Non, bordel !

– Laquelle de ces hypothèses tu rejettes ?

– Les deux, putain ! s'écria-t-elle. Aucune n'est mieux que l'autre.

– Bon, ben, merde ! répondis-je, nous surprenant tous les deux.

Et comme je me sentais extrêmement irrité, à cause de Deborah mais aussi de moi-même et de toute cette affaire de cadavres carbonisés et décapités, je fis la chose la plus logique du monde : je shootai dans une noix de coco.

La situation s'améliorait. Maintenant j'avais en plus mal au pied.

– Je suis en train de vérifier les antécédents de Goldman, reprit Deborah tout à coup, avec un mouvement de tête en direction de la maison. A priori, c'est juste un dentiste. Il possède un immeuble de bureaux à Davie. Mais tout ça fait penser aux cow-boys de la cocaïne. Et ça ne tient pas debout non plus. Merde, Dexter ! Donne-moi une piste.

Je regardai ma sœur, ébahi. Elle s'était débrouillée je ne sais comment pour me refiler le bébé en retour, et j'étais complètement à sec. Je nourrissais juste l'immense espoir que Goldman se révélerait comme un caïd de la drogue déguisé en dentiste.

– Je n'ai rien à t'apprendre, répondis-je, ce qui était malheureusement la vérité.

– Ah, putain ! s'exclama-t-elle, regardant par-dessus mon épaule au-delà de la foule des badauds.

La première camionnette des médias était arrivée, et avant même que le véhicule soit à l'arrêt le reporter avait sauté à terre et commençait à faire signe à son caméraman, lui indiquant une position pour sa prise de vue.

– Nom de Dieu ! lâcha-t-elle avant de se précipiter dans leur direction.

– Il y a un homme qui fait peur, dit une petite voix derrière moi.

Je me retournai vivement. Une fois de plus, Cody et Astor s'étaient approchés de moi à mon insu. Ils se tenaient côte à côte, et Cody montrait de la tête l'attroupement qui s'était formé de l'autre côté du cordon de sécurité.

– Quel homme ? demandai-je, et Astor répondit :

– Là, avec la chemise orange. Je ne peux pas te montrer, il nous regarde.

Je cherchai des yeux dans la foule une chemise orange, et j'eus juste le temps d'apercevoir un éclair de couleur à l'autre bout de l'impasse au moment où la personne s'engouffrait dans un véhicule. C'était une petite voiture bleue, pas une Avalon blanche, mais il me sembla reconnaître une touche de couleur supplémentaire suspendue au rétroviseur intérieur tandis que la voiture rejoignait la route principale. Et bien qu'il fût difficile d'en être certain, je soupçonnais qu'il s'agissait d'un permis de parking des enseignants de l'université.

Je me retournai vers Astor.

– Eh bien, il est parti, déclarai-je. Pourquoi vous a-t-il fait peur ?

– C'est lui qui l'a dit, répliqua-t-elle montrant du doigt son frère, et celui-ci hocha la tête.

– C'est vrai, approuva-t-il dans un murmure. Il avait une ombre énorme.

– Je suis désolé qu'il vous ait fait peur, mais il est parti maintenant.

Cody acquiesça.

– On peut regarder les têtes ? demanda-t-il.

Les enfants sont incroyables. Cody venait d'être effrayé par quelque chose d'aussi peu substantiel qu'une ombre, et voilà qu'il était impatient de voir de plus près un exemple concret de violence, de terreur et de mortalité humaine. Je ne lui reprochais pas de vouloir y jeter un petit coup d'œil, mais il ne me semblait pas convenable de le lui permettre ouvertement. D'un autre côté, je ne savais pas comment leur expliquer tout ça. À ce qu'il paraît, le turc comporte des subtilités insoupçonnables, mais l'anglais n'était certainement pas la langue appropriée pour leur fournir une réponse.

Par chance, Deborah revint juste à ce moment-là en marmonnant :

– Je ne me plaindrai plus jamais du commissaire.

J'avais beaucoup de mal à la croire, mais je me retins de le lui dire.

– Il sait s'y prendre avec les sangsues de la presse.

– Tu n'es peut-être pas douée pour les relations avec les gens, fis-je remarquer.

– Ces salauds ne sont pas des gens, rétorqua-t-elle. Tout ce qu'ils veulent, c'est des putains de plans de leur coupe de cheveux parfaite devant les têtes pour pouvoir les envoyer à toutes les chaînes. Quel dégénéré voudrait voir ça ?

À vrai dire, je connaissais la réponse à cette question, étant donné que j'en escortais deux tout en appartenant

165

peut-être moi-même à cette catégorie. Mais il semblait préférable d'éviter ce sujet et de se concentrer plutôt sur le problème en cours. Alors je me mis à réfléchir à la raison pour laquelle l'homme en question avait bien pu effrayer Cody et au fait qu'il détenait apparemment un permis de parking de l'université de Miami.

– Je viens de penser à un truc, dis-je à Deborah, et à la façon dont sa tête se tourna instantanément vers moi on aurait cru que je venais de lui signaler qu'elle marchait sur un python. Ça ne cadre pas vraiment avec ta théorie du dentiste seigneur de la drogue, je te préviens.

– Allez, accouche, siffla-t-elle entre ses dents.

– Il y avait quelqu'un tout à l'heure qui a fait peur aux enfants. Il est parti dans une voiture avec un badge de l'université.

Deborah me dévisagea, le regard dur et opaque.

– Merde, souffla-t-elle. Le type dont parlait Halpern, c'est quoi son nom ?

– Wilkins.

– Il a un mobile.

– Cette chaire de mes deux ? Allons, Dex.

– On ne trouve peut-être pas ça important, mais eux, si.

– Alors pour obtenir la chaire, poursuivit-elle, il entre par effraction chez Halpern, vole ses vêtements, tue les deux filles…

– Puis nous met sur la piste de son collègue, terminai-je, me rappelant la façon dont il s'était tenu dans le couloir et avait suggéré les choses.

Deborah tourna brusquement la tête vers moi.

– Merde, dit-elle. C'est vrai, c'est ce qu'il a fait. Il nous a dit d'aller voir Halpern.

– Et aussi insignifiant que nous paraisse le mobile, c'est beaucoup plus vraisemblable que de voir deux tueurs en série réaliser un petit projet commun.

Deborah lissa ses cheveux, geste étonnamment féminin pour quelqu'un qui était la raideur incarnée.

– C'est possible, finit-elle par répondre. Je ne connais pas suffisamment Wilkins pour en être sûre.

– On pourrait aller lui parler.

– Je veux d'abord revoir Halpern.

– Attends que j'aille chercher les gamins.

Évidemment, ils n'étaient pas là où ils auraient dû se trouver, mais je n'eus pas trop de mal à les localiser, ils s'étaient placés de manière à mieux voir les deux têtes. Il se peut que ce soit mon imagination, mais il me sembla apercevoir une lueur d'appréciation professionnelle dans les yeux de Cody.

– Venez, leur dis-je. Il faut qu'on y aille.

Ils me suivirent à contrecœur, mais j'entendis Astor grommeler à voix basse :

– C'est mieux qu'un musée débile en tout cas.

À l'arrière du groupe qui s'était assemblé pour regarder le spectacle, il avait observé, veillant à se fondre dans la masse, à être comme tous les autres, à passer inaperçu. C'était un risque que prenait le Guetteur ; on aurait très bien pu le reconnaître. Mais il était prêt à tenter le coup. Et puis c'était gratifiant de voir la réaction que suscitait son œuvre, une petite vanité qu'il se permettait.

En outre, il était curieux de savoir ce qu'ils feraient du seul indice qu'il avait ménagé. L'autre était intelligent, mais jusqu'à présent il n'y avait pas prêté attention, passant à côté sans s'y intéresser et laissant ses collègues le photographier et l'examiner. Il aurait peut-être dû s'y prendre de manière plus flagrante, mais il avait le temps de bien faire les choses. Il n'y avait aucune urgence et plus que tout, il était important de préparer l'autre comme il faut, pour s'occuper de lui le moment venu.

Le Guetteur avança un peu plus près, afin d'observer l'homme, de capter éventuellement un signe de la façon dont il réagissait pour l'instant. C'était intéressant qu'il ait amené ces enfants avec lui. Ils n'avaient pas l'air particulièrement troublés à la vue des deux têtes. Peut-être étaient-ils habitués à de telles choses, à moins que…

Non. Ce n'était pas possible.

Se déplaçant avec la plus grande prudence, il s'approcha encore, s'efforçant de suivre les mouvements naturels de la foule, jusqu'à ce qu'il parvienne juste devant le ruban de sécurité, près des enfants.

Et lorsque le garçon leva la tête et que leurs regards se croisèrent, il n'y eut plus l'ombre d'un doute.

Un instant, ils se fixèrent ainsi, et le temps parut suspendre son cours dans le bruissement des ailes noires. L'enfant se tenait là simplement et le dévisageait, le reconnaissant pour ce qu'il était, ses petites ailes sombres battant avec panique et colère. Le Guetteur ne put s'en empêcher ; il s'approcha encore, afin de laisser le jeune garçon le voir, ainsi que le halo de puissance obscure qui l'auréolait. L'enfant ne manifesta aucune peur ; il se contenta de le regarder et de lui montrer son propre halo. Puis il se détourna, prit la main de sa sœur, et ils s'éloignèrent tous deux.

Il était temps de partir. Les enfants signaleraient sa présence, et il ne voulait pas révéler son visage, pas encore. Il s'empressa de regagner sa voiture et quitta les lieux, mais sans la moindre inquiétude. Absolument aucune. Au contraire, il était même plus content qu'il n'aurait dû l'être.

C'étaient les enfants, bien entendu. Pas juste le fait qu'ils parleraient de lui, conduisant l'autre un pas plus loin vers cette peur si nécessaire. Non, il aimait vraiment les enfants. C'était merveilleux de travailler avec eux : ils transmettaient des émotions d'une rare puissance et augmentaient toujours le degré d'énergie de l'événement.

Des enfants. Formidable.

Il commençait à s'amuser.

Pendant un temps, il se contenta de se faire transporter par les créatures simiennes et de les aider à tuer. Mais même cette activité devint ennuyeuse à la longue, et régulièrement IL se disait qu'il devait exister autre chose. Une sensation indéfinissable le titillait au moment de la mise à mort, l'impression que quelque chose tentait de s'éveiller, et IL voulut savoir de quoi il s'agissait.

Mais malgré le nombre incalculable d'occasions, malgré la multiplicité de ses hôtes, IL ne parvenait jamais à approcher de plus près cette sensation, à mieux saisir ce qu'elle était. Cela lui donnait d'autant plus envie d'en savoir davantage.

Une très longue période s'écoula, et IL se sentit à nouveau aigri. Les Simiens étaient beaucoup trop simples ; tout ce qu'IL pouvait faire avec eux ne suffisait plus. IL se mit à détester leur stupide et futile existence, toujours la même. IL s'en prit à eux à une ou deux reprises, cherchant à les punir pour leurs souffrances ineptes et sans imagination. IL les conduisit à tuer des familles entières, d'immenses tribus. Et tandis qu'ils mouraient tous, cette intuition merveilleuse resurgissait, hors de portée, puis retombait dans le néant.

C'était frustrant ; il devait y avoir un moyen de percer le mystère, de découvrir cette chose insaisissable et de lui accorder l'existence.

Puis, enfin, les Simiens commencèrent à changer. Ce fut très lent au début, si lent qu'IL ne se rendit pas compte de ce qui se produisait avant que le processus soit bien enclenché. Mais un beau jour, un jour merveilleux, lorsqu'IL se glissa dans un nouvel hôte, celui-ci se dressa sur ses pattes arrière et, tandis qu'IL se demandait encore ce qui se passait, la créature demanda : Qui es-tu ?

L'immense choc que lui causa cette question fut suivi par un plaisir encore plus considérable.

IL n'était plus seul.

Chapitre 18

Le trajet jusqu'au centre de détention se déroula sans encombre, mais avec Deborah au volant, cela signifiait juste que personne ne fut grièvement blessé. Elle était pressée, et c'était avant tout un flic de Miami qui avait appris à conduire auprès des flics de Miami. Elle croyait donc que la circulation était fluide par nature, et elle s'y coulait le plus aisément du monde, se glissant dans des espaces qui n'existaient pas et faisant clairement comprendre aux autres conducteurs que s'ils ne bougeaient pas ils étaient morts.

Cody et Astor étaient ravis, évidemment, bien attachés sur la banquette arrière. Ils se tenaient aussi droits que possible, tendant le cou pour regarder au-dehors. Et, chose exceptionnelle, Cody esquissa même un sourire lorsque nous ratâmes de peu un homme de cent trente kilos sur une petite moto.

– Mets la sirène ! lança Astor.

– C'est pas un putain de jeu, rétorqua Deborah d'une voix rageuse.

– Ça doit être un putain de jeu pour mettre la sirène ? demanda la fillette.

Deborah devint écarlate et donna un brusque coup de volant afin de quitter l'US-1, évitant de justesse une vieille Honda déglinguée qui roulait sur quatre pneus aplatis.

– Astor, dis-je, n'utilise pas ce mot.

– Elle le dit tout le temps, répliqua-t-elle.

– Quand tu auras son âge, tu pourras le dire si tu veux. Mais pas à neuf ans.

– C'est débile. Si c'est un gros mot, on s'en fiche de l'âge.

– Tout à fait d'accord avec toi. Mais je ne peux pas interdire à la brigadière Deborah de l'employer.

– C'est débile, répéta Astor avant de changer de sujet. Elle est vraiment brigadière ? C'est mieux que policier ?

– Ça veut dire qu'elle est le chef des policiers, répondis-je.

– Elle peut commander ceux qui portent le costume bleu ?

– Oui.

– Et elle a le droit d'avoir un pistolet aussi ?

– Oui.

Astor se pencha autant que le lui permettait sa ceinture et dévisagea Deborah avec un air qui s'apparentait au respect, expression plutôt rare sur son visage.

– Je ne savais pas que les filles pouvaient avoir un pistolet et être le chef des policiers.

– Les filles peuvent faire absolument tout ce que les garçons font, coupa Deborah sèchement. Même mieux, en général.

Astor jeta un regard à Cody, puis à moi.

– Vraiment tout ?

– Presque tout, répondis-je. Le football professionnel mis à part, peut-être.

– Tu tires sur des gens, parfois ? demanda Astor à Deborah.

– Par pitié, Dexter ! lâcha ma sœur.

– Ça lui arrive parfois, répondis-je, mais elle n'aime pas en parler.

– Pourquoi ?

172

– Parce que c'est quelque chose de très intime et qu'elle estime sans doute que ça ne regarde personne.

– Arrêtez de parler de moi comme si j'étais une chose, bon sang ! s'écria Deborah. Je suis juste à côté de vous.

– Je sais, dit Astor. Tu peux nous raconter sur qui tu as tiré ?

En guise de réponse, Deborah fit crisser les pneus pour s'engouffrer dans un parking et s'arrêter en cahotant devant le centre.

– On y est ! lança-t-elle, bondissant hors de la voiture comme si elle fuyait un essaim de fourmis rouges.

Elle marcha à grands pas vers le bâtiment. Dès que j'eus détaché Cody et Astor, nous la suivîmes à une allure plus tranquille.

Deborah parlait encore au brigadier de service à l'accueil lorsque nous entrâmes ; j'indiquai aux enfants deux chaises cabossées dans un coin.

– Attendez-moi ici, leur dis-je. Je reviens dans quelques minutes.

– Pourquoi on doit attendre ? demanda Astor d'un ton indigné.

– Parce qu'il faut que j'aille parler à une personne méchante.

– Pourquoi on ne peut pas t'accompagner ?

– C'est interdit par la loi, répondis-je. Faites comme je vous dis. Soyez gentils.

Ils n'eurent pas l'air terriblement enthousiastes, mais ils ne foncèrent pas dans le couloir en hurlant. Je profitai de leur coopération pour rejoindre Deborah.

– Allez, viens, me dit-elle, et nous nous dirigeâmes vers l'une des salles d'interrogatoire au bout du couloir.

Quelques minutes plus tard, un gardien nous amena Halpern. Il était menotté et avait encore plus mauvaise mine que lorsque nous l'avions arrêté. Il n'était pas rasé, il avait les cheveux hirsutes et le regard égaré. Le surveillant le poussa du coude vers un siège où il s'assit du bout des fesses en fixant ses mains posées devant lui sur la table.

Deborah adressa un signe de tête au gardien, qui alla se poster dans le couloir. Elle attendit que la porte se referme puis dirigea son attention vers Halpern.

– Alors, Jerry, commença-t-elle, j'espère que vous avez bien dormi la nuit dernière.

Sa tête se redressa brusquement comme si elle avait été tirée d'un coup par une corde, et il la regarda avec des yeux ronds.

– Que… qu'est-ce que vous voulez dire ? demanda-t-il.

Deb haussa les sourcils.

– Je ne veux rien dire du tout, répondit-elle doucement. Je cherchais juste à être polie.

Il la dévisagea un moment avant de laisser retomber sa tête.

– Je veux rentrer chez moi, déclara-t-il d'une petite voix tremblante.

– Je n'en doute pas, Jerry, répliqua-t-elle. Mais je ne peux pas vous laisser sortir pour l'instant.

Il secoua la tête et marmonna des paroles inaudibles.

– Qu'est-ce qu'il y a, Jerry ? lui demanda-t-elle du même ton patient et aimable.

– J'ai dit que je ne pensais pas avoir fait quoi que ce soit, reprit-il sans lever les yeux.

– Vous ne *pensez* pas ? Eh bien, on devrait peut-être s'en assurer avant de vous laisser partir, vous ne croyez pas ?

Il redressa la tête pour la regarder, très lentement cette fois.

– Cette nuit… dit-il. C'est peut-être le fait d'être ici… Je ne sais pas. Je ne sais pas.

– Vous avez déjà été dans un tel endroit, n'est-ce pas, Jerry ? Quand vous étiez jeune ? interrogea Deborah. Et cela vous a amené à vous souvenir de quelque chose ?

Il sursauta comme si elle lui avait craché à la figure.

– Je ne… Ce n'est pas un souvenir, protesta-t-il. C'est un rêve. Ça ne peut être qu'un rêve.

Deborah acquiesça avec bienveillance.

– De quoi avez-vous rêvé, Jerry ?

Il se contenta de secouer la tête et de la dévisager, la mâchoire entrouverte.

– Cela pourrait vous aider d'en parler, reprit Deborah. Si ce n'est qu'un rêve, où est le problème ? De quoi avez-vous rêvé, Jerry ? répéta-t-elle d'une voix un peu plus insistante, mais toujours très douce.

– Il y a une grande statue, commença-t-il.

Il eut l'air surpris que des mots soient sortis de sa bouche.

– D'accord.

– Elle… elle est vraiment grande. Et il y a un… un feu… qui brûle à l'intérieur de son ventre.

– Elle a un ventre ? demanda Deborah. De quel genre de statue s'agit-il ?

Il baissa les yeux.

– Elle est vraiment immense. Un corps en bronze, avec deux bras, et les bras s'abaissent vers…

Il s'interrompit, marmonna quelque chose.

– Qu'est-ce que vous dites, Jerry ?

– Il a dit qu'elle avait une tête de taureau, expliquai-je, sentant les poils de ma nuque se hérisser.

– Les bras s'abaissent, répéta-t-il. Et je me sens… très heureux. Je ne sais pas pourquoi. Je chante. Et je dépose les deux filles dans les bras. Je les découpe avec un couteau, et elles s'élèvent vers la bouche où les bras les lâchent. À l'intérieur du feu…

– Jerry, dit Deborah d'une voix encore plus douce. Il y avait du sang sur vos habits, et ils étaient légèrement

175

roussis. Nous savons qu'il vous arrive d'avoir des trous de mémoire lorsque vous subissez un stress trop important. Ne serait-il pas possible, Jerry, que vous ayez eu l'un de ces trous de mémoire, que vous ayez tué les filles, puis que vous soyez rentré chez vous ? Sans le savoir ?

Il recommença à secouer la tête, lentement et mécaniquement.

– Vous pouvez me donner une meilleure explication ?

– Où est-ce que je pourrais trouver une statue comme ça ? demanda-t-il. C'est… Comment pourrais-je… trouver cette statue, préparer le feu à l'intérieur puis y amener les filles et… Je ferais tout ça sans m'en rendre compte ?

Deborah m'adressa un regard et je haussai les épaules. Il n'avait pas tort. C'est vrai, il doit bien y avoir une limite à ce qu'un somnambule peut faire sans le savoir, et là elle semblait largement dépassée.

– Alors d'où sort ce rêve, Jerry ? demanda-t-elle.

– Tout le monde fait des rêves, répliqua-t-il.

– Et comment le sang s'est-il retrouvé sur vos vêtements ?

– C'est Wilkins. C'est obligé, il n'y a pas d'autre réponse.

On frappa à la porte, et le brigadier entra.

Il se pencha pour parler tout bas à l'oreille de Deborah. Je m'approchai afin d'écouter.

– L'avocat de ce type crée des problèmes, expliqua-t-il. Il dit que comme les têtes sont apparues alors que son client était là, il est forcément innocent. Je ne peux pas l'empêcher d'entrer.

– D'accord, répondit Deb. Merci, Dave. Très bien, Jerry. Nous en reparlerons plus tard.

Elle se leva, puis sortit, et je la suivis.

– Que faut-il penser de tout ça ? demandai-je.

– Merde, Dex, j'en sais rien, moi. J'en peux plus de cette histoire. Soit le type a agi durant l'un de ses fameux trous de mémoire, ce qui voudrait dire qu'il a tout préparé sans vraiment s'en rendre compte et qu'il les a tuées plus tard, ce qui est impossible.

– Sans doute.

– Ou alors quelqu'un d'autre s'est donné un mal de chien pour monter le coup contre lui et l'a fait coïncider avec un de ses trous de mémoire.

– Ce qui est tout aussi impossible, conclus-je obligeamment.

– Ouais, je sais.

– Et la statue avec la tête de taureau et le feu à l'intérieur ?

– Merde ! c'est juste un rêve. C'est obligé.

– Alors, où est-ce que les filles ont été brûlées ?

– Tu n'as qu'à me montrer une statue géante avec une tête de taureau et un barbecue intégré. Dis-moi où on peut cacher ça. Tu me le trouves et je le croirai.

– On doit donc relâcher Halpern ?

– Non, bordel ! Je le garde encore pour refus d'obtempérer.

Elle tourna les talons et se dirigea vers la réception.

Cody et Astor étaient assis en compagnie du brigadier lorsque nous regagnâmes le hall d'entrée, et bien qu'ils ne fussent pas restés là où je le leur avais indiqué, j'étais si soulagé qu'ils n'aient pas mis le feu au bureau que je ne fis aucune réflexion. Nous sortîmes tous ensemble du bâtiment.

– Et maintenant ? demandai-je.

– On doit parler à Wilkins, évidemment, répondit Deborah.

– Et on lui demande s'il a une statue avec une tête de taureau au fond de son jardin ?

– Non, c'est des conneries, tout ça.

– C'est un gros mot, lança Astor. Tu me dois cinquante cents.

– Il commence à être tard, déclarai-je. Il faut que je ramène les mômes à la maison avant que leur mère décide de me faire brûler vif.

Deborah considéra Cody et Astor un long moment avant de lever les yeux vers moi.

– Appelle-moi tout à l'heure, dit-elle.

Chapitre 19

Je réussis à ramener les enfants au bercail avant que Rita ne disjoncte, mais il s'en fallut de peu, et cela empira lorsqu'elle découvrit qu'ils étaient allés voir des têtes calcinées. Ils n'avaient pas l'air particulièrement perturbés, néanmoins ; ils semblaient même plutôt excités par leur journée, et la décision d'Astor de devenir une réplique de ma sœur Deborah eut l'avantage d'atténuer la colère de Rita. C'est vrai, un choix de carrière précoce pouvait représenter un gain de temps considérable et éviter des ennuis plus tard.

Rita était malgré tout très remontée, et je sentais que ça allait être ma fête. En temps normal, je me serais contenté de sourire en la laissant déblatérer, mais je n'étais pas d'humeur à supporter la moindre marque de normalité. Ces deux derniers jours, je n'avais aspiré qu'à un peu de temps libre et de calme pour réfléchir au problème du Passager noir, et j'avais été ballotté dans tous les sens, par Deborah, Rita, les enfants, et même à mon travail. Mon déguisement avait pris le pas sur ce qu'il était censé masquer, et je n'aimais pas ça. Mais si j'arrivais à échapper à Rita et à sortir de la maison, j'aurais enfin un peu de temps pour moi.

Prétextant donc un travail urgent qui ne pouvait attendre le lundi, je me faufilai dehors et me rendis au bureau, savourant la relative tranquillité de la circulation en plein samedi soir.

Durant les quinze premières minutes du trajet, je ne parvins pas à me débarrasser de l'impression que j'étais suivi. C'était ridicule, je sais, mais il ne m'était jamais arrivé de me promener seul la nuit et cela me rendait très vulnérable. Sans le Passager, je n'étais qu'un tigre sans flair ni crocs. Je me sentais stupide et lent, et mon dos était parcouru de frissons. J'avais comme la chair de poule, et la certitude qu'il me fallait revenir en arrière pour flairer ma trace parce qu'une bête affamée rôdait autour. Et en fond sonore, je percevais un écho de l'étrange musique du rêve, qui agissait sur mes pieds de façon involontaire, comme s'ils devaient se rendre quelque part sans moi.

C'était une impression horrible, et si j'avais été capable d'empathie, j'aurais certainement été emporté par une vague de regret à la pensée de toutes les fois où c'était moi qui avais mis dans cet état effroyable les individus que je traquais. Mais je ne suis pas fait pour éprouver de telles angoisses, et tout ce qui me préoccupait, c'était mon propre problème : mon Passager était parti, et si l'on me suivait réellement je me retrouvais seul et sans défense.

Ce devait être mon imagination. Qui voulait épier Dexter le débonnaire, menant tant bien que mal sa petite existence artificielle avec un grand sourire, deux enfants et une hypothèque auprès d'un traiteur ? Pour m'en assurer, je jetai un coup d'œil dans le rétroviseur.

Personne, bien sûr ; personne prêt à bondir avec une hache et une poterie exhibant le nom de Dexter. Je devenais gâteux, à force.

Une voiture était en feu sur la bande d'arrêt d'urgence de Palmetto Expressway, et la plupart des véhicules avaient décidé soit de contourner l'embouteillage en trombe par la gauche sur le bas-côté, soit de protester par de longs coups de Klaxon et des injures. Je bifurquai et passai devant les entrepôts près de l'aéroport.

Dans un hangar juste après la 69ᵉ Avenue, une alarme sonnait sans interruption, et trois hommes chargeaient des caisses dans un camion sans paraître le moins du monde se presser. Je souris et agitai la main ; ils ne me prêtèrent aucune attention.

Je commençais à m'habituer à cette impression : tout le monde ignorait ce pauvre Dexter, hormis, bien sûr, la personne qui avait entrepris de me filer, ou qui ne me filait pas, d'ailleurs.

La façon dont j'avais esquivé une confrontation avec Rita, si efficace fût-elle, m'avait privé de dîner, et j'avais à présent un besoin de manger aussi vital que celui de respirer.

Je fis halte devant une branche de la chaîne Pollo Tropical et commandai un demi-poulet à emporter. L'odeur de volaille rôtie remplit immédiatement la voiture, et durant les derniers kilomètres je dus faire des efforts surhumains pour suivre ma trajectoire au lieu de m'arrêter sur-le-champ pour dévorer mon repas.

Parvenu sur le parking, je n'y tins plus, et alors que j'entrais dans le bâtiment je farfouillai à la recherche de mon badge avec les doigts gras, manquant de renverser les haricots par la même occasion. Mais le temps que je m'installe devant mon ordinateur, j'étais enfin satisfait, il ne restait du poulet qu'un amas d'os et un plaisant souvenir.

Comme toujours, l'estomac plein et la conscience nette, j'eus bien plus de facilité à lancer mon puissant cerveau à plein régime afin de réfléchir à mon problème. Le Passager noir avait disparu : ce constat impliquait qu'il avait une existence indépendante de la mienne. Il était donc venu de quelque part... Il y était peut-être retourné ? Ma priorité, alors, était d'en apprendre le plus possible sur sa provenance.

Je savais pertinemment que mon Passager n'était pas le seul de son espèce. Dans l'exercice de ma longue et gratifiante carrière, j'avais rencontré plusieurs prédateurs nimbés d'un nuage noir invisible, indiquant la présence d'un auto-stoppeur identique au mien. Il semblait logique qu'ils soient tous apparus quelque part en même temps. J'en avais honte à présent, mais je ne m'étais jamais demandé d'où provenaient ces voix intérieures et pourquoi elles existaient. Maintenant, avec toute la nuit qui s'étirait devant moi dans le silence du labo médico-légal, il m'était enfin donné de réparer cette tragique erreur.

Et donc, sans une seule pensée pour ma sécurité personnelle, je me lançai sur Internet. Bien entendu, je ne trouvai rien d'utile lorsque je tapai « Passager noir ». C'était, il est vrai, mon expression à moi. J'essayai néanmoins, juste au cas où, et ne tombai que sur quelques jeux en ligne ainsi que sur des blogs que l'on aurait bien fait de signaler aux autorités compétentes.

Je tapai « compagnon intérieur », « ami invisible » et même « guide spirituel ». J'obtins de nouveau des résultats très intéressants qui me firent m'interroger sur l'état de notre planète, mais rien qui éclairât ma situation. Patience, il y avait simplement de fortes chances pour que je n'utilise pas les bons termes de recherche.

Bon, très bien, guide intérieur, conseiller intime, assistant caché. Je tentai toutes les combinaisons qui me venaient à l'esprit, inversant les adjectifs, passant en revue les synonymes, chaque fois sidéré par la façon dont la pseudo-philosophie New Age avait envahi la Toile. Mais je ne découvris rien de sinistre.

Il y avait toutefois une référence fort intéressante à Salomon, célèbre roi de la Bible, selon laquelle ce sage aurait évoqué en secret l'existence d'une sorte de souverain intérieur. Je cherchai quelques informations sur Salomon, dont je me souvenais surtout comme d'un vieillard barbu très intelligent qui proposa de couper un bébé en deux juste pour rire. J'étais passé à côté de l'essentiel.

Je découvris ainsi que Salomon avait bâti un temple dédié à un certain Moloch, apparemment un ancien dieu néfaste, et il tua son frère parce que celui-ci avait de la « méchanceté » en lui. Je saisissais bien que, d'un point de vue biblique, la méchanceté intérieure pouvait correspondre à un Passager noir. Mais s'il y avait réellement un lien, était-il logique qu'un individu abritant un « souverain intérieur » tue une personne habitée par la méchanceté ?

J'en avais la tête qui tournait. Fallait-il croire que le roi Salomon lui-même possédait son propre Passager noir ? Et contrairement à ce que l'on avait tous été amenés à penser, était-il sérieux en proposant de couper le bébé en deux ? Ou alors, puisqu'il était censément l'un des héros positifs de la Bible, fallait-il plutôt comprendre qu'il avait trouvé un Passager chez son frère et qu'il l'avait tué pour cette raison ?

Mais, plus intriguant encore, tous ces événements vieux de plusieurs milliers d'années survenus à l'autre bout de la planète importaient-ils vraiment ? À supposer que le roi Salomon ait détenu l'un des Passagers noirs originels, en quoi cela m'aidait-il à redevenir moi-même ? Qu'allais-je faire de tous ces passionnants détails historiques ? Aucun ne m'indiquait d'où venait le Passager, ni ce qu'il était ni, surtout, comment le récupérer.

J'étais perplexe. Bon, il était temps de laisser tomber, d'accepter mon sort, d'assumer le rôle d'ex-Dexter, père de famille sans histoires au passé de froid justicier.

J'essayai de penser à des choses susceptibles de m'élever vers de plus hautes sphères de la cogitation mentale, mais tout ce qui me vint fut l'extrait d'un poème dont j'avais oublié l'auteur : « Si tu peux garder toute ta tête pendant que les autres autour de toi la perdent », ou une phrase équivalente. Cela ne me semblait pas suffisant. Ariel Goldman et Jessica Ortega, elles, auraient peut-être dû suivre ce conseil. Dans tous les cas, ma recherche ne m'avait conduit nulle part.

Très bien. Quel autre nom pouvait-on donner au Passager ? Commentateur sarcastique, système d'alerte ? Je les testai tous. Certains des résultats furent extrêmement surprenants, mais n'avaient rien à voir avec ma recherche.

J'essayai guetteur, guetteur intérieur, guetteur maléfique, guetteur caché…

Une dernière tentative, sans doute liée au fait que mes pensées recommençaient à se tourner vers la nourriture : guetteur avide.

De nouveau, je tombai sur tout un tas de fadaises New Age, mais un blog attira mon attention, et je cliquai dessus. Je parcourus le premier paragraphe, et si je ne m'exclamai pas « bingo ! », je n'en fus pas loin.

« Encore une fois, je sors dans la nuit avec le Guetteur avide, lisait-on. Je rôde dans les rues sombres qui regorgent de proies, évoluant lentement au cœur de ce festin imminent et sentant la pulsation du sang qui jaillira bientôt pour nous remplir de joie… »

Ma foi, le style était peut-être un peu grandiloquent, et le passage sur le sang franchement dégoûtant, mais hormis ces détails c'était une assez bonne description de ce que je ressentais lorsque je me lançais dans l'une de mes aventures. J'avais de toute évidence trouvé une âme sœur.

Je poursuivis ma lecture. C'était très proche de ma propre expérience : l'anticipation avide du plaisir tandis que je traversais la ville au cœur de la nuit, une voix intérieure qui soufflait en moi ses conseils… Cependant, arrivé au point du récit où j'aurais bondi le couteau au poing, ce narrateur faisait référence aux

« autres », puis notait trois symboles que je ne reconnaissais pas.

À moins que…

Fébrilement, je cherchai sur mon bureau la chemise contenant le dossier des deux filles décapitées. Je tirai d'un coup sec la liasse de photographies, les parcourus vivement et tombai dessus.

Inscrites à la craie sur l'allée du docteur Goldman, ces trois lettres, ressemblant à un « MLK » déformé.

Je levai les yeux vers l'écran : c'était la même chose, pas de doute.

Il était impossible que ce soit une coïncidence. Cela devait vouloir dire quelque chose d'important ; c'était peut-être même la clé de toute cette affaire. Oui, très bien ; il reste juste une petite question, qu'est-ce que cela voulait donc dire ?

Et, autre point non négligeable, en quoi cet indice me concernait-il ? J'étais venu travailler sur la question de la disparition du Passager ; j'étais venu tard le soir afin de ne pas être harcelé par ma sœur ou interrompu par d'autres tâches, et voilà qu'apparemment, si je voulais résoudre mon problème, il allait falloir que je me penche sur l'affaire de Deb. Décidément, la vie était trop injuste.

Bon, en tout cas, comme il n'a jamais servi à rien de se plaindre, mieux valait prendre ce que l'on m'offrait et voir où cela me menait. Tout d'abord, à quelle langue appartenaient les trois lettres ? J'étais à peu près certain que ce n'était ni du chinois ni du japonais, mais il aurait pu s'agir d'un autre alphabet asiatique dont j'ignorais tout. Je consultai un atlas en ligne et vérifiai chaque pays : Corée, Thaïlande, Cambodge… Aucun n'avait un alphabet équivalent. Que restait-il ? Le cyrillique ? Facile à vérifier. J'affichai une page comportant l'alphabet entier. Il me fallut le détailler un long moment ; certaines lettres paraissaient proches, mais je finis par conclure que ce n'était pas ça.

Et maintenant ? Dans quelle direction aller ? Que ferait quelqu'un de vraiment intelligent, comme je l'étais autrefois, ou comme l'avait été ce maître incontesté de la sagesse, le roi Salomon ?

Un petit bip se mit à retentir à l'arrière de mon cerveau, et je l'écoutai un moment avant de répondre. Oui, « le roi Salomon ». Le sage de la Bible avec son souverain intérieur. Quoi ? Ah, oui ? Il y a un rapport ? Vraiment ?

Cela paraissait peu plausible, mais il m'était facile de vérifier. Salomon devait parler l'hébreu, naturellement, ce qui fut simple à trouver sur Internet. Mais il n'y avait aucune ressemblance avec les lettres en question… Donc voilà, aucun rapport finalement.

Mais, une minute ! Il me semblait me souvenir que la langue originale de la Bible était non pas l'hébreu, mais… J'activai de plus belle mes cellules grises, et elles finirent par me donner la réponse. Oui, c'était un souvenir de cette infaillible source d'érudition : *Les Aventuriers de l'Arche perdue*. Et la langue en question était l'araméen.

Là encore, il me fut aisé de trouver un site Web disposé à enseigner au monde entier l'araméen. Et tandis que je le détaillais, je devins impatient d'apprendre, car il n'y avait pas de doute : les trois lettres en faisaient bien partie. Et elles étaient les équivalents araméens de MLK, comme elles en avaient l'air.

Je lus les explications. L'araméen, de même que l'hébreu, n'utilisait pas de voyelles. Il fallait les ajouter soi-même. Un peu délicat, parce qu'on était obligé de savoir ce qu'était le mot avant de pouvoir le déchiffrer. Ainsi, MLK pouvait être milk, milik ou malik, ou n'importe quelle autre combinaison, et aucune n'avait de sens – en tout cas pour moi, ce qui était le plus important. Mais je me mis à griffonner, essayant de trouver un sens aux lettres. Milok. Molak. Molek…

De nouveau, quelque chose tilta à l'arrière de mon cerveau, et je me concentrai. Eh oui, c'était encore le roi Salomon. Juste avant la phrase nous apprenant qu'il avait tué son frère pour cause de méchanceté, il y avait eu celle concernant le temple construit à la gloire de Moloch. Et bien sûr, Molek était une autre orthographe possible de Moloch, connu comme le dieu détestable des Ammonites.

Cette fois, je tapai « culte de Moloch », parcourus une dizaine de sites hors de propos, avant de tomber sur plusieurs pages qui concordaient toutes : le culte se caractérisait par une perte de contrôle extatique et se terminait par un sacrifice humain. Visiblement les fidèles étaient poussés dans une sorte de transe avant de s'apercevoir que le petit Jimmy avait été tué et rôti, quoique pas forcément dans cet ordre.

Je dois dire que la perte de contrôle extatique m'était parfaitement inconnue, bien que j'aie assisté à des matchs de football. Alors j'avoue que j'étais curieux : comment réussissaient-ils ce tour de force ? Je poursuivis ma lecture pour découvrir qu'une musique jouait un rôle important, une musique si irrésistible que l'on tombait presque automatiquement en transe. J'avais du mal à saisir comment cela se passait ; l'explication la plus claire que je lus, tirée d'un texte araméen, traduit et accompagné d'innombrables notes, spécifiait que « Moloch leur envoyait la musique ». Cela devait sans doute signifier qu'un groupe de prêtres défilait dans les rues en jouant du tambour et de la trompette…

Pourquoi du tambour et de la trompette, Dexter ?

Parce que c'est ce que j'entendais dans mon sommeil. Le son des tambours et des trompettes s'élevait et s'unissait à un concert de voix, accompagné du sentiment que le bonheur éternel était imminent. En somme, cela constituait une bonne définition de la perte de contrôle extatique.

J'essayai de raisonner ; admettons que Moloch soit de retour. À moins qu'il ne soit jamais parti. Donc, un dieu détestable vieux de 3 000 ans envoyait de la musique dans le but de… euh… de quoi exactement ? Voler mon Passager noir ? Tuer des jeunes femmes à Miami, la Gomorrhe moderne ? Je repensai même à l'éclair de génie qui m'était venu au musée et tentai de l'insérer dans le puzzle : Salomon détenait le Passager noir originel, qui se trouvait à présent à Miami et qui, tel un lion mâle s'imposant dans une troupe, cherchait à tuer tous les Passagers déjà présents, car, euh… oui, pourquoi, au juste ?

Étais-je réellement censé croire qu'une divinité antique resurgissait pour me faire la peau ? N'était-il pas plus logique de me réserver illico une chambre en asile psychiatrique ?

Je retournais la situation dans tous les sens et n'y voyais pas plus clair. Mon cerveau partait peut-être en sucette, comme le reste de ma vie. Je devais être fatigué. Enfin, dans tous les cas, ça ne tenait pas debout. Il fallait que j'en sache plus sur ce Moloch. Et puisque j'étais assis devant mon ordinateur, je me demandai s'il avait un site Web.

J'allais être fixé : je tapai son nom, parcourus la liste des blogs prétentieux et larmoyants, des jeux de fantasy en ligne et des délires paranoïaques ésotériques jusqu'à ce que je trouve un site qui me sembla correspondre. Lorsque je cliquai sur le lien, une image commença à se former très lentement, et en même temps…

Le profond et puissant battement de tambour, les cors qui retentissent par-dessus la pulsation et enflent au point de ne pouvoir retenir les voix qui fusent dans l'anticipation du plaisir démesuré à venir… C'était la musique que j'avais entendue durant mon sommeil.

Puis apparut une tête de taureau écumante, là au milieu de la page, avec deux mains levées de part et d'autre et les mêmes trois lettres araméennes au-dessus.

Je restai immobile, le regard rivé sur l'écran, clignant des yeux au rythme du curseur, la musique me traversant de part en part et me soulevant vers les hauteurs brûlantes d'une extase inconnue qui me promettait toutes les délices. Et pour la première fois, autant qu'il m'en souvienne, tandis que ces sensations me gagnaient, me submergeaient, avant de finir par se retirer, pour la première fois de ma vie je connus un sentiment nouveau, différent, dérangeant.

La peur.

Je ne savais pourquoi, ni de quoi, ce qui aggravait beaucoup les choses ; c'était une peur indéterminée, qui me secouait et se répercutait sur les parois vides de mon être, oblitérant tout à l'exception de cette image de taureau.

Ce n'est rien, Dexter, me dis-je. *Juste une image d'animal et quelques notes d'une musique plutôt médiocre.* Et j'en convenais, mais je ne parvenais pas à obliger mes mains à se calmer et à quitter mes genoux. Ce chevauchement des mondes normalement distincts du sommeil et de la veille les rendait soudain impossibles à différencier, me donnant l'impression que ce qui pouvait surgir dans mes rêves puis s'afficher sur mon écran était d'une puissance irrésistible et que je n'avais aucune chance d'y échapper ; je n'avais qu'à me regarder sombrer et me laisser emporter dans les flammes.

Il n'y avait plus en moi cette voix sombre et forte pour me transmuer en lame d'acier. J'étais seul, affolé, impuissant et perdu : un Dexter désemparé, avec le croquemitaine caché sous le lit en compagnie de ses acolytes, s'apprêtant à me précipiter hors de ce monde, dans le royaume de la souffrance et de la terreur.

D'un mouvement gauche, je me penchai en travers du bureau et arrachai le cordon d'alimentation de l'ordinateur puis, le souffle court, l'air de quelqu'un à qui l'on a fixé des électrodes sur le corps, je me rassis, avec une telle précipitation que la prise au bout du cordon vola en arrière et vint me frapper sur le front, juste au-dessus du sourcil gauche.

Durant plusieurs minutes je me contentai de respirer et de regarder la sueur dégouliner de mon visage sur le bureau. Je ne savais pas pourquoi j'avais bondi de mon siège, tel un barracuda qu'on harponne, pour couper l'alimentation, si ce n'est que cela m'était apparu comme une question de vie ou de mort ; et je ne comprenais pas d'où surgissait cette idée, mais voilà, elle m'avait assailli sans crier gare.

Alors je me retrouvai assis dans mon bureau silencieux, devant un écran mort, me demandant qui j'étais et ce qui venait de se passer.

Je n'avais jamais eu peur. C'était une émotion, or Dexter n'en éprouvait pas. Mais avoir peur d'un site web était une réaction tellement stupide et injustifiée qu'il n'y avait pas d'adjectifs assez forts pour la décrire. Et je n'agissais jamais de façon irrationnelle, hormis lorsque j'imitais les humains.

Alors, pourquoi avais-je arraché la prise, et pourquoi mes mains tremblaient-elles, juste à cause d'un petit air de musique et d'un dessin de vache ?

Il n'y avait pas de réponse, et je n'étais plus certain de vouloir en trouver une.

Je rentrai à la maison, persuadé d'être suivi, bien que le rétroviseur ne m'indiquât rien de tout le trajet.

L'autre était vraiment quelqu'un de spécial, il avait beaucoup de ressort ; le Guetteur n'avait pas vu ça depuis longtemps. Cette mission se révélait bien plus intéressante que d'autres qu'il avait accomplies par le passé. Il commença même à éprouver une sorte de complicité avec lui. Un peu triste, en fait ; si seulement les choses s'étaient déroulées différemment… Mais il y avait une certaine beauté au sort inéluctable qui lui était réservé, et c'était bien également.

Même à cette distance derrière lui, il percevait les signes d'une extrême nervosité : les soudaines accélérations et décélérations, les rétroviseurs qu'on trifouille… Parfait. Le malaise était la première étape. Il fallait qu'il le conduise bien au-delà du malaise, et il y parviendrait. Mais d'abord, il était essentiel qu'il sache ce qui l'attendait. Et jusqu'à présent, malgré les indices laissés, il ne semblait pas avoir saisi.

Très bien. Le Guetteur répéterait la procédure jusqu'à ce que l'autre comprenne à quelle sorte de puissance il avait affaire. Après, il n'aurait plus le choix, il viendrait, tel un agneau à l'abattoir.

En attendant, cette surveillance avait aussi son sens. Il fallait qu'il sache qu'il était surveillé. Cela ne pouvait que le perturber, même s'il voyait le visage en face de lui.

Les visages changeraient. La surveillance, elle, se poursuivrait.

Chapitre 20

Comme de bien entendu, je n'eus pas droit au sommeil cette nuit-là. La journée du lendemain se passa dans un brouillard de fatigue et d'angoisse. J'accompagnai Cody et Astor à un parc proche de la maison et m'installai sur un banc afin d'essayer de mettre de l'ordre dans le tas de suppositions et d'informations que j'avais rassemblées jusque-là. Les différents morceaux refusaient de former un puzzle cohérent. Même si je forçais pour les insérer dans un semblant de théorie, je ne parvenais toujours pas à comprendre comment retrouver mon Passager.

La meilleure idée qui me venait était que le Passager noir ainsi que ses semblables traînaient dans les parages depuis au moins trois mille ans. Mais pourquoi le mien en aurait-il fui un autre ? Mystère, surtout que j'en avais déjà rencontré auparavant et n'avais récolté comme réaction que de légers grondements de colère. Mon hypothèse sur le nouveau papa lion me semblait aujourd'hui tirée par les cheveux, dans la quiétude du parc, près des enfants qui se lançaient leurs menaces inoffensives. Statistiquement parlant, à en juger par le taux de divorces, la moitié d'entre eux environ devaient avoir un nouveau père, et ils semblaient en parfaite santé.

Je laissai le désespoir m'envahir, sentiment qui paraissait légèrement absurde par cet après-midi radieux. Le Passager avait disparu, j'étais seul, et la seule solution que j'avais trouvée était de prendre des leçons d'araméen. Je n'avais plus qu'à espérer qu'un projectile venu du ciel me tomberait sur la tête pour mettre fin à mes souffrances. Je levai les yeux avec espoir, mais même de ce côté-là, la chance n'était pas au rendez-vous.

Je passai une autre nuit plus ou moins blanche, interrompue seulement par le retour de l'étrange musique dans mon bref sommeil, me réveillant alors que je me redressais dans le lit pour la suivre. Je ne sais d'où me venait cette envie, et encore moins où la musique voulait m'amener, mais j'avais l'air bien décidé à partir. De toute évidence, j'étais en train de craquer ; je glissais sur la pente de la folie.

Le lundi matin, c'est un Dexter hébété et abattu qui descendit en chancelant dans la cuisine, où je fus violemment assailli par la tornade Rita, qui fonça vers moi en agitant un énorme tas de papiers et de CD.

– J'aimerais savoir ce que tu en penses, me lança-t-elle.

Je songeai qu'au contraire il valait mieux qu'elle n'en sache rien. Mais avant que j'aie pu formuler la moindre objection, elle m'avait déjà poussé sur une chaise de la cuisine et commençait à jeter les documents devant moi.

– Ce sont les bouquets que Hans veut utiliser, expliqua-t-elle en me montrant une série d'images qui, de fait, étaient de nature florale. Ça, c'est pour l'autel ! C'est peut-être un peu trop, oh, je ne sais pas… déclara-t-elle d'un ton désespéré. Est-ce que les gens vont rire de toute cette profusion de blanc ?

Bien que je sois réputé pour mon sens de l'humour très développé, il ne me vint pas à l'esprit de rire, mais déjà Rita avait tourné les pages.

– Enfin, bref, poursuivit-elle. Ça, c'est le plan des tables ! Qui ira, j'espère, avec ce que Manny Borque prépare de son côté. On devrait peut-être demander à Vince de vérifier auprès de lui.

– Eh bien…

– Oh, mon Dieu ! regarde l'heure, dit-elle, et avant que j'aie pu prononcer une syllabe de plus elle avait déposé une pile de CD sur mes genoux. J'ai réduit le choix à six groupes, reprit-elle impitoyablement. Est-ce que tu peux les écouter et me dire ce que tu en penses ? Merci, Dex, conclut-elle en se penchant pour me planter une bise sur la joue avant de se diriger vers la porte, étant déjà passée au prochain point sur sa liste. Cody ? appela-t-elle. C'est l'heure, mon chéri. Allez !

Il y eut encore trois minutes d'agitation, durant lesquelles Cody et Astor passèrent la tête dans la cuisine pour me dire au revoir, puis la porte d'entrée claqua, et le calme revint enfin.

Et dans le silence, il me sembla percevoir, comme au cœur de la nuit, un écho de la musique. Je savais que j'aurais dû bondir de ma chaise et me ruer dehors, mon sabre serré entre les dents, foncer dans la lumière du jour et trouver l'ennemi, mais je ne pouvais pas.

Le site Web de Moloch m'avait fichu la frousse, et j'avais beau savoir que c'était idiot, insensé, inutile, totalement contraire à la nature de Dexter, il m'était impossible de m'en défaire. Moloch. Juste un nom ancien. Un vieux mythe, disparu depuis des milliers d'années, abattu en même temps que le temple de Salomon. Ce n'était rien. Sauf que j'en avais peur.

La seule solution semblait être d'adopter un profil bas et de prier pour que je ne me fasse pas attraper. J'étais exténué ; cela aggravait peut-être mon sentiment d'impuissance, mais j'en doutais. J'avais l'impression qu'une bête féroce me traquait, se rapprochait de plus en plus, et je sentais déjà ses crocs acérés sur ma nuque.

Mon seul espoir, c'était de réussir à faire durer la chasse un peu plus longtemps, mais tôt ou tard ses griffes s'abattraient sur moi, et alors ce serait à mon tour de bêler, de me cabrer, puis de mourir. Il n'y avait plus de forces en moi ; il n'y avait, du reste, presque plus rien en moi, si ce n'est une sorte d'humanité réflexe qui me soufflait qu'il était temps d'aller au travail.

Je pris le tas de CD de Rita puis sortis d'un pas traînant. Alors que je me tenais devant la porte, tournant la clé dans la serrure, une Avalon blanche quitta très lentement le trottoir et s'éloigna avec une paresseuse insolence ; toute ma fatigue et mon désespoir disparurent d'un coup, et je ressentis une décharge de pure terreur qui me plaqua contre la porte d'entrée tandis que les CD me glissaient des mains et dégringolaient sur le sol.

La voiture roula doucement jusqu'au stop au bout de la rue. Je la regardai, apathique. Mais lorsque ses feux arrière s'éteignirent et qu'elle redémarra pour traverser le carrefour, une partie de Dexter se réveilla, en colère.

C'était peut-être l'irrespect inouï que dénotait l'attitude effrontée de l'Avalon, ou j'avais peut-être juste besoin d'une petite dose d'adrénaline pour accompagner mon café du matin ; quoi qu'il en soit, je fus saisi d'une profonde indignation, et sans même savoir ce que je faisais, je me mis à courir jusqu'à ma voiture pour sauter au volant. J'enfonçai la clé de contact, démarrai puis me lançai à la poursuite de l'Avalon.

Je brûlai le stop et accélérai à l'intersection, juste le temps d'apercevoir la voiture tournant à droite quelques centaines de mètres plus loin. Je roulai bien plus vite que la vitesse autorisée et réussis à la voir prendre à gauche ensuite en direction de l'US-1. J'accélérai, pour la rattraper avant qu'elle disparaisse dans la circulation de l'heure de pointe.

Je n'étais qu'à une centaine de mètres derrière environ lorsque le conducteur tourna à gauche sur l'US-1, et je l'imitai sans prêter attention aux crissements de freins et au concert de Klaxon en provenance des autres automobilistes. Il n'y avait plus qu'une dizaine de véhicules entre l'Avalon et moi, et je m'employai à me rapprocher encore, me concentrant sur la route et ne tenant aucun compte des lignes qui séparaient les voies, ne prenant même pas la peine d'apprécier la créativité langagière que je suscitais chez les autres usagers. J'en avals ma claque, j'étais prêt à me battre, même si je n'étais pas en possession de tous mes moyens. J'étais en colère, une autre nouveauté pour moi. Dépouillé de ma noirceur, j'étais acculé dans une encoignure et les murs se resserraient autour de moi, mais ça suffisait. Il était temps que Dexter réagisse. Et même si je n'avais aucune idée de ce que je ferais lorsque j'aurais rattrapé l'imprudent, je continuais à foncer.

Je n'étais plus très loin lorsque le conducteur repéra ma présence ; il accéléra aussitôt, se déportant sur la voie la plus à gauche dans un espace si réduit que la voiture derrière lui pila et dérapa sur le côté. Les deux véhicules suivants allèrent s'encastrer dans son flanc, et un rugissement de Klaxon et de coups de frein assaillit mes oreilles. J'eus juste assez de place pour me faufiler sur la droite avant de continuer par la gauche dans la voie désormais libre. L'Avalon avait repris un peu d'avance, mais j'enfonçai la pédale de l'accélérateur et continuai à la suivre.

Durant un moment, l'intervalle entre nous resta le même. Puis l'Avalon fut ralentie par la circulation qui précédait l'accident, et je me rapprochai, jusqu'à ce que je ne sois plus qu'à deux voitures derrière, assez près pour apercevoir une paire de grosses lunettes de soleil dans le rétroviseur. Mais alors qu'il n'y avait plus qu'une voiture entre son pare-chocs et le mien, il donna un violent coup de volant à gauche, traversa le terre-plein central puis se coula dans la circulation inverse. Je l'avais croisé avant même de pouvoir réagir. J'entendis presque un rire moqueur tandis qu'il poursuivait sa route en direction d'Homestead.

Mais je refusais de le laisser filer. Je n'allais pas forcément obtenir des réponses en le rattrapant, encore que ce fût possible. Et la justice n'avait rien à voir là-dedans. Non, c'était par pure colère, une indignation qui surgissait d'un recoin oublié de mon être, qui se déversait directement de mon cerveau reptilien. Je mourais d'envie d'extraire ce type de sa petite voiture minable et de lui donner une bonne paire de gifles. C'était une impression nouvelle, cette envie de m'attaquer à quelqu'un sous l'emprise de la colère, et cela avait un côté enivrant, au point de stopper toute réflexion logique en moi et de me faire traverser le terre-plein à mon tour.

Ma voiture émit un horrible craquement en rebondissant sur l'îlot central, puis sur la chaussée de l'autre côté, et un énorme camion de ciment manqua de justesse m'aplatir à l'arrivée, mais j'étais reparti, m'élançant à la poursuite de l'Avalon dans la circulation plus fluide en direction du sud.

Loin devant moi, j'apercevais plusieurs points blancs mouvants, dont n'importe lequel pouvait être ma cible. J'appuyai sur le champignon.

Les dieux de la route me furent propices : je réussis à foncer entre les voitures durant près d'un kilomètre avant de tomber sur mon premier feu rouge. Il y avait plusieurs véhicules dans chaque file, arrêtés sagement, sans possibilité de les contourner, à moins de répéter ma petite prouesse au-dessus du terre-plein central ; ce que je fis. J'atterris au milieu du carrefour juste à temps pour causer de graves désagréments à un Hummer jaune vif qui essayait bêtement d'utiliser la route de façon rationnelle. Il fit une folle embardée pour m'éviter, tentative presque couronnée de succès : il n'y eut qu'un léger bruit sourd lorsque je rebondis élégamment sur son pare-chocs avant, pour être propulsé à travers l'intersection dans ma trajectoire, accompagné d'une nouvelle série de Klaxon et d'injures.

L'Avalon devait avoir cinq cents mètres d'avance, si elle se trouvait toujours sur l'US-1, et je n'attendis pas que la distance se creuse encore davantage. Je continuai à foncer avec mon fidèle destrier, désormais esquinté, et en trente secondes j'arrivai en vue de deux voitures blanches : l'une d'elles était un 4×4 Chevrolet et l'autre… un monospace. Mon Avalon avait disparu.

Je ralentis quelques secondes, puis du coin de l'œil je l'aperçus, s'apprêtant à passer derrière une épicerie sur le parking d'un petit centre commercial, à droite de la route. Je mis le pied au plancher et traversai les deux autres voies en dérapant pour rejoindre le parking. Le conducteur de l'Avalon me vit arriver ; il reprit de la vitesse puis gagna la rue qui coupait perpendiculairement l'US-1, filant vers l'est aussi vite qu'il put. Je franchis le parking à toute allure et le suivis.

Il me mena à travers un quartier résidentiel durant plus d'un kilomètre, puis le long d'un parc où se déroulaient les activités d'un centre de loisirs. Je me rapprochai, juste à temps pour voir une femme tenant un bébé dans les bras et suivie de deux enfants commencer à traverser la rue devant nous.

L'Avalon accéléra et monta sur le trottoir tandis que la femme continuait à avancer lentement sur la chaussée, me fixant des yeux comme si j'étais un panneau d'affichage qu'elle ne parvenait pas à déchiffrer. Je donnai un coup de volant afin de passer derrière elle, mais l'un des enfants courut brusquement en arrière ; j'écrasai la pédale du frein. Ma voiture dérapa, et l'espace d'un instant je crus que j'allais foncer dans ce petit cortège imbécile, planté au milieu de la route, qui me regardait d'un air vide. Mais mes pneus finirent par mordre le bitume, et je réussis à braquer, pour aller atterrir sur la pelouse d'une maison en face du parc, où je décrivis un cercle rapide. Je repartis aussitôt, dans une gerbe de touffes vertes, à la poursuite de l'Avalon, qui avait pris de l'avance.

La distance entre nous resta à peu près la même durant plusieurs centaines de mètres, jusqu'à ce que la chance me sourie. Devant moi, l'autre conducteur brûla un stop sans ralentir, mais cette fois une voiture de police déboîta derrière elle, alluma la sirène et se lança à ses trousses. Je ne savais pas si je devais être content d'avoir de la compagnie ou jaloux de la concurrence, mais dans tous les cas il m'était beaucoup plus facile de suivre les lumières clignotantes et la sirène, aussi continuai-je sur ma lancée.

Les deux véhicules effectuèrent une série de virages puis, juste au moment où je pensais m'être rapproché un peu, l'Avalon disparut subitement, et la voiture de police s'immobilisa. Quelques secondes plus tard, je vins me garer à côté et me précipitai dehors.

Devant moi, le policier traversait au pas de course une pelouse tondue ras, parcourue de marques de pneus qui menaient à l'arrière d'une maison dans un canal. L'Avalon était en train de s'enfoncer dans l'eau de l'autre côté, et tandis que je restais là à regarder, un homme s'en extirpa par la vitre pour nager les quelques mètres restants jusqu'à la rive opposée. Le flic hésita, puis sauta à l'eau et nagea jusqu'à la voiture à moitié engloutie. Au même moment, j'entendis derrière moi le bruit de gros pneus qui freinaient brutalement. Je me retournai.

Un Hummer jaune avait pilé derrière ma voiture, et un homme rougeaud aux cheveux blond roux en sortit aussitôt pour m'invectiver.

– Espèce de fils de pute ! beugla-t-il. T'as défoncé ma caisse ! Non, mais tu te prends pour qui ?

Avant que je puisse ouvrir la bouche, mon téléphone sonna.

– Excusez-moi, dis-je, et bizarrement l'homme resta planté là sans piper mot pendant que je répondais.

– Où est-ce que tu es, bordel ? me lança Deborah.

– Du côté de Cutler Ridge, devant un canal, dis-je.

– Eh bien, sèche-toi, et ramène ton cul au campus. Y a un autre cadavre.

Chapitre 21

Il me fallut quelques minutes pour me débarrasser du conducteur du Hummer jaune, et cela aurait pu s'éterniser sans l'intervention du policier qui avait sauté dans le canal. Il finit par sortir de l'eau et s'approcher de nous, tandis que j'écoutais un flot ininterrompu de menaces et d'obscénités, pas bien originales, du reste. Je m'efforçais de rester poli : cet homme en avait visiblement gros sur la patate, et je ne voulais pas qu'il encoure de graves problèmes psychologiques en réprimant ses émotions, mais, tout de même, mes services étaient requis dans le cadre d'une affaire policière urgente. Je tentai de le lui signifier, mais apparemment c'était un individu incapable d'entendre raison.

L'apparition d'un flic mécontent et complètement trempé fut donc une diversion bienvenue dans cet échange à sens unique qui commençait à être pénible.

– J'aimerais savoir ce que vous avez découvert à propos du conducteur de cette voiture, dis-je au policier.

– Sans blague, répliqua-t-il. Vous pouvez me montrer vos papiers d'identité, s'il vous plaît ?

– Je suis appelé sur un lieu de crime, protestai-je.

– Eh bien, ici aussi il y a délit, dit-il.

Alors je lui tendis mes papiers, qu'il examina très attentivement, faisant tomber des gouttes sur la photo plastifiée. Il finit par hocher la tête et par conclure :

– D'accord, Morgan, vous pouvez partir.

À voir la réaction du conducteur du Hummer, c'était à croire que le flic avait suggéré d'immoler le pape.

– Vous pouvez pas laisser ce fils de pute partir comme ça ! hurla-t-il. Ce salaud a défoncé ma voiture !

Mais le flic, par bonheur, se contenta de dévisager l'homme en continuant de dégouliner, avant de lui demander :

– Je peux voir votre permis et votre carte grise, monsieur ?

Je vis là l'occasion idéale de prendre congé et m'éclipsai sur- le-champ.

Ma pauvre voiture déglinguée émettait des bruits suspects, mais je pris malgré tout le chemin de l'université ; je n'avais pas le choix. Il fallait qu'elle m'amène jusque-là, aussi abîmée fût-elle. Je perçus soudain une certaine affinité entre elle et moi. Pauvres de nous, les deux superbes machines que nous étions avaient été esquintées par des circonstances plus fortes que nous. J'avais là une merveilleuse occasion de m'apitoyer sur moi-même, et je ne m'en privai pas durant quelques minutes. La colère que je ressentais un instant plus tôt s'était évaporée, ou avait dégoutté par terre comme l'eau rapportée par le flic. La vue du conducteur de l'Avalon qui nageait jusqu'à la rive opposée du canal, puis sortait de l'eau et s'éloignait avait été dans la même veine que tout le reste dernièrement : être si près du but et se voir couper l'herbe sous les pieds.

Et nous nous retrouvions avec un nouveau cadavre sur les bras, alors que nous ne savions toujours que faire des autres. Nous commencions à ressembler à ces lévriers qui courent après un faux lapin sur les pistes, toujours hors de portée, retiré de façon désespérante chaque fois que le pauvre chien se croit sur le point d'y planter les crocs.

Il y avait deux voitures de police à l'université ; les quatre agents avaient déjà bouclé la zone autour du

Lowe Art Museum, et éloigné les nombreux badauds. Un policier au crâne rasé, courtaud mais robuste, vint à ma rencontre et m'indiqua l'arrière du bâtiment.

Le corps se trouvait dans un bosquet derrière le musée. Deborah parlait à quelqu'un qui ressemblait à un étudiant ; Vince Masuoka était accroupi près de la jambe gauche du corps, pointant prudemment son stylo-bille sur la cheville. Le cadavre n'était pas visible depuis la route, mais on ne pouvait pour autant affirmer qu'il avait été dissimulé. Il avait de toute évidence été brûlé comme les autres, et il était disposé de la même façon, dans une position raide et solennelle, la tête elle aussi remplacée par une tête de taureau en céramique. Une fois de plus, alors que je considérais la scène, j'attendis par réflexe une réaction de l'intérieur, mais je ne perçus rien hormis la douce brise tropicale qui soufflait dans mon cerveau. J'étais toujours seul.

Tandis que je ruminais ces tristes pensées, Deborah se jeta sur moi en braillant :

– T'en as mis, du temps ! Où est-ce que tu étais ?

– À un cours de macramé. C'est comme la dernière fois ?

– Il semblerait. Alors, Masuoka ?

– Je crois qu'on va avoir un peu de chance, cette fois, répondit Vince.

– C'est pas trop tôt, putain ! lâcha Deborah.

– Il y a un bracelet à la cheville. Il est en platine, donc il n'a pas fondu.

Il leva les yeux vers Deborah et lui adressa un de ses sourires atrocement bidon.

– Il y a marqué Tammy dessus.

Deborah fronça les sourcils et tourna son regard vers l'entrée latérale du musée. Un homme de haute taille vêtu d'une veste en coton gaufré et d'un nœud papillon se tenait là avec l'un des policiers, l'air impatient.

– C'est qui, ce type ? demanda-t-elle à Vince.

– Le professeur Keller. Il enseigne l'histoire de l'art. C'est lui qui a trouvé le corps.

Les sourcils toujours froncés, Deborah se leva et fit signe au flic en uniforme de lui amener le professeur.

– Professeur… ? interrogea-t-elle.

– Keller. Gus Keller, répondit-il.

C'était un homme séduisant, dans les soixante ans, avec sur la joue gauche une cicatrice qui semblait résulter d'un duel. Il n'avait pas l'air particulièrement impressionné par le cadavre.

– Vous avez donc trouvé le corps ici ? commença Deborah.

– Tout à fait. Je venais voir une nouvelle pièce d'art acquise par le musée – de l'art mésopotamien, d'ailleurs, c'est intéressant – lorsque je l'ai aperçu entre les arbustes. Il y a une heure environ, je crois.

Deborah hocha la tête comme si elle avait déjà tous ces renseignements, même celui concernant l'art méso-potamien : un truc de flic bien connu pour pousser les gens à donner davantage de détails, surtout s'ils sont légèrement coupables. Cela parut sans effet sur Keller. Il attendit simplement la question suivante, et Deborah se creusa la tête pour en trouver une. Je tire une grande fierté de ma sociabilité si durement acquise et, ne voulant pas que le silence devienne inconfortable, je m'éclaircis la gorge ; Keller se tourna vers moi.

– Que pouvez-vous nous dire de cette tête en céra-mique ? lui demandai-je. D'un point de vue artistique.

Deborah me lança un regard furieux, mais elle était peut-être juste jalouse que j'aie pensé à cette question avant elle.

– D'un point de vue artistique ? Pas grand-chose, répondit Keller en baissant les yeux vers la tête de tau-reau posée à côté du corps. Elle semble avoir été fabri-quée dans un moule, puis cuite dans un four assez rudimentaire. Peut-être un simple four de cuisine. Mais d'un point de vue historique, c'est beaucoup plus intéressant.

– Que voulez-vous dire ? demanda sèchement Deborah.

– Eh bien, ce n'est pas parfait, mais quelqu'un a essayé de recréer un motif stylisé très ancien.

– Ancien comment ? interrogea Deborah.

Keller haussa les épaules, comme pour signifier qu'elle avait posé la mauvaise question, mais il répondit.

– Trois ou quatre mille ans.

– Ah oui, c'est très vieux, fis-je observer aimablement.

Et ils me regardèrent tous les deux, ce qui me donna à penser que je devais peut-être ajouter quelque chose d'un peu plus intelligent, alors je demandai :

– De quelle partie du monde parlez-vous ?

Keller hocha la tête. J'avais marqué un point.

– Le Moyen-Orient, répondit-il. On trouve un motif similaire à Babylone, et peut-être même plus tôt près de Jérusalem.

La tête de taureau semble être reliée au culte d'un des anciens dieux. Un dieu particulièrement cruel, d'ailleurs.

– Moloch, affirmai-je, et cela m'écorcha la gorge de prononcer ce nom.

Deborah me fusilla du regard, convaincue à présent que je lui avais caché des choses, mais elle se retourna vers Keller, qui continuait à parler.

– Oui, c'est ça. Moloch aimait les sacrifices humains. Surtout les enfants. C'était une sorte de marché très courant : vous sacrifiiez votre enfant, et il vous garantissait une bonne moisson ou la victoire sur vos ennemis.

– Eh bien, je crois qu'on peut s'attendre à une excellente moisson cette année ! lançai-je, mais aucun des deux ne daigna m'accorder un sourire.

Ma foi, on fait ce qu'on peut pour apporter un peu de gaieté dans ce monde si terne ; si les gens refusent d'apprécier nos efforts, c'est tant pis pour eux.

– Et le fait de brûler les corps ? demanda Deborah.

Keller eut un bref sourire, expression professorale qui devait signifier « merci de poser la question ».

– C'est justement la clé du rituel, répondit-il. Il y avait une immense statue de Moloch surmontée d'une tête de taureau, qui était en réalité un fourneau.

Je pensai à Halpern et à son « rêve ». Connaissait-il l'existence de Moloch auparavant, ou ce dernier était-il venu à lui de la même façon que la musique venait à moi ? Deborah avait-elle raison depuis le début : s'était-il rendu auprès de la statue pour tuer les filles, aussi improbable que cela parût ?

– Un fourneau, répéta Deborah. Et ils jetaient les corps dedans ? dit-elle d'un air sceptique.

– Oh, c'est encore mieux que ça, renchérit Keller. Ils permettaient ainsi au miracle du rituel de s'accomplir. C'était très sophistiqué, en fait, mais il s'agissait d'une des raisons pour lesquelles Moloch jouissait d'une telle popularité. La statue avait des bras qui se tendaient vers l'assemblée, et lorsqu'on plaçait un sacrifice dedans, Moloch semblait s'animer pour manger ce qu'on lui offrait. Les bras élevaient lentement la victime et la jetaient dans la bouche.

– Dans le fourneau, ajoutai-je, ne voulant pas être exclu. Pendant que la musique retentissait.

Deborah m'adressa un drôle de regard, et je m'aperçus que personne n'avait encore mentionné de musique, mais Keller ne releva pas et acquiesça.

– Oui, tout à fait. Des trompettes et des tambours, des chants, une musique très hypnotique qui atteignait son point culminant au moment où le dieu élevait le corps jusqu'à sa bouche et l'y jetait. Alors, celui-ci tombait au fond du fourneau. Vivant. Ça ne devait pas être très drôle pour la victime.

Je voulais bien le croire ; j'entendais le rythme des tambours au loin, et ce n'était pas drôle pour moi non plus.

– Est-ce qu'il y a encore des gens qui vénèrent ce dieu aujourd'hui ? demanda Deborah.

Keller secoua la tête.

– Non, plus depuis deux mille ans, autant que je sache.

– Bon, alors, merde ! Qui est l'auteur de ces crimes ?

– Tout ce que je vous explique là est loin d'être un secret. Ce sont des événements historiques assez bien documentés. N'importe qui, après quelques recherches, pourrait en savoir suffisamment pour reproduire le rituel.

– Mais dans quel but ?

Keller sourit poliment.

Là, je ne peux pas vous répondre.

– Alors à quoi me sert tout ça ? s'écria-t-elle sur un ton suggérant que c'était à Keller de lui apporter une réponse.

Il lui adressa son sourire bienveillant de professeur.

– Il est toujours utile d'apprendre des choses, affirma-t-il.

– Maintenant, on sait par exemple, dis-je, qu'il doit exister quelque part une énorme statue de taureau avec un four à l'intérieur.

Deborah tourna brusquement la tête vers moi.

Je me penchai vers elle et murmurai :

– Halpern.

Elle cligna des yeux, et je compris qu'elle n'y avait pas encore pensé.

– D'après toi, ce n'était pas un rêve ?

– Je ne sais pas, répondis-je. Mais si quelqu'un cherche à imiter ce culte, pourquoi ne le ferait-il pas avec tout l'équipement nécessaire ?

– Bon sang ! s'exclama Deborah. Où est-ce qu'on pourrait cacher un tel truc ?

Keller toussota avec délicatesse.

– J'ai bien peur qu'il y ait une autre difficulté, dit-il.

– Quoi ? demanda Deborah.

– Eh bien, il faudrait dissimuler l'odeur aussi. Celle des corps humains qu'on brûle. C'est une odeur persistante qu'on n'oublie pas facilement.

– Alors on cherche une statue géante, puante, avec un fourneau à l'intérieur, lançai-je gaiement. Ça ne devrait pas être trop dur à trouver !

Deborah m'adressa un regard noir, et une fois de plus je ne pus m'empêcher d'être déçu par son attitude si austère face à la vie, surtout que j'allais sans doute devoir me joindre à elle en tant que résident permanent du royaume du Désespoir, si le Passager noir refusait d'être sage et de sortir de sa cachette.

– Professeur Keller, reprit-elle, y aurait-il autre chose concernant toute cette histoire de taureau qui pourrait nous aider ?

– Ce n'est pas vraiment mon domaine, malheureusement. Je connais juste le contexte dans la mesure où il influe sur l'histoire de l'art. Il faudrait que vous vous adressiez à un spécialiste de philosophie ou de religion comparée.

– Comme le professeur Halpern, murmurai-je, et Deborah hocha la tête, toujours furieuse.

Elle fit un mouvement pour s'en aller mais, par chance, se rappela juste à temps ses bonnes manières. Elle se retourna vers Keller et lui dit :

– Vous nous avez beaucoup aidés, monsieur. N'hésitez pas à me contacter si vous pensez à autre chose.

– Certainement, répondit-il.

Sur ce, Deborah m'attrapa par le bras et m'entraîna.

– On retourne au bureau de l'administration ? demandai-je tandis qu'elle me broyait le bras.

– Ouais. Mais s'il y a une Tammy parmi les étudiants de Halpern, je ne sais pas ce que je vais faire.

Je retirai mon bras à moitié paralysé.

– Et s'il n'y en a pas ?

– Allez, viens, dit-elle.

Mais comme je passais devant le corps, quelque chose s'agrippa à la jambe de mon pantalon. Je baissai les yeux.

– Hem, fit Vince. Dexter…

Il se racla la gorge, et je lui adressai un regard interrogateur. Il rougit et lâcha mon pantalon.

– Il faut que je te parle, reprit-il.

– Bien sûr, mais ça peut attendre cinq minutes ?

– Non, c'est important.

– Bon, vas-y alors.

Je m'approchai de lui ; il était toujours accroupi près du corps.

– Qu'est-ce qu'il y a ?

Il détourna le regard, et aussi incroyable que cela paraisse de la part de quelqu'un qui ne manifestait jamais d'émotions véritables, il rougit encore plus.

– J'ai parlé à Manny, annonça-t-il.

– Fantastique. Et tu es encore entier ! répliquai-je.

– Il, euh… veut faire quelques petits changements. Euh, dans le menu. Ton menu, pour le mariage.

– Ah ! Est-ce que par hasard ce seraient des changements coûteux ?

– Oui. Il dit qu'il a eu une inspiration. Quelque chose de totalemènt nouveau et différent.

– Je trouve ça formidable. Mais je n'ai pas les moyens de m'offrir une inspiration. Il va falloir lui dire non.

– Tu ne comprends pas. Il fait ça parce qu'il t'aime bien. Il dit que le contrat lui permet de faire ce qu'il veut.

– Et il souhaite augmenter le prix légèrement ?

Vince était rouge écarlate. Il marmonna quelques syllabes et essaya de détourner encore davantage le regard.

– Quoi ? Qu'est-ce que tu as dit ?

– Le double environ, répondit-il d'une voix très basse mais audible.

– Le double.

– Oui.

– Ça fait 500 dollars l'assiette.

– Je suis sûr que ce sera très bien.

– À ce prix-là, il faudrait que ce soit plus que bien. Il faudrait qu'on nous gare les voitures, qu'on passe la serpillière, qu'on donne à chaque invité un petit massage…

– C'est un truc d'avant-garde, Dexter. Ton mariage paraîtra sans doute dans un magazine.

– Oui, et ce sera *Comment surmonter la faillite*. Il faut lui parler, Vince.

– Je ne peux pas, répondit-il.

Les êtres humains sont de sacrés imbéciles. Même ceux qui, comme Vince, simulent la plupart du temps. Cet expert stoïque, qui avait le nez sur un cadavre atrocement assassiné, aussi impassible que s'il s'était agi d'une souche d'arbre, était paralysé de terreur à la pensée de devoir affronter un nabot qui gagnait sa vie en sculptant du chocolat.

– D'accord, dis-je. Je lui parlerai moi-même.

Il leva enfin les yeux vers moi.

– Sois prudent, Dexter, me conseilla-t-il.

Chapitre 22

Je rattrapai Deborah alors qu'elle exécutait un demi-tour, et heureusement elle s'arrêta assez longtemps pour que je puisse monter à bord. Elle n'eut rien à me dire durant le court trajet, et j'étais trop préoccupé par mes propres problèmes pour m'en soucier.

Une rapide consultation des registres auprès de ma nouvelle amie de l'administration n'indiqua aucune Tammy parmi les étudiants de Halpern. Mais Deborah, qui faisait les cent pas à côté, s'y attendait.

– Vérifie le dernier semestre, m'ordonna-t-elle.

Cette nouvelle recherche ne donna rien non plus.

– O.K., dit-elle. Essaie Wilkins, alors.

C'était une excellente idée, et j'obtins aussitôt un résultat : une étudiante en master de sciences, Tammy Connor. Elle suivait le séminaire de Wilkins en éthique situationnelle.

– Très bien, dit Deborah. Note son adresse.

Tammy Connor vivait dans une résidence universitaire toute proche ; Deborah ne mit pas longtemps à nous y conduire et se gara devant, sur un espace interdit. J'avais à peine ouvert ma portière qu'elle fonçait déjà vers la porte du bâtiment. Je la suivis aussi vite que je pus.

La chambre était au troisième étage. Deborah choisit de grimper l'escalier quatre à quatre, plutôt que de prendre la peine d'appuyer sur le bouton de l'ascenseur, et comme j'étais trop essoufflé pour me plaindre, je me tus. J'arrivai en haut juste au moment où la porte de la chambre s'ouvrait, laissant apparaître une fille brune trapue avec des lunettes.

– Oui ? dit-elle en fronçant les sourcils.

Deb montra son badge et demanda :

– Tammy Connor ?

La fille réprima un petit cri et porta la main à son cou.

– Oh, mon Dieu, j'en étais sûre ! s'exclama-t-elle.

– Vous êtes Tammy Connor, mademoiselle ?

– Non, bien sûr que non, répondit-elle. Camilla, sa colocataire.

– Vous savez où est Tammy, Camilla ?

La fille aspira sa lèvre inférieure et la mâchonna tout en secouant énergiquement la tête.

– Non.

– Elle est partie depuis combien de temps ?

– Deux jours.

– Deux jours ? répéta Deborah en haussant les sourcils. Et ça lui arrive souvent ?

Camilla semblait sur le point de s'arracher la lèvre, à force de tirer dessus, mais elle s'interrompit pour bredouiller :

– J'ai promis de ne rien dire.

Deborah la dévisagea un long moment avant de lui répondre :

– Il va pourtant falloir que vous nous disiez quelque chose, Camilla. Nous pensons que Tammy s'est fourrée dans un sale pétrin.

Cela me semblait une sacrée litote pour expliquer qu'elle était peut-être morte, mais je gardai le silence, vu l'effet indéniable que ces mots avaient sur Camilla.

– Oh ! fit-elle en commençant à se balancer sur elle-même. Oh, je savais que ça allait arriver.

– Mais que pensez-vous qu'il est arrivé exactement ? lui demandai-je.

– Ils se sont fait prendre, répondit-elle. Je l'avais avertie.

– Je n'en doute pas, dis-je. Mais pourquoi ne pas nous en faire part, à nous aussi ?

Elle gigota encore plus durant quelques secondes.

– Oh ! fit-elle de nouveau, elle a une liaison avec un professeur. Oh, mon Dieu, elle va me tuer !

Personnellement, je ne pensais pas que Tammy puisse tuer qui que ce soit, mais juste pour m'en assurer, je demandai :

– Est-ce que Tammy portait des bijoux ?

Elle me regarda comme si j'étais fou.

– Des bijoux ? répéta-t-elle, l'air de prononcer un mot dans une langue étrangère – l'araméen, peut-être.

– Oui, tout à fait, dis-je pour l'encourager. Des bagues, des bracelets, ce genre de choses...

– Comme celui qu'elle a à la cheville ? répondit Camilla, de façon très obligeante, me sembla-t-il.

– Oui, exactement. Est-ce qu'il y avait une inscription dessus ?

– Ouais, son nom. Oh, mon Dieu, elle va être folle de rage contre moi.

– Savez-vous de quel professeur il s'agissait, Camilla ? l'interrogea Deborah.

La fille recommença à secouer la tête.

– Je ne peux vraiment pas vous dire.

– C'était le professeur Wilkins ? demandai-je, et bien que Deborah me foudroyât du regard, la réaction de Camilla, elle, fut très gratifiante.

– Oh, mon Dieu ! Je n'ai rien dit, je le jure.

Un appel depuis le mobile nous fournit l'adresse du professeur Wilkins, à Coconut Grove. C'était dans une zone huppée appelée « The Moorings », ce qui signifiait soit que mon ancienne fac payait les enseignants

215

beaucoup plus que par le passé, soit que le professeur Wilkins avait des ressources personnelles. Tandis que nous débouchions dans sa rue, la pluie de l'après-midi commença à tomber, s'abattant sur la route en grands pans obliques, s'arrêta presque complètement, puis reprit à nouveau.

Nous trouvâmes la maison sans problème. Le numéro était indiqué sur le mur jaune de plus de deux mètres qui entourait la propriété. Une grille en fer forgé barrait l'allée. Deborah se gara devant, puis nous descendîmes et jetâmes un coup d'œil par la grille. C'était une maison somme toute modeste – moins de trois cent cinquante mètres carrés – et située à plus de soixante-dix mètres de l'eau, donc Wilkins n'était peut-être pas si riche, en fin de compte.

Alors que nous nous tenions là, essayant d'indiquer d'une façon ou d'une autre notre arrivée, la porte d'entrée s'ouvrit pour laisser sortir un homme vêtu d'un imperméable jaune vif. Il se dirigea vers la voiture stationnée dans l'allée, une Lexus bleue…

Deborah haussa la voix et appela :

– Professeur ? Professeur Wilkins ?

L'homme leva les yeux vers nous sous sa capuche.

– Oui ?

– Est-ce qu'on pourrait vous parler un moment, s'il vous plaît ?

Il s'avança vers nous d'un pas lent, la tête légèrement penchée.

– Ça dépend. Qui est ce « on » ?

Deborah farfouilla dans sa poche à la recherche de son badge, et le professeur Wilkins s'arrêta prudemment.

– « On », c'est la police, assurai-je.

– Ah oui ? dit-il, et il se tourna vers moi avec un léger sourire qui se figea lorsqu'il me vit, puis se mua en une imitation de sourire très peu convaincante.

Étant moi-même un expert en matière d'émotions et d'expressions factices, je n'avais aucun doute : la vue de ma petite personne l'avait déconcerté. Mais pourquoi ? S'il était coupable, la présence de la police devant chez lui devait être pire que celle de Dexter. Toutefois, il se tourna, vers Deborah et lui lança d'un ton désinvolte :

– Ah oui, nous nous sommes déjà rencontrés à l'université.

– Tout à fait, répondit Deborah en extirpant enfin son insigne de sa poche.

– Excusez-moi, mais ce sera long ? Je suis assez pressé.

– Nous avons juste une question ou deux à vous poser. Ça prendra une minute.

– Bon, dit-il, son regard allant du badge à mon visage puis se détournant aussitôt. D'accord.

Il ouvrit le portail et s'effaça pour nous laisser passer.

Même si nous étions déjà trempés, il semblait judicieux de nous abriter de la pluie ; nous suivîmes donc Wilkins le long de l'allée jusque chez lui.

L'intérieur était décoré dans un style que je décrirais comme « classique décontracté typique des bohèmes fortunés de Coconut Grove ». Je n'en avais pas vu d'exemple depuis mon adolescence, lorsque le style *Deux flics à Miami* s'était imposé dans le quartier. Le sol était recouvert d'un carrelage brun rouge qui brillait tellement qu'on aurait pu se raser dans son reflet, et il y avait un coin salon composé d'un canapé en cuir et de deux fauteuils assortis, près d'une fenêtre panoramique. Juste à côté se trouvaient un bar avec un compartiment vitré à température contrôlée ainsi qu'une peinture abstraite de nu sur le mur.

Wilkins nous fit contourner deux plantes vertes pour nous conduire vers le canapé, mais une fois parvenu devant il hésita.

– Ah ! fit-il, en ôtant la capuche de son imperméable. On est un peu mouillés pour les sièges en cuir. Puis-je vous proposer un tabouret de bar ?

Je me tournai vers Deborah, qui haussa les épaules.

– On peut rester debout, répondit-elle. On en a pour une minute.

– D'accord, dit Wilkins. Qu'y a-t-il de si important pour qu'ils envoient quelqu'un comme vous par ce temps ?

Deborah rougit légèrement ; je ne sus si c'était d'irritation ou d'autre chose.

– Depuis combien de temps couchez-vous avec Tammy Connor ? lâcha-t-elle.

Wilkins abandonna son air gai, et l'espace d'un instant une expression glacée et désagréable passa sur son visage.

– Où avez-vous entendu ça ?

Je voyais que Deborah essayait de le déstabiliser, et puisque c'est également l'une de mes spécialités, je renchéris :

– Vous serez obligé de vendre votre maison si vous n'obtenez pas cette chaire ?

Ses yeux se portèrent brusquement sur moi, et le regard qu'il m'adressa n'avait rien d'aimable.

– J'aurais dû m'en douter, dit-il au bout d'un moment. C'était ça, la confession de Halpern en prison ? C'est Wilkins le coupable ?

– Alors vous n'aviez pas de liaison avec Tammy Connor ? l'interrogea Deborah.

Wilkins la regarda de nouveau et, après un effort visible, retrouva son sourire détendu.

– Excusez-moi. Je n'arrive pas à me mettre en tête que c'est vous la dure à cuire. Ce doit être une technique très efficace, non ?

– Pas jusqu'à présent, répliquai-je. Vous n'avez encore répondu à aucune de nos questions.

– D'accord. Et est-ce que Halpern vous a dit qu'il s'était introduit dans mon bureau ? Je l'ai trouvé en train de se cacher sous la table. Dieu seul sait ce qu'il faisait là-dessous.

– Pourquoi s'était-il rendu dans votre bureau, d'après vous ? demanda Deborah.

– Il a prétendu que j'avais saboté son article.

– Et c'est vrai ?

Il tourna son regard vers Deborah, puis vers moi durant quelques secondes désagréables, puis de nouveau vers elle.

– Brigadier, commença-t-il, j'essaie de coopérer, mais vous m'avez accusé de tant de choses différentes que je ne sais même pas à quoi je suis censé répondre.

– C'est pour ça que vous n'avez donné aucune réponse ? demandai-je.

Wilkins ne releva pas.

– Si vous pouvez m'expliquer ce que l'article de Halpern et Tammy Connor ont à voir ensemble, je serais ravi de vous renseigner. Sinon, il va falloir que j'y aille.

Deborah me lança un regard, en quête d'un conseil, ou simplement fatiguée de fixer Wilkins, je l'ignorais ; je lui adressai un superbe haussement d'épaules, et elle considéra de nouveau le professeur.

– Tammy Connor est morte, annonça-t-elle.

– Ça, par exemple ! s'exclama-t-il. Comment est-ce arrivé ?

– De la même façon que pour Ariel Goldman, répondit Deborah.

– Et vous les connaissiez toutes les deux, ajoutai-je.

– J'imagine que des dizaines de personnes les connaissaient toutes les deux, y compris Jerry Halpern, fit-il observer.

– Est-ce le professeur Halpern qui a tué Tammy Connor, monsieur Wilkins ? lui demanda Deborah. Depuis le centre de détention ?

– Je disais seulement qu'il les connaissait toutes les deux.

– Et lui aussi avait une liaison avec elle ? demandai-je.

Wilkins eut un petit sourire narquois.

– Ça m'étonnerait. Pas avec Tammy, en tout cas.

– Qu'est-ce que vous insinuez, professeur ? questionna Deborah.

Il fit la moue.

– Oh, ce sont juste des rumeurs. Les étudiants parlent, vous savez. Certains disent que Halpern est gay.

– Cela fait moins de concurrence pour vous, dis-je. Comme avec Tammy Connor.

Wilkins me regarda d'un air mauvais, et je suis sûr que si j'avais été un de ses élèves j'aurais été très intimidé.

– Il faut que vous décidiez une fois pour toutes si je tue mes étudiantes ou si je les baise.

– Pourquoi pas les deux ?

– Vous êtes allé à la fac ? me demanda-t-il.

– Oui, pourquoi ?

– Eh bien, vous devriez savoir que certaines filles courent toujours après leurs professeurs. Tammy avait plus de dix-huit ans, et je ne suis pas marié.

– N'est-ce pas un peu immoral de coucher avec l'une de ses étudiantes ? demandai-je.

– Ancienne étudiante, rétorqua-t-il sèchement. J'ai commencé à la voir à la fin du cours du semestre dernier. Il n'y a aucune loi qui interdise de fréquenter une ancienne étudiante. Surtout si elle se jette sur vous.

– Félicitations ! lançai-je.

– Avez-vous saboté l'article de Halpern ? interrogea Deborah.

Wilkins se tourna vers elle et lui sourit. C'était merveilleux de voir quelqu'un de presque aussi doué que moi pour passer d'une émotion à une autre sans transition.

– Brigadier, vous ne voyez pas une constante, ici ? Écoutez, Jerry est un type brillant, mais… il n'est pas tout à fait stable. Et avec la pression qu'il subit actuellement, il s'est mis en tête que j'étais une conspiration contre lui à moi tout seul. Je ne pense pas être aussi fort, ajouta-t-il en souriant. En tout cas, pas pour les conspirations.

– Alors, vous pensez que Halpern a tué Tammy Connor et les autres ? demanda Deborah.

– Je n'ai pas dit ça, répliqua-t-il. Mais c'est lui le cinglé, pas moi. Et maintenant, si vous voulez bien m'excuser, il faut vraiment que j'y aille.

Deborah lui tendit une carte de visite.

– Merci de nous avoir consacré un peu de temps, professeur. Si vous pensez à quoi que ce soit qui pourrait nous être utile, n'hésitez pas à m'appeler.

– Je n'y manquerai pas, répondit-il en lui adressant un sourire enjôleur et en posant la main sur son épaule. Je suis désolé de vous renvoyer sous la pluie, mais…

Deborah se retira très énergiquement de sous son bras, me sembla-t-il, pour se diriger vers la porte. Je lui emboîtai le pas. Wilkins nous accompagna jusqu'au portail, puis il s'installa au volant de la Lexus, recula dans l'allée et s'éloigna. Deb resta immobile sous la pluie à l'observer jusqu'au bout, technique conçue très certainement pour l'impressionner au point de l'amener à sauter hors de sa voiture et de tout confesser, mais vu le temps cela me semblait un zèle excessif. Je grimpai dans la voiture et l'attendis au sec.

Lorsque la Lexus bleue eut disparu, Deborah me rejoignit enfin.

– Putain, ce type me donne la chair de poule, lâcha-t-elle.

– Tu penses que c'est lui le tueur ? demandai-je.

C'était un sentiment étrange pour moi de ne rien savoir, et de me demander si quelqu'un d'autre avait réussi à déceler le masque du prédateur.

Elle secoua la tête avec irritation. Des gouttes d'eau volèrent de ses cheveux et atterrirent sur moi.

– Je suis sûre que ce mec est une ordure, dit-elle. Qu'est-ce que tu en penses ?

– Tu dois avoir raison, répondis-je.

– Il n'a pas eu de mal à admettre qu'il avait une liaison avec Tammy Connor. Pourquoi mentir en disant qu'il l'avait en cours au semestre dernier ?

– Par réflexe ? Parce qu'il postule à cette chaire ?

Elle tambourina des doigts sur le volant, puis se pencha en avant d'un air décidé et démarra.

– Je le fais filer, lança-t-elle.

Chapitre 23

Lorsque j'arrivai enfin au travail, la copie d'un procès-verbal posée sur mon bureau me fit comprendre que l'on attendait que je sois productif aujourd'hui, malgré les événements. Tant de choses s'étaient passées au cours des dernières heures qu'il était difficile de croire que la plus grosse partie de la journée était encore devant moi, prête à me dévorer ; j'allai donc me chercher une tasse de café avant de me soumettre à la servitude. J'espérais plus ou moins que quelqu'un aurait apporté des dough-nuts ou des cookies, mais c'était une idée folle, bien sûr. Il restait juste l'équivalent d'une tasse et demie de café brûlé, très noir. Je m'en versai un gobelet, laissant le reste pour quelqu'un d'absolument désespéré, puis retournai à mon bureau en traînant les pieds.

Je pris le rapport et commençai à le lire. Apparemment, quelqu'un avait conduit le véhicule d'un certain Darius Starzak au fond d'un canal avant de s'enfuir. M. Starzak lui-même était jusqu'à présent indisponible pour un interrogatoire. Je restai là un moment à cligner des yeux et à siroter l'infâme café avant de me rendre compte qu'il s'agissait de ma propre mésaventure du matin, et il me fallut encore plusieurs minutes pour décider que faire.

Le nom du propriétaire de la voiture n'allait pas m'avancer à grand-chose, étant donné qu'il y avait de fortes chances pour que la voiture ait été volée. Mais partir de ce principe et ne rien tenter était pire que d'explorer cette maigre piste et faire chou blanc, et je me mis au travail sur mon ordinateur.

D'abord, les recherches élémentaires : l'immatriculation de la voiture, qui indiqua une adresse du côté d'Old Cutler Road dans un quartier plutôt chic. Ensuite, le casier judiciaire : contraventions, impayés, versements de pension alimentaire… Il n'y avait rien. Darius Starzak était de toute évidence un citoyen modèle qui n'avait eu aucun contact avec les représentants de la loi.

Bon, très bien. Vérifions le nom à présent, Darius Starzak. Darius n'était pas un prénom commun, du moins pas aux États-Unis. Je vérifiai les registres de l'immigration, et contre toute attente j'obtins immédiatement un résultat.

Tout d'abord, c'était le *docteur* Starzak, pour être très précis. Il détenait un doctorat en philosophie des religions de l'université de Heidelberg et avait occupé jusqu'à une date récente une chaire à l'université de Cracovie. Des recherches un peu plus poussées révélèrent qu'il avait été renvoyé en raison d'un vague scandale. Le polonais n'est pas une des langues que je maîtrise le mieux, bien que j'arrive à prononcer *kielbasa* dans un delicatessen. Mais à moins que la traduction ne fût très mauvaise, je crus comprendre que Starzak avait été viré du fait de son appartenance à une société illégale.

Le dossier n'expliquait pas pourquoi un intellectuel européen ayant perdu son travail pour d'obscures raisons aurait décidé de me suivre avant de jeter sa voiture dans un canal. Cela me semblait une grave omission. J'imprimai néanmoins la photo de Starzak contenue dans le dossier d'immigration. Je scrutai l'image, essayant d'imaginer le visage à moitié caché par les grosses lunettes de soleil que j'avais aperçu dans le rétroviseur. Cela aurait pu être lui, mais cela aurait pu aussi bien être Elvis. Et à ma connaissance, Elvis avait autant de raisons de me filer que Starzak.

Je creusai un peu plus. Il n'est pas facile pour un expert médico-légal d'accéder aux données d'Interpol sans raison officielle, aussi charmeur soit-il. Mais après avoir tenté plusieurs combines, je réussis à m'introduire dans les archives centrales, et là les choses devinrent beaucoup plus intéressantes.

Le professeur Darius Starzak apparaissait sur une liste spéciale de surveillance pour quatre pays, au nombre desquels ne figuraient pas les États-Unis, ce qui expliquait sa présence sur le sol américain. Il n'existait aucune preuve contre lui, mais on le soupçonnait d'en savoir plus qu'il ne voulait l'admettre sur le trafic des orphelins de guerre bosniaques. Le dossier mentionnait en passant que, bien entendu, ces enfants avaient disparu, ce qui, dans le langage des rapports de police officiels, signifiait qu'on le suspectait de les avoir tués.

J'aurais dû être parcouru d'un grand frisson de plaisir en lisant cela, un éclair de la joie cruelle à venir, mais non, rien, pas la plus petite étincelle. À la place je sentis revenir faiblement la colère presque humaine que j'avais éprouvée le matin lorsque je suivais l'Avalon. On était loin de l'élan de certitude sombre et féroce du Passager auquel j'avais été habitué, mais c'était déjà ça.

Starzak avait fait des horreurs à des enfants, et il avait essayé – ou du moins celui qui utilisait sa voiture – de me faire la même chose. Très bien. Jusqu'à présent, j'avais été malmené dans tous les sens comme une balle de ping-pong, et j'avais encaissé sans broncher, dans un état de soumission pitoyable à cause de la désertion du Passager noir. Mais je tombais là sur quelque chose que je comprenais enfin et, encore mieux, que je pouvais stopper.

Le dossier d'Interpol m'apprenait que Starzak était une crapule, exactement le genre d'individu que je recherche dans le cadre de mon hobby. Quelqu'un m'avait suivi, puis était allé jusqu'à foncer dans un canal avec sa voiture pour pouvoir s'enfuir. Il était possible que Starzak se soit fait voler son Avalon et qu'il fût innocent, mais j'en doutais, et le rapport d'Interpol indiquait le contraire. Juste pour m'en assurer, toutefois, je vérifiai les rapports de police concernant des véhicules volés. Je n'y vis figurer ni Starzak ni sa voiture.

Très bien. Sa culpabilité se trouvait ainsi confirmée. Et je savais quelles mesures prendre. Sous prétexte que j'étais seul, n'étais-je pas capable de les appliquer ?

La flamme de la certitude brûlait sous la colère à présent, la transformant en une rage bien nette. Ce n'était pas la même chose que l'assurance infaillible que j'avais toujours reçue de la part du Passager, mais c'était plus qu'une simple intuition. J'étais sûr de moi. Je n'avais pas le genre de preuve solide que je détenais d'habitude, mais qu'importait ! Starzak avait poussé la situation jusqu'à un point où je n'avais plus aucun doute, et il s'était imposé au sommet de ma liste. J'allais m'employer à le transformer en un mauvais souvenir et en une goutte de sang séché destinée à ma boîte en bois de rose.

Et puisque pour la première fois de ma vie j'étais sujet aux émotions, je m'autorisai une petite lueur d'espoir. N'était-il pas concevable que le fait de m'occuper de Starzak et d'accomplir toutes ces choses que je n'avais jamais faites seul m'amène à récupérer le Passager noir ? J'ignorais comment tout cela fonctionnait, mais il y aurait eu une certaine logique. Le Passager avait toujours été là pour m'encourager ; n'était-il pas possible qu'il réapparaisse si je créais le climat propice ? Et Starzak ne se trouvait-il pas juste sous mon nez, me suppliant, pour ainsi dire, de m'occuper de son cas ?

Et si le Passager ne revenait pas, pourquoi ne pas commencer à être moi-même sans son aide ? C'était moi qui effectuais le plus gros boulot, après tout : ne pouvais-je pas poursuivre ma vocation, même avec ce vide au fond de moi ?

Toutes ces questions recueillirent un « oui » hargneux de mon cerveau. Je m'immobilisai quelques secondes et attendis instinctivement le sifflement de plaisir familier, mais bien sûr il ne vint pas.

Tant pis. Je pouvais me débrouiller tout seul.

J'avais travaillé de nuit assez fréquemment ces derniers temps, alors Rita ne manifesta aucune surprise lorsqu'un soir de la semaine je lui annonçai après le dîner que je devais retourner au bureau. Il n'en alla pas de même pour Cody et Astor, évidemment, qui souhaitaient m'accompagner et faire quelque chose d'intéressant, ou à tout le moins rester à la maison et jouer à cache-cache avec moi. Mais après quelques cajoleries et de vagues menaces, je réussis à m'en débarrasser et à me glisser dehors dans la nuit. Ma chère nuit, ma dernière alliée, avec sa demi-lune qui luisait faiblement dans un ciel lourd et nuageux.

Starzak habitait un quartier huppé sous surveillance, mais un pauvre gardien dans sa guérite payé au Smic servait plus à faire grimper le prix des propriétés qu'à repousser quelqu'un ayant l'expérience et l'appétit de Dexter. Et même si cela m'obligea à marcher un peu quand j'eus garé ma voiture à quelque distance de la barrière, j'accueillis l'effort physique avec plaisir. J'avais beaucoup trop veillé dernièrement, mes réveils avaient été bien trop pénibles : j'appréciais d'être sur mes deux jambes et d'avancer vers un but palpitant.

Je parcourus lentement le quartier, repérai l'adresse de Starzak mais poursuivis ma route, comme si je n'étais qu'un voisin effectuant sa petite promenade du soir. Il y avait de la lumière dans la pièce de devant et une seule voiture sur l'allée ; elle était immatriculée en Floride dans le comté de Manatee. Ce comté ne dénombre que 300 000 âmes, et pourtant il existe au moins le double de voitures sur les routes qui prétendent provenir de ce coin. C'est une combine des agences de location, conçue pour masquer le fait que le conducteur a une voiture louée et est donc un touriste, à savoir une cible légitime pour n'importe quel prédateur en quête d'une proie facile.

J'éprouvai une petite bouffée d'impatience ; Starzak était chez lui, et la présence d'un véhicule de location devant sa porte semblait bel et bien confirmer qu'il avait jeté sa voiture dans le canal le matin. Je dépassai la maison, à l'affût du moindre signe trahissant quelque suspicion à mon égard. Je ne remarquai rien, seulement le bruit assourdi d'une télévision allumée quelque part.

Je fis le tour du pâté de maisons et en trouvai une plongée dans le noir dont les volets anti-ouragans étaient levés, indication parfaite que personne n'était là. Je pénétrai dans le jardin et m'approchai de la haie qui le séparait de la propriété de Starzak. Je me faufilai dans une trouée entre les arbustes, glissai le masque impeccable sur mon visage, enfilai les gants, puis attendis que ma vue et mon ouïe s'ajustent. Et ce faisant, je m'avisai à quel point j'aurais l'air ridicule si l'on me surprenait. Je ne m'en étais jamais inquiété auparavant ; grâce à son excellent radar, le Passager m'avertissait toujours des présences importunes. Mais à présent, je me sentais nu. Et à mesure que cette impression s'emparait de moi, elle en entraînait une autre à sa suite, un sentiment de stupidité inouï.

Qu'est-ce qui me prenait ? J'étais en train de violer les règles que je m'étais toujours fixées : j'étais venu ici sur un coup de tête, sans ma prudente préparation habituelle, sans preuve réelle, et sans le Passager. C'était de la folie pure. Je faisais tout pour être découvert, coffré ou taillé en pièces par Starzak.

Je fermai les yeux et prêtai attention aux émotions inédites qui gargouillaient en moi. Des sentiments… Ah ! ce que c'était amusant d'être humain… Bientôt je m'inscrirais dans un club de bowling. Je chercherais un forum en ligne afin de parler de philosophie New Age et de médecine alternative pour les hémorroïdes. Bienvenue, Dexter, dans l'espèce humaine, l'éternellement futile et vaine espèce humaine. Nous espérons que vous apprécierez votre court et douloureux séjour.

J'ouvris les yeux. Je pouvais très bien laisser tomber, accepter d'en rester là. Ou alors je pouvais aller jusqu'au bout, malgré les risques, et réaffirmer ce qui avait toujours été ma véritable nature. Prendre des mesures qui, si elles ne ramenaient pas le Passager, me permettraient au moins de commencer à vivre sans lui. Starzak n'était peut-être pas une certitude absolue, mais il s'en approchait, j'étais là, et il s'agissait d'une urgence.

Au moins mon choix était clair, quelque chose que je n'avais pas expérimenté depuis longtemps. Je pris une profonde inspiration, puis aussi silencieusement que je pus je franchis la haie et pénétrai dans le jardin de Starzak.

Me déplaçant à travers l'obscurité, je parvins à une porte latérale qui donnait sur le garage. Elle était fermée, mais ce n'est jamais un problème pour Dexter, et je n'eus pas besoin de l'aide du Passager pour ouvrir cette serrure, puis pénétrer dans le garage sombre, avant de refermer doucement la porte derrière moi. Il y avait une bicyclette le long du mur du fond, ainsi qu'un établi avec une très jolie panoplie d'outils suspendue au-dessus. J'en pris note mentalement, puis traversai le garage jusqu'à la porte qui menait à l'intérieur et m'immobilisai un long moment, l'oreille plaquée contre le bois.

Par-dessus le ronflement de la climatisation, j'entendais une télévision, et rien d'autre. J'écoutai encore un instant afin d'en être sûr, puis abaissai prudemment la poignée. La porte, qui n'était pas fermée à clé, s'ouvrit facilement, sans un bruit ; je me faufilai dans la maison de Starzak, aussi silencieux qu'une ombre.

Je longeai un couloir en direction de la lueur mauve du téléviseur, plaqué contre le mur, conscient que s'il se trouvait derrière moi pour une raison ou une autre j'étais parfaitement éclairé par l'arrière. Mais lorsque j'arrivai en vue de la télé, j'aperçus une tête au-dessus du canapé, et je sus que je le tenais.

J'avais préparé le nœud coulant d'une ligne de pêche ultra-résistante et je m'approchai lentement. Une publicité survint, et la tête remua légèrement ; je me figeai, mais il ramena sa tête au centre, et je fus aussitôt sur lui, le lien sifflant pour aller enserrer son cou juste au-dessus de la pomme d'Adam.

Durant un instant, il se débattit violemment de façon fort gratifiante, ne réussissant qu'à resserrer un peu plus le nœud. Je le regardai s'agiter et se tenir la gorge, et bien que ce fût un spectacle plaisant, je ne ressentis pas la jubilation féroce à laquelle j'étais habitué. Mais c'était tout de même mieux que de regarder la pub, alors je le laissai faire jusqu'à ce que son visage devienne violet et que ses battements de jambes et de bras ne soient plus que des tremblements désespérés.

– Restez calme, lui dis-je, et je vous permettrai de respirer.

Il eut le mérite de comprendre immédiatement et de cesser illico ses faibles mouvements de protestation. Je relâchai un peu le lien et l'écoutai prendre une pénible inspiration, une seule, puis je serrai de nouveau et tirai pour le mettre debout.

– Venez, lui ordonnai-je, et il obéit.

Je me plaçai derrière lui, maintenant la pression sur la ligne de telle sorte qu'il ne réussisse à respirer qu'au prix de gros efforts, et le conduisis à l'arrière de la maison, dans le garage. Alors que je le poussais vers l'établi, il tomba sur un genou, soit parce qu'il trébucha, soit parce qu'il voulut tenter de s'enfuir. Dans tous les cas, je n'étais pas d'humeur, et je tirai si fort que ses yeux sortirent de leurs orbites et que son visage changea de couleur ; je le regardai s'avachir sur le sol, inconscient.

Beaucoup plus facile pour moi comme ça. Je hissai son corps inerte sur la table et l'y arrimai solidement avec du ruban adhésif tandis qu'il se laissait faire, bouche ouverte. Un filet de bave s'écoulait du coin de ses lèvres et sa respiration était très irrégulière, alors même que j'avais desserré le lien. Je le considérai, ligoté ainsi, avec cette horrible trogne, et je pensai pour la première fois que telle était notre nature à tous. Voilà ce que nous étions : un sac de viande qui respire et, à la fin, plus que de la chair putride.

Starzak se mit à tousser, et du flegme dégoulina de sa bouche. Il se raidit contre le ruban adhésif, s'aperçut qu'il ne pouvait pas bouger et ouvrit les yeux en battant des paupières. Il prononça quelques mots incompréhensibles, composés d'innombrables consonnes, puis regarda en arrière et me vit. Bien sûr, il ne pouvait pas distinguer mon visage à travers le masque, mais j'eus l'impression perturbante qu'il me reconnaissait malgré tout. Il remua les lèvres plusieurs fois mais ne dit rien, jusqu'à ce qu'il dirige son regard de nouveau vers le bas et prononce d'une voix sèche et rauque avec un accent d'Europe centrale, étonnamment dénuée d'émotion :

– Vous êtes en train de commettre une énorme erreur.

Je cherchai une réponse cinglante mais n'en trouvai aucune.

– Vous verrez, reprit-il de sa terrible voix plate et éraillée. Il vous aura de toute façon, même sans moi. Il est trop tard pour vous.

Et voilà. C'était bien l'aveu qu'il m'avait suivi avec de sinistres intentions. La seule réponse qui me vint, cependant, fut :

– Mais qui ?

Il oublia qu'il était attaché et essaya de secouer la tête. Il n'y parvint pas, mais cela ne parut pas vraiment le déranger.

– Ils vous trouveront, poursuivit-il. Très vite.

Il remua légèrement, comme s'il cherchait à agiter la main, avant d'ajouter :

– Allez-y. Tuez-moi. Ils vous trouveront.

Je l'observai, passivement entravé, prêt à subir mes attentions spéciales, et j'aurais dû être rempli d'une joie glacée à cette perspective, mais je ne l'étais pas. Je n'étais rempli que du même sentiment de futilité désespérée qui m'avait assailli alors que je me tenais dans la haie.

Je sortis de ma torpeur et scotchai la bouche de Starzak. Il tressaillit un peu, mais continua à regarder droit devant lui sans manifester la moindre émotion.

Je levai le couteau et considérai ma proie immobile et indifférente. J'entendais toujours son horrible souffle mouillé qui entrait et sortait par ses narines en chuintant, et j'avais envie de l'arrêter, stopper cette vie, bousiller ce truc nocif, le découper en morceaux puis les fourrer dans des sacs poubelle bien propres, des tas de compost inoffensifs qui ne mangeraient et n'excréteraient plus, qui n'erreraient plus dans le labyrinthe de la vie humaine…

… Mais je ne pouvais pas.

Je demandai en silence que les ailes sombres familières se déploient et éclairent ma lame de la lueur cruelle des desseins funestes, mais rien ne vint. Rien ne bougea en moi à la perspective de cet acte si nécessaire que j'avais accompli auparavant avec tant de joie. Il n'y avait plus en moi que vacuité.

J'abaissai le couteau, me détournai puis sortis dans la nuit.

Chapitre 24

Je réussis tant bien que mal à m'extraire du lit et à me traîner jusqu'au bureau le lendemain, en dépit du sentiment de désespoir qui me rongeait. J'évoluais dans un brouillard, et je trouvais parfaitement vain d'exécuter les gestes vides du quotidien : le petit déjeuner, la longue route jusqu'au travail ; aucune raison de les effectuer en dehors de l'habitude tyrannique. Mais je m'y pliai, confiant à la mémoire de mes muscles le soin de me guider, jusqu'à ce que je me retrouve assis dans mon fauteuil, face à l'ordinateur ; je l'allumai, puis laissai le train-train fastidieux de la journée m'emporter.

J'avais échoué avec Starzak. Je n'étais plus moi-même, et j'ignorais ce que j'étais désormais.

Rita m'attendait à la porte lorsque je rentrai le soir, une expression anxieuse et contrariée sur le visage.

– Il faut qu'on se décide pour l'orchestre, m'annonça-t-elle. Il risque de ne plus être disponible.

– D'accord, répondis-je.

– J'ai ramassé les CD là où tu les as fait tomber l'autre jour, poursuivit-elle, et je les ai classés par prix.

– Je vais les écouter ce soir, dis-je.

Bien que Rita parût toujours fâchée, la routine du soir finit par prendre le dessus et la calmer ; elle se mit à la cuisine et au ménage tandis que j'écoutais une série de groupes de rock jouer la *Danse des canards* et autres tubes. Je suis sûr qu'en temps normal cette séance

233

m'aurait autant amusé qu'une rage de dents, mais étant donné que je ne savais pas comment m'occuper, de toute façon, j'écoutai consciencieusement la série de disques, et bientôt il fut l'heure d'aller au lit.

À une heure du matin, la musique revint, pas celle de la *Danse des canards*, bien sûr. Non, les tambours et les trompettes, ainsi qu'un chœur de voix qui déferla dans mon sommeil, m'emportant jusqu'aux cieux ; je me réveillai étendu sur le sol, avec l'écho qui résonnait encore dans ma tête.

Je restai allongé par terre un long moment, incapable de former une seule pensée cohérente sur ce qui venait de se passer, mais craignant de me rendormir de peur que cela ne recommence. Je finis tout de même par me recoucher, et je suppose que je dormis malgré tout, puisqu'il y avait de la lumière lorsque j'ouvris les yeux et du bruit en provenance de la cuisine.

C'était le samedi matin, et Rita avait préparé des pancakes aux myrtilles, heureuse indication d'un retour à la normale. Cody et Astor s'attablèrent avec enthousiasme, et n'importe quel autre matin j'aurais fait de même. Mais ce n'était pas un matin comme les autres.

Il fallait que le choc soit extrême pour que Dexter perde l'appétit. La merveilleuse machine que je suis requiert d'être en permanence rechargée en carburant. Les pancakes de Rita constituaient à ce titre un combustible de première qualité, et pourtant plusieurs fois je me retrouvai en train de fixer la fourchette à mi-chemin entre l'assiette et ma bouche, sans parvenir à rassembler l'énergie nécessaire pour achever mon geste.

Très vite, tout le monde eut fini alors que je contemplais toujours mon assiette à moitié pleine. Même Rita remarqua que quelque chose clochait dans le domaine de Dexter.

– Tu n'as presque rien avalé, me dit-elle. Ça ne va pas ?

– C'est cette affaire au boulot, répondis-je, ne m'écartant pas trop de la vérité. Je n'arrête pas d'y penser.

– Ah. Tu es sûr que… ? Enfin, je veux dire, c'est très violent ?

– Ce n'est pas ça, répliquai-je, ne sachant trop ce qu'elle voulait entendre. C'est surtout très… mystérieux.

– Parfois si on arrête de penser à quelque chose pendant un moment, la réponse finit par s'imposer d'elle-même.

– Tu as peut-être raison, répondis-je, ce qui n'était pas le fond de ma pensée.

– Tu veux finir ton assiette ? demanda-t-elle.

Je baissai les yeux vers la pile de crêpes à moitié mangées et l'espèce de mélasse figée. D'un point de vue objectif, je savais qu'elles étaient délicieuses, mais en cet instant précis elles paraissaient aussi appétissantes qu'un tas de vieux journaux mouillés.

– Non.

Rita me regarda d'un air inquiet. Lorsque Dexter ne finit pas son petit déjeuner, c'est le monde à l'envers.

– Pourquoi tu n'irais pas faire un tour en bateau ? me proposa-t-elle. Ça t'aide toujours à te détendre.

Elle s'approcha et posa la main sur moi avec une sollicitude agressive ; Cody et Astor, eux, levèrent la tête, l'envie de faire du bateau écrite en grand sur la figure, et j'eus soudain l'impression d'être enlisé dans des sables mouvants.

Je me levai. C'en était trop. J'avais déjà du mal à satisfaire mes propres désirs ; devoir gérer les leurs en plus devenait étouffant. Je ne sais si c'était mon échec avec Starzak, cette musique obsédante, ou le fait d'être aspiré ainsi dans la vie de famille ; peut-être était-ce un mélange de tout cela, mais je me sentais écartelé entre plusieurs forces opposées et pris dans un tourbillon de normalité désespérante. J'avais envie de hurler tout en étant incapable de pousser le moindre gémissement. Dans tous les cas, il fallait que je sorte d'ici.

– J'ai une course à faire, lançai-je, et ils me regardèrent tous, surpris et blessés.

– Oh ! fit Rita. Quel genre de course ?

– Un truc pour le mariage, bredouillai-je sans savoir ce que je dirais après, mais me fiant à cette impulsion subite.

Et heureusement, cette fois au moins la chance me sourit, parce que je me remémorai ma conversation avec Vince Masuoka, cramoisi et tremblant.

– Il faut que je parle au traiteur, ajoutai-je.

Le visage de Rita s'éclaira.

– Tu vas voir Manny Borque ? Oh. C'est vraiment…

– Oui, exactement, approuvai-je. À plus tard.

Et à l'heure très raisonnable de 9 h 45 en ce samedi matin, je pris donc congé de la vaisselle sale et de la vie familiale pour monter dans ma voiture.

La route était exceptionnellement calme, et je n'assistai à aucune démonstration de violence ni à aucun délit sur le trajet jusqu'à South Beach, événement presque aussi rare que la neige à Miami. Dans la logique des jours précédents, je gardai un œil sur mon rétroviseur. L'espace d'un instant, il me sembla qu'un véhicule rouge de style Jeep me suivait, mais il me dépassa dès que je ralentis. La circulation resta fluide jusqu'au bout, et il n'était que 10 h 15 lorsque je frappai à la porte de Manny Borque.

Je n'obtins qu'un long silence pour toute réponse ; je frappai de nouveau, avec un peu plus d'entrain cette fois. Je m'apprêtais à tambouriner sur la porte lorsqu'elle s'ouvrit enfin d'un coup. Manny Borque, presque nu, le regard brouillé, me considérait en clignant des yeux.

– Par les couilles du diable… lâcha-t-il d'une voix rauque. Quelle heure est-il ?

– 10 h 15, répondis-je gaiement. Bientôt l'heure de déjeuner.

Il n'était peut-être pas tout à fait réveillé, à moins qu'il ne trouvât son expression drôle au point de vouloir l'entendre de nouveau, mais dans tous les cas il répéta :

– Par les couilles du diable !

– Puis-je entrer ? demandai-je poliment, et il cligna des yeux encore plusieurs fois avant d'ouvrir la porte plus largement.

– J'espère pour vous que ça en vaut la peine, maugréa-t-il, et je le suivis à l'intérieur, jusqu'à son perchoir près de la fenêtre.

Il se hissa en haut d'un tabouret, et je m'assis sur celui d'en face.

– Il faut que je vous parle de mon mariage, commençai-je.

Il secoua la tête d'un air revêche avant de hurler :

– Franky !

Il n'y eut pas de réponse ; il s'appuya sur une de ses mains minuscules puis, de l'autre, frappa la table.

– Cette petite salope a intérêt à… Nom de Dieu, *Franky !* appela-t-il dans une sorte de beuglement suraigu.

Un instant plus tard on entendit des pas précipités au fond de l'appartement, puis un jeune homme apparut, s'enveloppant à la hâte dans un peignoir tout en repoussant en arrière ses cheveux bruns, et il vint se planter devant Manny.

– Salut, dit-il. Enfin, je veux dire, bonjour.

– Prépare-nous vite du café, lui ordonna Manny sans lever les yeux vers lui.

– Euh, O.K., fit Franky. Pas de problème.

Il hésita une seconde, assez pour que Manny lance son petit poing en l'air en braillant :

– Tout de suite, bordel !

Franky essaya de déglutir puis s'élança en vacillant vers la cuisine, tandis que Manny appuyait de nouveau ses quarante kilos de mauvaise humeur sur son poing et fermait les yeux avec un soupir comme s'il était tourmenté par d'innombrables hordes de démons.

Puisqu'il paraissait évident que toute conversation serait impossible avant l'ingestion du café, je regardai par la fenêtre et appréciai la vue. On apercevait trois énormes cargos à l'horizon, surplombés de panaches de fumée, et plus près de la côte de nombreux bateaux de plaisance éparpillés sur l'eau, allant des joujoux à plusieurs millions de dollars en partance pour les Bahamas aux planches des surfeurs près de la plage. Un kayak jaune vif était en mer, parti à la rencontre des cargos. Le soleil brillait, les mouettes volaient à la recherche de détritus, et j'attendais que Manny reçoive sa perfusion.

Un grand fracas retentit dans la cuisine, et le gémissement étouffé de Franky nous parvint :

– Oh, merde…

Manny tenta de fermer les yeux plus fort, comme s'il pouvait atténuer ainsi la torture qu'il y avait à être entouré d'une telle bêtise. Mais quelques minutes plus tard à peine, Franky arriva avec le service à café, une cafetière argentée plus ou moins informe et trois grosses tasses en grès, posées sur un plateau transparent imitant la palette d'un peintre.

Les mains tremblantes, Franky plaça une tasse devant Manny puis la lui remplit. Ce dernier en but une gorgée, soupira profondément sans paraître le moins du monde soulagé et finit par ouvrir les yeux.

Se tournant vers Franky, il lança :

– Va nettoyer ton horrible merdier, et si je marche sur du verre cassé tout à l'heure, je jure sur ma tête que je t'étripe.

Franky se précipita vers la cuisine, et Manny aspira une autre infime gorgée avant de tourner son regard trouble vers moi.

– Vous voulez parler de votre mariage, affirma-t-il, semblant avoir du mal à le croire.

– C'est ça, répondis-je, et il secoua la tête.

– Un homme charmant comme vous. Qu'est-ce qui vous prend de vouloir vous marier ?

– C'est pour les abattements fiscaux. On peut parler du menu ?

– Un samedi matin aux aurores ? Pas question, rétorqua-t-il. C'est un rituel primitif exécrable et complètement inutile, et je suis consterné que l'on s'y soumette de son plein gré. Mais au moins, poursuivit-il en agitant la main de façon dédaigneuse, cela me donne l'occasion d'expérimenter.

– Je me demandais s'il serait possible d'expérimenter à un prix un peu moins élevé.

– Cela se pourrait, mais c'est exclu, répondit-il, et pour la première fois il montra ses dents.

– Pourquoi ?

– Parce que j'ai déjà décidé ce que je voulais faire et que vous ne pouvez pas m'en empêcher.

Franchement, il me vint à l'esprit plusieurs choses que j'aurais aimé tenter pour l'en empêcher, mais aucune d'entre elles, bien que fort plaisantes, n'aurait correspondu à la loi, alors ce n'était pas envisageable.

– J'imagine que quelques gentillesses n'y changeraient rien ? demandai-je avec espoir.

Il m'adressa un regard lubrique.

– Quelles gentillesses aviez-vous en tête ?

– Eh bien, j'allais dire « s'il vous plaît » et sourire beaucoup.

– Pas suffisant. C'est que dalle, ça.

– Vince m'a dit que vous estimiez le prix à 500 dollars l'assiette ?

– Je n'estime pas ! lança-t-il d'un ton hargneux. Et je me fous de vous faire économiser du fric.

– Bien sûr, répondis-je. Après tout, ce n'est pas le vôtre.

– Votre fiancée a signé ce putain de contrat. Je peux vous demander le prix que je veux.

– Mais il doit bien y avoir un moyen pour moi de le faire baisser un peu ?

Son air hargneux se mua de nouveau en un sourire salace.

– Pas le cul assis sur une chaise.

– Alors qu'est-ce que je peux faire ?

– Si votre question est de savoir ce que vous pouvez faire pour que je change d'avis, la réponse est : rien du tout. Il y a une foule de gens qui n'attendent que ça, m'embaucher ; on me réserve deux ans à l'avance, et en réalité je vous fais une immense faveur. Alors attendez-vous à un miracle. Et à une note très salée.

Je me levai. De toute évidence, le gnome n'allait pas céder d'un pouce, et je ne pouvais rien y changer. J'aurais vraiment souhaité lui dire : « Vous verrez, vous aurez de mes nouvelles », mais je n'en voyais pas l'utilité. Aussi je me contentai de sourire, puis je m'en allai. Alors que la porte se refermait derrière moi, j'entendis Manny qui hurlait déjà après Franky :

– Nom de Dieu, bouge ton gros cul et enlève toute cette merde de mon sol !

Tandis que je me dirigeais vers l'ascenseur, je sentis un doigt glacé frôler ma nuque, et durant quelques secondes je crus percevoir un léger frémissement, comme si le Passager noir avait trempé un orteil dans l'eau puis avait décampé en constatant à quel point elle était froide. Je me figeai et regardai lentement autour de moi.

Rien. Au bout du couloir, un homme était en train de trifouiller son journal devant sa porte. Il n'y avait personne d'autre en vue. Je fermai les yeux un bref instant.

Quoi ? demandai-je. Mais je n'obtins pas de réponse. J'étais toujours seul. Et à moins que quelqu'un ne fût occupé à me scruter derrière le judas de sa porte, c'était une fausse alerte. Ou plutôt un fol espoir.

Je pénétrai dans l'ascenseur et descendis.

Lorsque la porte de l'ascenseur se referma, le Guetteur se redressa, tenant toujours à la main le journal qu'il avait ramassé sur le paillasson. C'était un excellent camouflage et il en aurait peut-être encore besoin. Il dirigea son regard vers le fond du couloir et se demanda ce qu'il y avait de si intéressant dans cet appartement-là, mais peu importait. Il allait le découvrir. Il saurait ce que l'homme était allé y faire.

Il compta lentement jusqu'à dix, puis se dirigea vers l'appartement d'un pas nonchalant. Il ne lui faudrait qu'un instant pour savoir pourquoi l'homme s'y était rendu. Et là...

Le Guetteur ne savait pas ce qui se passait vraiment dans la tête de l'autre, mais les choses n'allaient pas assez vite. Il était temps de les accélérer, d'arracher l'autre à sa passivité. Il sentit palpiter en lui une rare envie de jouer à travers le nuage noir de la puissance, et il entendit les ailes sombres se déployer.

Chapitre 25

Durant ces longues années passées à étudier les êtres humains, j'ai découvert que malgré tous leurs efforts ils n'ont encore trouvé aucun moyen d'empêcher l'arrivée du lundi matin. Ce n'est pas faute d'essayer, mais le lundi revient toujours, et les pauvres tâcherons doivent reprendre leur misérable vie de labeur dépourvue de sens.

Cette pensée me réjouit toujours, et comme j'aime répandre la joie autour de moi, je fis ce que je pus ce jour-là pour amortir le choc de l'inévitable en apportant au travail une boîte de doughnuts, qui se vida dans une sorte de frénésie grincheuse avant même que j'atteigne mon bureau. Je doutais sérieusement que mes collègues eussent de meilleures raisons que moi d'être d'humeur maussade, mais on ne l'aurait pas cru à les voir tous s'emparer des beignets en grognant.

Vince Masuoka semblait partager l'angoisse générale. Il surgit dans mon box en trébuchant, le visage déformé par l'horreur et la stupéfaction, expression qui devait indiquer quelque chose de très émouvant parce qu'elle semblait presque crédible.

– Nom de Dieu, Dexter ! s'exclama-t-il. Oh, nom de Dieu !

– J'ai essayé de t'en sauver un, m'excusai-je, m'imaginant qu'une telle crise ne pouvait provenir que de la découverte d'une boîte de doughnuts vide.

– Oh, mon Dieu, j'arrive pas à y croire. Il est mort !

– Je suis sûr que les doughnuts n'y sont pour rien.

– Et tu devais aller le voir. Tu y es allé ?

Il y a un point dans toutes les conversations où au moins l'un des interlocuteurs doit savoir de quoi l'on parle ; je décidai qu'on l'avait atteint.

– Vince, dis-je. Je te conseille de prendre une profonde inspiration et de recommencer depuis le début.

– Merde ! lâcha-t-il. T'es pas encore au courant, hein ? Il est *mort*, Dexter. Ils ont retrouvé son corps hier.

– Eh bien, je suis sûr qu'il va le rester suffisamment longtemps pour que tu puisses m'expliquer de qui tu parles, à la fin.

– Manny Borque, souffla-t-il. Il a été assassiné.

J'avoue que cette nouvelle provoqua en moi des sentiments mitigés. D'un côté, je n'étais pas mécontent que quelqu'un ait éliminé le petit troll, puisque je ne pouvais le faire pour des raisons éthiques. Mais d'un autre côté, il allait falloir à présent que je cherche un autre traiteur – et puis, oui, il faudrait que je fasse une déclaration à l'enquêteur en charge de l'affaire. La contrariété le disputait au soulagement, mais la réaction qui l'emporta finalement fut l'irritation à la pensée de tous les tracas à venir. Je savais néanmoins que ce n'était pas une attitude acceptable à afficher lorsqu'on apprend la mort d'une connaissance. Alors je fis de mon mieux pour inscrire sur mon visage une expression combinant l'effroi, l'inquiétude et l'affliction.

– Quoi ! dis-je. Quel choc ! On sait qui c'est ?

– Il n'avait pas d'ennemis, répondit-il sans se rendre compte à quel point cette phrase pouvait sonner faux pour quiconque connaissait Manny. Enfin, tout le monde le respectait *tellement*…

– Je sais. Il était dans les magazines et tout.

– Je ne peux pas croire que quelqu'un ait voulu lui faire ça.

Personnellement, j'avais du mal à croire que quelqu'un ne l'ait pas fait plus tôt.

– Je suis sûr qu'on va découvrir le coupable. Qui est chargé de l'affaire ?

Vince me regarda comme si je lui avais demandé si, d'après lui, le soleil se lèverait le lendemain.

– Dexter, dit-il d'un air étonné, il a été décapité. Pareil que pour les autres cas.

Plus jeune, lorsque j'essayais à tout prix de m'intégrer, j'avais joué au football pendant un temps ; un jour, j'avais reçu un énorme coup dans le ventre et j'en avais eu la respiration coupée pendant quelques minutes. Là, c'était pareil.

Oh… fis-je.

– Alors forcément, ils ont confié le dossier à ta sœur.

– Forcément.

Soudain, une pensée me traversa, et étant un fervent adepte de l'ironie, je ne pus m'empêcher de lui demander :

– Il a été cuit, lui aussi ?

– Non, répondit Vince.

– Bon, je ferais mieux d'aller trouver Deborah.

Celle-ci n'était pas d'humeur à parler lorsque je parvins à l'appartement de Manny. Elle était penchée au-dessus de Camilla Figg, occupée à relever les empreintes autour des pieds de la table près de la fenêtre. Elle ne leva pas la tête et j'allai jeter un coup d'œil dans la cuisine, où Angel examinait le corps.

– Angel, appelai-je. C'est bien une tête de femme que je vois là ?

Il fit signe que oui et pointa son stylo vers la tête.

– Ta frangine dit que c'est sans doute celle de la fille du musée. Ils l'ont mise là parce que ce type était une vraie tarlouze.

J'observai la façon dont la chair avait été tranchée sur les deux parties, l'une au-dessus des épaules, l'autre juste en dessous du menton. L'incision de la tête reproduisait ce que nous avions vu auparavant ; c'était un travail très soigné. Mais celle du corps qui devait être Manny était beaucoup plus grossière, comme faite dans la précipitation. Les bords des deux plaies avaient été poussés l'un contre l'autre, mais bien entendu ils ne coïncidaient pas. Même tout seul, sans les marmonnements intérieurs du Passager, j'étais capable de voir que ce cas était différent, et un mince doigt glacé parcourant furtivement ma nuque me suggéra que cette différence pouvait être capitale, mais en dehors de cette vague intuition très insuffisante, je ne ressentais qu'un gros malaise.

— Il y a un autre corps ? demandai-je à Angel, me souvenant du pauvre Franky martyrisé.

Angel haussa les épaules sans lever les yeux.

— Dans la chambre, répondit-il. Il a juste été poignardé avec un couteau de boucher. On lui a laissé la tête.

Il semblait un peu offusqué que l'on se soit donné toute cette peine et qu'on laisse la tête, mais à part ça il n'avait pas l'air d'avoir grand-chose à me dire, alors je m'éloignai, rejoignant ma sœur, à présent accroupie à côté de Camilla.

– Salut, sœurette ! lançai-je avec une gaieté que je ne ressentais pas, et je ne devais pas être le seul car elle ne leva même pas les yeux vers moi.

– Bon sang, Dexter ! À moins que tu aies de bonnes nouvelles pour moi, fous le camp d'ici.

– Elles ne sont pas exactement bonnes, répondis-je. Mais le type dans la chambre s'appelle Franky. L'autre, c'est Manny Borque, dont on a parlé dans de nombreux magazines.

– Comment tu sais tout ça, bordel ?

– Eh bien, c'est un peu gênant, mais je suis peut-être une des dernières personnes à les avoir vus vivants.

Elle se redressa.

– Quand ça ?

– Samedi matin. Vers 10 h 30. Ici même.

Et j'indiquai du doigt la tasse de café qui était toujours posée sur la table :

– Ce sont mes empreintes, là.

Deborah me dévisageait, interloquée.

– Tu connaissais ce type ? C'était un ami à toi ?

– Je l'ai embauché comme traiteur pour mon mariage. Il était censé faire un excellent boulot.

– Mmm. Alors qu'est-ce que tu faisais là un samedi matin ?

– Il avait augmenté le prix, expliquai-je. Je voulais l'en dissuader.

Elle jeta un coup d'œil circulaire à l'appartement et embrassa la vue sur l'Océan, qui devait valoir un million de dollars.

– Combien il te demandait ?

– Cinq cents dollars *l'assiette*.

Sa tête se tourna brusquement vers moi.

– Cinq cents dollars l'assiette ?

– C'est un peu excessif, non ? Enfin, c'était.

Deborah se mordilla la lèvre un long moment sans ciller, puis elle m'attrapa par le bras et m'entraîna à l'écart. J'apercevais un petit pied dépassant de la cuisine où le cher défunt avait expiré, mais Deborah m'emmena plus loin, à l'autre bout de la pièce.

– Dexter, jure-moi que tu n'as pas tué ce type.

Je l'ai déjà signalé maintes fois : je n'ai pas de véritables sentiments. Je me suis longtemps entraîné pour réagir comme les êtres humains dans toutes les situations imaginables, mais là je fus pris de court. Quelle est l'expression faciale adéquate lorsqu'on est accusé de meurtre par sa sœur ? Le choc ? La colère ?

L'incrédulité ? Ce cas, autant que je sache, n'était pas abordé dans les manuels.

– Deborah… dis-je.

Piètre réponse, mais rien d'autre ne me vint à l'esprit.

– Parce que tu ne t'en tireras pas comme ça avec moi. Pas pour un truc aussi grave.

– Jamais je ne… balbutiai-je. Ce n'est pas…

C'était vraiment trop injuste. D'abord le Passager noir m'abandonnait, et maintenant ma sœur et mon bel esprit me lâchaient en même temps. Tous les rats quittaient le navire Dexter tandis qu'il sombrait lentement.

Je pris une profonde inspiration et tentai d'inciter mon équipage à écoper. Deborah était la seule personne sur Terre à savoir exactement ce que j'étais ; et bien qu'elle eût encore un peu de mal à se faire à l'idée, je pensais qu'elle avait saisi les limites très strictes établies par Harry, son père, et compris aussi que je ne les franchirais jamais. Apparemment je me trompais.

– Deborah. Pourquoi je… ?

– Arrête tes conneries. On sait tous les deux que tu aurais très bien pu le tuer. Tu étais là au bon moment. Et tu as un excellent mobile : ne pas payer près de 50 000 dollars. C'est ça, ou alors je suis obligée de croire que c'est un type incarcéré qui l'a tué.

Étant un humain artificiel, je suis extrêmement lucide la plupart du temps, libre de toute émotion. J'avais l'impression, cependant, de me retrouver dans des sables mouvants. J'étais surpris et déçu qu'elle m'imagine faisant un aussi sale boulot ; j'aurais voulu lui signifier que si j'avais été le tueur, elle n'en aurait jamais rien su, mais c'était sans doute un peu déplacé. De toute façon, je souhaitais surtout lui assurer que ce n'était pas moi, alors je pris une nouvelle inspiration et choisis plutôt de répondre :

– Je te le jure.

Ma sœur me fixa longuement du regard.

– Crois-moi, insistai-je.

– D'accord, dit-elle. Tu as intérêt à dire la vérité.

– C'est la vérité. Ce n'est pas moi qui l'ai tué.

– Alors c'est qui ?

– Je ne sais pas. Et je ne… Je n'ai aucune idée sur le sujet.

– Et pourquoi je te croirais ?

Était-ce le moment de lui parler du Passager noir et de son absence actuelle ? Plusieurs impressions contradictoires et désagréables me traversaient. S'agissait-il d'émotions, qui venaient battre la côte sans défense de Dexter, comme d'immenses vagues de boue toxique ? Si c'était le cas, je comprenais enfin pourquoi les humains étaient des créatures aussi misérables. C'était une expérience atroce.

– C'est pas facile à dire. Je n'en ai jamais parlé.

– C'est le moment idéal pour commencer.

– Je, euh… J'ai un truc à l'intérieur de moi, bredouillai-je, conscient d'avoir l'air idiot et sentant une étrange chaleur me monter aux joues.

– Comment ça ? Tu as un cancer ?

– Non, non, c'est… J'entends, euh… Il me dit des trucs, lui expliquai-je.

Je ne sais pourquoi, il fallait que je détourne les yeux. Il y avait la photographie d'un torse d'homme nu au mur ; je regardai de nouveau Deborah.

– Nom de Dieu ! s'exclama-t-elle. Tu veux dire que tu entends des voix ? Nom de Dieu, Dex.

– Non. Ce n'est pas comme entendre des voix. Pas exactement.

– Alors c'est quoi, bordel ?

Je dus me concentrer sur le torse nu puis expirer un grand coup avant de pouvoir affronter le regard de Deborah.

– Lorsque j'ai mes fameuses intuitions à propos de…
tu sais… sur un lieu de crime, c'est parce que… ce truc
me les souffle.

Le visage de Deborah était figé, pétrifié, comme si
elle était en train d'écouter la confession d'actes
terribles – ce qui était le cas.

– Alors, qu'est-ce qu'il te dit ? Eh, attention, c'est
quelqu'un qui se prend pour Batman qui a fait ça !

– À peu près. Juste, tu sais, les petites intuitions que
j'avais avant.

– Que tu avais avant ?

Je n'arrivais pas à la fixer du regard.

– Il est parti, Deborah. Quelque chose par rapport à
toute cette histoire de Moloch l'a fait fuir. Ce n'est
jamais arrivé.

Elle garda le silence un long moment, et je ne voyais
pas de raisons de le rompre.

– Tu avais parlé à papa de cette voix ?

– Jamais eu besoin. Il savait.

– Et les voix sont parties maintenant ?

– Il n'y en a qu'une.

– Et c'est pour ça que tu ne me dis rien sur toute cette
affaire ?

– Oui.

Deborah grinça des dents si fort que je les entendis
crisser. Puis elle souffla bruyamment, sans desserrer
les mâchoires.

– Soit tu me mens parce que tu as tué ce type, siffla-
t-elle, soit tu me dis la vérité et tu es un putain de psychopathe.

– Deb…

– Qu'est-ce que je préfère croire, d'après toi, Dexter ?
Hein ? Qu'est-ce qui est mieux ?

Je ne crois pas avoir ressenti de véritable colère
depuis mon adolescence, et encore à l'époque ce n'était
peut-être pas ça. Mais avec la disparition du Passager

noir et ma descente progressive dans les affres de l'humanité, toutes les vieilles barrières qui existaient entre moi et la vie normale étaient en train de s'effondrer, et ce que j'éprouvais à présent devait être très proche du sentiment authentique.

Deborah, si tu ne me fais pas confiance et si tu penses que c'est moi le coupable, je me fous de ce que tu préfères croire.

Elle me dévisagea méchamment, et pour la toute première fois je soutins son regard.

– Il faut quand même que je signale ta visite. Officiellement, tu n'as plus le droit d'être mêlé à cette affaire.

– Rien ne pourrait me combler davantage, rétorquai-je.

Elle me fixa encore un instant, puis elle me tourna le dos pour rejoindre Camilla Figg. Je continuai à l'observer un moment avant de me diriger vers la porte.

Il n'y avait plus de raison de rester là, surtout dans la mesure où l'on m'avait signifié, de manière officielle autant qu'officieuse, que ma présence n'était pas la bienvenue. J'aurais aimé pouvoir dire que j'étais froissé, mais j'étais encore trop en colère pour ressentir autre chose. Et, j'avoue, j'avais toujours trouvé assez choquant que l'on puisse m'aimer : c'était presque un soulagement de voir Deborah se comporter de façon raisonnable pour une fois.

Dexter était donc en vacances, mais bizarrement je ne vivais pas cela comme une victoire, tandis que je me dirigeais vers la porte et l'exil.

J'étais en train d'attendre l'ascenseur lorsque je fus assailli par un cri rauque :

– Hé !

Je me tournai et vis un vieil homme furieux foncer vers moi, en sandales et chaussettes noires qui arrivaient presque au niveau de ses genoux noueux. Il portait également un short bouffant ainsi qu'une chemise en soie, et il affichait un air outragé.

– Vous êtes la police ? aboya-t-il.

– Pas la force entière.

– Et mon journal, alors ?

Je fais mon possible pour être poli quand il n'y a pas d'autre solution, je souris donc de façon rassurante à ce vieux cinglé.

– Vous n'avez pas apprécié votre journal ? demandai-je.

– Je n'ai pas eu mon foutu journal ! hurla-t-il, virant au mauve sous l'effort. J'ai appelé la police et la fille noire au téléphone m'a dit d'appeler le journal ! J'ai vu le gamin le voler, et elle me raccroche au nez.

– Un gamin vous a volé votre journal ? répétai-je.

– Qu'est-ce que je viens juste de vous dire ? cria-t-il, et il commençait à avoir une voix perçante. Pourquoi je paie ces fichus impôts si c'est pour m'entendre dire ça ? Et elle s'est moquée de moi, par-dessus le marché !

– Vous auriez pu vous procurer un autre journal, lui dis-je d'un ton apaisant.

Il ne sembla pas s'apaiser.

– Comment ça, me procurer un autre journal ? C'est samedi matin, je suis en pyjama, et il faudrait que j'aille acheter un autre journal ? C'est à vous d'attraper les criminels !

L'ascenseur émit un ding assourdi pour annoncer enfin son arrivée, mais je n'étais plus intéressé parce qu'une pensée m'était venue. De temps à autre, en effet, il m'arrive d'en avoir. La plupart d'entre elles ne parviennent jamais à la surface, sans doute à cause de ces longues années à essayer d'avoir l'air humain ; mais celle-ci remonta lentement et, telle une bulle de gaz, éclata gaiement dans mon cerveau.

– Samedi matin ? Vous vous souvenez de l'heure ?

252

– Bien sûr que je me souviens de l'heure ! Je leur ai dit quand j'ai appelé, 10 h 30, un samedi matin, et le gamin est en train de me voler mon journal !

– Comment savez-vous qu'il s'agissait d'un gamin ?

– J'ai regardé à travers mon judas, voilà comment ! brailla-t-il. Je devrais sortir dans le couloir sans vérifier peut-être, avec le boulot que vous faites, vous autres ? Pas question !

– Quand vous dites « gamin », quel âge voulez-vous dire exactement ?

– Écoutez, monsieur. Pour moi, toutes les personnes de moins de soixante-dix ans sont des gamins. Mais celui-là avait peut-être vingt ans, et il avait un sac sur le dos comme ils ont tous.

– Vous pouvez me décrire ce garçon ?

– Je ne suis pas aveugle, rétorqua-t-il. Il s'est redressé avec mon journal à la main ; il avait un de ces foutus tatouages qu'ils portent tous maintenant, juste là sur le cou !

Je sentis de légers doigts métalliques effleurer ma colonne vertébrale, et même si je connaissais la réponse je posai malgré tout la question :

– Quel genre de tatouage ?

– Une imbécillité, un de ces symboles japonais. On n'a pas battu ces diables de Jap pour acheter leurs voitures et tatouer leurs gribouillis sur nos gamins, que je sache !

Il avait l'air tout juste de s'échauffer, et si j'admirais réellement son incroyable vigueur à son âge, je sentis qu'il était temps de l'adresser aux autorités compétentes, représentées en l'occurrence par ma sœur ; cela fit naître en moi une petite lueur de satisfaction, car non seulement je lui offrais un meilleur suspect que Dexter le détraqué, mais je lui infligeais par la même occasion ce vieux croûton comme légère punition pour m'avoir suspecté.

– Venez avec moi, dis-je au vieil homme.

– Je ne vais nulle part.

– Vous ne voulez pas parler à un enquêteur ? demandai-je, et toutes les heures à pratiquer mon sourire durent payer parce qu'il fronça les sourcils, regarda autour de lui, puis finit par dire « Bon, d'accord » avant de me suivre dans l'appartement, où Deborah parlait d'un ton hargneux à Camilla Figg.

– Je t'ai dit de ne pas approcher, déclara-t-elle avec toute la chaleur et le charme que j'attendais d'elle.

– Bon, alors je ne te présente pas le témoin ?

Deborah ouvrit la bouche, puis la ferma et l'ouvrit plusieurs fois d'affilée, à croire qu'elle s'efforçait de respirer comme un poisson.

– Tu ne peux pas… Ce n'est pas… Nom de Dieu, Dexter, bredouilla-t-elle enfin.

– Si, je peux… Et si, ça l'est… Lui seul jugera, répliquai-je. Mais en attendant, ce gentil vieux monsieur a quelque chose d'intéressant à te dire.

– Non, mais de quel droit m'appelez-vous « vieux » ? protesta-t-il.

– Voilà le brigadier-chef Morgan, lui dis-je. C'est elle la responsable.

– Une fille ? grogna-t-il. C'est pas étonnant qu'ils attrapent plus personne. Une femme chef…

– N'oubliez pas de lui parler du sac à dos, lui rappelai-je. Et du tatouage.

– Quel tatouage ? s'écria-t-elle. De quoi tu parles, bordel ?

– Non, mais quel langage ! s'exclama le vieil homme. Vous n'avez pas honte ?…

Je souris à ma sœur.

– Bonne discussion ! lui lançai-je.

Chapitre 26

Je n'étais pas sûr d'être réinvité officiellement à la fête, mais je préférais ne pas trop m'éloigner afin de ne pas rater l'occasion d'accepter de bonne grâce les excuses de ma sœur. Alors je restai à traîner dans l'entrée, où l'on pourrait m'apercevoir au moment opportun. Malheureusement, le tueur n'avait pas volé la boule de vomi géante. Elle était toujours là sur son socle près de la porte, en plein milieu de mon passage, et j'étais obligé de la regarder tout en faisant les cent pas.

Je me demandais combien de temps il faudrait à Deborah pour parler du tatouage et établir le rapprochement. Alors que je m'interrogeais à ce sujet, je l'entendis hausser la voix pour émettre ses paroles rituelles d'adieu, remerciant le vieil homme de son aide et lui demandant d'appeler s'il pensait à autre chose. Puis ils s'approchèrent ensemble de la porte, Deborah tenant fermement l'homme par le coude et le guidant hors de l'appartement.

– Mais mon journal, mademoiselle ? protesta-t-il alors qu'elle ouvrait la porte.

– C'est brigadier, pas mademoiselle ! lançai-je, et Deborah m'adressa un regard noir.

– Appelez la rédaction, lui conseilla-t-elle. Ils vous rembourseront.

Et elle l'envoya presque valser dans le couloir, où il resta planté un instant à trembler de rage.

– Les salauds sont en train de gagner ! se mit-il à hurler, mais heureusement pour nous Deborah referma la porte.

– Il a raison, tu sais, fis-je remarquer.

– Eh bien, tu n'es pas obligé de te réjouir autant, répliqua-t-elle.

– Et toi, au contraire, tu devrais te réjouir un peu plus. C'est lui, le copain, non ? Comment il s'appelle ?

– Kurt Wagner.

– Bravo. Quel zèle ! C'est Kurt Wagner, et tu le sais.

– J'en sais rien du tout. Ça pourrait être une simple coïncidence.

– C'est sûr. Il y a également une chance mathématique pour que le soleil se lève à l'ouest, mais ce n'est pas très probable. Tu as quelqu'un de mieux en tête ?

– Cette ordure de Wilkins.

– Mais quelqu'un le surveille, non ?

Elle eut un petit rire méprisant.

– Ouais, mais tu sais comment sont ces gars. Ils se tapent un roupillon ou vont couler un bronze, et ils jurent qu'ils n'ont pas quitté le type d'une semelle. Pendant ce temps, il est en train de découper en morceaux ses prochaines victimes.

– Tu penses vraiment qu'il pourrait être le tueur ? Alors que le jeune était là exactement à l'heure où Manny a été tué ?

– Toi aussi tu étais là au même moment. Et ce cas ne ressemble pas aux autres. On dirait une mauvaise imitation.

– Alors, comment la tête de Tammy Connor a-t-elle atterri là ? C'est Kurt Wagner, Deb.

– D'accord. C'est probablement lui.

– Probablement ? m'exclamai-je.

Tout indiquait que c'était le jeune au tatouage sur le cou, et Deborah hésitait. Elle me dévisagea un long moment, et son regard n'était pas empreint d'une tendre affection fraternelle.

– Ça pourrait très bien être toi, affirma-t-elle.

– Alors vas-y, arrête-moi ! Ce serait très habile de ta part. Le commissaire Matthews serait ravi que tu aies cueilli quelqu'un, et les médias t'encenseraient pour avoir coffré ton frère. Excellente solution. Le véritable tueur serait lui aussi aux anges.

Deborah tourna les talons et s'éloigna. Après avoir réfléchi quelques secondes, je m'aperçus que c'était une très bonne idée. Je l'imitai : je m'éloignai aussi, et je retournai au travail.

Le reste de ma journée fut beaucoup plus satisfaisant. Les corps de deux hommes blancs avaient été retrouvés dans une BMW garée sur la bande d'arrêt d'urgence de Palmetto Expressway. Ils avaient été découverts par quelqu'un qui essayait de voler la voiture et avait appelé la police, après avoir retiré la hi-fi et les airbags. A priori, le décès était dû à de multiples blessures par balle. Les journaux sont très friands de l'expression « règlement de compte entre bandes rivales » pour les meurtres qui dénotent une certaine sobriété. Eh bien, nous n'explorerions pas cette piste : les deux corps et l'intérieur de la voiture avaient été littéralement arrosés de plomb et de sang, comme si le tueur ne savait pas trop par quel bout tenir son arme. À en juger par les impacts des balles sur les vitres, c'était un miracle qu'aucun autre automobiliste n'ait été touché.

Un Dexter occupé est un Dexter comblé, en règle générale, et il y avait assez de sang séché dans la voiture et sur le trottoir pour m'occuper des heures durant. Pourtant, aujourd'hui j'étais loin d'être comblé, et pour cause : il m'arrivait déjà tout un tas de choses affreuses, maintenant il fallait y ajouter ce désaccord avec Deb. Il ne serait pas exact de dire que je l'aimais, étant donné que je suis incapable de sentiments, mais j'étais habitué à elle, et je préférais l'avoir dans les parages et à peu près contente de moi.

Hormis quelques chamailleries de frère et sœur quand nous étions plus jeunes, Deborah et moi avions eu très peu de disputes sérieuses, et je fus surpris de constater que celle-ci me tracassait. En dépit du fait que je suis un monstre inhumain, c'était un peu blessant de savoir qu'elle ne me considérait pas autrement, d'autant que je lui avais donné ma parole d'ogre concernant ma totale innocence, du moins pour cette affaire.

Je voulais être en bons termes avec ma sœur, mais j'étais froissé qu'elle prenne autant à cœur sa fonction de représentante de l'ordre, et ce beaucoup plus que son rôle de confidente et d'alliée à mon égard.

Bien sûr, il était logique que je déverse toute mon indignation à ce sujet, puisque rien d'autre n'accaparait alors mon attention ; les problèmes de mariage, de musiques mystérieuses et de Passager disparu pouvaient très bien se résoudre d'eux-mêmes. Et l'analyse des taches de sang est une activité des plus simples qui nécessite une concentration minimale. Pour le prouver, je laissai mes pensées errer alors que je me complaisais dans ce triste état mental ; résultat, je glissai sur le sang coagulé et me retrouvai un genou au sol près de la BMW.

Le choc du contact avec la route fut aussitôt suivi par une commotion intérieure, une vague de panique et d'air froid qui me secoua des pieds à la tête, remontant de l'horrible matière visqueuse jusque dans mon être vide, et il se passa un long moment avant que je parvienne à respirer de nouveau. *Calme-toi, Dexter*, pensai-je. *C'est juste un petit rappel désagréable de ton passé, provoqué par le stress. Cela n'a rien à voir avec des taureaux amateurs d'opéra.*

Je réussis à me relever sans gémir, mais j'avais mal au genou et mon pantalon était déchiré, avec une jambe couverte de cet ignoble sang séché.

Je déteste le sang. Et le voir là carrément sur mes vêtements, en contact avec moi, en plus de l'énorme chambardement dans ma vie et de l'immense trou noir dans lequel je glissais depuis la disparition du Passager... c'était le bouquet. Pas de doute, c'étaient bien des émotions que je ressentais, et pas des plus plaisantes. Je fus parcouru de frissons et je faillis hurler, mais je réussis tout de même à me contrôler, à me nettoyer et à poursuivre mon travail.

Je ne me sentais pas beaucoup mieux, mais je pus néanmoins terminer la journée en revêtant la tenue de rechange que tous les experts en analyse de sang prévoient au cas où, puis ce fut enfin l'heure de rentrer.

Tandis que je roulais vers le sud sur Old Cutler en direction de la maison de Rita, une petite Geo rouge vint se coller à mon pare-chocs et n'en bougea plus. Je scrutai mon rétroviseur sans parvenir à distinguer le visage du conducteur et me demandai si j'avais fait quelque chose qui l'avait énervé. J'étais tenté de freiner un bon coup pour voir ce qui se passerait, mais je n'étais pas encore excédé au point d'imaginer que j'arrangerais les choses en bousillant ma voiture. J'essayai de ne pas tenir compte de l'autre, sans doute un de ces conducteurs de Miami à moitié déments et aux intentions mystérieuses.

Mais il ne me quittait pas, et je commençai à me demander quelles pouvaient être ses intentions. J'accélérai. La Geo fit de même et continua à me serrer de près.

Je ralentis ; la Geo aussi.

Je coupai les deux voies adjacentes, provoquant dans mon sillage un concert de Klaxon furieux et d'injures. La Geo suivit.

Qui était-ce ? Que me voulait-on ? Était-il possible que Starzak m'ait démasqué l'autre soir et qu'il me poursuive à présent dans une voiture différente, afin de se venger ? Ou était-ce quelqu'un d'autre – mais qui, et pourquoi ? Je ne pouvais me résoudre à croire que

Moloch était au volant de cette voiture. Comment un dieu antique aurait-il obtenu son permis de conduire ? Et pourtant il y avait bien quelqu'un qui, visiblement, avait le projet de rester un moment avec moi, mais j'ignorais qui. Je cherchai désespérément une réponse, appelant un compagnon qui n'était plus là ; et ce sentiment de perte, de vide, amplifia mes doutes, ma colère et mon malaise, jusqu'à ce que je me rende compte que ma respiration sifflait entre mes dents serrées et que mes mains agrippées au volant étaient moites et glacées. *Ça suffit*, pensai-je.

Alors que je me préparais mentalement à écraser la pédale du frein et à bondir hors de la voiture pour transformer en bouillie le visage de l'autre conducteur, la Geo rouge se dégagea brusquement puis tourna à droite, disparaissant dans une rue transversale.

Cela n'avait rien été, en fin de compte, juste une petite psychose de l'heure de pointe.

Et moi, je n'étais qu'un ex-monstre abattu et complètement parano.

Je rentrai à la maison.

Le Guetteur s'éloigna, puis revint presque aussitôt. Il roulait à travers la circulation sans que l'autre le voie, et il tourna dans sa rue bien après lui. Il avait pris plaisir à le suivre d'aussi près, l'obligeant à paniquer légèrement. Il l'avait provoqué afin d'évaluer son état, et ce qu'il avait vu était très satisfaisant. C'était une stratégie savamment calculée, destinée à mener l'autre dans la disposition d'esprit adéquate. Il l'avait déjà appliquée maintes fois et il connaissait les signes. Nerveux, mais pas au point de perdre les pédales comme il le fallait, pas encore.

Il était temps d'accélérer les choses.

Chapitre 27

Le dîner était prêt, lorsque j'arrivai chez Rita. Avec tout ce que j'avais enduré et toutes mes préoccupations, on aurait pu s'attendre à ce que je ne mange plus jamais. Mais dès que je franchis la porte d'entrée, je fus assailli par un délicieux parfum : Rita avait fait cuire un rôti de porc, des brocolis et du riz aux haricots, or très peu de choses au monde peuvent égaler le rôti de Rita. C'est donc un Dexter quelque peu apaisé qui finit par repousser son assiette vide et se lever de table. De fait, le reste de la soirée fut également assez serein. Je jouai à cache-cache avec Cody et Astor, ainsi que les autres enfants du quartier, jusqu'à ce que ce soit l'heure pour eux d'aller au lit, puis m'installai avec Rita sur le canapé pour regarder une émission de variétés.

La normalité avait du bon, finalement, surtout quand elle incluait le rôti de porc de Rita ou l'éducation de Cody et Astor. Peut-être pourrais-je vivre à travers eux désormais, par procuration, comme un vieux joueur de base-ball qui devient entraîneur lorsque sa carrière est finie. Ils avaient tant à apprendre : en les formant, j'aurais la possibilité de revivre mes heures de gloire passées. Un peu triste, certes, mais c'était tout de même une légère compensation.

Alors que je me laissais gagner par le sommeil, je me surpris donc à penser que la situation n'était peut-être pas si désespérée, après tout.

Cette idée insensée dura jusqu'à minuit, heure à laquelle je me réveillai pour découvrir Cody planté au pied du lit.

– Il y a quelqu'un dehors, déclara-t-il.

– Ah, répondis-je, à moitié endormi et pas du tout curieux de savoir pourquoi il était venu m'annoncer ça.

– Il essaie d'entrer, ajouta-t-il.

Je me redressai d'un coup.

– Où ça ? demandai-je.

Cody se tourna pour se diriger vers le couloir et je le suivis. J'étais plus ou moins persuadé qu'il avait juste fait un mauvais rêve, mais après tout on vivait à Miami, et ces choses-là arrivent, oh, pas plus de cinq à six cents fois par nuit…

Cody me conduisit à l'arrière de la maison, où une porte menait au jardin. À trois mètres d'elle, il s'arrêta net.

– Là, souffla Cody.

En effet. Ce n'était pas un rêve, ou du moins pas de ceux qu'on fait en dormant. La poignée de la porte remuait comme si quelqu'un essayait de l'ouvrir de l'extérieur.

– Va réveiller ta mère, murmurai-je à l'oreille de Cody. Dis-lui d'appeler la police.

Il leva les yeux, déçu peut-être que je ne déboule pas dehors avec une grenade pour prendre les choses en main moi-même, mais il finit par s'éloigner dans le couloir en direction de la chambre.

Je m'approchai de la porte, le plus silencieusement possible. Sur le mur juste à côté, il y avait un interrupteur commandant un projecteur qui éclairait le jardin. Alors que je tendais la main vers le mur, la poignée de la porte cessa de bouger. J'allumai tout de même la lumière.

Aussitôt, comme provoqué par mon geste, quelque chose commença à cogner à la porte de l'entrée.

Je me tournai et courus vers l'avant de la maison, mais Rita qui s'était approchée me rentra dedans.

– Dexter ! s'exclama-t-elle. Qu'est-ce que… Cody dit que…

– Appelle les flics, lui ordonnai-je. Il y a quelqu'un qui essaie d'entrer.

Je regardai Cody derrière elle :

Va chercher ta sœur et planquez-vous tous dans la salle de bains. Fermez la porte.

– Mais qui voudrait… On n'est pas… balbutia Rita.

– Faites ce que je vous dis, insistai-je, et je la contournai pour me diriger vers la porte d'entrée.

J'allumai la lumière du porche, et de nouveau le bruit cessa immédiatement… pour recommencer aussitôt ailleurs dans la maison, apparemment contre la fenêtre de la cuisine.

Mais évidemment, lorsque je m'y ruai, les coups avaient déjà cessé avant même que j'appuie sur l'interrupteur.

Je m'approchai lentement de la fenêtre au-dessus de l'évier et jetai un coup d'œil prudent au-dehors.

Rien. Juste l'obscurité, la haie et la maison des voisins ; absolument rien d'autre.

Je me redressai et restai là un moment, attendant que les coups reprennent dans un autre coin de la maison. Mais rien ne vint. Je m'aperçus que je retenais ma respiration ; je vidai l'air de mes poumons. Le bruit avait cessé, quelle qu'en fût la cause. C'était fini. Je desserrai les poings et pris une profonde inspiration.

Et soudaint Rita hurla.

Je me retournai si vivement que je me tordis la cheville ; je clopinai néanmoins aussi vite que je pus jusqu'à la salle de bains. La porte était fermée, mais j'entendais quelque chose gratter contre la fenêtre à l'intérieur. Rita cria :

– Allez-vous-en !

– Ouvrez-moi la porte, dis-je, et un instant plus tard Astor l'ouvrit toute grande.

– C'est à la fenêtre, m'informa-t-elle d'une voix plutôt tranquille.

Rita était plantée au centre de la pièce, serrant les deux poings contre sa bouche. Cody se tenait devant elle dans une attitude protectrice, brandissant le débouchoir à ventouse, et tous deux scrutaient la fenêtre.

– Rita, appelai-je.

Elle se tourna vers moi, les yeux agrandis par la peur.

– Mais qu'est-ce qu'ils veulent ? demanda-t-elle, me croyant capable de répondre.

Je l'aurais peut-être pu en temps normal, c'est-à-dire durant toute la période antérieure de ma vie, lorsque mon Passager me tenait compagnie et me chuchotait de terribles secrets. Mais pour l'heure, je savais seulement que quelqu'un voulait entrer et j'ignorais pourquoi. En tout cas, il avait l'air de chercher quelque chose et de penser qu'il le trouverait chez nous.

– Allez, dis-je. Tout le monde sort.

Rita me regarda, mais Cody ne bougea pas d'un pouce.

– Sortez, répétai-je.

Astor prit Rita par la main et se précipita vers la porte. Je tapotai l'épaule de Cody et lui retirai doucement le débouchoir des mains, avant de me tourner vers la fenêtre.

Le bruit continuait, un fort raclement, comme si des griffes essayaient de briser le verre. Sans réfléchir, je m'avançai et donnai un coup sur la vitre avec la partie en caoutchouc de l'ustensile.

Le bruit cessa.

Pendant un long moment, il n'y eut plus aucun son, à part celui de ma respiration, qui, je m'en aperçus, était rapide et saccadée. Puis, à quelque distance, j'entendis la sirène d'une voiture de police percer le silence. Je sortis de la salle de bains en reculant, sans quitter la fenêtre des yeux.

Rita était assise sur le lit, entourée de chaque côté par Cody et Astor. Les enfants semblaient assez calmes, mais Rita était proche de l'hystérie.

– Ça va aller, déclarai-je. Les flics arrivent.

– Ce sera la brigadière Debbie ? me demanda Astor, avant d'ajouter avec espoir : Tu penses qu'elle va tirer sur quelqu'un ?

– La brigadière Debbie est dans son lit, elle dort, répon-dis-je.

La sirène était tout près ; dans un crissement de pneus elle vint s'arrêter devant la maison et redescendit toute la gamme jusqu'à se taire avec un râle final.

– Ils sont là, annonçai-je.

Rita se leva brusquement, puis attrapa les enfants par la main.

Tous trois me suivirent hors de la chambre, et le temps que nous parvenions à la porte d'entrée quelqu'un frappait déjà, de façon polie mais ferme. La vie nous enseigne la prudence, néanmoins, aussi criai-je :

– Qui est-ce ?

– C'est la police, répondit une voix masculine. On nous a signalé une tentative d'entrée par effraction.

L'affirmation semblait véridique, mais, juste au cas où, je laissai la chaîne accrochée afin de jeter un coup d'œil dehors. Pour sûr, deux policiers en uniforme se tenaient là, l'un face à nous, l'autre de dos, occupé à examiner le jardin et la rue.

Je refermai la porte, retirai la chaîne puis ouvris de nouveau.

– Entrez, s'il vous plaît, dis-je au premier.

Le nom inscrit sur sa veste indiquait Ramirez, et je m'aperçus que je le connaissais vaguement. Mais il ne bougea pas ; il fixait des yeux ma main.

– De quelle urgence s'agit-il, monsieur ? me demanda-t-il.

Je baissai les yeux et me rendis compte que je tenais toujours le truc à ventouse.

– Oh ! m'exclamai-je. Désolé. C'était pour me défendre.

– Mmm, fit Ramirez. Tout dépend évidemment de votre adversaire…

Il pénétra à l'intérieur, lançant à son collègue par-dessus son épaule :

– Jette un coup d'œil dans le jardin, Williams.

– Ouaip, répondit Williams, un Noir d'une quarantaine d'années au physique très sec.

Il disparut à l'angle de la maison.

Ramirez se campa au milieu de la pièce et considéra Rita et les enfants.

– Alors, qu'est-ce qui se passe ? demanda-t-il, et avant que je puisse lui répondre il ajouta en me coulant un regard de côté : On s'est déjà vus quelque part, non ?

– Dexter Morgan. Je travaille au labo médico-légal.

– C'est ça. Alors, dites-moi tout, Dexter.

Je lui expliquai.

Chapitre 28

Les deux policiers restèrent avec nous une quarantaine de minutes. Ils inspectèrent le jardin et les alentours, mais ne trouvèrent rien, ce qui ne sembla pas les surprendre et ne m'étonna pas non plus. Lorsqu'ils eurent terminé leur tour d'inspection, Rita leur prépara du café et leur servit des cookies de sa confection.

D'après Ramirez, ce devaient être des gamins qui avaient juste voulu nous faire peur ; si c'était le cas, ils avaient réussi leur coup. Williams cherchait à être rassurant, nous soutenant que cela n'avait été qu'une farce et que c'était fini, et Ramirez ajouta en partant qu'ils passeraient plusieurs fois devant la maison au cours de la nuit. Mais malgré ces paroles réconfortantes, Rita resta assise dans la cuisine à boire du café jusqu'au matin, incapable de se rendormir. Pour ma part, je tournai et virai durant quelques minutes avant de retomber dans les bras de Morphée.

Tandis que je dévalais la longue pente noire du sommeil, la musique retentit de nouveau. Et j'éprouvai une immense joie, puis une sensation de chaleur sur le visage.

Puis, je ne sais comment, je me retrouvai dans le couloir, avec Rita qui me secouait et répétait mon nom.

– Dexter, réveille-toi. Dexter.

– Qu'est-ce qui se passe ? demandai-je.

– Tu marchais en dormant. Et tu chantais en même temps.

En définitive, l'aube pâle nous surprit tous les deux installés à la table de la cuisine en train de siroter du café. Lorsque le réveil sonna enfin dans la chambre, Rita se leva pour aller l'arrêter puis elle revint à mes côtés et me regarda. Je la considérai également, mais il n'y avait rien à dire. Cody et Astor arrivèrent à leur tour, et nous n'eûmes pas d'autre choix que de reprendre tant bien que mal la routine matinale, puis de partir pour le travail, comme si tout était parfaitement normal.

Bien sûr, ce n'était pas vrai. Quelqu'un essayait de s'immiscer dans ma tête et y parvenait à merveille. À présent, il souhaitait aussi pénétrer chez moi, et je ne savais même pas qui c'était, ni ce qu'il voulait. Je supposais simplement que tout était lié d'une façon ou d'une autre à Moloch, et à l'absence de ma Présence.

Toujours était-il que quelqu'un cherchait à me faire du mal et semblait approcher du but.

Je refusais d'envisager la possibilité qu'un ancien dieu vivant essayât de me tuer. D'abord, les dieux n'existaient pas. Mais, même si c'était le cas, pourquoi l'un d'eux s'intéresserait-il à moi ? Manifestement, un être humain se servait de toute cette histoire de Moloch comme d'un costume, afin de se sentir plus puissant et de forcer ses victimes à croire qu'il était doté de pouvoirs magiques… comme celui d'envahir mon sommeil et de me faire entendre de la musique, par exemple. Un prédateur humain n'en aurait pas été capable. Pas plus qu'il n'aurait pu effrayer le Passager noir. Les seules réponses possibles étaient invraisemblables. Cependant, peut-être en raison de mon extrême fatigue, je ne parvenais pas à en envisager d'autres.

Lorsque j'arrivai au travail ce matin-là, je n'eus pas le loisir de réfléchir davantage au problème parce que je fus appelé aussitôt sur les lieux d'un double homicide dans une maison tranquille du Grove où l'on cultivait la marijuana. Deux adolescents avaient été ligotés, découpés puis fusillés plusieurs fois, pour faire bonne mesure. J'aurais dû être horrifié ; j'étais en réalité soulagé d'avoir l'occasion de voir des cadavres qui n'avaient été ni brûlés ni décapités. Je pulvérisai mon Luminol ici et là, presque heureux d'effectuer une tâche qui permettait à l'atroce musique de s'estomper un moment.

Mais cela me donna également le temps de penser. Je voyais des scènes de ce genre tous les jours, et neuf fois sur dix les tueurs expliquaient leur acte par des phrases telles que « J'ai complètement disjoncté » ou « Quand je me suis aperçu de ce que je faisais, c'était trop tard ». De belles excuses, que je trouvais toujours assez amusantes, car personnellement je savais toujours très bien ce que je faisais.

Mais une pensée s'imposa soudain : j'avais été incapable de m'occuper de Starzak sans mon Passager noir. Cela signifiait que mon talent résidait en lui et non en moi. Cela pouvait aussi signifier que toutes les personnes qui « disjonctaient » accueillaient provisoirement une présence similaire.

Jusqu'à présent, la mienne ne m'avait jamais quitté ; elle avait élu domicile chez moi, ne traînait pas dans les rues pour se faire prendre en stop par le premier bougre mal luné qui se présentait.

D'accord, retenons cette idée. Admettons que certains Passagers vagabondent et que d'autres fassent leur nid quelque part. Cela pouvait-il expliquer ce que Halpern avait présenté comme un rêve ? Était-il possible qu'un truc soit entré en lui, l'ait obligé à tuer les deux filles, puis l'ait ramené à la maison et bordé dans son lit avant de repartir ?

Je l'ignorais. Mais je savais que si cette idée avait quelque fondement, je n'étais pas tiré d'affaire.

Lorsque je regagnai le bureau, l'heure du déjeuner était passée, et j'avais un message de Rita me rappelant que nous avions rendez-vous à 14 h 30 avec son ministre. Et par « ministre », je n'entends pas ceux qui composent le gouvernement, mais, aussi étonnant que cela puisse paraître, ceux que l'on trouve dans les églises. En ce qui me concerne, j'étais toujours parti du principe que s'il existait réellement un Dieu, Il n'aurait jamais laissé un être comme moi prospérer.

Mais la distance que je maintenais avec les édifices religieux touchait à sa fin, car Rita souhaitait voir son propre ministre célébrer notre mariage, et apparemment il avait besoin de vérifier mon passeport humain avant d'accepter sa mission. Certes, il n'avait pas fait du très bon boulot la fois d'avant, vu que le premier mari de Rita était accro au crack et la battait régulièrement : le révérend n'avait pas réussi à détecter ces failles. Et s'il avait raté quelque chose d'aussi flagrant cette fois-là, il y avait de fortes chances pour qu'il ne soit pas plus perspicace avec moi.

Rita, néanmoins, vouait une grande confiance à cet homme ; nous nous rendîmes donc dans une vieille église bâtie autour d'un bloc de corail sur un terrain envahi de végétation à Coconut Grove, à moins d'un kilomètre du lieu où j'avais travaillé le matin. Rita y avait été confirmée, m'expliqua-t-elle, et elle connaissait le pasteur depuis très longtemps. C'était important, apparemment, et je veux bien le croire, vu ce que j'avais appris à propos de plusieurs hommes de Dieu durant l'exercice de mon hobby – ou plutôt, mon ancien hobby.

Le révérend Gilles nous attendait dans son bureau – mais peut-être appelait-on cela un cloître, une retraite, quelque chose comme ça. Le presbytère m'avait toujours semblé désigner le cabinet médical où vont consulter les presbytes. Peut-être s'agissait-il d'une sacristie ; j'avoue ne pas être au point sur la terminologie. Ma mère adoptive, Doris, avait eu à cœur de m'envoyer à l'église quand j'étais plus jeune ; mais après quelques incidents regrettables qui rendaient les choses légèrement problématiques, Harry était intervenu.

Le bureau du révérend était bordé d'étagères remplies de livres aux titres invraisemblables, qui devaient donner des conseils très judicieux à propos de choses que Dieu n'approuvait pas. Il y en avait quelques-uns aussi qui offraient un éclairage sur l'âme féminine, et d'autres qui fournissaient des informations sur la façon de faire travailler Jésus pour soi, mais pas au revenu minimum. Il y en avait même un qui traitait de la chimie chrétienne, ce qui me parut un peu extravagant, à moins qu'il ne contînt la formule de la transformation de l'eau en vin.

Beaucoup plus intéressant était un ouvrage dont la reliure affichait des inscriptions gothiques. Je penchai la tête pour voir le titre ; c'était par simple curiosité, mais en le lisant j'éprouvai un choc, comme si mon œsophage s'était soudain empli de glace.

La Possession démoniaque : rêve ou réalité ? indiquait-il, et ces mots firent un tilt.

Je vais sans doute passer pour un parfait imbécile de n'y avoir jamais pensé, mais le fait est que cela ne m'avait pas une seule fois traversé l'esprit. Le démon a des connotations tellement négatives… Et tant que ma Présence était là, il n'y avait aucun besoin de la définir en ces termes ésotériques. C'était seulement maintenant, avec sa disparition, que je cherchais une explication. Et pourquoi pas celle-ci ? Elle avait un côté un peu démodé, mais sa vétusté même semblait plaider en sa faveur, établissant un rapport entre ce qui m'arrivait aujourd'hui et toutes ces idioties liées à Salomon et à Moloch.

Le Passager noir était-il un démon ? Et son absence signifiait-elle qu'il avait été exorcisé ? Mais par quoi ?

Quelque chose d'extrêmement bon ? Je n'avais pas le souvenir d'avoir rencontré quoi que ce soit de cet ordre durant ma vie entière. Plutôt tout le contraire.

Mais quelque chose de très très mauvais pouvait-il chasser un être maléfique ? Qu'est-ce qui est pire qu'un démon ? Moloch, peut-être. À moins qu'un démon n'eût le pouvoir de s'expulser de lui-même pour une raison ou pour une autre.

Je tentai de me rassurer en me disant qu'au moins, à présent, je me posais les bonnes questions, mais ce n'était pas d'un grand réconfort. Mes pensées furent de toute façon interrompues, car la porte s'ouvrit et le révérend Gilles entra d'un air dégagé, un sourire radieux aux lèvres, tout en marmonnant :

– Bien, bien, bien.

Le ministre avait la cinquantaine et paraissait bien nourri ; le commerce de la dîme devait marcher. Il vint directement vers nous et prit Rita dans ses bras en lui faisant une bise sur la joue, avant de m'offrir une chaleureuse poignée de main très virile.

– Bien, commença-t-il en m'adressant un sourire prudent. Alors c'est vous, Dexter ?

– Je suppose que oui, répliquai-je. Je n'y suis pas pour grand-chose.

Il hocha la tête, comme si mes paroles lui paraissaient logiques.

– Asseyez-vous, je vous en prie. Mettez-vous à l'aise, nous dit-il en contournant le bureau pour aller s'installer dans un grand fauteuil pivotant.

Je le pris au mot et me laissai aller au fond d'un siège en cuir rouge qui était en face de son bureau, mais Rita posa à peine les fesses au bord du sien.

– Rita, dit-il en souriant toujours. Alors, alors… Te voici à retenter ta chance ?

– Oui, je… C'est que… Je crois que oui, balbutia-t-elle en devenant écarlate. Je veux dire oui.

Elle me regarda avec un grand sourire ému et ajouta :

– Oui, je suis prête.

– Bon, répondit-il, puis son expression de tendre sollicitude se tourna vers moi. Et vous, Dexter, j'aimerais vraiment en savoir un peu plus sur vous.

– Eh bien, pour commencer, je suis soupçonné de meurtre, déclarai-je modestement.

– Dexter ! s'indigna Rita en rougissant encore plus, si c'était possible.

– La police pense que vous avez tué quelqu'un ? demanda le révérend Gilles.

– Pas exactement. Juste ma sœur.

– Dexter travaille dans le secteur médico-légal, s'empressa d'expliquer Rita. Sa sœur est brigadière. Il, euh, il blaguait pour le reste.

De nouveau il hocha la tête en me regardant.

– Le sens de l'humour est un atout essentiel dans toute relation, affirma-t-il.

Il s'interrompit quelques secondes, semblant soudain très pensif et encore plus sincère, puis il me demanda :

– Quels sont vos sentiments à l'égard des enfants de Rita ?

– Oh, Cody et Astor *adorent* Dexter, rétorqua Rita, visiblement soulagée de voir que nous avions laissé de côté mon statut de suspect.

– Mais que ressent Dexter à leur égard ? insista-t-il.

– Je les aime beaucoup.

– Bon, bon. Les enfants peuvent parfois être un fardeau. Surtout quand ce ne sont pas les siens.

– Cody et Astor savent très bien être un fardeau, répliquai-je. Mais ça ne me dérange pas.

– Ils vont avoir besoin de repères. Avec tout ce qu'ils ont vécu.

– Oh, ils peuvent compter sur moi, dis-je, mais comme il valait mieux ne pas trop entrer dans les détails, j'ajoutai qu'ils étaient impatients de marcher sur mes pas.

– Parfait, répondit-il. Alors nous verrons ces enfants à l'instruction religieuse, n'est-ce pas ?

Cela me semblait un chantage éhonté dans le but de s'assurer de nouvelles recrues pour la quête du dimanche, mais Rita hocha la tête avec conviction, alors j'approuvai aussi. Par ailleurs, j'étais à peu près certain que, quoi qu'on leur enseigne, Cody et Astor trouveraient leur réconfort spirituel ailleurs.

– Bon, et vous deux ? poursuivit-il en se renversant dans son fauteuil et en se frottant le dos d'une main contre la paume de l'autre. Une relation amoureuse aujourd'hui nécessite d'être solidement ancrée dans la foi, déclara-t-il en me regardant de façon appuyée. Dexter, qu'en pensez-vous ?

Nous y étions. Tôt ou tard, bien sûr, un homme d'Église allait prêcher pour sa paroisse. J'ignore s'il est plus grave de mentir à un pasteur qu'à toute autre personne, mais je souhaitais en terminer rapidement et le moins péniblement possible avec cet entretien, ce qui n'aurait pas été le cas si j'avais dit la vérité. Imaginons que je sois franc et déclare : « Oui, j'ai une immense foi, mon révérend… en la cupidité et la stupidité humaines, et dans la joie d'un couteau acéré les nuits de clair de lune. J'ai foi en l'occulte, en l'impassible gloussement venant des ténèbres, en la précision absolue de la lame. Je ne connais pas le doute, révérend, parce que j'ai vu l'effroyable instant final, c'est à travers lui que je vis. »

Honnêtement, ce n'était pas le meilleur moyen de le tranquilliser, et puis je n'avais pas à craindre d'aller en enfer à cause d'un mensonge proféré à un pasteur. Si l'enfer existe, j'avais déjà une place réservée au premier rang. Alors j'affirmai simplement : « La foi est très importante », et il eut l'air satisfait.

– Bon, très bien, répondit-il en jetant un coup d'œil discret à sa montre. Dexter, avez-vous des questions concernant notre église ?

Requête tout à fait justifiée, sans doute, mais elle me prit de court, car j'avais envisagé cet entretien comme l'occasion de répondre à des questions, non d'en poser. J'aurais pu sans problème continuer durant plus d'une heure à offrir des réponses évasives, mais franchement, quelles questions y avait-il à poser ? Utilisaient-ils du jus de raisin ou du vin ? Leur panier pour la quête était-il en osier ou en métal ? Danser était-il un péché ? Je n'étais pas préparé. Et pourtant, le révérend Gilles avait l'air désireux de m'entendre à ce sujet. Alors je lui souris de façon rassurante et déclarai :

À vrai dire, j'aimerais beaucoup savoir ce que vous pensez de la possession démoniaque.

– Dexter ! s'exclama Rita avec un sourire nerveux. Ce n'est pas… Tu ne peux pas…

Le pasteur leva une main.

– Ça va, Rita, dit-il. Je crois savoir ce que Dexter a en tête.

Il s'appuya contre son dossier, me gratifiant d'un sourire aimable et entendu.

– Ça fait un moment que vous n'avez pas été à l'église, non, Dexter ?

– Oui, un certain temps.

– Je pense que vous vous apercevrez que la nouvelle église est bien adaptée au monde moderne. La vérité essentielle de l'amour divin ne change pas. Mais parfois, la compréhension que nous en avons peut se modifier.

Il alla jusqu'à me faire un clin d'œil.

– Je pense qu'on peut partir du principe que les démons sont pour Halloween, et non pour l'office du dimanche, dit-il.

Eh bien, au moins j'avais une réponse, même si ce n'était pas celle que je cherchais. Je ne m'étais pas vraiment attendu à ce que le révérend Gilles sorte un grimoire et jette un sort, mais j'avoue que j'étais déçu.

– Bon, d'accord, dis-je.

– D'autres questions ? demanda-t-il avec un sourire fort satisfait. Concernant notre église, ou la cérémonie ?

– Oh non, répondis-je. Tout a l'air très simple.

– C'est ce que nous aimons à penser. Tant que notre priorité va au Christ, le reste trouve facilement sa place.

– Amen, conclus-je gaiement.

Rita me lança un drôle de regard, mais le pasteur ne releva pas.

– Bon, très bien, dit-il en se levant et en me tendant la main. Le 24 juin, alors. Mais j'espère vous voir avant. Nous avons un grand service contemporain à 10 heures tous les dimanches.

Il m'adressa de nouveau un clin d'œil et donna à ma main une pression des plus viriles.

– Vous serez amplement rentrés pour le match de foot, conclut-il.

– Fantastique, répondis-je, m'émerveillant qu'un commerce anticipe ainsi les besoins de ses clients.

Il lâcha ma main et attrapa Rita, la prenant dans ses bras.

– Rita, je suis très heureux pour toi.

– Merci, dit-elle en sanglotant sur son épaule.

Elle resta appuyée contre lui un instant tout en reniflant, puis se redressa, se frotta le nez et me regarda.

– Merci, Dexter, ajouta-t-elle.

De quoi, je l'ignorais, mais il est toujours agréable de ne pas se sentir exclu.

Chapitre 29

Pour la première fois depuis longtemps, j'étais impatient de rejoindre mon box au labo. Ce n'est pas que les éclaboussures de sang me manquaient ; je souhaitais juste approfondir l'idée qui m'était venue dans le bureau du révérend Gilles. La « possession démoniaque ». Cela sonnait plutôt bien. Je ne m'étais jamais senti possédé. Mais c'était au moins une forme d'explication qui avait un certain fondement historique, et j'avais hâte de la creuser.

Je commençai par vérifier mon répondeur et mes e-mails : aucun message, hormis un mémo d'usage du département nous rappelant de nettoyer le coin café. Aucune excuse servile de la part de Deb. Quelques coups de téléphone discrets m'apprirent qu'elle était en train d'essayer de coffrer Kurt Wagner : un grand soulagement puisque cela sous-entendait qu'elle n'était pas occupée à me pister.

Ce problème réglé et la conscience tranquille, je me mis à explorer la question de la possession démoniaque. Une fois de plus, ce bon vieux roi Salomon figurait en bonne place. Il avait apparemment été très proche d'un certain nombre de démons, dont beaucoup avaient des noms incroyables comportant plusieurs Z. Et il les avait commandés comme de véritables ouvriers, les obligeant à trimer et à construire son temple : ce fut un choc pour moi, car j'avais toujours cru que cet édifice était une bonne chose ; il devait bien y avoir à l'époque une loi interdisant le travail des démons. Non, c'est vrai, si nous nous insurgeons aujourd'hui contre les immigrants illégaux qui ramassent les oranges, tous ces patriarches devaient bien avoir des arrêtés contre les démons, non ?

Mais c'était écrit là, noir sur blanc. Le roi Salomon avait frayé avec eux sans problème ; c'était leur patron. Ils n'aimaient pas recevoir des ordres, mais venant de lui ils acceptaient. Ce point me fit penser que quelqu'un était capable de les contrôler et essayait peut-être de faire de même avec le Passager noir, qui aurait donc fui une servitude involontaire. Je m'interrompis et réfléchis un instant.

Le gros problème de cette théorie, c'est qu'elle ne cadrait pas avec le sentiment de danger mortel qui m'avait assailli dès le début, alors que le Passager était encore à bord. Je comprends très bien la réticence que l'on peut éprouver à effectuer un travail contre son gré, mais cela n'avait rien à voir avec la terreur irrépressible que j'avais ressentie.

Le Passager n'était-il donc pas un démon ? Était-ce le signe que ce qui m'arrivait relevait juste de la psychose ? Était-ce un scénario paranoïaque issu de mon imagination ?

Et pourtant, toutes les cultures du monde à travers l'Histoire semblaient ajouter foi à l'idée de la possession. Toutefois, je ne parvenais pas à la relier à mon propre problème. J'avais le sentiment d'être sur une bonne piste, mais aucune Révélation ne me venait.

Soudain il fut 17 h 30, et je me sentis encore plus impatient que d'habitude de m'échapper du bureau et de rejoindre le refuge précaire de la maison.

Le lendemain après-midi, j'étais de nouveau dans mon box, occupé à taper un rapport concernant un homicide multiple des plus rébarbatifs. Miami a également son lot de crimes ordinaires, et il s'agissait de l'un d'eux – enfin de trois et demi, très exactement, puisqu'il y avait trois corps à la morgue et un en soins intensifs à l'hôpital Jackson Memorial. C'était une fusillade perpétrée depuis une voiture en marche dans l'un des rares quartiers de la ville où l'immobilier restait bas. Il était inutile de passer trop de temps sur cette affaire, étant donné que les témoins étaient nombreux et que tous s'accordaient pour affirmer que l'auteur était un nommé « Fils de pute ».

Il fallait respecter les formes, néanmoins : j'avais passé une demi-journée sur les lieux à m'assurer que personne n'avait surgi d'une maison pour attaquer les victimes avec un taille-haie alors qu'elles étaient censées avoir été fusillées. J'essayais de trouver une formule intéressante pour indiquer que les éclaboussures de sang correspondaient bien à des blessures par balle provenant d'une source mouvante, mais c'était d'un tel ennui que je commençais à loucher ; et tandis que je scrutais l'écran, le regard vide, je perçus un tintement dans mes oreilles qui céda la place à des coups de gong, et la musique nocturne revint, puis soudain la page blanche de mon traitement de texte sembla se remplir de l'horrible sang frais avant de se répandre sur moi, d'inonder le bureau et de noyer le monde visible. Je bondis hors de ma chaise et clignai des yeux plusieurs fois jusqu'à ce que la vision disparaisse, mais j'en restai tout tremblant à me demander ce qui venait de se passer.

Cela m'arrivait maintenant en pleine journée, assis à mon bureau dans les locaux de la police, et ce n'était pas bon du tout. Soit le danger augmentait et se rapprochait de plus en plus, soit je perdais complètement et définitivement la boule. Les schizophrènes perçoivent des voix ; entendent-ils aussi de la musique ? Le Passager noir, d'ailleurs, entrait-il dans la catégorie des voix ? Avais-je été absolument dément tout ce temps et étais-je en train de vivre l'avatar final de la pseudosanté mentale du douteux Dexter ?

Ce n'était pas possible : Harry m'avait « recadré », avait fait en sorte que je m'intègre parfaitement. Il l'aurait su si j'avais été fou. Harry ne se trompait jamais. Voilà, c'était réglé ; j'allais bien, très bien, merci.

Alors, pourquoi entendais-je de la musique ? Pourquoi ma main tremblait-elle ? Et pourquoi fallait-il que je me raccroche à un fantôme du passé pour ne pas m'asseoir par terre et me balancer d'avant en arrière ?

Manifestement personne d'autre à l'étage n'entendait la même chose que moi. Sinon, les couloirs auraient été remplis de gens en train de danser ou de crier. Non, la peur s'était immiscée dans ma vie, me suivait partout sournoisement, emplissant l'immense vide laissé par le Passager.

Je n'avais aucun indice. Il me fallait des informations extérieures pour espérer comprendre cette histoire. D'innombrables sources estimaient que les démons existaient ; la ville de Miami regorgeait de gens qui travaillaient dur chaque jour pour les repousser. Et même si le *babalao* avait affirmé ne rien avoir à faire avec tout cela et s'était éloigné le plus vite possible, il avait paru savoir ce que c'était. J'étais à peu près certain que la Santeria prenait en compte la possession. Mais tant pis. Miami est une ville merveilleusement diverse. Je poserais la question à d'autres personnes et obtiendrais sans doute une réponse différente, peut-être même celle que je cherchais. Je quittai mon bureau et me dirigeai vers le parking.

L'Arbre de vie était situé à la périphérie de Liberty City, une zone de Miami où il ne fait pas bon être un touriste la nuit. Ce secteur-là était occupé essentiellement par des immigrants haïtiens, et la plupart des bâtiments étaient peints de plusieurs couleurs vives, comme s'il n'y avait pas eu assez d'une seule couleur pour terminer l'ouvrage. De nombreux édifices affichaient des fresques murales qui dépeignaient la vie rurale à Haïti. Les coqs semblaient y régner en maîtres, ainsi que les chèvres.

Sur le mur extérieur de l'Arbre de vie il y avait un grand arbre peint, à juste titre, et en dessous figurait l'image allongée de deux hommes en train de taper sur de petits tambours. Je me garai juste devant la boutique et y pénétrai par une porte à moustiquaire qui déclencha un carillon avant de claquer derrière moi. Au fond, derrière un rideau mobile de perles, une femme cria quelque chose en créole ; je restai devant le comptoir en verre et patientai. L'échoppe était bordée d'étagères qui comportaient d'innombrables pots, remplis de mystérieux éléments liquides ou solides. Un ou deux d'entre eux semblaient contenir des trucs qui avaient dû être vivants à une époque antérieure.

Après un moment, une femme écarta le rideau de perles et s'approcha. Elle devait avoir la quarantaine et était aussi fine qu'un roseau ; elle avait les pommettes saillantes et un teint d'acajou. Elle portait une ample robe rouge et jaune ainsi qu'un foulard assorti sur la tête.

– Que puis-je pour vous, monsieur ? me demanda-t-elle avec un fort accent créole.

Elle me regardait, quelque peu suspicieuse, tout en remuant légèrement la tête.

– Eh bien… dis-je avant de m'interrompre aussitôt.

Comment fallait-il commencer ? Je ne pouvais tout de même pas lui annoncer qu'il me semblait avoir été possédé, que je ne l'étais plus et que je souhaitais récupérer mon démon ; la pauvre femme m'aurait jeté du sang de poulet à la figure.

– Monsieur ? insista-t-elle avec impatience.

– Je me demandais… repris-je. Est-ce que vous avez des livres sur la possession par les démons ? Euh, en anglais.

Elle pinça les lèvres d'un air très désapprobateur et secoua énergiquement la tête.

– C'est pas des démons, rétorqua-t-elle. Pourquoi vous demandez ça ? Vous êtes journaliste ?

– Non, je suis simplement, euh, intéressé. Curieux.

– Curieux du *voudoun* ?

– Juste ce qui concerne la possession.

– Mmm, fit-elle, et sa réprobation s'accrut encore. Pourquoi ?

Il me semblait me souvenir d'une maxime affirmant que lorsque tout le reste a échoué, mieux vaut encore dire la vérité. C'était la seule solution que j'avais ; je tentai le coup.

– Je crois… enfin, je ne suis pas sûr… mais je pense avoir été possédé. Il y a quelque temps.

Elle me fixa durement du regard puis haussa les épaules.

– Ça se peut, finit-elle par répondre. Pourquoi vous dites ça ?

– J'avais juste, euh… l'impression, vous voyez… que quelqu'un d'autre était, euh, à l'intérieur de moi. En train de me regarder.

Elle cracha par terre, drôle d'attitude pour une femme aussi élégante, puis secoua la tête.

– Vous autres, les Blancs, lâcha-t-elle, vous nous capturez et nous apportez ici, vous nous prenez tout. Et puis quand on fait quelque chose avec le rien que vous nous avez laissé, vous voulez aussi en profiter. Hah ! Vous m'écoutez, Blanc ? Si l'esprit était entré en vous,

vous le sauriez. C'est pas comme dans un film. C'est une grande bénédiction et, ajouta-t-elle avec un méchant petit sourire, ça arrive pas aux Blancs.

– Eh bien, justement… dis-je.

– Non. Si vous le voulez pas, si vous cherchez pas la bénédiction, elle vient pas.

– Mais je le *veux* !

– Hah ! Ça vous arrivera pas. Vous perdez mon temps.

Et elle se retourna pour repasser derrière le rideau de perles et regagner son arrière-boutique.

Je ne voyais pas l'utilité d'attendre qu'elle change d'avis ; je n'y croyais pas, et je doutais aussi que le vaudou apporte des réponses au problème du Passager. Elle avait dit que l'esprit venait seulement lorsqu'on l'appelait et que c'était une bénédiction. C'était une réponse différente au moins, mais je ne me rappelais pas avoir jamais invité le Passager noir à bord : il avait toujours été là. Juste au cas où, cependant, je m'immobilisai sur le trottoir devant le magasin et fermai les yeux. *S'il te plaît, reviens*, pensai-je.

Il ne se passa rien. Je montai dans la voiture et retournai au travail.

Quel choix intéressant, pensa le Guetteur. Le vaudou. L'idée ne manquait pas de logique, il ne pouvait le nier. Mais ce qui lui importait davantage, c'était ce que cette démarche révélait de l'autre. Il allait dans la bonne direction, et il était très proche du but.

Au prochain petit indice, il se rapprocherait encore un peu plus. Le jeune avait paniqué ; il avait presque réussi à s'échapper. Mais non. Il avait été très coopératif et s'apprêtait à recevoir sa récompense.

Tout comme l'autre.

Chapitre 30

Je venais à peine de m'asseoir lorsque Deborah fit irruption dans mon box et s'installa sur la chaise pliante en face de mon bureau.

– Kurt Wagner a disparu, m'annonça-t-elle.

J'attendis la suite, mais rien ne vint, alors je hochai simplement la tête.

– J'accepte tes excuses, déclarai-je.

– Personne ne l'a vu depuis samedi après-midi, poursuivit-elle. Son colocataire dit qu'il avait l'air complètement flippé, mais il n'a donné aucune explication. Il a juste changé de chaussures et il est parti. C'est tout. Il a laissé son sac à dos.

J'avoue que je m'animai un peu en entendant ces mots.

– Qu'est-ce qu'il y avait dedans ? demandai-je.

– Des traces de sang, répondit-elle, l'air d'être prise en faute. Celui de Tammy Connor.

– Ben voilà, dis-je. C'est un bon indice.

Il ne me semblait pas très judicieux de m'étonner qu'elle ait chargé quelqu'un d'autre d'effectuer les analyses de sang.

– Ouais. C'est lui. C'est obligé. Il a tué Tammy, il a mis la tête dans son sac à dos puis il a tué Manny Borque.

– C'est ce qu'il semblerait. Dommage, je commençais juste à me faire à l'idée que j'étais coupable.

– Mais ça ne tient pas debout, bordel, grommela Deborah. C'est un étudiant sérieux, il fait partie de l'équipe de natation, il vient d'une bonne famille, tout ça.

– C'était quelqu'un de si gentil. Je n'arrive pas à croire qu'il ait commis ces horreurs…

– Bon, d'accord, dit Deborah. Je sais. C'est un gros cliché. Mais merde, que le type tue sa petite copine, O.K. À la rigueur sa colocataire, parce qu'elle l'a vu. Mais pourquoi les autres ? Et toutes ces conneries de feu, de têtes de taureaux, le quoi déjà, le Mollusque ?

– Moloch.

– C'est pareil. Ça ne tient pas debout, Dex. Enfin…

Elle détourna les yeux, et l'espace d'une seconde je crus qu'elle allait s'excuser, finalement.

– Mais non. S'il y a une logique, reprit-elle, c'est *ton* type de logique. Le genre de truc que tu piges. Il est, tu sais… Je veux dire, euh… C'est revenu ? Ton, euh…

– Non, il n'est pas revenu.

– Ah, fit-elle, merde !

– Tu as émis un avis de recherche pour Kurt Wagner ? demandai-je.

– Je sais faire mon boulot, Dex, rétorqua-t-elle. S'il est dans le secteur de Miami-Dade, on le chopera, et la police de l'État entier est alertée. S'il est en Floride, quelqu'un le trouvera.

– Et s'il n'est plus en Floride ?

Elle me dévisagea, et je vis poindre sur ses traits l'expression que son père, Harry, avait souvent eue avant de tomber malade, après tant d'années à exercer le métier de flic : la lassitude et un sentiment d'échec devenu habituel.

– Alors il s'en tirera sûrement. Et je serai obligée de t'arrêter pour sauver ma carrière.

– Bon, eh bien, dis-je, m'efforçant de rester joyeux face à une perspective si désolante, on n'a plus qu'à espérer qu'il conduit une voiture bien reconnaissable.

– C'est une Geo rouge, une mini-Jeep.

Je fermai les yeux. C'était une sensation très étrange. Tout le sang de mon corps semblait avoir reflué dans mes pieds.

– Tu as dit rouge ? m'entendis-je demander d'une voix remarquablement calme.

Il n'y eut pas de réponse ; j'ouvris les yeux. Deborah me fixait avec un air de suspicion si fort qu'il en était presque palpable.

– Qu'est-ce qui se passe, bordel ? C'est une de tes voix ?

– Une Geo rouge m'a suivi l'autre soir jusqu'à la maison, expliquai-je. Puis quelqu'un a essayé d'entrer chez Rita par effraction.

– Nom de Dieu ! lança-t-elle avec rage. Quand est-ce que tu allais m'en parler, bordel ?

– Dès que tu m'adresserais de nouveau la parole.

Deborah prit aussitôt une jolie teinte cramoisie et regarda ses chaussures.

J'étais occupée, dit-elle d'un ton peu convaincant.

– Kurt Wagner aussi.

– Merde, d'accord, lâcha-t-elle, et je savais que c'était la seule forme d'excuse que j'obtiendrais. Oui, elle est rouge. Putain, je crois que ce vieux avait raison, ajouta-t-elle, le regard toujours baissé. Les salauds sont en train de gagner.

Je n'aimais pas voir ma sœur aussi déprimée. J'estimai qu'une petite remarque joyeuse s'imposait, quelques mots qui dissiperaient sa tristesse et ramèneraient un peu de gaieté dans son cœur, mais, hélas, rien ne me vint.

– Eh bien, finis-je par dire, si les salauds sont vraiment en train de gagner, au moins tu vas avoir du boulot.

Elle leva enfin les yeux, mais il n'y avait pas l'ombre d'un sourire sur son visage.

– Ouais, répliqua-t-elle. Un type a buté sa femme et deux mômes à Kendall cette nuit. Il faut que j'aille bosser sur ça.

Elle se leva, se redressant lentement jusqu'à reprendre ce qui ressemblait à sa posture normale.

– Hip, hip, hip, conclut-elle avant de quitter mon bureau.

Dès le début, ce fut une alliance idéale. Les nouvelles créatures avaient une conscience de soi, ce qui rendait leur manipulation bien plus facile – et beaucoup plus gratifiante pour lui. Elles s'entretuaient aussi plus volontiers, et IL n'avait pas à attendre très longtemps un nouvel hôte – et l'occasion de tenter à nouveau de se reproduire. IL le menait avec ardeur à une mise à mort, et IL attendait, impatient de ressentir l'étrange et merveilleux renflement.

Mais le moment venu, cela frémissait à peine, le chatouillait d'une infime façon, puis disparaissait sans s'épanouir et produire de progéniture.

IL était perplexe : pourquoi la reproduction ne marchait-elle pas cette fois ? Il devait bien y avoir une raison, et IL cherchait la réponse avec méthode et rigueur. Au fil des années, tandis que les nouvelles créatures évoluaient et se développaient, IL expérimenta. Et petit à petit IL trouva les conditions qui rendaient la reproduction possible. Il lui fallut un certain nombre de morts avant d'en être assuré, mais chaque fois qu'IL répétait la formule finale, une nouvelle conscience surgissait et s'échappait à travers le monde dans la douleur et la terreur ; IL était satisfait.

Cela marchait mieux lorsque les hôtes n'étaient pas tout à fait eux-mêmes, à cause des boissons qu'ils avaient commencé à concocter ou à cause d'une sorte d'état de transe. La victime devait savoir ce qui l'atten-

dait, et s'il y avait des spectateurs, leurs émotions alimentaient l'expérience et la rendaient encore plus puissante.

Et puis il y avait le feu, le feu était un excellent moyen de tuer les victimes. Il semblait libérer leur quintessence instantanément dans une grande décharge d'énergie spectaculaire.

Et enfin, cela marchait encore mieux avec les jeunes. Les émotions tout autour étaient plus fortes, surtout de la part des parents. IL ne pouvait rien imaginer de plus extraordinaire.

Feu, transe, jeunes victimes, une formule simple.

IL se mit à pousser les nouveaux hôtes à créer un moyen d'établir ces conditions en permanence. Et ceux-ci étaient étonnamment disposés à le contenter.

Chapitre 31

Très jeune, j'avais vu un jour un spectacle de variétés à la télé. Un homme installait des piles d'assiettes aux extrémités d'une série de tiges souples qu'il faisait tournoyer en l'air. S'il ralentissait ou tournait le dos, ne serait-ce qu'une seconde, l'une des assiettes se mettait à trembler puis allait se fracasser par terre, entraînant toutes les autres à sa suite.

C'est une excellente métaphore de la vie. On essaie tous de faire tournoyer nos assiettes, et une fois qu'on a réussi à les hisser là-haut, on ne peut plus les quitter des yeux : il n'y a plus qu'à continuer à courir sans répit. Sauf que dans la vie, on n'arrête pas de vous rajouter des assiettes, de vous cacher les tiges et de changer les lois de la gravité dès que vous avez le dos tourné. Donc, chaque fois que vous pensez vous en sortir, vous entendez un horrible fracas derrière vous et tout un tas d'assiettes, que vous ne pensiez même pas posséder, se retrouvent sur le sol en mille morceaux.

Et voilà, je m'étais bêtement imaginé que la mort de Manny Borque me permettrait d'avoir une assiette en moins à surveiller, puisque je pouvais désormais envisager d'organiser le mariage comme je l'entendais, avec l'équivalent de 65 dollars de rôti froid et une glacière pleine de boissons gazeuses. Le problème de ma santé mentale, autrement plus important, allait désormais mobiliser toute mon énergie. Certain que tout était calme sur le front domestique, je relâchai mon attention un instant et fus presque aussitôt récompensé par un énorme fracas derrière mon dos.

L'événement se produisit lorsque je retournai à la maison après le travail. Un tel silence y régnait que je partis du principe que personne n'était là, mais un petit coup d'œil à l'intérieur me révéla une scène bien plus troublante : Cody et Astor étaient assis immobiles sur le canapé, et Rita se tenait derrière eux, avec une expression qui aurait pétrifié n'importe qui.

– Dexter, dit-elle d'une voix qui semblait sceller mon sort, il faut qu'on parle.

– Bien sûr, répondis-je et, sous le choc, j'en perdis la capacité d'émettre la moindre réponse enjouée.

– Ces enfants…, commença Rita.

Apparemment c'était tout, car elle se contenta de jeter des regards furieux et s'arrêta là.

Mais, évidemment, je savais de quels enfants elle parlait, alors je hochai la tête pour l'encourager.

– Oui.

– Oh… gémit-elle.

S'il lui fallait autant de temps pour prononcer une phrase entière, je comprenais pourquoi la maison était silencieuse. Manifestement, l'art de la conversation allait avoir besoin d'un petit coup de pouce de la part de Dexter le diplomate si nous voulions terminer cet échange avant le dîner. Alors, je pris mon courage à deux mains.

– Rita, il y a un problème ?

– Oh… répéta-t-elle, ce qui n'était guère encourageant.

Franchement, il y a des limites à ce qu'on peut répondre à des monosyllabes, même quand on est un brillant causeur comme moi. Puisque manifestement je n'allais obtenir aucune aide de la part de Rita, je me tournai vers Cody et Astor, qui n'avaient pas bougé depuis mon arrivée.

– Bon, dis-je. Vous pouvez m'expliquer ce qui arrive à votre mère ?

Ils échangèrent l'un de leurs fameux regards, puis levèrent les yeux vers moi.

– On voulait pas, m'expliqua Astor. C'est un accident.

Ce n'était pas grand-chose, mais au moins j'avais droit à une phrase entière.

– Je suis ravi de l'apprendre, répondis-je. Mais quel accident ?

– On s'est fait prendre, intervint Cody, et Astor lui donna aussitôt un coup de coude.

– On *voulait* pas, répéta-t-elle en insistant sur les mots.

Cody se tourna vers elle, semblant avoir oublié ce dont ils étaient convenus. Elle lui lança un regard noir et il cligna des yeux avant de hocher la tête en me regardant.

– Un accident, confirma-t-il.

C'était agréable de voir que la ligne du Parti était défendue par un front uni, mais je ne savais toujours pas de quoi il retournait, et cela faisait déjà plusieurs minutes que nous étions sur le sujet. Or, le temps était un facteur non négligeable : l'heure du dîner approchait, et Dexter a besoin d'être nourri régulièrement.

– C'est tout ce qu'ils sont fichus de dire, se lamenta Rita. Et c'est inacceptable. Je ne vois pas comment vous avez pu ligoter le chat des Villega par accident.

– Il n'est pas mort, protesta Astor de la plus petite voix que je lui aie jamais entendue.

– Et qu'est-ce que les cisailles faisaient là ? demanda Rita.

– On ne s'en est pas servi, répondit la fillette.

– Mais c'était prévu, n'est-ce pas ?

Les deux petites têtes se tournèrent vers moi, et une seconde plus tard celle de Rita fit de même.

L'image de ce qui avait dû se passer commençait à se former dans mon esprit, et ce n'était pas une scène paisible. À l'évidence, les enfants avaient voulu tenter une expérience sans moi. Et le pire, c'est que visiblement, pour je ne sais quelle raison, c'était devenu *mon* problème : Cody et Astor espéraient que je les tirerais de ce mauvais pas, et Rita avait l'air prête à dégainer et à vider son chargeur sur moi. C'était injuste, évidemment ; je venais de rentrer du travail. Mais, je ne cesse de le constater, la vie elle-même est injuste, et il n'existe pas de service des réclamations ; alors, autant accepter les choses comme elles sont, réparer les dégâts et passer à autre chose.

C'est ce que j'essayai de faire, aussi maigre que fût ma chance de réussir.

– Je suis sûr qu'il y a une très bonne explication, déclarai-je, et Astor s'anima aussitôt en hochant la tête vigoureusement.

– C'était un accident, insista-t-elle gaiement.

– Personne ne ligote un chat sur un établi et ne brandit des cisailles par *accident* ! s'emporta Rita.

Franchement, les choses devenaient un peu compliquées. D'un côté, j'étais très content d'avoir enfin un résumé complet de la situation, mais de l'autre il me semblait que nous nous aventurions sur un terrain miné, et j'étais à peu près certain que Rita se porterait mieux si elle restait en dehors de tout cela.

Je pensais avoir été clair avec Astor et Cody sur les risques qu'il y avait pour eux à voler en solo tant que je ne leur avais pas appris à se servir de leurs ailes. Mais ils avaient manifestement choisi de m'ignorer et, même s'ils subissaient les conséquences bien méritées de leur action, c'était à moi de les sauver. Tant qu'ils ne comprendraient pas qu'ils ne devaient sous aucun prétexte recommencer – et s'écarter de la voie de Harry au fur et à mesure que je la leur enseignais –, j'étais prêt à les laisser mariner indéfiniment.

— Vous savez que ce vous avez fait est mal ? leur demandai-je.

Ils acquiescèrent de la tête ensemble.

– Vous savez pourquoi c'est mal ?

Astor eut un air incertain ; elle jeta un coup d'œil à Cody puis balbutia :

– Parce qu'on s'est fait prendre !

– Là, tu vois ? s'exclama Rita, et une pointe d'hystérie perçait dans sa voix.

– Astor, la grondai-je, la regardant très fixement. Ce n'est pas le moment d'être drôle.

– Je suis contente que quelqu'un trouve ça drôle, commenta Rita. Eh bien, moi, je ne suis absolument pas de cet avis.

– Rita, dis-je, du ton le plus apaisant que je pus employer, puis, faisant appel à toute l'adresse que j'avais développée au cours de ces années à passer pour un humain adulte, j'ajoutai : Je crois que c'est un de ces moments auxquels se référait le révérend Gilles lorsqu'il disait qu'ils avaient besoin de repères.

– Dexter, ces deux-là viennent de… Oh, qu'est-ce que je sais, moi ? Et *toi* ! s'écria-t-elle.

Bien qu'elle fût au bord des larmes, j'étais content d'entendre que ses capacités linguistiques revenaient. Par bonheur, une scène d'un vieux film me revint en mémoire juste à temps, et je sus exactement ce qu'un véritable être humain était censé faire.

Je m'approchai de Rita et, prenant mon air le plus sérieux, je posai la main sur son épaule.

– Rita, dis-je, très fier de la voix grave et virile que j'employais, tu es trop impliquée là-dedans, tes émotions viennent troubler ton jugement. Ces deux mômes ont besoin d'être fermement encadrés et je peux m'en charger. Après tout, poursuivis-je, l'inspiration me venant au fur et à mesure, je dois être leur père à présent.

J'aurais dû deviner que cette tirade ouvrirait les vannes chez Rita, et ce fut le cas car ses lèvres se mirent à trembler, son visage perdit toute sa colère et des ruisseaux commencèrent à couler le long de ses joues.

– D'accord, sanglota-t-elle. S'il te plaît, je… parle-leur.

Elle renifla bruyamment, puis quitta la pièce d'un pas précipité.

Je laissai Rita effectuer sa sortie théâtrale et attendis un moment pour en accentuer l'effet, avant de contourner le canapé pour faire face à mes deux scélérats.

– Alors, dis-je. « On comprend », « on promet », « on attendra », c'était du vent ?

– Tu traînes trop, répondit Astor. On n'a rien appris à part une seule fois, et en plus t'as pas toujours raison, et on pense qu'on n'a plus besoin d'attendre.

– Je suis prêt, ajouta Cody.

– Ah oui ? Alors j'imagine que votre mère est la meilleure détective au monde, parce que vous êtes prêts et elle vous a quand même attrapés.

– Dex-terrr, gémit Astor.

– Non, Astor, arrête de parler et écoute-moi une minute maintenant.

Je la dévisageai de mon air le plus sérieux, et l'espace d'un instant je crus qu'elle allait me répondre, mais soudain un miracle survint : elle changea d'avis et ferma la bouche.

– Bon, repris-je. Je vous ai dit depuis le début que vous deviez agir à ma façon. Vous n'êtes pas obligés de croire que j'ai toujours raison. Mais vous devez absolument m'obéir. Sinon je ne vous aiderai pas, et vous finirez en prison. Il n'y a aucun autre moyen. Compris ?

Il était possible qu'ils soient un peu perdus face à ce nouveau ton de voix et à ce nouveau rôle : je n'étais plus Dexter le Joueur, mais quelqu'un de très différent, Dexter à la dure discipline, qu'ils n'avaient encore jamais vu. Ils se regardèrent d'un air confus. J'enfonçai encore le clou.

– Vous vous êtes fait prendre. Qu'est-ce qui se passe quand on se fait prendre ?

– On va au piquet, hasarda Cody.

– Mmm. Et quand on a trente ans ?

Pour la première fois de sa vie peut-être, Astor n'avait pas de réponse, et Cody avait déjà utilisé son quota de mots du moment. Ils se regardèrent puis se concentrèrent sur leurs pieds.

– Ma sœur la brigadière et moi passons nos journées à arrêter des gens qui font ce genre de trucs. Et quand on les attrape, ils vont en prison. C'est le piquet pour les adultes. Mais en bien pire. On reste assis dans une pièce aussi grande que notre salle de bains, enfermé toute la journée et toute la nuit. On fait pipi dans un trou par terre. On mange de la nourriture moisie. Il y a des rats et plein de cafards.

– On sait ce que c'est, la prison, Dexter, rétorqua Astor.

– Ah oui ? Alors pourquoi vous êtes si pressés d'y aller ? Et vous savez ce que c'est, la chaise électrique ?

Astor regarda de nouveau ses pieds ; Cody n'avait toujours pas relevé les yeux.

– Si on vous attrape, on vous attache sur la chaise électrique, on vous met des fils sur la tête et on vous fait frire comme du bacon. Vous trouvez que ça a l'air drôle ?

Ils secouèrent la tête.

– Alors la première leçon, c'est de ne pas se faire attraper. Vous vous souvenez des piranhas ? Ils ont l'air méchants, donc les gens savent qu'ils sont dangereux.

– Mais, Dexter, on n'a pas l'air méchants, nous, protesta Astor.

– Non, c'est vrai. Et tant mieux. On est censés être des gens, pas des piranhas. Mais l'idée est la même, il faut avoir l'air de ce que l'on n'est pas. Parce que dès qu'il se passera un truc pas bien, tout le monde cherchera les méchants en premier. Vous devez avoir l'air d'enfants gentils, adorables, normaux.

– Je peux me maquiller ? demanda Astor.

– Quand tu seras plus grande.

– Tu dis ça pour *tout* ! protesta-t-elle.

– Oui, et ça vaut pour tout. Vous vous êtes fait attraper cette fois parce que vous avez voulu jouer aux grands et que vous ne saviez pas ce que vous faisiez. Vous ne saviez pas parce que vous ne m'avez pas écouté.

Je décidai que la torture avait assez duré et je m'assis sur le canapé entre eux deux.

– Vous ne ferez plus rien sans moi, d'accord ? Et quand vous promettrez, cette fois, vous aurez intérêt à le penser vraiment.

Ils levèrent les yeux, puis hochèrent la tête.

– On promet, dit Astor doucement, et Cody, d'une voix plus faible encore, répéta en écho :

– On promet.

– Bon, dis-je. Très bien. Maintenant, allons nous excuser auprès de votre mère.

Ils quittèrent tous les deux le canapé d'un bond, soulagés que l'atroce supplice soit fini, et je les suivis dans le couloir, content de moi comme jamais.

Cela avait peut-être du bon, en fin de compte, d'être père.

Chapitre 32

Sun Zu était un homme très intelligent ; malheureusement il est mort depuis des siècles. Mais avant de mourir, il a écrit *L'Art de la guerre*, et l'une des observations très sages qu'il émet dans cet ouvrage est que chaque fois qu'un malheur nous frappe, il est toujours possible d'en tirer avantage si l'on considère les choses sous l'angle adéquat. Ce n'est pas une de ces théories californiennes New Age, mais un conseil très pratique qui peut être utile beaucoup plus souvent qu'on ne le croit.

Par exemple dans le cas présent, mon problème était de pouvoir continuer à former Cody et Astor selon la voie de Harry en dépit du fait qu'ils avaient été surpris par leur mère. Cherchant une solution, je repensai à ce bon vieux Sun Zu et tentai d'imaginer comment il aurait réagi à ma place. Bien sûr, c'était un général, donc il aurait sans doute décidé d'attaquer le flanc gauche avec sa cavalerie, ou quelque chose comme ça, mais les principes devaient être les mêmes.

Alors que je conduisais Cody et Astor vers leur mère, je me triturai les méninges à la recherche d'une idée que le vieux général chinois aurait approuvée. Et à l'instant où nous nous arrêtâmes en file devant une Rita encore en pleurs, l'idée surgit enfin.

– Rita, dis-je doucement, je crois que je peux stopper tout ça avant que ça dégénère.

– Tu as entendu ce que… Ça a déjà dégénéré, répliqua-t-elle avant de s'interrompre pour renifler fort.

– J'ai une idée, repris-je. Je veux que tu me les amènes au bureau demain, juste après l'école.

– Mais ce n'est pas… Enfin, tout n'a justement pas commencé à cause de…

– Tu as déjà vu le docu *Scared Straight* ? demandai-je.

Elle me dévisagea quelques secondes, renifla encore un coup, puis se tourna vers les enfants.

Et voilà comment le lendemain après-midi à 15 h 30, Cody et Astor se relayaient pour regarder dans un microscope au labo médico-légal.

– C'est un cheveu ! s'écria Astor.

– Tout à fait, répondis-je.

– C'est dégoûtant !

– Presque tout ce qui provient du corps humain est dégoûtant, surtout quand on le regarde au microscope. Regarde celui qui est à côté.

Il y eut un silence studieux, qui fut juste interrompu une fois lorsque Cody tira sur le bras d'Astor ; elle le repoussa en disant :

– Arrête, Cody.

– Qu'est-ce que tu remarques ? demandai-je.

– Ils n'ont pas l'air pareils.

– C'est exact. L'un est à toi, l'autre est à moi.

Elle continua à les observer un moment, puis se redressa.

– Ça se voit, affirma-t-elle. Ils sont différents.

– Il y a mieux encore, dis-je. Cody, donne-moi ta chaussure.

Cody, très obligeamment, s'assit par terre et retira sa basket gauche. Je la lui pris et lui tendis la main.

– Viens avec moi, lui dis-je.

Je l'aidai à se relever et il me suivit en sautant à cloche-pied jusqu'à la paillasse la plus proche. Je l'installai sur un tabouret et levai la chaussure afin qu'il puisse voir la semelle.

– Ta chaussure, dis-je. Propre ou sale ?

Il l'examina attentivement.

– Propre.

– C'est ce que tu crois. Regarde.

J'attrapai une petite brosse métallique et grattai soigneusement les débris presque invisibles coincés dans les rainures de la semelle, les récupérant dans une boîte de Petri. J'en versai une partie sur une lamelle de verre et la plaçai sous le microscope. Astor s'approcha immédiatement pour regarder, et Cody s'empressa de la rejoindre en sautillant.

– C'est mon tour, déclara-t-il. C'est ma chaussure.

Astor leva les yeux vers moi et je hochai la tête.

– C'est sa chaussure, dis-je. Tu regarderas après.

Elle dut y voir une certaine justice, car elle recula et laissa Cody grimper sur le tabouret. J'appliquai mon œil à l'oculaire pour la mise au point et m'aperçus que la lamelle contenait tout ce que je pouvais espérer.

– Ah ah, fis-je en cédant la place à Cody. Dis-moi ce que tu vois, jeune Jedi.

Cody scruta le microscope durant plusieurs minutes, jusqu'à ce que les trépignements d'impatience d'Astor nous obligent tous les deux à nous tourner vers elle.

– À moi, protesta-t-elle.

– Dans une minute, lui dis-je, puis, m'adressant à Cody : Qu'est-ce que tu as vu ?

– Des saletés, répondit-il.

Je m'approchai de nouveau de l'oculaire.

– D'abord, des poils d'animal, probablement un félin.

– Ça veut dire un chat, traduisit Astor.

– Puis il y a de la terre avec une forte concentration d'azote, sans doute du terreau, ce qu'on utilise pour les plantes d'intérieur. Où est-ce que vous avez amené le chat ? Dans le garage ? Là où votre maman bricole ses plantes ?

– Oui, répondit-il.

– Mmm… c'est ce que je pensais. Oh, là, regarde… c'est une fibre synthétique qui provient d'une moquette. Elle est bleue.

Je me tournai vers Cody et haussai les sourcils :

– De quelle couleur est la moquette dans ta chambre, Cody ?

Il ouvrit des yeux tout ronds en me répondant :

– Bleue.

– Ouaip. Si je voulais faire du zèle, je comparerais ça avec un morceau prélevé dans ta chambre. Et tu serais cuit. Je pourrais prouver que c'était toi pour le chat.

Je regardai de nouveau dans l'oculaire.

– Mon Dieu, quelqu'un a mangé de la pizza récemment. Oh, et puis il y a un petit bout de pop-corn aussi. Tu te rappelles, le cinéma la semaine dernière ?

– Dexter, je veux voir, gémit Astor. C'est mon tour.

– D'accord, dis-je, et je la laissai s'asseoir à côté de son frère sur le deuxième tabouret.

– Je ne vois pas de pop-corn, affirma-t-elle aussitôt.

– Le truc rond, marron, dans le coin en haut, répliquai-je.

Elle se tut une minute, puis leva les yeux vers moi.

– Tu ne peux pas vraiment voir tout ça, déclara-t-elle. Juste en regardant dans le microscope.

Je dois admettre que je frimais un peu, mais le but de cette séance était de leur en mettre plein la vue, alors j'avais tout prévu. J'attrapai un carnet que j'avais préparé et le posai sur la paillasse.

– Si, je peux, et beaucoup plus encore. Regardez.

Je trouvai la page qui contenait des photos de poils appartenant à plusieurs animaux, soigneusement sélectionnés afin de montrer la plus grande variété possible.

– Voilà le poil du chat. Complètement différent de la chèvre, hein ?

Je tournai la page.

– Des fibres de moquette. Rien à voir avec celles d'une chemise ou d'un gant de toilette.

Les deux enfants s'approchèrent et étudièrent le carnet, feuilletant la dizaine de pages que j'avais assemblées afin de leur prouver que je pouvais distinguer tout cela. Ce recueil avait été soigneusement élaboré dans le but de faire paraître la science médico-légale encore plus puissante que celle du Magicien d'Oz. Et pour être honnête, les experts sont effectivement capables de la plupart des choses que je leur montrais. Elles sont rarement suffisantes, cependant, pour attraper les criminels ; mais pourquoi aurais-je dû leur signaler ce détail et gâcher un merveilleux après-midi ?

– Regardez de nouveau, leur dis-je quelques minutes plus tard. Voyez si vous trouvez autre chose.

Ils reprirent leur observation avec enthousiasme et restèrent absorbés un bon moment.

Lorsqu'ils finirent par lever les yeux vers moi, je leur adressai un sourire joyeux et lançai en guise de conclusion :

– Tout ça sur une chaussure propre !

Je refermai le carnet et les observai.

– Et en se servant uniquement du microscope, ajoutai-je, avec un signe de tête en direction des nombreuses machines dans la pièce. Imaginez ce qu'on peut découvrir à l'aide de tout ce matériel.

– Ouais, mais on pourrait marcher pieds nus, répliqua Astor.

Je hochai la tête, sous-entendant que ses paroles étaient logiques.

– Oui, c'est vrai. À ce moment-là je pourrais faire ça. Donne-moi ta main.

Astor me dévisagea quelques secondes, comme si elle craignait que je ne lui coupe un bras, mais elle finit par me tendre la main. Je la lui pris et, attrapant un coupe-ongles dans ma poche, je raclai sous ses ongles avec la lime.

– Attends de voir ce que tu as là dessous, dis-je.

– Je me suis lavé les mains, protesta-t-elle.

– Aucune importance, répondis-je.

Je plaçai les petites boules de crasse sur une autre lamelle de verre que je fixai sous le microscope. Voyons voir…

Clamp !

Cela paraîtra sans doute un peu théâtral de dire que notre sang ne fit qu'un tour, mais voilà, ce fut le cas. Ils levèrent tous les deux les yeux vers moi ; je les regardai aussi, et nous oubliâmes tous de respirer.

Clamp !

Le bruit se rapprochait, et il était difficile de se rappeler que nous nous trouvions dans les locaux de la police, parfaitement en sécurité.

– Dexter, dit Astor d'une voix légèrement chevrotante.

– Nous sommes dans les locaux de la police, déclarai-je. Nous sommes en sécurité.

Clamp !

Le bruit s'arrêta, tout près. Je sentis mes poils se hérisser sur ma nuque tandis que je me tournais vers la porte qui s'ouvrait lentement.

Le brigadier Doakes. Il se tenait là dans l'encadrement de la porte, le regard assassin, ce qui semblait être devenu son expression permanente.

– Vwou, dit-il, et le son émis par sa bouche sans langue était presque aussi inquiétant que son apparence.

– Eh, oui, c'est moi, répondis-je. C'est gentil à vous de vous en souvenir.

Il fit un autre pas dans la pièce, et Astor sauta de son tabouret pour aller se réfugier près de la fenêtre, le plus loin possible de la porte. Doakes s'immobilisa et la regarda. Puis ses yeux se portèrent sur Cody, qui se laissa glisser de son siège et resta planté là, sans ciller, face à Doakes. Celui-ci dévisagea l'enfant ; Cody soutint son regard, et Doakes eut un véritable souffle à la Dark Vador. Puis il tourna la tête vers moi et exécuta un autre pas rapide, manquant perdre l'équilibre.

– Vwou, répéta-t-il, en sifflant cette fois. Des ga-ins !

– Ga-ins ? l'imitai-je, perplexe, ne cherchant pas à le provoquer.

Non, c'est vrai, s'il voulait à tout prix déambuler comme ça et effrayer les enfants, la moindre des choses aurait été d'avoir sur lui un calepin et un crayon afin de pouvoir communiquer. Mais apparemment cette petite attention était de trop pour lui. Il émit une autre respiration à la Dark Vador, puis pointa lentement sa pince métallique vers Cody.

– Des ga-ins, répéta-t-il de nouveau, les lèvres retroussées, l'air féroce.

– Il veut dire moi, affirma Cody.

Je me tournai vers lui, surpris de l'entendre parler en présence de Doakes, qui était un cauchemar vivant. Mais bien sûr, Cody n'avait pas de cauchemars. Il scrutait simplement Doakes.

– Qu'est-ce qu'il y a, Cody ? demandai-je.

– Il a vu mon ombre.

Le brigadier Doakes fit un autre pas incertain dans ma direction. Sa pince droite claqua, comme si elle avait décidé toute seule de m'attaquer.

– Vwou... Fe... Ha...

Manifestement, il avait quelque chose en tête, mais il aurait mieux fait de se contenter de lancer ses regards assassins en silence parce qu'il était impossible de comprendre les syllabes visqueuses qui sortaient de sa bouche.

– Ke… Fe… Vwou… siffla-t-il, et c'était une condamnation tellement claire de toute la personne de Dexter que je compris au moins qu'il m'accusait de quelque chose.

– Qu'est-ce que vous voulez dire ? demandai-je. Je n'ai rien fait.

– Ga-on, dit-il en indiquant de nouveau Cody.

– Je ne vous comprends pas, affirmai-je.

J'avoue que je faisais un peu exprès à ce stade. Il essayait de dire « garçon » et n'y parvenait pas vraiment parce qu'il n'avait plus de langue, mais mince, la patience a des limites ! Doakes aurait dû se rendre compte que ses tentatives de communication verbale ne remportaient pas un franc succès, et pourtant il s'acharnait. N'avait-il aucun sens des convenances ?

Heureusement pour nous, nous fûmes interrompus par des pas précipités dans le couloir, puis Deborah surgit.

– Dexter, dit-elle.

Elle se figea en voyant le tableau abracadabrant : Doakes, sa pince levée vers moi, Astor recroquevillée près de la fenêtre, et Cody se munissant d'un scalpel pour se protéger de Doakes.

– Qu'est-ce que c'est que ce bordel ? Doakes ?

Il laissa lentement retomber son bras mais continua à me scruter.

– Je te cherchais, Dexter. Tu étais où ?

Je lui étais si reconnaissant de cette entrée parfaitement minutée que je ne lui fis pas remarquer la bêtise de sa question.

– Mais j'étais là, en train d'éduquer les enfants. Et toi ?

– En route pour Dinner Key, répliqua-t-elle. On a retrouvé le corps de Kurt Wagner.

Chapitre 33

Deborah conduisait à une vitesse effarante. Je cherchai un moyen poli de lui signaler que nous allions voir un cadavre qui avait très peu de chances de s'échapper, alors est-ce qu'elle pouvait ralentir par pitié, mais je ne trouvai aucune formule.

Cody et Astor étaient trop jeunes pour se rendre compte du danger mortel qu'ils couraient ; ils semblaient s'amuser comme des fous sur la banquette arrière et participaient même à l'action en retournant gaiement leurs salutations aux autres automobilistes, le majeur dressé, chaque fois que nous coupions la route à quelqu'un.

Trois voitures s'étaient carambolées sur l'US-1 à l'intersection de LeJeune Road, provoquant un embouteillage, et nous fûmes obligés de ralentir, puis de rouler au pas. Puisque je n'usais plus tout mon souffle à réprimer des cris de terreur, j'entrepris d'interroger Deborah sur ce que nous nous hâtions d'aller voir.

– Comment a-t-il été tué ? demandai-je.

– Exactement comme les autres. Il a été brûlé, et il n'y a pas de tête.

– Tu es sûre que c'est Kurt Wagner ?

– Est-ce que je peux le prouver ? Pas encore. Est-ce que j'en suis sûre ? Oui.

– Pourquoi ?

– On a retrouvé sa voiture à proximité.

J'étais certain qu'habituellement j'aurais parfaitement compris pourquoi quelqu'un fétichisait ainsi les têtes, et j'aurais sans doute su où les trouver. Mais évidemment, à présent que j'étais tout seul, rien n'était plus normal.

– Ça ne tient pas debout, tu sais, affirmai-je.

Deborah frappa le volant du plat de la main.

– J'te le fais pas dire, lâcha-t-elle.

– Kurt a forcément tué les autres victimes.

– Alors qui l'a tué, lui ? Son chef scout ? répliquat-elle, appuyant sur le Klaxon et déboîtant dans la voie d'en face afin de contourner le bouchon.

Elle fit une embardée pour éviter un bus, enfonça la pédale de l'accélérateur, puis se faufila à travers la circulation sur une cinquantaine de mètres jusqu'à ce que nous eûmes dépassé l'accident. Je me concentrai sur ma respiration, me faisant la réflexion que nous allions de toute façon mourir un jour, alors en fin de compte, quelle importance si Deborah nous tuait aujourd'hui ? C'était une maigre consolation, mais cela m'empêcha au moins de hurler et de sauter par la portière jusqu'à ce que Deborah eût rejoint la bonne voie.

– C'était rigolo, déclara Astor. On peut recommencer ?

Cody hocha la tête avec enthousiasme.

– Et on pourrait mettre la sirène la prochaine fois ! reprit Astor. Comment ça se fait que tu n'utilises pas la sirène, brigadière Debbie ?

– Ne m'appelle pas Debbie, rétorqua ma sœur d'un ton sec. Je n'aime pas la sirène, c'est tout.

– Mais pourquoi ? insista Astor.

Deborah poussa un énorme soupir et m'adressa un regard en coin.

– C'est une bonne question, approuvai-je.

– Ça fait trop de bruit, répondit-elle. Laissez-moi conduire maintenant, O.K. ?

– D'accord, dit Astor sans paraître convaincue.

Nous roulâmes en silence jusqu'à Grand Avenue, et je tentai de réfléchir afin de trouver quelque chose qui pourrait nous aider. Ce ne fut pas le cas, mais j'eus tout de même une pensée qui méritait d'être partagée.

– Et si le meurtre de Kurt était une simple coïncidence ?

– Tu n'y crois pas toi-même.

– Mais s'il était en cavale… Peut-être qu'il a essayé d'obtenir de faux papiers auprès des mauvaises personnes, ou de sortir du pays clandestinement. Il aurait pu rencontrer tout un tas de truands dans ces circonstances.

Ce scénario semblait très peu probable, j'en étais conscient, mais Deborah prit la peine malgré tout de le considérer durant quelques secondes, mordillant sa lèvre inférieure et donnant un coup de Klaxon d'un air distrait alors qu'elle contournait la navette de l'un des hôtels de l'avenue.

– Non, finit-elle par dire. Il a été carbonisé, Dexter. Comme les deux premiers. Ça ne se copie pas.

Une fois de plus, j'eus conscience d'un léger frémissement dans mon vide intérieur, le coin qui avait autrefois abrité le Passager noir. Je fermai les yeux et tentai de déceler une trace de mon ancien compagnon, mais il n'y avait rien. Je rouvris les yeux à temps pour voir Deborah accélérer en doublant une Ferrari rouge vif.

– Les gens lisent les journaux, dis-je. Il y a toujours des meurtres copiés sur d'autres.

Elle réfléchit encore un instant, puis secoua la tête.

– Non. Je ne crois pas à la coïncidence. Pas pour un truc comme ça. Tous carbonisés et décapités, et ce serait une coïncidence ? Impossible.

Je voulais me raccrocher à cette éventualité, mais il me fallait bien admettre qu'elle avait probablement raison. La décapitation et la crémation n'étaient pas des procédures courantes pour le meurtrier lambda : la plupart d'entre eux préféraient sans doute vous assommer d'un bon coup, puis vous jeter dans la baie, attaché à une ancre.

Donc, selon toute probabilité, nous nous apprêtions à aller voir le cadavre de celui que nous pensions être le tueur ; or, il avait été tué de la même façon que ses propres victimes. Si j'avais été le joyeux luron d'autrefois, j'aurais apprécié la délicieuse ironie de la situation, mais dans mon état actuel, elle ne constituait qu'un affront supplémentaire à une existence bien ordonnée.

Deborah me laissa très peu de temps, toutefois, pour sombrer dans la morosité ; elle fonça à travers la circulation du centre de Coconut Grove avant de finir sa course sur le parking près de Bayfront Park, où le cirque habituel avait déjà commencé. Trois voitures de police étaient garées là, et Camilla Figg était occupée à relever les empreintes sur une Geo rouge cabossée, stationnée devant l'un des parcmètres : sans doute la voiture de Kurt Wagner.

Je descendis et regardai autour de moi ; même sans ma voix intérieure pour me souffler des indications, je remarquai que quelque chose manquait au tableau.

– Où est le corps ? demandai-je à Deborah.

Elle se dirigeait déjà vers la barrière du yacht-club.

– Là-bas, sur l'île, répondit-elle.

Je clignai des yeux. Pour une obscure raison, à la pensée de ce corps sur l'île je sentis les poils de ma nuque se hérisser, mais lorsque je me tournai vers l'eau afin de comprendre pourquoi, tout ce qui me vint fut la brise de l'après-midi qui soufflait à travers les pins sur les îles de Dinner Key, jusque dans le vide à l'intérieur de moi.

Deborah me poussa du coude.

– Allez, viens ! me lança-t-elle.

Je considérai Cody et Astor sur la banquette arrière, qui venaient juste de maîtriser les subtilités de la ceinture de sécurité et commençaient à sortir de la voiture.

– Restez là, leur dis-je. Je reviens dans un moment.

– Où tu vas ? demanda Astor.

– Je dois aller sur cette île.

– Il y a un mort là-bas ?

– Oui.

Elle jeta un coup d'œil à Cody, puis me regarda de nouveau.

– On veut t'accompagner, déclara-t-elle.

– Non, pas question. Ça m'a causé suffisamment de problèmes la dernière fois. Si je vous emmène voir un autre cadavre, votre mère va me faire la peau.

Cody trouva cela très drôle : il émit un petit bruit et secoua la tête.

J'entendis crier et tournai les yeux du côté de la marina. Deborah était déjà sur le quai et s'apprêtait à monter dans la vedette de la police qui y était amarrée. Elle agita un bras dans ma direction en hurlant :

– Dexter !

Astor frappa du pied pour attirer mon attention.

– Vous devez rester là, et il faut que j'y aille maintenant.

– Mais, Dexter, on veut faire un tour en bateau, insista-t-elle.

– Eh bien, ce n'est pas possible. Mais si vous êtes sages, je vous emmènerai sur mon bateau ce week-end.

– Voir un mort ?

– Non, on ne va pas revoir de cadavres avant un bon moment.

– Mais tu as promis !

– Dexter ! hurla de nouveau Deborah.

J'agitai la main vers elle, mais ce ne devait pas être la réponse qu'elle attendait car elle se mit à faire de grands gestes furieux.

– Astor, je dois y aller. Restez là. On en reparlera plus tard.

– Tout est toujours plus tard, marmonna-t-elle.

Je me dirigeai vers la barrière et m'arrêtai pour parler au policier en uniforme, un homme costaud aux cheveux noirs et à l'air buté.

– Vous pourriez jeter un œil sur mes enfants, là-bas ? lui demandai-je.

Il me dévisagea.

– Vous vous croyez dans une garderie, peut-être ?

– C'est juste pour quelques minutes. Ils sont très sages.

– Écoutez, mon pote, s'énerva-t-il, mais avant qu'il puisse terminer sa phrase il y eut un mouvement d'air, et Deborah surgit à côté de nous.

– Putain, Dexter ! Ramène-toi sur le bateau !

– Désolé, mais il faut que je trouve quelqu'un pour surveiller les gamins.

Deborah grinça des dents. Puis elle lança un regard au gros flic et lut son nom sur sa veste.

– Suchinsky, dit-elle, surveillez ces mômes, bordel !

– Allons, brigadier, protesta-t-il, nom de Dieu !

– Restez près des mômes, bordel ! Vous apprendrez peut-être quelque chose. Dexter, monte dans ce putain de bateau, tout de suite !

Je me tournai docilement et rejoignis à la hâte le « putain de bateau ». Deborah me dépassa et elle était déjà assise lorsque je sautai à bord. Le policier qui conduisait la vedette mit alors le cap sur les îles, en se frayant un chemin entre les voiliers du port de plaisance.

Il existe plusieurs petites îles à l'extérieur de la marina de Dinner Key, qui offrent une bonne protection contre le vent et les vagues, ce qui en fait un excellent mouillage. Certes, cela ne vaut que dans des circonstances ordinaires, comme le prouvaient les îles elles-mêmes : elles étaient jonchées de débris de bateaux et d'autres détritus laissés dans le sillage des nombreux ouragans récents ; de temps à autre, un squatteur décidait de faire le ménage en se construisant un abri avec les morceaux d'épaves.

L'île vers laquelle nous nous dirigions était l'une des plus petites. La moitié d'un cruiser était échouée sur le sable à un angle incroyable, et les pins qui bordaient la plage étaient garnis de morceaux de polystyrène, de tissus déchirés et de lambeaux de sacs plastique. À part ça, tout était exactement comme les Indiens l'avaient laissé, un petit coin de paradis couvert de pins australiens, de préservatifs et de canettes de bière.

Excepté, bien sûr, le cadavre de Kurt Wagner, qui n'avait pas été laissé là par les Indiens. Il gisait dans une clairière au centre de l'île ; comme les autres, il avait été disposé dans une attitude solennelle, les bras tendus le long des flancs et les jambes serrées. Le corps était sans tête et nu, carbonisé, tout à fait semblable aux autres, sauf que cette fois-ci il y avait eu un ajout. Autour du cou avait été passé un cordon en cuir auquel était accroché un médaillon en étain de la taille d'un œuf. Je me penchai pour voir de plus près : c'était une tête de taureau.

De nouveau, je sentis un curieux frémissement au creux de mon être, comme si une partie de moi comprenait que ce détail était significatif mais ne savait ni pourquoi ni comment l'exprimer ; pas seul, pas sans le Passager.

Vince Masuoka était accroupi à côté du corps, en train d'examiner un mégot de cigarette, et Deborah alla s'agenouiller près de lui. Je fis le tour des lieux, regardant sous tous les angles : *Nature morte avec flics*. J'espérais trouver un indice. Peut-être le permis de conduire du tueur, ou une confession écrite. Mais il n'y avait rien de tel, rien que du sable, marqué par le passage d'innombrables pieds ainsi que par le vent.

Je posai un genou au sol à côté de Deborah.

– Tu as cherché le tatouage, hein ? lui demandai-je.

– C'est ce qu'on a fait aussitôt, répondit Vince.

Il tendit sa main gantée et souleva légèrement le corps. Le tatouage était là, à moitié recouvert de sable mais encore visible ; seule l'extrémité supérieure manquait, sans doute coupée et laissée avec la tête.

– C'est lui, affirma Deborah. Le tatouage, sa voiture là-bas… C'est lui, Dexter. Et je donnerais cher pour savoir ce que ce tatouage veut dire.

– C'est de l'araméen, répliquai-je.

– Comment tu sais ça, bordel ?

– Mes recherches, répondis-je. Regarde.

J'attrapai une brindille de pin sur le sable et m'en servis pour pointer. Une partie de la première lettre avait été sectionnée en même temps que la tête, mais le reste était parfaitement lisible et correspondait à ma leçon de langue.

– Voilà le M, enfin un peu tronqué, puis le L, et le K.

– Et ça veut dire quoi, bordel ?

– Moloch, répondis-je, parcouru d'un frisson complètement irrationnel à prononcer ce nom sous le soleil étincelant.

Je tentai de l'ignorer, mais une sensation de malaise perdura.

– L'araméen n'a pas de voyelles. Alors Moloch s'écrit M L K.

– Ça pourrait aussi bien être « milk ».

– Franchement, Deb, si tu penses que notre tueur se ferait tatouer « milk » sur le cou, t'as vraiment besoin de repos.

– Mais, si Wagner est Moloch, qui l'a tué, alors ?

– Wagner tue les autres, dis-je, m'efforçant de prendre un air tout à la fois pensif et sûr de moi, tâche très difficile. Et puis, euh…

– Ouais, j'ai déjà pensé à « euh ».

– Et tu fais surveiller Wilkins, c'est ça ?

– Oui, putain, on surveille Wilkins.

Je considérai de nouveau le corps, mais il n'avait rien à m'apprendre que je ne savais déjà, c'est-à-dire presque rien. Je ne pouvais empêcher mon cerveau de tourner en rond : Wagner avait été Moloch, et maintenant il était mort, tué par Moloch…

Je me redressai. L'espace d'un instant, je fus pris de vertiges, comme aveuglé par une lumière trop vive, puis j'entendis l'horrible musique commencer à s'élever au loin, et en cet instant je sus que quelque part tout près d'ici le dieu m'appelait ; le vrai dieu en personne et non un farceur psychotique.

Je secouai la tête pour y ramener le silence et manquai tomber à la renverse. Je sentis une main saisir mon bras afin de me retenir, mais était-ce Deb, Vince, ou Moloch lui-même, je n'aurais su le dire. Dans le lointain, une voix appelait mon nom, mais en le chantant, sur une cadence similaire au rythme bien trop familier désormais de la musique. Je fermai les yeux et sentis une chaleur sur mon visage, puis la musique se fit plus forte. Quelque chose me secoua ; j'ouvris les yeux.

La musique s'arrêta. La chaleur provenait juste du soleil de Miami, accompagné du vent qui apportait les nuages de l'après-midi. Deborah tenait mes deux poignets et me secouait, en répétant mon nom patiemment.

– Dexter. Hé, Dex, allez. Dexter. Dexter.

– Oui, c'est moi, répondis-je, quoique pas entièrement convaincu.

– Ça va, Dex ?

– Je crois que je me suis levé trop brusquement.

Elle eut l'air sceptique.

– Mmm…

– C'est vrai, Deb, ça va maintenant. Enfin, je crois.

– Tu crois ?

– Oui. C'est rien, je me suis levé trop brusquement.

Elle me dévisagea encore quelques secondes, puis me lâcha et recula.

– D'accord. Alors si tu peux marcher jusqu'au bateau, on y va.

J'avais peut-être encore la tête qui tournait ; toujours est-il que ses paroles semblaient dénuées de sens, comme si ce n'étaient que des syllabes creuses.

– On y va ? répétai-je.

– Dexter, on a six cadavres sur les bras, et notre seul suspect est par terre devant nous, sans tête.

– O.K., dis-je, et je perçus un faible battement de tambour sous ma voix. Alors, où est-ce qu'on va ?

Deborah serra les poings et contracta les mâchoires. Elle baissa les yeux vers le cadavre, et l'espace d'un instant je crus qu'elle allait carrément cracher.

– Et ce type que tu as poursuivi jusque dans le canal ? me demanda-t-elle enfin.

– Starzak ? Non, il a dit…

Je m'interrompis, mais c'était trop tard ; Deborah me sauta dessus.

– Il a dit ? Quand est-ce que tu as parlé à Starzak, bordel ?

Je dois rappeler à ma décharge que j'avais encore la tête qui tournait et que je n'avais pas réfléchi avant d'ouvrir la bouche, mais je me trouvais dans une situation quelque peu délicate. Je ne pouvais décemment pas expliquer à ma sœur que j'avais parlé à Starzak l'autre soir, lorsque je l'avais attaché à son établi dans l'intention de le découper en petits morceaux. Mais le sang dut de nouveau irriguer mon cerveau parce que je m'empressai aussitôt de corriger :

– Je veux dire, *il avait l'air*… Il avait juste l'air d'être… je ne sais pas. Je crois que c'était personnel, parce que je lui avais coupé la route ou un truc dans le genre.

Deborah me dévisagea d'un air furieux, puis elle parut accepter mon explication et se détourna en donnant un coup de pied dans le sable.

– De toute façon, on n'a rien d'autre, lança-t-elle. On ne perdra pas grand-chose à vérifier.

Cela ne me sembla pas une bonne idée de lui dire que j'avais déjà étudié son cas assez scrupuleusement, bien au-delà des limites des contrôles de police ordinaires. Alors, je me contentai d'approuver d'un signe de tête.

Chapitre 34

Il n'y avait pas grand-chose d'autre à voir sur l'île. Vince et ses collègues relèveraient tous les détails importants et notre présence n'aurait fait que les gêner. Deborah, impatiente, souhaitait retourner le plus vite possible à Miami pour aller intimider les suspects. Nous traversâmes donc la plage et remontâmes à bord de la vedette pour le court trajet de retour. Je me sentais un peu mieux au moment où je posai le pied sur le quai, et je me dirigeai aussitôt vers le parking.

Ne voyant pas Cody et Astor, j'allai trouver Air bute.

– Les gamins sont dans la voiture, déclara-t-il avant que je puisse ouvrir la bouche. Ils voulaient jouer aux gendarmes et aux voleurs avec moi. C'est pas une garderie ici, que je sache.

Il devait être convaincu que son allusion à la garderie était hilarante, alors je hochai la tête, le remerciai et me dirigeai vers la voiture de Deborah. Il me fallut avoir pratiquement le nez collé à la vitre pour voir Cody et Astor, et l'espace d'un instant, je me demandai où ils étaient. Puis je les aperçus, tapis sur la banquette arrière, levant des yeux immenses vers moi. J'essayai d'ouvrir la portière, mais elle était bloquée.

– Je peux entrer ? criai-je à travers la vitre.

Cody trifouilla la serrure puis ouvrit la portière.

– Qu'est-ce qui se passe ? leur demandai-je.

– On a vu l'homme qui fait peur, affirma Astor.

Je n'eus tout d'abord pas la moindre idée de ce qu'elle entendait par là ; j'ignore alors pourquoi je sentis la sueur dégouliner le long de mon dos.

– Comment ça, l'homme qui fait peur ? Tu veux dire le policier là-bas ?

– Dex-terrr, grogna Astor. J'ai dit qui fait peur, pas crétin. Comme la fois où on a vu les têtes.

– C'était le *même* homme ?

Ils échangèrent un regard, et Cody haussa les épaules.

– Peut-être, répondit Astor.

– Il a vu mon ombre, dit Cody de sa petite voix rauque.

J'étais content de le voir se confier ainsi mais, surtout, je savais à présent pourquoi la sueur coulait dans mon dos. Il avait déjà évoqué son ombre auparavant, et je n'avais pas relevé. Il était temps de l'écouter. Je grimpai sur la banquette arrière avec eux.

– Comment tu sais qu'il a vu ton ombre, Cody ?

– Il l'a dit, répondit Astor. Et Cody a vu la sienne.

Cody approuva de la tête, sans me quitter des yeux, en me regardant avec son expression circonspecte habituelle qui ne trahissait rien. Et cependant, je devinais qu'il me faisait entièrement confiance pour m'occuper du problème. J'aurais aimé pouvoir partager son optimisme.

– Quand tu dis ton ombre, lui demandai-je avec prudence, tu parles de celle que le soleil forme sur le sol ?

Cody fit non de la tête.

– Tu as une autre ombre que celle-là ?

Cody me regarda comme si je lui avais demandé s'il portait des chaussures, mais il hocha la tête.

– Dedans, expliqua-t-il. Comme celle que tu avais avant.

Je me laissai aller contre le dossier de la banquette, faisant semblant de respirer. Une ombre dedans. C'était une description parfaite : élégante, sobre, précise. Et d'ajouter que j'en avais une auparavant lui conférait un côté assez poignant, qui m'émouvait presque.

Bien entendu, être ému ne sert à rien, et je réussis en général à l'éviter. Dans ce cas précis, je me secouai mentalement tout en me demandant ce qu'il était arrivé aux fiers remparts de la forteresse Dexter, autrefois ornés du glorieux étendard de la raison. Je me rappelais très bien avoir été intelligent. Par quel mystère avais-je pu ne pas comprendre de quoi parlait Cody ?

Il avait vu un autre prédateur et l'avait reconnu lorsque son double obscur avait entendu le rugissement du monstre, tout comme il m'arrivait de les démasquer du temps où mon Passager vivait avec moi. Et l'autre avait reconnu Cody exactement de la même manière. Mais pourquoi cela aurait-il effrayé Cody et Astor, les poussant à se terrer dans la voiture ?

— Il vous a dit quelque chose, cet homme ? leur demandai-je.

— Il m'a donné ça, répondit Cody.

Il me tendit une carte de visite couleur chamois. Je la pris.

Elle comportait l'image stylisée d'une tête de taureau, identique à celle que je venais de voir autour du cou du cadavre, là-bas sur l'île. Et en dessous figurait une copie parfaite du tatouage de Kurt : M L K.

La portière avant de la voiture s'ouvrit, et Deborah plongea à l'intérieur.

— Allons-y, lança-t-elle. Reprends ta place.

Elle enfonça la clé de contact et démarra avant que j'aie le temps de me ressaisir.

— Attends une minute, dis-je dès que je pus articuler.

— Je n'ai *pas* une minute, putain. Ramène-toi.

— Il était là, Deb.

— Qui était là, bordel ?

— Je ne sais pas, admis-je.

— Alors comment tu peux savoir qu'il était là ?

Je me penchai et lui tendis la carte.

– Il a laissé ça.

Deborah attrapa la carte, y jeta un coup d'œil puis la lâcha sur le siège comme si elle était enduite de venin.

– Merde, dit-elle.

Elle éteignit le moteur.

– Où est-ce qu'il l'a laissée ?

– À Cody.

Elle tourna la tête et nous dévisagea tous les trois, l'un après l'autre.

– Pourquoi la laisserait-il à un gamin ?

– Parce que… commença Astor, mais je plaquai aussitôt ma main sur sa bouche.

– Ne nous interromps pas, Astor ! m'exclamai-je avant qu'elle se mette à parler des ombres.

Elle prit une bouffée d'air, puis se ravisa et resta assise sans rien dire, n'appréciant pas d'être bâillonnée, mais ne protestant pas. Nous gardâmes tous les quatre le silence pendant un moment.

– Pourquoi ne pas l'avoir coincée sur le pare-brise ou envoyée par la poste ? demanda Deborah. Et puis merde, pourquoi nous la donner tout court ? Pourquoi l'avoir imprimée, bordel ?

– Il l'a donnée à Cody pour nous intimider, répondis-je. C'est comme de dire : Vous voyez ? Je peux vous avoir là où vous êtes vulnérable.

– Il frime, constata Deborah.

– Oui, je crois.

– Nom de Dieu ! c'est la première fois qu'il fait quelque chose qui a du sens. Il veut jouer au chat et à la souris comme tous les autres psychopathes, eh bien, il va voir, je peux y jouer moi aussi, et je vais l'attraper ce fils de pute ! Mets cette carte dans une pochette pour les pièces à conviction, et essaie d'obtenir une description des gosses.

Elle ouvrit sa portière, bondit au-dehors et alla parler au gros flic, Suchinsky.

– Alors, dis-je à Cody et Astor, est-ce que vous vous rappelez comment était cet homme ?

– Oui, répondit Astor. On va vraiment jouer avec lui comme ta sœur a dit ?

– Elle ne voulait pas dire « jouer » comme quand vous jouez à cache-cache, expliquai-je. C'est plutôt qu'il nous met au défi de le trouver.

– Ben, en quoi c'est différent de cache-cache ?

– Personne ne se fait tuer à cache-cache. À quoi ressemblait cet homme ?

Elle haussa les épaules.

Il était vieux.

– Tu veux dire vraiment vieux ? Avec des cheveux blancs et des rides ?

– Non, tu sais, vieux comme toi.

– Ah, tu veux dire juste *vieux* !, m'exclamai-je, sentant la main glacée de la mortalité effleurer mon front et laisser dans son sillage faiblesse et tremblements.

Cela n'augurait pas vraiment d'une description précise, mais après tout elle n'avait que neuf ans : pour elle, tous les adultes étaient pareillement inintéressants. Deborah s'était montrée maligne en allant parler à l'Agent borné pendant ce temps. C'était sans espoir. Il fallait que j'essaie, néanmoins.

J'eus une inspiration soudaine – ou, dans tous les cas, étant donné mon manque de puissance cérébrale du moment, une idée qui allait devoir en tenir lieu : il y aurait une certaine logique si l'homme en question était Starzak, de nouveau à mes trousses.

– Y a-t-il autre chose dont vous vous souveniez ? Est-ce qu'il avait un accent quand il parlait ?

Astor secoua la tête.

– Non, il parlait normalement. C'est qui, Kurt ?

Il serait exagéré d'affirmer que mon cœur battit plus fort en entendant ces mots, mais je sentis une sorte de palpitation intérieure.

– Kurt est le mort que je viens de voir. Pourquoi tu veux savoir ?

– L'homme a dit… Il a dit qu'un jour Cody serait un bien meilleur assistant que Kurt.

Un froid soudain modifia la température interne de Dexter.

– Vraiment ? C'est gentil de sa part !

– Il était pas gentil du tout, Dexter. On te l'a dit, il faisait peur.

– Mais à quoi il ressemblait, Astor ? demandai-je. Comment peut-on l'attraper si on ne sait pas à quoi il ressemble ?

– Tu n'as pas besoin de l'attraper, Dexter. Il a dit que tu le trouverais quand ce serait le moment.

La terre s'arrêta de tourner un instant, assez longtemps pour que je sente des gouttelettes glacées jaillir de tous mes pores.

– Il a dit quoi, exactement ?

– Il a dit de te dire que tu le trouverais quand ce serait le moment, répéta-t-elle. Je viens de te le dire.

– Quelle formule a-t-il utilisée ? « Dis à papa » ou « Dis à cet homme » ?

Elle soupira.

– « Dis à *Dexter* », articula-t-elle lentement afin que je comprenne bien. C'est toi. Il a dit : « Dis à Dexter qu'il me trouvera quand ce sera le moment. »

J'imagine que j'aurais dû être terrifié. Mais bizarrement, je ne l'étais pas. Au contraire, je me sentais mieux. Maintenant, je n'avais plus de doute, quelqu'un, dieu ou mortel – peu importait –, me traquait et viendrait à moi lorsque ce serait le moment.

À moins que je ne l'attrape le premier.

C'était une pensée stupide, d'une extrême naïveté. Pas une fois je ne m'étais montré capable d'avoir un temps d'avance sur lui, sans parler d'essayer de le trouver. Je n'avais fait que l'observer tandis qu'il me pistait, m'effrayait et m'amenait à un état de panique que je n'avais encore jamais éprouvé.

Il savait qui j'étais et où j'étais, alors que je ne savais même pas à quoi il ressemblait.

— S'il te plaît, Astor, c'est très important, insistai-je. Est-ce qu'il était grand ? Est-ce qu'il avait une barbe ? Il était cubain ? Noir ?

Elle haussa les épaules.

— Non, c'était un Blanc. Il avait des lunettes. Tu sais, juste un homme ordinaire.

Non, je ne savais pas, mais par chance je n'eus pas besoin de l'admettre parce que pile à cet instant Deborah ouvrit brusquement sa portière et se glissa de nouveau derrière le volant.

— Bon sang ! s'exclama-t-elle. Comment on peut être capable de lacer ses chaussures en étant aussi débile ?

— Faut-il entendre par là que l'agent Suchinsky n'avait pas grand-chose à dire ? lui demandai-je.

— Il avait plein de choses à dire, répondit Deborah. Mais c'était qu'un tas de conneries. Il pense que le type conduisait peut-être une voiture verte, et c'est à peu près tout.

— Bleue, dit Cody.

Nous nous tournâmes tous vers lui.

— Elle était bleue, répéta-t-il.

— Tu es sûr ? lui demandai-je, et il acquiesça.

— Alors qui est-ce que je crois ? demanda Deborah. Un petit gosse, ou un flic qui a quinze ans d'expérience et un cerveau plein de merde ?

— Tu devrais arrêter de dire tous ces gros mots, intervint Astor. Tu me dois cinq dollars. Et de toute façon,

Cody a raison, c'était une voiture bleue. Je l'ai vue aussi, et elle était bleue.

Je considérai Astor, mais je sentais la pression du regard de Deborah sur moi ; je me tournai de nouveau vers elle.

– Alors ? dit-elle.

– Eh bien, répondis-je, le problème des gros mots mis à part, ce sont deux gamins très vifs, et l'agent Suchinsky devrait passer un test de QI.

– Alors je suis censée les croire, eux ?

– Moi, je les crois.

Deborah mastiqua cette information, bougeant la bouche comme si elle était en train de mâcher une viande très coriace.

– O.K., finit-elle par dire. Donc, je sais maintenant qu'il conduit une voiture bleue, comme une personne sur trois à Miami. Explique-moi en quoi ça m'aide.

– Wilkins a une voiture bleue.

– Wilkins est sous surveillance, bordel !

– Appelle-les.

Elle me dévisagea pendant quelques secondes en mâchonnant sa lèvre, avant d'attraper sa radio et de sortir de la voiture. Elle parla un moment, et je l'entendis hausser la voix. Puis elle prononça une autre de ses grossièretés ; Astor me regarda en secouant la tête. Enfin, Deborah revint dans la voiture en claquant la portière.

– Le fils de pute !

– Ils l'ont perdu ?

– Non, il est là, chez lui. Il vient juste de garer sa voiture et de rentrer.

– Où est-il allé ?

– Ils ne savent pas. Ils l'ont perdu au moment de la prise de relais.

– Quoi ?

– DeMarco arrivait alors que Balfour s'en allait. Il s'est éclipsé pendant qu'ils permutaient. Ils jurent qu'il ne s'est pas absenté plus de dix minutes.

– Sa maison est à cinq minutes d'ici en voiture.

– Je sais, répliqua-t-elle d'un ton amer. Alors, qu'est-ce qu'on fait ?

– Continue de faire surveiller Wilkins. Et en attendant, va parler à Starzak.

– Tu viens avec moi, hein ?

– Non, répondis-je, n'ayant aucune envie de voir Starzak et estimant que, pour une fois, j'avais une excuse parfaite. Il faut que je ramène les enfants à la maison.

Elle me regarda d'un air mauvais.

– Et si ce n'est pas Starzak ? me demanda-t-elle.

– Je ne sais pas.

– Ouais, moi non plus, dit-elle.

Après un moment, elle redémarra.

Chapitre 35

Il était bien plus de 7 heures lorsque nous regagnâmes le QG de la police. Alors, malgré l'air contrarié de Deborah, j'embarquai Cody et Astor dans ma propre voiture et mis le cap sur la maison. Ils demeurèrent silencieux durant presque tout le trajet, sans doute encore un peu secoués par leur rencontre. Mais c'étaient des enfants résistants : la preuve, ils pouvaient encore parler, malgré ce que leur père biologique leur avait infligé. Aussi, lorsque nous ne fûmes plus qu'à une dizaine de minutes de la maison, Astor redevint elle-même.

– Ce serait super si tu conduisais comme la brigadière Debbie, déclara-t-elle.

– Je préfère vivre un peu plus longtemps, répliquai-je.

– Pourquoi tu n'as pas de sirène ? demanda-t-elle. Tu n'en as pas voulu ?

– On n'a pas de sirène au service médico-légal. Mais de toute façon, je n'en voudrais pas. Je préfère adopter un profil bas.

Je la vis froncer les sourcils dans le rétroviseur.

– Qu'est-ce que ça veut dire ?

– Ça veut dire que je ne veux pas attirer l'attention, expliquai-je. Je ne veux pas que l'on me remarque. C'est une chose que vous devez apprendre aussi tous les deux, ajoutai-je.

– Mais tout le monde cherche à se faire remarquer. Les gens ne pensent qu'à ça, on dirait, faire des trucs pour que les autres les regardent.

– Vous êtes différents, vous deux, répondis-je. Vous ne serez jamais comme tout le monde.

Astor se tut un long moment, et je lui lançai un coup d'œil dans le rétroviseur. Elle regardait ses pieds.

– Ce n'est pas forcément une mauvaise chose, tu sais, repris-je. Quel mot pourrait remplacer « normal » ?

– Je ne sais pas, répliqua-t-elle, contrariée.

– Ordinaire. Tu as vraiment envie d'être ordinaire ?

– Non, répondit-elle. Mais alors, si on n'est pas ordinaires, les gens nous remarqueront.

– C'est pour ça que vous devez apprendre à adopter un profil bas, dis-je, secrètement ravi du tour qu'avait pris la conversation. Vous devez faire semblant d'être normaux.

– Alors personne ne doit savoir qu'on est différents.

– Exactement.

Elle se tourna vers son frère, et ils eurent l'un de leurs longs échanges silencieux. Je profitai de cette accalmie pour m'apitoyer sur mon sort en conduisant à travers la circulation encombrée du soir. Après quelques minutes, Astor parla de nouveau.

– Ça veut dire qu'on ne doit pas raconter à maman ce qu'on a fait aujourd'hui ?

– Vous pouvez lui parler du microscope.

– Mais pas du reste ? L'homme qui fait peur et le tour en voiture avec la brigadière Debbie ?

– Non, vaut mieux pas.

– Mais il ne faut pas mentir. Surtout à notre mère.

– C'est pour ça que vous ne lui direz rien. Elle n'a pas besoin de savoir des choses qui vont lui donner du souci.

– Mais elle nous aime, protesta Astor. Elle veut que nous soyons heureux.

– Oui. Mais il faut qu'elle vous imagine heureux d'une façon qu'elle peut comprendre. Sinon, c'est elle qui ne sera pas heureuse.

Il y eut un autre long silence, puis Astor finit par demander, juste avant que nous tournions dans leur rue :

Est-ce que l'homme qui fait peur a une mère ?

– Très certainement, répondis-je.

Rita devait attendre dans l'entrée parce que, à peine fûmes-nous garés, elle sortit et vint à notre rencontre.

– Bonjour, bonjour, lança-t-elle gaiement. Alors, qu'est-ce que vous avez appris aujourd'hui, vous deux ?

– On a vu des saletés, répondit Cody. Sur ma chaussure.

Rita cligna les paupières.

– Ah oui ?

– Et il y avait un morceau de pop-corn aussi, ajouta Astor. On a regardé dans le microphone, et on a pu deviner où on avait été.

– Microscope, corrigea Cody.

– C'est pareil, dit Astor en haussant les épaules. Et on pouvait dire aussi à qui étaient les cheveux. Et si c'était une chèvre ou une moquette.

– Ma parole ! s'exclama Rita, un peu dépassée. Vous avez l'air de vous être bien amusés.

– Oui, répondit Cody.

– Eh bien, vous n'avez qu'à vous mettre à vos devoirs et je vais vous préparer un petit goûter.

– D'accord, dit Astor, et les deux enfants décampèrent dans l'allée.

Rita les regarda jusqu'à ce qu'ils disparaissent à l'intérieur, puis elle se tourna vers moi et me tint par le coude en marchant.

– Alors, ça s'est bien passé ? me demanda-t-elle. Je veux dire, avec le… Ils ont l'air très, euh…

– Ils le sont. Je crois qu'ils commencent à comprendre qu'il y a des conséquences à de telles bêtises.

331

– Tu ne leur as rien montré de trop sinistre, j'espère.

– Absolument pas. Même pas une goutte de sang.

– Tant mieux, dit-elle, en appuyant sa tête sur mon épaule, ce qui, j'imagine, est le prix à payer lorsqu'on s'apprête à épouser quelqu'un.

C'était peut-être une façon de marquer son territoire en public, auquel cas je devais m'estimer heureux qu'elle n'ait pas choisi de le faire à la manière des animaux. Quoi qu'il en soit, j'ai du mal à comprendre les démonstrations d'affection, et je me sentais un peu gêné, mais je passai mon bras autour de ses épaules, puisque je savais que c'était la réaction humaine attendue, et nous suivîmes les enfants à l'intérieur.

Je suis à peu près certain de ne pouvoir appeler cela un rêve ; mais dans la nuit, le bruit revint dans ma pauvre tête détraquée, la musique et les chants ainsi que les coups de gong que j'avais déjà entendus auparavant. J'eus de nouveau une sensation de chaleur sur le visage, et je ressentis une bouffée de joie féroce s'élevant du recoin qui était vide depuis si longtemps maintenant. Je me réveillai debout devant la porte d'entrée, la main sur la poignée, couvert de sueur, mais satisfait, comblé, et pas du tout troublé comme j'aurais dû l'être.

Je connaissais le terme « somnambule », bien sûr. Mais j'avais appris dans mon cours de psychologie en première année de fac que les raisons pour lesquelles on peut avoir des accès de somnambulisme ne sont en général pas liées au fait d'entendre de la musique. Et je savais aussi au plus profond de mon être que j'aurais dû être inquiet, angoissé, absolument bouleversé par les trucs qui s'immisçaient dans mon inconscient. Ils n'auraient pas dû se trouver là ; il était même impossible qu'ils s'y trouvent, et pourtant ils y étaient. Et j'en éprouvais de la joie. C'était ce qu'il y avait de plus effrayant.

La musique n'était pas bienvenue dans l'auditorium de Dexter. Je ne la voulais pas. Je souhaitais qu'elle s'en aille. Mais elle s'imposait et, contre mon gré, me rendait anormalement heureux, puis me lâchait devant la porte d'entrée, cherchant apparemment à me faire sortir et…

Et quoi ? Cette pensée irrationnelle était tout droit venue de mon cerveau reptilien…

Était-ce une simple impulsion, une lubie de mon inconscient, qui m'avait extrait de mon lit et amené jusqu'à la porte ? Ou y avait-il quelque chose qui essayait de me faire sortir ? Il avait dit aux enfants que je le trouverais quand ce serait le moment ; le moment était-il arrivé ?

Voulait-on que Dexter se retrouve seul et inconscient dans la nuit ?

C'était une pensée géniale, et j'étais terriblement fier de l'avoir eue, car cela signifiait que j'avais subi de véritables lésions cérébrales et que je ne pouvais donc pas être tenu pour responsable. De nouveau, je m'aventurais dans le territoire de l'ineptie ; j'étais en proie à une hystérie absurde induite par le stress. Quelle personne sur terre aurait pu avoir autant de temps à perdre ? Qui d'autre que moi s'intéressait réellement à Dexter ? Pour le prouver, j'allumai la lumière du porche et ouvris la porte.

De l'autre côté de la rue, à une quinzaine de mètres à gauche, une voiture démarra et s'éloigna.

Je repoussai la porte et la fermai à double tour.

Puis je m'installai une fois de plus à la table de la cuisine et bus du café en réfléchissant au grand mystère de la vie.

L'horloge indiquait 3 h 32 lorsque je m'assis ; il était 6 heures lorsque Rita finit par entrer dans la pièce.

– Dexter… dit-elle, une expression de surprise sur son visage endormi.

– En chair et en os, répondis-je, mais il m'était extrêmement difficile de maintenir ma joyeuse façade habituelle.

Elle fronça les sourcils.

– Qu'est-ce qui ne va pas ?

– Absolument rien. Je n'arrivais pas à dormir, c'est tout.

Rita baissa la tête et se dirigea d'un pas traînant vers la cafetière pour se servir une tasse. Puis elle vint s'asseoir en face de moi et avala une gorgée.

– Dexter, dit-elle, c'est parfaitement normal d'avoir des doutes.

– Bien sûr, répliquai-je, ignorant totalement de quoi elle parlait. C'est le b.a.ba de toute enquête criminelle.

Elle m'adressa un sourire fatigué.

– Tu sais de quoi je parle, reprit-elle, ce qui était faux. Je parle du mariage.

Une petite lumière s'alluma dans ma tête et je fus à deux doigts de m'exclamer : « Ah ah ! Bien sûr, le mariage. » Les humains de sexe féminin sont obsédés par les mariages, même quand il ne s'agit pas du leur. Mais quand c'est le leur, la question occupe chaque minute de leur vie, de jour comme de nuit. Rita voyait tout à travers la lorgnette du mariage. Si je n'arrivais pas à dormir, c'est que je faisais des cauchemars à ce sujet.

Quant à moi, je n'étais pas affecté de la sorte. J'avais un tas de préoccupations très importantes, et pour ce qui était du mariage j'étais en pilotage automatique. Au moment voulu, je serais là, cela se passerait, et c'était tout. Je ne pouvais, néanmoins, soumettre ce point de vue à Rita, aussi sensé me parût-il. Non, il fallait que je trouve une raison plausible pour mon insomnie, et il fallait en outre que je lui manifeste mon enthousiasme concernant le merveilleux événement à venir.

Je jetai un coup d'œil autour de moi à la recherche d'une idée et tombai sur les deux boîtes de pique-nique des enfants posées à côté de l'évier. Il y avait peut-être quelque chose de ce côté-là ; je me creusai les méninges, ce qu'il en restait en tout cas, et finis par trouver quelque chose.

– Et si je ne me montre pas à la hauteur avec Cody et Astor ? dis-je. Comment puis-je être leur père, alors que je ne le suis pas vraiment ? Et si je n'y arrive pas ?

– Oh, Dexter, tu es un père fantastique. Ils t'adorent !

– Mais, poursuivis-je, cherchant à la fois la sincérité et ma prochaine tirade, ils sont petits. Quand ils vont grandir... Quand ils vont vouloir connaître leur vrai père...

– Ils savent tout ce qu'il faut savoir sur ce fils de pute.

Je fus surpris ; je ne l'avais encore jamais entendu dire une grossièreté. C'était peut-être la toute première fois d'ailleurs, car elle se mit à rougir.

– C'est toi leur vrai père, ajouta-t-elle. C'est toi qu'ils admirent, écoutent et aiment. Tu es exactement l'homme dont ils ont besoin.

Je suppose qu'elle avait en partie raison, puisque j'étais le seul à pouvoir leur enseigner la voie de Harry et tout ce qu'ils devaient savoir, mais je me doutais que Rita voyait les choses différemment. Je me contentai donc de dire :

– Je veux être un bon père. Je ne peux pas échouer, même une seule fois.

– Oh, Dex, mais les gens échouent tout le temps.

Très juste, j'avais déjà remarqué que l'échec semblait être une des caractéristiques essentielles de l'espèce. Mais on continue d'essayer, et cela finit par marcher à la fin.

– Crois-moi. Tu vas très bien te débrouiller, tu verras, ajouta-t-elle.

– Tu le penses vraiment ? demandai-je, à peine gêné de la manière honteuse dont je forçais mon jeu.

– J'en suis *sûre*, affirma-t-elle avec un sourire.

Elle tendit le bras en travers de la table et me serra la main :

– Je ne te laisserai pas échouer. Tu es à moi, maintenant.

C'était une revendication très audacieuse, me semblait-il. Prétendre comme ça que je lui appartenais, en faisant fi de l'abolition de l'esclavage, et tout et tout. Mais puisque cela nous permettait d'oublier un moment un peu embarrassant, je passai outre.

– D'accord, dis-je. C'est l'heure du petit déjeuner.

Elle pencha la tête de côté et me regarda un instant ; j'eus conscience d'avoir choisi la mauvaise réplique, mais elle cligna simplement des yeux plusieurs fois avant d'acquiescer.

– D'accord, dit-elle.

L'autre était venu à la porte en pleine nuit, puis l'avait claquée de peur. On ne pouvait s'y méprendre, il avait eu peur. Il avait entendu l'appel et était venu, et il paniquait. Le Guetteur n'avait plus aucun doute.

C'était le moment.

Maintenant.

Chapitre 36

J'étais exténué, complètement dérouté et, pire que tout, encore terrifié. Le moindre coup de Klaxon me faisait bondir sur mon siège et chercher des yeux une arme pour me protéger ; et chaque fois qu'une pauvre voiture innocente venait se coller à mon pare-chocs, je me surprenais en train de fixer méchamment le rétroviseur, dans l'attente d'un mouvement anormalement hostile ou d'une reprise de la détestable musique.

Même si l'on ne pouvait pas m'attraper tout de suite, on cherchait à m'épuiser jusqu'à ce que la capitulation soit un soulagement.

Quelle créature fragile que l'être humain – et sans mon Passager, c'est tout ce que j'étais, la piètre imitation d'un être humain : faible, lent et stupide, aveugle et sourd, ignorant, impuissant, désespéré et angoissé. Oui, j'étais presque prêt à m'allonger par terre et à me laisser piétiner. Abdiquer ; laisser la musique me submerger, m'emporter dans le feu et la félicité de la mort. Il n'y aurait aucune résistance, aucune négociation ; ce serait simplement la fin de tout ce qu'était Dexter. Et après quelques nuits comme celle que je venais de passer, je n'y verrais aucun inconvénient.

Même au travail, il n'y eut aucun répit. Deborah, qui guettait mon arrivée, me sauta dessus à peine je sortais de l'ascenseur.

– Starzak a disparu, m'annonça-t-elle. Il y a deux-trois jours de courrier dans sa boîte à lettres, des journaux sur l'allée.

Il est parti.

– Mais c'est une bonne nouvelle, Deb ! m'exclamai-je. Ça prouve qu'il est coupable, non ?

– Ça prouve que dalle. La même chose est arrivée à Kurt Wagner, et on l'a retrouvé mort. Comment je sais que Starzak ne va pas finir pareil ?

– On peut émettre un avis de recherche. On sera peut-être les premiers à le trouver.

Deborah envoya un coup de pied dans le mur.

– Nom de Dieu ! Pas une fois on n'est arrivés en premier, ou même à temps. Aide-moi, Dex. Cette histoire est en train de me rendre folle.

J'aurais pu lui répondre que l'effet qu'elle avait sur moi était bien pire, mais cela ne me semblait pas très charitable.

– Je vais essayer, répondis-je simplement, et Deborah s'éloigna dans le couloir.

Je n'avais pas encore rejoint mon box que Vince Masuoka vint à ma rencontre, avec un froncement de sourcils très convaincant.

– Où sont les doughnuts ? me demanda-t-il d'un ton accusateur.

– Quels doughnuts ?

– C'était ton tour. Tu étais censé apporter des doughnuts aujourd'hui.

– J'ai eu une nuit difficile.

– Donc on est tous obligés d'avoir une journée difficile ? protesta-t-il. Tu trouves ça juste ?

– Je fais pas dans la justice, Vince, mais dans l'analyse de sang.

– Humpf. Apparemment tu fais pas dans les doughnuts non plus, rétorqua-t-il avant de s'éloigner d'un pas raide avec une expression d'indignation très réussie.

Je m'aperçus que c'était la première fois que Vince avait le dessus sur moi au cours d'un échange verbal.

Signe supplémentaire indiquant que je n'avais plus toute ma tête. Était-ce donc la fin de ce cher Dexter le détraqué ?

Le reste de la journée fut long et pénible, comme le sont, paraît-il, toutes les journées de travail. Pour moi, cela n'avait jamais été le cas. J'ai toujours été bien occupé et artificiellement heureux au bureau ; je n'ai jamais surveillé l'horloge, je ne me suis jamais plaint. Peut-être appréciais-je le travail parce que j'étais conscient qu'il faisait partie du jeu, de la grande blague de Dexter essayant de se déguiser en humain. Mais pour rire d'une bonne plaisanterie, il faut être au moins deux ; et puisque j'étais seul maintenant, privé de mon public intérieur, je ne voyais plus du tout ce qu'il y avait de drôle.

Je réussis vaillamment à passer la matinée ; je m'en fus voir un cadavre au centre-ville, puis je revins pour de futiles analyses de labo. Je terminai la journée en commandant des fournitures et en concluant un rapport. Alors que je rangeais mon bureau avant de partir, mon téléphone sonna.

– J'ai besoin de ton aide, lâcha ma sœur.

– Bien sûr, répliquai-je. Je suis content que tu l'admettes.

– Je suis de service jusqu'à minuit, poursuivit-elle, ignorant ma petite boutade. Et Kyle n'arrive pas à installer les volets tout seul.

Il m'arrive très souvent dans la vie de participer à une conversation et de m'apercevoir en plein milieu que je ne sais absolument pas de quoi on parle ; c'est très troublant, mais si tout le monde se rendait compte de la même chose, en particulier les gens de Washington, notre univers s'en porterait beaucoup mieux.

– Et pourquoi Kyle a-t-il besoin d'installer les volets ? demandai-je.

Deborah émit un grognement.

– Bon sang, Dexter, qu'est-ce que tu fais de tes journées ? Il y a un ouragan qui arrive.

J'aurais très bien pu lui répondre que quelles que soient mes occupations, je n'avais pas vraiment le loisir d'écouter les bulletins météo, mais je me contentai de dire :

– Ah oui, un ouragan ? C'est excitant, ça ! Depuis quand ?

– Essaie d'être là-bas vers 18 heures. Kyle t'attendra.

– D'accord, répondis-je.

Mais elle avait déjà raccroché.

Étant donné que je parle le Deborah couramment, j'aurais dû interpréter son coup de téléphone comme une sorte d'excuse officielle pour ses récentes marques d'hostilité. Elle en était peut-être venue à accepter le Passager noir, et cela d'autant plus qu'il était parti. J'aurais dû en éprouver une certaine satisfaction. Mais vu la journée que j'avais passée, sa requête fut juste une épine supplémentaire dans le pied de ce pauvre Dexter le démuni. En plus de tout le reste, voilà qu'un ouragan choisissait ce moment précis pour infliger ses nuisances : c'était d'une impudence absolue ! Mes souffrances ne cesseraient-elles donc jamais ?

Ma foi, l'existence n'était qu'une longue suite de misères. Que pouvais-je y changer ? Aussi je partis pour mon rendez-vous avec le chéri de Deborah, Kyle Chutsky.

Avant de démarrer, cependant, j'appelai Rita, qui, d'après mes calculs, ne devait pas tarder à rentrer.

– Dexter, répondit-elle hors d'haleine, je ne me rappelle pas combien de bouteilles d'eau on a à la maison, et la file chez Publix va jusque sur le parking.

– Eh bien, nous n'aurons qu'à boire de la bière.

– Je crois qu'on a ce qu'il faut pour les conserves, sauf que ça fait deux ans que le ragoût de bœuf est là, poursuivit-elle, n'ayant manifestement pas remarqué que j'avais parlé.

Alors je la laissai jacasser, espérant qu'elle finirait par s'arrêter.

– J'ai vérifié les lampes de poche il y a deux semaines. Tu te rappelles, le jour où le courant a été coupé pendant une demi-heure ? Et les réserves de piles sont dans le frigo, sur la dernière étagère, au fond. Cody et Astor sont avec moi ; il n'y a pas de garderie demain, mais quelqu'un à l'école leur a parlé de l'ouragan Andrew et je crois qu'Astor a un peu peur, alors quand tu rentreras tu pourrais peut-être discuter avec eux ? Leur expliquer que ce n'est qu'un gros orage et qu'il ne va rien nous arriver. Il va juste y avoir beaucoup de vent, du bruit, et les lumières s'éteindront un moment. Mais si tu vois sur le chemin un magasin qui n'est pas trop bondé, surtout arrête-toi et achète de l'eau, prends-en autant que tu peux. Et des glaçons aussi ; je crois que la glacière est toujours sur l'étagère au-dessus de la machine à laver, on pourra la remplir de glace et y installer toutes les denrées périssables. Ah, et au fait, ton bateau ? Il ne risque rien là où il est, ou il faut que tu le mettes à l'abri ? Je crois qu'on va pouvoir rentrer tout ce qui est dans le jardin avant la nuit, je suis sûre que ça va bien se passer, et puis après tout il ne va peut-être même pas arriver jusqu'ici.

– Bon, dis-je. Je serai là un peu plus tard ce soir.

– D'accord. Oh, ça alors, Winn-Dixie n'a pas l'air si plein. Bon, eh bien, on va essayer d'y aller, il y a juste une place sur le parking. À tout à l'heure !

Je n'aurais jamais cru cela possible, mais Rita pouvait se passer de respirer désormais. Ou peut-être n'avait-elle besoin de remonter prendre de l'air que toutes les heures, comme les baleines. En tout cas, c'était une prouesse impressionnante, et je me sentais beaucoup mieux préparé à présent pour aller installer les volets avec l'ami manchot de ma sœur. Je démarrai et me lançai sur la route.

Si la circulation à l'heure de pointe était toujours un chaos innommable, les jours d'ouragan, c'étaient de véritables scènes de fin du monde. Les gens conduisaient comme s'ils cherchaient à tuer toutes les personnes susceptibles de les empêcher d'acquérir leur stock de contreplaqués et de piles. Le trajet n'était pas long jusqu'à la petite maison de Deborah à Coral Gables, mais, lorsque je finis par me garer dans l'allée, j'avais l'impression d'avoir survécu à un rituel guerrier.

Dès que je descendis de voiture, la porte de la maison s'ouvrit toute grande et Chutsky apparut.

– Salut, vieux ! me héla-t-il.

Il agita d'un geste joyeux le crochet métallique qui remplaçait sa main gauche et vint à ma rencontre :

– C'est très sympa de venir m'aider. Ce diable de crochet pose problème pour fixer les écrous à ailettes.

– Et encore plus pour se curer le nez, répliquai-je, irrité par son enjouement face à son malheur.

Mais, loin de s'offusquer, il rit.

– Ouais. Et je t'explique pas quand il s'agit de se torcher. Allez, viens. J'ai tout sorti.

Je le suivis à l'arrière de la maison, où Deborah avait un petit patio envahi par la végétation. Sauf qu'à ma grande surprise il ne l'était plus. Les arbres dont les branches surplombaient la cour avaient été élagués, les mauvaises herbes qui poussaient entre les dalles avaient disparu. Il y avait trois rosiers soigneusement taillés et un parterre de fleurs ornementales, ainsi qu'un barbecue bien astiqué, dans un coin.

Je me tournai vers Chutsky et haussai les sourcils.

– Ouais, je sais. Ça fait un peu tapette, hein ? Je m'ennuie comme un rat mort à rester là sans rien faire, et puis de toute façon je suis plus ordonné que ta frangine.

– C'est très joli, dis-je.

– Mmm, fit-il, comme si je l'avais accusé d'être homo. Allez, débarrassons-nous de ce truc.

Il indiqua de la tête un tas de tôles ondulées alignées contre le mur : les volets antiouragans de Deborah. Les Morgan vivaient en Floride depuis deux générations, et Harry nous avait habitués à utiliser du bon matériel. À vouloir économiser un peu sur les volets, on risquait fort de dépenser bien plus à réparer la maison après. J'approuvais ce point de vue, d'autant plus que l'économie n'était pas vraiment une de mes préoccupations. J'étais toujours parti du principe que je serais mort ou emprisonné bien avant l'heure de la retraite.

L'inconvénient des volets de bonne qualité, cependant, c'est qu'ils étaient très lourds et avaient des bords tranchants. Nous devions porter des gants épais – enfin, dans le cas de Chutsky, un gant. Pas sûr, cependant, qu'il appréciait l'argent qu'il économisait sur l'autre gant. Il semblait se démener plus qu'il n'était nécessaire, afin de me montrer qu'il n'était pas handicapé et n'avait pas besoin de mon aide.

Quoi qu'il en soit, il nous fallut près de quarante minutes pour installer tous les volets et les verrouiller. Chutsky jeta un dernier coup d'œil à ceux qui protégeaient les portes-fenêtres du patio et, apparemment satisfait de notre travail, il leva son bras gauche pour essuyer la sueur de son front mais s'arrêta à la dernière seconde avant de s'enfoncer le crochet dans la joue. Il eut un petit rire amer tout en considérant sa prothèse.

– Je ne suis toujours pas habitué à ce truc, déclarat-il. Je me réveille la nuit et mes anciennes articulations me démangent encore.

J'avais du mal à penser à une réponse intelligente ou suffisamment diplomatique. Je n'avais lu nulle part ce qu'il fallait dire à quelqu'un qui parlait des sensations dans sa main manquante. Chutsky parut sentir ma gêne, car il émit une sorte de grognement amusé.

– Hé hé, la vieille mule est encore capable de ruer dans les brancards.

Je ne trouvais pas l'expression très heureuse, car il avait également été amputé du pied gauche, ce qui ne devait pas faciliter les ruades. J'étais malgré tout content de constater qu'il sortait de sa dépression, aussi je m'empressai de l'encourager.

– Personne n'en a jamais douté, dis-je. Je suis sûr que tu vas très bien te remettre.

– Mmm, merci, répondit-il, pas très convaincu. De toute façon, ce n'est pas à toi que j'ai besoin de le prouver, mais à quelques vieux troufions de Washington. Ils m'ont offert un poste administratif, mais…

– Ne me dis pas que tu veux retourner dans les services secrets !

– C'est à ça que je suis bon. À une époque, j'étais vraiment le meilleur.

– C'est peut-être les décharges d'adrénaline qui te manquent.

– Peut-être. Tu veux une bière ?

– Merci, mais j'ai reçu l'ordre du grand chef d'acheter des bouteilles d'eau et de la glace avant que tout ne soit dévalisé.

– Ah ! Tout le monde est terrifié à l'idée de devoir boire un mojito sans glace.

– C'est l'un des grands dangers des ouragans.

– Merci pour ton aide.

La circulation était encore pire lorsque je mis le cap sur la maison. Des tas de gens fonçaient avec leurs précieux contreplaqués attachés sur le capot comme s'ils venaient de dévaliser une banque, excédés d'avoir fait la queue durant une heure avec l'angoisse qu'on leur passe devant ou qu'il ne reste plus rien leur tour venu. Le reste des conducteurs s'apprêtaient à prendre leur place dans les mêmes files et détestaient tous ceux qui les avaient précédés, achetant peut-être les dernières piles de tout l'État de Floride.

Cela donnait un délicieux mélange d'hostilité, de rage et de paranoïa qui aurait dû me remonter incroyablement le moral. Mais mon entrain disparut lorsque je me surpris à fredonner quelque chose, un air familier que je n'identifiai pas tout de suite mais que je ne pouvais m'arrêter de chantonner. Lorsque je finis par le reconnaître, la joie de cette soirée festive fut définitivement brisée.

C'était la musique de mon sommeil.

La musique qui avait retenti dans ma tête, accompagnée d'une sensation de chaleur et d'une odeur de brûlé. Elle était simple et répétitive, pas entraînante pour deux sous, et pourtant je me la fredonnais tout en roulant sur South Dixie Highway, réconforté par la mélodie monotone comme s'il s'était agi d'une berceuse que ma mère me chantait autrefois.

Et je ne savais toujours pas ce que cela signifiait.

Je suis sûr que ce qui arrivait à mon inconscient devait avoir une raison parfaitement simple, logique et facile à comprendre. Et pourtant je ne parvenais à en trouver aucune.

Mon mobile se mit à sonner, et puisque je roulais au pas de toute façon, je répondis.

– Dexter… dit Rita, mais je reconnaissais à peine sa voix.

Elle avait l'air d'une petite fille complètement perdue et défaite.

– C'est Cody et Astor, poursuivit-elle. Ils sont partis.

Les choses se déroulaient plutôt bien. Les nouveaux hôtes étaient merveilleusement coopératifs. Ils commencèrent à se rassembler et avec un peu de persuasion en vinrent facilement à suivre ses suggestions. Ils érigèrent d'énormes édifices en pierre pour abriter sa progéniture, conçurent des cérémonies élaborées, accompagnées d'une musique qui les mettait dans un état de transe, et devinrent si enthousiastes et si obligeants que bientôt il fut presque difficile de les suivre. Si tout allait bien pour eux, les hôtes tuaient quelques-uns de leurs semblables par gratitude. Si cela allait mal, ils tuaient dans l'espoir qu'IL arrangerait les choses. Et lui n'avait qu'à laisser faire.

Grâce à ce nouveau loisir, IL se mit à considérer le résultat de ses reproductions. Pour la première fois, lorsque vinrent le renflement puis l'expulsion, IL se rapprocha du nouveau-né, le calmant, absorbant sa peur et partageant sa conscience. Et le nouveau-né répondait avec une ardeur très gratifiante, apprenait rapidement tout ce qu'IL avait à enseigner, heureux de participer. Et très vite il y en eut quatre, puis huit, puis soixante-quatre, et soudain ce fut trop. À ce stade, il n'y avait plus de quoi les satisfaire. Les nouveaux hôtes eux-mêmes commencèrent à hésiter face au nombre de victimes dont ils avaient besoin.

IL avait le sens pratique, toutefois. IL s'aperçut sans tarder du problème et le résolut – en tuant presque tous ceux qu'IL avait engendrés. Certains réussirent à s'enfuir de par le monde, à la recherche de nouveaux hôtes. IL en garda juste quelques-uns auprès de lui, et la situation fut enfin sous contrôle.

Après un certain temps, ceux qui s'étaient échappés cherchèrent à se venger. Ils édifièrent leurs propres temples et rituels, puis envoyèrent leurs armées contre lui ; elles étaient très nombreuses. Ce fut un immense affrontement qui dura très longtemps. Mais étant donné qu'IL était le plus âgé et le plus expérimenté, IL finit par vaincre tous les autres, hormis quelques-uns qui réussirent à se cacher.

Ceux-là restèrent tapis au creux de quelques hôtes dispersés, adoptant un profil bas, et la plupart sur vécurent. Mais IL avait appris au fil des millénaires combien il est important d'attendre. IL avait tout son temps ; IL pouvait se permettre d'être patient, pour dénicher un à un et éliminer tous ceux qui avaient fui, puis lentement, prudemment, reconstruire le merveilleux culte qu'on lui vouait.

IL conserva son culte vivant ; caché, mais vivant.

Et IL attendit les autres.

Chapitre 37

Je sais très bien que la vie n'est pas un long fleuve tranquille. D'innombrables malheurs peuvent arriver sans cesse, surtout aux enfants : ils peuvent être enlevés par un étranger, par un ami de la famille ou un père divorcé ; ils peuvent échapper à notre attention et disparaître, tomber dans une fosse septique ou se noyer dans la piscine du voisin, et avec un ouragan prêt à frapper les possibilités étaient encore plus nombreuses. La liste n'était limitée que par leur imagination, et l'imagination n'était pas ce qui faisait défaut à Cody et à Astor.

Mais lorsque Rita m'apprit qu'ils étaient partis, pas une minute je ne pensai aux fosses septiques, aux accidents de voiture ou aux gangs de motards. Je savais ce qui était arrivé à Cody et Astor, je le savais avec une certitude inébranlable, plus forte que ce que le Passager ne m'avait jamais murmuré. Une pensée s'imposa à moi, et pas un instant je ne la remis en question.

Dans la seconde qu'il me fallut pour enregistrer les paroles de Rita, mon cerveau fut inondé d'images : les voitures qui me suivaient, les visiteurs nocturnes qui frappaient aux portes et aux fenêtres, l'« homme qui fait peur » laissant sa carte aux enfants et, plus que tout, une phrase prononcée par le professeur Keller : « Moloch aimait les enfants. »

J'ignorais pourquoi Moloch en avait après mes enfants en particulier, mais je savais sans la moindre hésitation que c'était lui. Et je savais que ce n'était pas de bon augure pour Cody et Astor.

Je ne perdis pas de temps sur la route, me faufilant entre les voitures comme le digne conducteur de Miami que je suis, et à peine quelques minutes plus tard j'arrivai à la maison. Rita se tenait sous la pluie au bout de l'allée, telle une petite souris abandonnée.

— Dexter, dit-elle, d'une voix emplie de détresse, oh, mon Dieu, je t'en prie, trouve-les.

— Va fermer la maison, répondis-je, et viens avec moi.

Elle me regarda un instant comme si je lui avais proposé de laisser les enfants pour aller au bowling.

— Dépêche-toi, repris-je. Je sais où ils sont, mais on a besoin d'aide.

Rita se retourna et courut fermer la maison à clé ; pendant ce temps, je sortis mon téléphone et composai le numéro.

— Quoi ? répondit Deborah.

— J'ai besoin de ton aide.

Il y eut un bref silence, puis Deborah émit un rire rauque dénué de tout humour.

— Bon sang ! lâcha-t-elle. On a un ouragan qui arrive, les criminels attendent d'un bout à l'autre de la ville que le courant saute, et tu as besoin de moi !

— Cody et Astor sont partis, expliquai-je. Moloch les a enlevés.

— Dexter…

— Il faut que je les trouve rapidement : j'ai besoin de ton aide.

— Ramène-toi ici.

Tandis que je rangeais mon téléphone, Rita redescendit l'allée en faisant gicler l'eau des flaques qui commençaient à se former.

– J'ai fermé, dit-elle. Mais Dexter, si jamais ils reviennent et qu'on n'est pas là…

– Ils ne vont pas revenir, répliquai-je. Enfin, pas tant qu'on n'ira pas les chercher.

De toute évidence, ce n'était pas la réponse qu'elle espérait entendre car elle enfonça un poing dans sa bouche, semblant faire de gros efforts pour ne pas crier. Je lui ouvris la portière ; elle me lança un regard par-dessus sa main à moitié dévorée.

– Allez, insistai-je, et elle finit par monter.

Je m'installai au volant, démarrai puis reculai dans l'allée.

– Tu as dit, balbutia-t-elle, et je fus soulagé de constater qu'elle avait retiré son poing de sa bouche, tu as dit que tu savais où ils étaient.

– C'est ça, répondis-je, en tournant sur l'US-1 sans regarder Rita avant d'accélérer à travers la circulation un peu plus fluide.

– Où sont-ils ?

– Je sais qui les a enlevés. Deborah va nous aider à trouver où on les a emmenés.

– Oh, mon Dieu, Dexter ! s'écria Rita avant de se mettre à pleurer en silence.

Même si je n'avais pas été en train de conduire, je n'aurais su que dire ou que faire ; alors je me concentrai simplement sur la route, afin de nous conduire sains et saufs au Q.G.

Un téléphone sonna dans un salon confortable. Ce ne fut pas une stridulation intempestive, ni un air de salsa ni même un fragment d'une œuvre de Beethoven, comme en émettent souvent les portables de nos jours. Non, ce fut une sonnerie simple et un peu désuète, rien que de très normal pour un téléphone.

Et cette sonnerie traditionnelle s'accordait très bien à la pièce, d'une élégance rassurante : elle comportait un canapé en cuir et deux fauteuils assortis, tous trois usés comme il fallait, juste assez pour évoquer une paire de chaussures très aimées. Le téléphone était posé sur une table basse en acajou à l'extrémité de la pièce, à côté d'un bar du même bois.

De manière générale, ce salon dégageait l'atmosphère détendue et intemporelle d'un très vieux club de gentlemen, à l'exception d'un seul détail. Contre le mur, entre le bar et le canapé, se dressait une imposante armoire munie d'une vitrine, qui tenait à la fois du meuble pour trophées et de la bibliothèque pour livres rares. Mais au lieu de comporter des étagères, l'armoire était remplie de dizaines de petites niches garnies de feutre. La moitié d'entre elles environ abritaient une tête de taureau en céramique de la taille d'un crâne.

Un vieil homme entra dans la pièce, sans hâte, mais sans l'hésitation prudente des personnes âgées. Sa démarche avait une assurance que l'on ne voit en général que chez les individus beaucoup plus jeunes. Son abondante chevelure était blanche, et son visage lisse comme s'il avait été poli par le vent du désert. Il se dirigea vers l'appareil, certain apparemment que l'on ne raccrocherait pas avant qu'il ait répondu, et il devait avoir raison, car cela sonnait toujours quand il décrocha.

– Oui, dit-il, et sa voix, elle aussi, était bien plus jeune et plus vigoureuse qu'on ne l'aurait imaginé.

Tout en écoutant son interlocuteur, il attrapa un couteau posé sur la table près du téléphone. L'objet était en bronze patiné. Le pommeau formait une tête de taureau, les yeux étaient sertis de deux gros rubis, et sur la lame figuraient des lettres dorées qui ressemblaient fort à MLK. Comme le vieil homme, ce couteau était beaucoup plus ancien qu'il n'en avait l'air, et plus solide. Il passa distraitement son pouce sur la lame : du sang perla à la surface de sa peau. Il ne parut pas s'en émouvoir. Il reposa le couteau.

– Très bien, dit-il. Amenez-les ici.

Il garda le silence un moment, léchant le sang sur son pouce.

– Non, ajouta-t-il, humectant sa lèvre inférieure. Les autres ont commencé à se rassembler. L'orage n'affectera pas Moloch ou ses gens. En trois mille ans, on a connu bien pire, et on est toujours là.

Il écouta encore son interlocuteur avant de l'interrompre avec dans la voix une légère note d'impatience.

– Non, répéta-t-il. Sans délai. Demandez au Guetteur de me l'amener. C'est le moment.

Le vieil homme raccrocha et resta immobile un instant. Puis il saisit de nouveau le couteau, et une expression apparut sur ses traits lisses.

Cela ressemblait à un sourire.

Il y avait de violentes rafales de vent et de pluie, mais seulement par intermittence. Occupés déjà à remplir les formulaires des assurances pour les dégâts qu'ils prévoyaient de subir, la plupart des habitants de Miami n'étaient plus sur les routes, donc la circulation n'était pas si mauvaise. Une bourrasque particulièrement forte manqua nous faire quitter l'Expressway, mais à part ça le trajet se passa sans encombre.

Deborah nous attendait en bas à l'accueil.

– Venez dans mon bureau, nous dit-elle, et racontez-moi tout.

Nous la suivîmes jusqu'à l'ascenseur puis nous montâmes avec elle.

Le terme de « bureau » était quelque peu exagéré pour désigner l'endroit où travaillait Deborah. C'était un coin dans une pièce constituée de plusieurs box identiques. Dans ce minuscule espace avaient été casés un bureau, un fauteuil et deux chaises pliantes pour les invités. Nous nous installâmes tous les trois.

– Bon, qu'est-ce qui s'est passé ?

– Ils… Je les ai envoyés dans le jardin, commença Rita. Chercher leurs jouets et leurs affaires. À cause de l'ouragan.

Deborah hocha la tête.

– Oui, et alors ?

– Je suis allée ranger les réserves que j'avais achetées, poursuivit Rita. Et quand je suis ressortie, ils avaient disparu. Je n'ai… J'ai dû les laisser deux minutes, et ils…

Elle enfouit son visage dans ses mains et se mit à sangloter.

– Tu as vu quelqu'un s'approcher d'eux ? demanda Deborah. Des voitures inhabituelles dans le voisinage ? Quelque chose de bizarre ?

– Non, rien. Ils ont juste disparu.

Deborah me regarda.

– C'est quoi, ce bordel, Dexter ? C'est tout ? Comment vous savez qu'ils ne sont pas en train de jouer à la Nintendo chez les voisins ?

– Allons, Deborah. Si tu es trop fatiguée pour travailler, dis-le tout de suite. Sinon, arrête tes conneries. Tu sais aussi bien que moi que…

– Je ne sais rien du tout, et toi non plus, rétorqua-t-elle.

– Alors tu n'as pas fait attention, repris-je, et je m'aperçus que mon ton se durcissait pour égaler le sien, ce qui me surprit un peu. La carte de visite qu'il a laissée à Cody, à elle seule, nous indique tout ce que nous avons besoin de savoir.

– Oui, tout sauf *où, qui et pourquoi* ! lança-t-elle d'une voix hargneuse. J'attends encore d'avoir des indications là-dessus.

Et même si j'étais parfaitement préparé à riposter du tac au tac, je n'eus rien à lui répondre. Elle avait raison ; ce n'était pas parce que Cody et Astor avaient disparu que nous avions soudain de nouvelles informations pouvant nous conduire à notre tueur. Cela signifiait simplement que l'enjeu était plus important et que nous manquions de temps.

– Et Wilkins ? demandai-je.

Elle agita une main.

– Ils le surveillent.

– Comme l'autre fois ?

– S'il vous plaît, nous interrompit Rita, avec une pointe d'hystérie dans la voix, de quoi parlez-vous ? N'y a-t-il pas moyen de… Je ne sais pas, faites quelque chose… S'il vous plaît, gémit-elle, de nouveau secouée de sanglots.

Sa plainte résonna en moi et fut la note de douleur finale qui tombait dans mon vide intérieur et venait se mêler à la musique lointaine.

Je me levai.

Je me sentis tanguer légèrement et j'entendis Deborah prononcer mon nom. Soudain la musique retentit, doucement mais avec insistance, comme si elle avait toujours été là, attendant simplement le moment où je pourrais l'entendre sans distraction ; et alors que je portais mon attention sur le battement des tambours elle m'appela, m'appela comme je savais qu'elle le faisait depuis le début, mais avec plus d'urgence maintenant, invoquant l'ultime extase et m'ordonnant de venir, de la suivre.

Et je me souviens en avoir éprouvé une grande joie, le moment était enfin venu, et j'avais beau entendre Deborah et Rita me parler, rien de ce qu'elles avaient à me dire ne pouvait être important maintenant que la musique appelait, apportant enfin la promesse du bonheur parfait. Alors je leur souris, je crois que je m'excusai même, puis je sortis de la pièce sans me soucier de leur expression déconcertée. Je quittai le bâtiment et me dirigeai vers le fond du parking, d'où provenait la musique.

Une voiture m'attendait, ce qui me rendit encore plus heureux ; je m'empressai de la rejoindre, bougeant mes pieds au rythme de la musique merveilleuse, et lorsque j'arrivai, la portière arrière s'ouvrit… puis je ne me souviens plus de rien.

Chapitre 38

Je n'avais jamais été aussi heureux.

Ce fut une joie extraordinaire qui vint à moi telle une comète, tourbillonnant à une vitesse inouïe dans un immense flamboiement pour me consumer et m'emporter dans un univers infini d'extase, d'amour et de félicité.

Elle me fit tournoyer à travers le ciel nocturne dans un éblouissant cocon d'amour et me berça au creux de cette joie infinie. Mais alors que je volais de plus en plus haut, comblé de tous les bonheurs possibles, une détonation retentit, et j'ouvris les yeux dans une petite pièce sombre et sans fenêtre, au sol et aux murs en béton très dur, ne sachant où je me trouvais ni comment j'y avais atterri. Une lumière minuscule brillait au-dessus de la porte ; j'étais étendu sur le sol dans la faible lueur qu'elle projetait.

Toute trace d'euphorie avait disparu, et rien ne vint la remplacer hormis le sentiment que, où que je sois, personne n'avait l'intention de me rendre ma joie ou ma liberté. Et bien qu'il n'y eût aucune tête de taureau dans la pièce, ni la moindre revue en araméen, il était facile de deviner : j'avais suivi la musique et j'étais tombé en transe en perdant tout contrôle. Il y avait donc de fortes chances pour que je sois entre les mains de Moloch, qu'il soit réel ou mythique.

Il valait mieux, néanmoins, ne pas tirer de conclusions hâtives. J'avais peut-être eu un nouvel épisode de somnambulisme, entrant sans m'en rendre compte dans un débarras quelconque, et il allait me suffire de tourner la poignée de la porte pour sortir. Je me levai avec quelque difficulté ; je me sentais sonné et mes jambes flageolaient. Je supposai que quelle que soit la façon dont je m'étais rendu ici, une drogue avait dû être utilisée. Je restai immobile un instant, essayant de me concentrer afin que la pièce arrête de tanguer autour de moi, et après quelques profondes inspirations j'y parvins. J'avançai d'un pas et touchai un mur : il était constitué de blocs de béton très solides. La porte semblait presque aussi épaisse ; elle était parfaitement verrouillée et n'eut même pas un cliquetis lorsque j'y donnai un coup d'épaule. Je fis le tour de la petite pièce, à peine plus grande qu'un vaste placard. Il y avait un trou d'évacuation au milieu, le seul aménagement visible. Ce n'était pas un signe particulièrement encourageant, car cela supposait soit que j'étais censé l'utiliser pour y faire mes affaires, soit qu'il n'était pas prévu que je reste assez longtemps pour avoir besoin de toilettes. Or je doutais qu'une sortie rapide fût une bonne chose.

Je ne voyais pas ce que je pouvais y changer, de toute façon. J'avais lu *Le Comte de Monte-Cristo* et *Le Prisonnier de Zenda*, et je savais qu'avec l'aide d'une petite cuillère ou la boucle d'une ceinture j'avais quelques chances de réussir à creuser le mur et à m'évader au bout de quinze ans ; mais on avait omis de me fournir une cuillère, et ma ceinture avait été confisquée. Ces détails, au moins, m'en disaient long sur Eux. Ils étaient très prudents, donc expérimentés, et n'avaient pas le moindre sens de la pudeur, puisqu'ils se moquaient complètement que mon pantalon, privé de sa ceinture, puisse tomber. Cela étant, j'ignorais toujours qui ils étaient et ce qu'ils voulaient de moi.

Rien de tout cela n'était très réconfortant.

Et je ne voyais pas ce que je pouvais faire, à part m'asseoir sur le sol froid et attendre… ce que je fis.

La réflexion est censée être bénéfique pour l'âme. Depuis les temps les plus reculés, les gens ont essayé de se procurer des moments de calme sans distraction afin de réfléchir. Et c'est exactement ce dont je jouissais à présent ; pourtant, j'avais du mal à prendre mes aises sur les dalles de ciment et à laisser mes pensées éclore pour le bienfait de mon âme.

D'abord, je n'étais même pas sûr d'en avoir une. Si j'avais une âme, comment aurait-elle pu me permettre de perpétrer des actes aussi terribles durant tant d'années ? Le Passager noir occupait-il la place de l'âme hypothétique que l'on supposait habiter par les humains ? Et à présent qu'il était parti, y en aurait-il une véritable qui apparaîtrait et me rendrait humain, tout compte fait ?

Je pris conscience que j'avais beau me livrer à l'introspection, je n'en éprouvais pas pour autant un sentiment de satisfaction. Je pouvais réfléchir jusqu'à en avoir des cheveux blancs, je n'apprendrais pas davantage où était passé le Passager – ni Cody et Astor. Et je ne découvrirais pas non plus le moyen de sortir d'ici.

Je me relevai et fis le tour de la pièce, plus lentement cette fois, à la recherche de la moindre faille. Il y avait un orifice pour la climatisation dans un coin : excellent moyen de s'échapper, à condition d'avoir la taille d'un furet. Une prise sur le mur près de la porte. C'était tout.

Je m'arrêtai devant la porte elle-même et passai la main dessus. Elle était lourde et épaisse : je n'avais pas le moindre espoir de réussir à la défoncer, ni de forcer la serrure sans l'assistance d'explosifs ou d'un marteau-piqueur. Je jetai de nouveau un coup d'œil autour de moi, mais ne vis aucun de ces objets traîner par là.

J'étais pris au piège. Coincé, capturé, séquestré. Les synonymes n'apportaient aucune consolation. J'appuyai ma joue contre la porte. À quoi servait-il d'espérer, de toute manière ? Qu'espérais-je, en somme ? Retourner dans le monde où je n'avais plus aucune utilité ? N'était-il pas mieux pour tout le monde qu'un Dexter désarmé tombe dans l'oubli ?

À travers l'épaisseur de la porte, j'entendis des bruits, un son aigu qui s'approchait. Quand ils furent tout près, je les reconnus : une voix masculine se querellant avec une personne dont la voix insistante, plus haut placée, m'était familière.

Astor.

– … bête ! dit-elle alors qu'ils étaient au niveau de la porte. Je n'ai pas besoin de…

Puis ils s'éloignèrent hors de ma portée.

– Astor ! criai-je aussi fort que je pus, quand bien même je savais qu'elle ne m'entendrait pas à travers le bois épais.

Et juste pour prouver que la bêtise était dans les deux camps, je frappai la porte de mes deux mains en hurlant de nouveau.

Je n'obtins aucune réponse, évidemment, juste un léger picotement sur les paumes. Et puisqu'il n'y avait rien d'autre à faire, je me laissai glisser sur le sol, appuyai mon dos contre la porte et attendis de mourir.

J'ignore combien de temps je restai ainsi. Je reconnais que ce n'était pas une attitude très héroïque. J'aurais dû bondir sur mes pieds, sortir mon anneau décodeur magique et attaquer le mur avec mes pouvoirs radioactifs secrets. Mais j'étais harassé. Le fait d'entendre la petite voix rebelle d'Astor de l'autre côté de la porte m'avait achevé. Le Prince des Ténèbres n'existait plus.

Il n'en restait plus que l'enveloppe, qui commençait elle aussi à se désagréger.

Alors je restai là, avachi contre la porte, sans que rien ne se passe. J'étais en train d'étudier la possibilité de me pendre à l'interrupteur sur le mur lorsque je perçus soudain des bruits assourdis de l'autre côté. Puis quelqu'un poussa la porte.

J'obstruais le passage, alors ce fut douloureux : j'écopai d'un coup dans mon noble postérieur. Je fus lent à réagir, et cela reprit aussitôt. J'eus de nouveau mal. Mais la douleur provoqua quelque chose de merveilleux : je devins furax.

Pas simplement irrité, en rogne parce que quelqu'un montrait si peu d'égards envers mon arrière-train ; non, j'étais furieux, véritablement enragé que l'on puisse avoir si peu de considération pour *moi*, estimer que j'étais une entité négligeable, une chose qui pouvait être reléguée dans une pièce et déplacée par le premier crétin venu. Et peu importait qu'à peine quelques instants auparavant j'aie eu la même opinion de moi-même. J'étais fou furieux, au sens littéral, et sans prendre la peine de réfléchir je poussai contre la porte aussi fort que je pus.

Il y eut une légère résistance, puis le loquet se referma d'un clic. Je me levai en pensant *Là* !, sans réellement savoir ce que j'entendais par là. Et tandis que je regardais fixement la porte, elle se remit à s'ouvrir. Alors, de nouveau, j'appuyai dessus de tout mon poids, l'obligeant à se refermer. C'était incroyablement satisfaisant ; je me sentais déjà beaucoup mieux, mais au fur et à mesure que ma rage passait, je pris conscience que, aussi distrayante que fût cette occupation, elle ne rimait pas à grand-chose car tôt ou tard elle s'achèverait par ma défaite. Je n'avais pas la moindre arme, ni le plus petit outil à ma disposition, tandis que mon adversaire disposait en théorie de ressources inépuisables.

Alors que je formulais cette pensée, la porte s'entre-bâilla de nouveau, butant contre mon pied, et à l'instant où je la repoussais automatiquement il me vint une idée. C'était un truc fou à la James Bond, mais il y avait une petite chance que ça marche, et de toute manière je n'avais rien à perdre. Chez moi, la pensée se traduit aussitôt en action : à peine eus-je rabattu la porte d'un coup d'épaule, que je fis un pas de côté et attendis.

Comme je le prévoyais, quelques secondes plus tard la porte s'ouvrit brusquement, cette fois sans aucune résistance de ma part, et tandis qu'elle se rabattait vio-lemment contre le mur, un homme vêtu d'une sorte d'uniforme fit irruption en trébuchant. Je tentai de sai-sir son bras et attrapai son épaule à la place, mais ce fut suffisant : de toutes mes forces, je le poussai contre le mur, tête la première. Il y eut un bruit sourd très grati-fiant, comme si j'avais lâché un gros melon depuis la table de la cuisine, puis l'homme rebondit et s'écroula, face contre terre.

Et voilà notre Dexter ressuscité, triomphant, se tenant fièrement sur ses deux jambes, le corps de son ennemi gisant à ses pieds, devant une porte ouverte menant à la liberté, à la rédemption… et peut-être, qui sait, à un dîner léger.

Je fouillai rapidement le garde, retirai un jeu de clés, un large couteau de poche et un pistolet automatique dont il n'aurait sans doute pas besoin de sitôt, puis je m'avançai prudemment dans le couloir, refermant la porte derrière moi. Cody et Astor étaient quelque part non loin de là, et je les trouverais. Ce que je ferais alors, je l'ignorais, mais peu importait. Je les trouverais.

Chapitre 39

Le bâtiment avait à peu près la taille d'une grande maison de Miami Beach. Je suivis prudemment un long couloir qui me conduisit à une porte similaire à celle contre laquelle je venais de me battre. Je m'avançai sur la pointe des pieds et écoutai ; je n'entendais rien, mais la porte était si épaisse que cela ne signifiait pas grand-chose.

Je saisis la poignée, puis la tournai très lentement. Ce n'était pas fermé, alors je poussai la porte. Je jetai un coup d'œil à l'intérieur et ne vis rien d'alarmant, hormis des meubles qui avaient l'air d'être en vrai cuir ; j'en pris note mentalement afin de les signaler à la SPA. C'était un salon fort élégant, et en ouvrant davantage la porte j'aperçus un très joli bar en acajou à l'extrémité de la pièce.

Mais plus intéressant était le meuble à trophées près du bar. Il s'étirait sur six mètres le long du mur, et derrière la vitrine je distinguais des rangées et des rangées de têtes de taureau en céramique. Chacune brillait sous son propre mini-spot. À vue d'œil, il y en avait plus d'une centaine. Mais avant que je puisse pénétrer dans la pièce, j'entendis une voix extrêmement sèche et froide.

– Des trophées, dit la voix, et je sursautai, tout en braquant le revolver dans sa direction. Un autel en l'honneur du dieu. Chaque tête représente une âme que nous lui avons envoyée.

Un vieil homme était assis là et m'observait simplement, mais sa vue me fut un choc.

– Nous en créons une nouvelle pour chaque sacrifice, ajouta-t-il. Entrez, Dexter.

Il ne paraissait pas très menaçant. Il était presque invisible, d'ailleurs, installé au fond d'un des grands fauteuils de cuir. Il se leva lentement, avec la prudence d'une personne âgée, et tourna vers moi un visage aussi froid et lisse qu'un galet.

– Nous vous attendions, reprit-il, bien qu'il fût visiblement seul dans la pièce. Entrez.

Est-ce en raison de ses paroles, du ton de sa voix, ou d'autre chose ? Lorsqu'il me regarda droit dans les yeux, j'eus soudain l'impression d'être privé d'air. Toute la fougue dont j'avais fait preuve pour mon évasion se trouva réduite à néant, et je sentis un immense vide s'emparer de moi.

– Vous nous avez causé beaucoup d'ennuis, poursuivit-il doucement.

– C'est une consolation, répondis-je.

Ce fut dur à prononcer, et mes mots furent dépourvus de la moindre assurance, mais ils eurent au moins l'avantage de paraître agacer le vieil homme. Il avança d'un pas vers moi, et je dus réprimer un mouvement de recul.

– Au fait, dis-je, essayant d'adopter une attitude nonchalante, qui est ce « nous » ?

Il pencha la tête de côté.

– Je pense que vous le savez, répliqua-t-il. Vous vous intéressez à nous depuis suffisamment longtemps.

Il fit un autre pas dans ma direction, et je sentis mes genoux se dérober.

– Mais je vais vous le dire, pour alimenter cette agréable conversation. Nous sommes les disciples de

Moloch. Les héritiers du roi Salomon. Depuis trois mille ans, nous entretenons le culte de ce dieu et sauvegardons ses traditions, ainsi que sa puissance.

– Vous ne cessez de dire « nous ».

– Il y a d'autres personnes ici, mais le « Nous », c'est Moloch, comme vous en êtes conscient, j'en suis sûr. Il existe à l'intérieur de moi.

– Alors, c'est vous qui avez tué ces filles ? Vous qui m'avez suivi partout ? demandai-je, ayant du mal à imaginer ce vieillard faisant tout cela.

Il sourit, sans le moindre amusement, et je ne m'en sentis pas mieux pour autant.

– Ce n'est pas moi en personne, non. Ce sont les Guetteurs.

– Alors… vous voulez dire qu'il peut vous quitter ?

– Bien sûr. Moloch peut circuler entre nous comme il l'entend. Il n'est pas un seul être et ne se trouve pas dans une seule personne. C'est un dieu. Il sort de moi et s'introduit dans ceux qui sont investis de tâches. Pour regarder.

– C'est fantastique, lançai-je. Mais pourquoi avez-vous laissé les corps à l'université ?

– Nous voulions vous trouver, évidemment.

Les paroles du vieil homme me pétrifièrent.

– Vous aviez attiré notre attention, Dexter, continua-t-il, mais nous devions être sûrs. Nous avions besoin de vous observer pour voir si vous reconnaissiez notre rituel et répondiez à notre Guetteur. Bien sûr, c'était très commode de faire en sorte que la police se concentre sur Halpern.

Je ne savais par où commencer.

– Il n'est pas des vôtres ? demandai-je.

– Oh non, répondit-il aimablement. Dès qu'il sera relâché, il se retrouvera là-dedans, avec les autres.

Il indiqua de la tête le meuble des trophées, rempli de têtes de taureau en céramique.

365

– Alors, ce n'est pas lui qui a tué les filles ?

– Si, c'est lui. Il y a été poussé de l'intérieur par l'un des Enfants de Moloch. Je suis sûr que vous, plus que nul autre, pouvez comprendre cela.

Je comprenais, en effet. Mais aucune des questions essentielles n'en était élucidée pour autant.

– Est-ce qu'on pourrait revenir, s'il vous plaît, sur ce que vous disiez avant, sur le fait que j'ai « attiré votre attention » ? demandai-je poliment, pensant à tout le mal que je me donnais pour adopter un profil bas.

L'homme me dévisagea comme si j'étais particulièrement borné.

– Vous avez tué Alexander Macauley, répondit-il.

Il y eut un déclic dans le cerveau de Dexter.

– Zander était des vôtres ?

Il remua légèrement la tête.

– Rien qu'un modeste assistant. Il nous fournissait du matériel pour les rites.

– Il vous apportait les poivrots, et vous les tuiez.

– Nous pratiquons des sacrifices, Dexter, nous ne tuons pas. Quoi qu'il en soit, quand vous avez pris Zander nous vous avons suivi et avons découvert ce que vous êtes.

– C'est-à-dire ? balbutiai-je, un peu grisé à l'idée de me retrouver face à quelqu'un qui pouvait enfin répondre à la question que je m'étais posée durant toute mon existence de saigneur de la nuit.

Mais alors que j'attendais sa réponse, ma bouche s'assécha, et une sensation qui s'apparentait à la peur naquit en moi.

Le regard du vieil homme se durcit.

– Vous êtes une aberration. Quelque chose qui ne devrait pas exister.

J'avoue qu'il m'était parfois arrivé d'avoir cette pensée moi-même, mais actuellement ce n'était pas le cas.

– Je ne voudrais pas paraître mal élevé, répliquai-je, mais personnellement l'existence me plaît bien.

– Ce n'est plus à vous d'en décider. Quelque chose en vous représente une menace pour nous. Nous avons l'intention de l'éliminer, et vous aussi par la même occasion.

– Justement, rétorquai-je, certain qu'il parlait du Passager noir. Le truc en question n'est plus là.

– Je le sais, dit-il sur un ton qui me parut quelque peu irrité, mais il est arrivé en vous à la suite d'un traumatisme très douloureux. Il fait partie de vous. Cependant, c'est également un enfant bâtard de Moloch, ce qui vous lie à nous. C'est pour cette raison que vous avez été capable d'entendre la musique. À travers le lien établi par votre Guetteur. Et lorsque nous vous soumettrons au supplice dans un instant, il reviendra vers vous, comme un papillon attiré par une flamme.

Je n'appréciai pas du tout ces paroles, et je voyais bien que la conversation était en train de m'échapper complètement, mais je me souvins juste à temps que je tenais un revolver à la main. Je le braquai sur le vieil homme et tentai de me tenir le plus droit possible, malgré le tremblement de mes membres.

– Rendez-moi mes enfants, dis-je.

Il n'avait pas l'air de s'inquiéter outre mesure de l'arme pointée sur son nombril, ce qui me paraissait tout de même une marque d'assurance excessive. Il portait sur la hanche un gros couteau d'apparence redoutable, mais il ne fit aucun geste pour l'attraper.

– Les enfants ne sont plus sous votre responsabilité. Ils appartiennent à Moloch maintenant. Moloch aime le goût des enfants.

– Où sont-ils ?

Il remua la main avec dédain.

– Ils sont ici sur Toro Key, mais il est trop tard pour que vous arrêtiez le rituel.

Toro Key était une île éloignée du continent, entièrement privée. Mais en dépit du fait qu'il est toujours agréable de savoir où l'on est, un certain nombre de questions délicates se posaient à moi désormais, par exemple : où étaient Cody et Astor ? Et comment allais-je pouvoir empêcher la vie telle que je la connaissais de s'achever prématurément ?

– Si vous n'y voyez pas d'inconvénient, dis-je en agitant le revolver afin qu'il comprenne, je crois que je vais aller les chercher, puis rentrer.

Il ne bougea pas. Il se contenta de me regarder, et dans ses yeux je distinguai d'énormes ailes noires qui se déployaient, puis, avant que j'aie le temps d'appuyer sur la détente, de respirer ou même de cligner les yeux, le bruit des tambours enfla, amplifiant le battement déjà présent en moi, et le son des cors s'éleva en rythme, accompagnant le chœur des voix et promettant le bonheur. Je fus cloué sur place.

Ma vision semblait normale et mes autres sens n'étaient pas affectés, mais je n'entendais rien, hormis la musique, et je ne pouvais rien faire excepté ce qu'elle me commandait. Et elle me soufflait que, juste à l'extérieur de cette pièce, le véritable bonheur m'attendait. Elle m'ordonnait de sortir et d'aller le cueillir, de remplir mes mains et mon cœur de cette félicité éternelle. Soudain, je me vis me tourner vers la porte : mes pieds me menaient à ma joyeuse destinée.

La porte s'ouvrit juste à ce moment-là, et le professeur Wilkins apparut. Il tenait un pistolet, lui aussi, mais il me jeta à peine un regard. Il adressa un signe de tête au vieil homme et annonça :

– Nous sommes prêts.

J'eus du mal à l'entendre au milieu de la cascade d'émotions et de sons qui déferlait en moi. Je m'avançai avec ardeur.

Quelque part au fond de moi s'élevait la petite voix aiguë de Dexter, elle criait que tout ça n'était pas normal et exigeait un changement de direction. Mais cette voix était faible, et la musique imposante ; elle était plus forte que tout dans ce monde merveilleux, il était impossible de s'y opposer.

Je marchai au rythme de cette musique omniprésente, vaguement conscient que le vieil homme me suivait, mais pas réellement intéressé par ce fait ni par quoi que ce soit. Je tenais toujours le pistolet ; ils ne prirent pas la peine de me le retirer, et il ne me vint pas à l'idée de m'en servir. Seule importait la musique.

Le vieillard passa devant moi pour ouvrir une porte et, à l'instant où je sortais, un vent chaud souffla sur mon visage ; je me retrouvai face au dieu en personne, la source de la musique et de tout le reste, l'immense et fantastique fontaine de joie, là devant moi. Il dominait tout, du haut de ses sept mètres surmontés d'une énorme tête de taureau en bronze, ses bras puissants tendus vers moi, son ventre ouvert révélant un fabuleux brasier. Mon cœur s'emballa, et je me dirigeai vers lui, sans voir le groupe d'individus qui observaient la scène, bien que parmi eux se trouvât Astor. Ses yeux s'agrandirent quand elle me vit, et sa bouche remua, mais je ne distinguai pas ce qu'elle me disait.

Et le minuscule Dexter au fond de moi hurla plus fort, juste assez pour se faire entendre, mais pas assez pour se faire obéir. Je continuai d'avancer vers le dieu, apercevant la lueur du feu dans son ventre, regardant les flammes danser et sauter avec le vent qui se déchaînait autour de nous. Lorsque je fus tout près, juste devant la gueule béante du four, je m'arrêtai et attendis. J'ignorais ce que j'attendais, mais je savais que cela viendrait, pour m'emporter vers une éternité merveilleuse, alors j'attendis.

Starzak apparut. Il tenait Cody par la main, l'amenant de force vers nous, et Astor se débattait pour échapper au garde qui l'escortait. Cela n'avait aucune importance, toutefois, parce que le dieu était là, et ses bras s'abaissaient à présent, grands ouverts, afin de me prendre et me serrer dans sa chaude et délicieuse étreinte. Je frémis de joie, ne percevant plus la voix de protestation de Dexter, n'entendant plus que la voix du dieu qui m'appelait à travers la musique.

Tandis que le vent attisait le feu, Astor se mit à me frapper, et j'allai heurter la statue, pris dans la forte chaleur qui sortait de son ventre. Je me redressai avec un léger sentiment d'agacement puis admirai de nouveau le miracle des bras divins qui descendaient. J'observai le garde poussant Astor devant lui pour l'offrir à l'étreinte de bronze quand tout à coup je sentis une odeur de brûlé et fus assailli par une douleur cuisante le long de mes jambes ; je baissai les yeux pour constater que mon pantalon était en feu.

Croyez-moi, ce n'était pas agréable. La douleur me transperça, tout en libérant le cri de cent mille neurones indignés, et le brouillard se dissipa aussitôt. Soudain, la musique ne fut plus qu'un enregistrement émis par un haut-parleur, et c'étaient bien Cody et Astor qui se tenaient là près de moi, exposés à un immense danger. Dexter était de retour. Je me tournai vers le garde et lui enlevai Astor de force. Il me lança un regard ébahi avant de tomber à la renverse, attrapant mon bras et m'entraînant avec lui dans sa chute. Mais au moins il était séparé d'Astor, et le contact avec le sol lui fit lâcher son couteau, lequel rebondit vers moi ; je le ramassai et l'enfonçai dans le plexus de l'homme.

La douleur dans mes jambes augmenta d'un cran, et il me fallut me concentrer sur l'extinction de mon pantalon, ce que je fis en me roulant par terre et en me tapant dessus. Mais si c'était une très bonne chose de ne plus être en feu, ces quelques secondes avaient laissé à Starzak et à Wilkins le temps de foncer vers moi. Je m'emparai du revolver abandonné sur le sol puis me relevai en vacillant pour leur faire face.

Des années auparavant, Harry m'avait appris à tirer ; je crus entendre sa voix tandis que je prenais position, vidais l'air de mes poumons avant de presser calmement la détente. Vise le centre et tire deux fois. Starzak s'écroula. Prends Wilkins pour cible maintenant et recommence. Il y eut bientôt deux corps à terre et une grande bousculade parmi les spectateurs, qui coururent se mettre à l'abri ; je me retrouvai seul à côté du dieu, dans ce lieu soudain très silencieux, à l'exception du bruit du vent. Je me retournai pour savoir pourquoi.

Le vieil homme s'était emparé d'Astor et la tenait par le cou, d'une poigne étonnamment forte pour un être aussi frêle. Il la poussa contre le four béant.

– Lâchez le revolver, m'ordonna-t-il, ou je la jette dans le feu.

Je ne doutais pas une seconde qu'il mettrait sa menace à exécution, et je ne voyais pas comment j'allais réussir à l'en empêcher. Toutes les personnes vivantes à part nous s'étaient sauvées.

– Si je lâche le revolver, répondis-je en espérant adopter un ton raisonnable, qu'est-ce qui m'assure que vous n'allez pas l'immoler de toute façon ?

Ses lèvres se retroussèrent férocement, ce qui me fut très pénible.

– Je ne suis pas un meurtrier, répliqua-t-il. Cela doit être fait dans les règles, sinon c'est juste un assassinat.

– Je ne suis pas certain de voir la différence.

– C'est normal. Vous êtes une aberration.

– Comment puis-je savoir que vous ne nous tuerez pas, de toute façon ?

– Vous êtes le seul à devoir être brûlé. Lâchez l'arme et vous sauvez la fille.

– Je ne vous crois pas, protestai-je.

J'essayais de gagner du temps, en espérant que ce délai m'apporterait une solution.

– Tant pis. Ce n'est pas une situation désespérée, il y a d'autres personnes sur l'île, et elles vont bientôt revenir. Vous ne pouvez pas les tuer toutes. Et le dieu est toujours là. Mais puisque apparemment vous avez besoin d'être convaincu, que diriez-vous si je tailladais votre fille et laissais le sang vous persuader ? Mon couteau, dit-il, puis son expression de surprise se mua en une extrême stupéfaction.

Il ouvrit la bouche en me regardant sans prononcer un seul mot et demeura ainsi comme s'il allait chanter un air d'opéra.

Puis il tomba à genoux et bascula en avant, face contre terre, découvrant un couteau planté dans son dos – et, debout derrière lui, Cody qui souriait légèrement tout en regardant le vieil homme s'avachir. Il leva les yeux vers moi.

– Je t'avais dit que j'étais prêt.

Chapitre 40

L'ouragan bifurqua vers le nord à la dernière minute. Nous n'eûmes droit finalement qu'à de fortes pluies et à quelques bourrasques, et le plus gros de la tempête passa bien au large de Toro Key. Je restai enfermé avec Cody et Astor toute la nuit dans l'élégant salon, le canapé poussé contre une porte et un gros fauteuil rembourré contre l'autre. J'appelai Deborah depuis le téléphone que je trouvai dans la pièce, puis à l'aide de coussins aménageai un lit de fortune derrière le bar, pensant que l'épais bois d'acajou fournirait une protection supplémentaire, si c'était nécessaire.

Ce ne le fut pas. Je restai assis toute la nuit, le revolver à la main, à surveiller les portes et à regarder les enfants dormir. Comme personne ne nous dérangea, je me mis à réfléchir, histoire d'occuper mon cerveau.

Je pensai à ce que je dirais à Cody quand il se réveillerait. En poignardant le vieil homme, il avait tout changé. Pourtant, en dépit de qu'il pouvait penser, il n'était pas prêt. Il avait même rendu les choses encore plus compliquées. La route allait être longue et difficile pour lui, et je ne savais pas si je serais capable de le guider. Je n'étais pas Harry ; jamais je ne serais à la hauteur de Harry. Lui avait eu l'amour pour moteur. J'avais un mode de fonctionnement complètement différent.

Et quel était-il maintenant ? Qu'était Dexter sans son double noir ? Comment pouvais-je espérer vivre, apprendre aux enfants à vivre, avec ce grand vide béant à l'intérieur de moi ? Le vieil homme avait dit que le Passager reviendrait si j'éprouvais une terrible souffrance. Fallait-il que je me torture physiquement afin de le récupérer ? Comment devais-je m'y prendre ? Je venais d'avoir mon pantalon en feu alors qu'Astor manquait d'être livrée aux flammes devant moi, et cela n'avait pas été suffisant pour ramener le Passager.

Je n'avais toujours pas de réponse lorsque Deborah arriva à l'aube, avec un groupe d'intervention et Chutsky. Ils ne trouvèrent personne sur l'île, et aucune indication quant à l'endroit où tous les autres avaient pu aller. Les corps du vieil homme, de Wilkins et de Starzak furent disposés dans des sacs et étiquetés, puis nous montâmes tous à bord d'un gros hélicoptère pour regagner le continent. Cody et Astor étaient aux anges, bien sûr, tout en faisant semblant de ne pas être épatés. Ils eurent droit à des torrents de larmes mêlés à des baisers de la part de leur mère. Puis, une fois dissipée l'euphorie générale après pareille réussite, la vie reprit son cours.

C'est tout, la vie reprit son cours. Il n'y eut rien de nouveau, rien ne fut résolu en moi, et aucune voie inédite ne se présenta. Ce fut simplement le retour à une existence atrocement ordinaire qui m'accablait plus que n'auraient pu le faire toutes les douleurs physiques du monde. Peut-être le vieil homme avait-il eu raison, j'avais sans doute été une aberration. Mais je ne l'étais plus.

Je me sentais défait ; pas seulement vide, mais *fini* en quelque sorte, comme si ce que j'étais venu faire sur

Terre était terminé à présent et que mon enveloppe humaine était restée là pour revivre ses souvenirs.

Je ressentais toujours l'immense besoin d'avoir une réponse concernant l'absence dont j'étais frappé, et je ne l'avais pas obtenue. Il était vraisemblable que je ne l'obtiendrais jamais. Dans l'état de torpeur où j'étais, je n'éprouverais jamais une souffrance suffisante pour ramener le Passager noir. Nous étions sains et saufs, et les méchants étaient tous morts ou partis ; pourtant, je ne me sentais pas concerné. Cela peut paraître égoïste, mais je n'ai jamais cherché à cacher ma nature égocentrique – sauf quand on me regarde, bien sûr. Maintenant, il allait me falloir *vivre* réellement mon rôle, et l'idée me répugnait.

Ce sentiment perdura quelques jours, puis finit par s'émousser. Je commençais à accepter cette situation comme mon lot permanent. Dexter le damné. J'allais apprendre à marcher voûté, m'habiller tout en gris, et les enfants me joueraient partout de vilains tours, tellement je serais triste et ennuyeux. Et en fin de compte, parvenu à un âge pitoyable, je m'écroulerais simplement sans que personne ne s'en aperçoive et laisserais le vent disperser mes restes dans la rue.

La vie continua. Les jours devinrent des semaines. Vince Masuoka déploya une énergie de tous les diables pour me trouver un nouveau traiteur plus raisonnable, m'équiper d'un smoking et, finalement, le jour J, m'amener à l'heure dite à la petite église de Coconut Grove.

Je me tenais donc devant l'autel, écoutant le son de l'orgue et attendant dans ma semi-torpeur que Rita descende gracieusement la nef centrale pour entrer dans une servitude éternelle avec moi. Cela aurait été une très jolie scène si j'avais été capable de l'apprécier. L'église était pleine de gens bien habillés – j'ignorais que Rita avait autant d'amis ! Peut-être allais-je devoir essayer de m'en procurer quelques uns, maintenant, pour me tenir compagnie dans ma nouvelle vie grise et stérile. L'autel regorgeait de fleurs, et Vince, à mes côtés, transpirait nerveusement, s'essuyant les mains sur son pantalon toutes les cinq secondes.

Soudain l'orgue émit un son plus strident, et toute l'assemblée se leva en se tournant vers le fond de l'église. Ils arrivaient. Astor en tête, dans sa magnifique robe blanche, les cheveux arrangés en de grosses boucles et un énorme panier de fleurs à la main. Derrière, Cody, dans son minuscule smoking, les cheveux bien plaqués, tenant le petit coussin de velours qui supportait les alliances.

Et enfin venait Rita. Lorsque je les aperçus tous les trois, il me sembla voir défiler sous mes yeux le long calvaire de ma future existence, une vie faite de réunions parents-profs, de bicyclettes, de prêts immobiliers, de rencontres avec les voisins, de sorties scouts, de matchs de foot, de chaussures neuves et d'appareils dentaires. Une existence morne et terne, au rabais, dont la perspective me causa soudain un terrible supplice, presque insoutenable. J'éprouvai un sentiment de torture extrême, pire que tout ce que j'avais connu, une souffrance si vive que je fermai les yeux…

Et lorsque je les rouvris, je sentis un étrange frémissement en moi, une sorte de satisfaction diffuse, l'impression que les choses étaient exactement comme elles devaient être, maintenant et à jamais, pour les siècles des siècles, que ce qui allait être uni ici ne devait plus jamais être séparé.

Étonné par cet incroyable sentiment de justesse, je me tournai vers les enfants tandis qu'ils grimpaient les marches pour prendre place à mes côtés. Astor avait l'air radieuse, expression que je ne lui avais jamais vue auparavant et qui me procura un grand réconfort. Cody avançait dignement à petits pas prudents, l'air très solennel à sa manière discrète. Je vis que ses lèvres remuaient afin de me confier un message secret, et je lui adressai un regard interrogateur. Ses lèvres bougèrent de nouveau, alors je me penchai légèrement pour l'entendre.

– Ton ombre, dit-il. Elle est revenue.

Je me redressai lentement et fermai les yeux, juste un instant. Mais juste assez longtemps pour entendre le son étouffé d'un gloussement de bienvenue.

Le Passager était de retour au bercail.

J'ouvris les yeux et retrouvai le monde tel qu'il devait être. Peu importait que je me tienne ici entouré de fleurs, de lumière, de musique, que Rita soit en train de monter les marches avec la ferme intention de s'accrocher à moi jusqu'à la fin des temps. Le monde était redevenu lui-même, un lieu où la lune chantait des hymnes et où les ténèbres exhalaient une douce harmonie, interrompue seulement par le crissement du métal et l'excitation de la chasse.

Finie la grisaille, la vie était de nouveau un endroit qui accueillait les lames claires et les ombres noires, un lieu où Dexter se cachait derrière la lumière du jour pour pouvoir devenir, la nuit, ce qu'il était réellement : Dexter le Justicier, le chauffeur de son Passager intérieur.

Je sentis un véritable sourire se former sur mon visage alors que Rita venait prendre place près de moi, un sourire qui ne me quitta pas tout le temps que durèrent les jolies paroles, car de nouveau, pour toujours, pour l'éternité, je pouvais le dire.

Oui, oui. Je le veux.

Je le veux.

Je suis prêt.

Épilogue

Au-dessus de la vaine agitation de la ville, IL observait, et IL attendait. Il y avait plein de choses à voir, comme toujours, et IL n'était pas pressé. IL avait vécu cela plusieurs fois déjà, et IL le revivrait, encore et toujours. C'était ce pour quoi IL était fait. Tant de choix différents se présentaient ; il n'y avait aucune raison de ne pas les considérer tous longuement. Alors IL recommencerait, rassemblerait les fidèles, leur offrirait leur fabuleux miracle, et IL se sentirait de nouveau envahi par la joie, le prodige, la justesse absolue de leur souffrance.

Tout cela reviendrait. Il suffisait simplement d'attendre le moment opportun.

Et IL avait tout le temps qu'il fallait.

Retrouvez
les précédentes aventures de Dexter chez Points

6,50 €

7 €

« Une comédie dantesque, haletante
et pleine de style. »
Le Magazine littéraire

Les plus grandes lectures commencent par un

RÉALISATION : NORD COMPO À VILLENEUVE-D'ASCQ
IMPRESSION : CPI BRODARD ET TAUPIN À LA FLÈCHE
DÉPÔT LÉGAL : AVRIL 2009. N° 98969-04 (58030)
IMPRIMÉ EN FRANCE